नेताजी सुभाष
की
रहस्यमय कहानी

नेताजी सुभाष की रहस्यमय कहानी

किंशुक नाग

प्रभात प्रकाशन

प्रकाशक
प्रभात प्रकाशन प्रा. लि.
4/19 आसफ अली रोड, नई दिल्ली-110002
फोन : 011-23289777 • हेल्पलाइन नं. : 7827007777
इ-मेल : prabhatbooks@gmail.com ❖ वेब ठिकाना : www.prabhatbooks.com

संस्करण
2026

पेपरबैक मूल्य
चार सौ रुपए

मुद्रक
आर-टेक ऑफसेट प्रिंटर्स, दिल्ली

———— ★ ————

NETAJI SUBHASH KI RAHASYAMAYA KAHANI
by Shri Kingshuk Nag
(Hindi translation of 'NETAJI Living Dangerously')

Published by **PRABHAT PRAKASHAN PVT. LTD.**
4/19 Asaf Ali Road, New Delhi-110002

ISBN 978-93-5322-114-0

₹ 400.00 (PB)

अपने पिता, डॉ. सलिल कुमार नाग की याद में।
अपनी पीढ़ी के कई लोगों की तरह ही पूरी गंभीरता से उनका मानना था कि जब भारत को स्वतंत्रता मिली तब नेताजी सुभाषचंद्र बोस का नेतृत्व होता तो भारत एक अलग ही देश होता।

और मेरे मित्र व सहयोगी, 'द टाइम्स ऑफ इंडिया' कोलकाता के स्थानीय संपादक सुमित सेन की याद में, जिन्होंने पूरे उत्साह के साथ नेताजी से जुड़े रहस्यों को खोलने का प्रयास तब तक किया, जब तक कि कैंसर ने सितंबर 2015 में उन्हें हमसे छीन नहीं लिया।

अनुक्रम

नेताजी ने अंग्रेजों को भारत से भगाया

भारत के स्वतंत्रता संग्राम के सबसे गूढ़ रहस्यों में से एक अंग्रेजों को इस देश से निकालने में नेताजी सुभाषचंद्र बोस की इंडियन नेशनल आर्मी (आई.एन.ए.) की ओर से अदा की गई भूमिका है। आज की जानकारी उन विद्वानों की ओर से बताई गई कहानी पर आधारित है, जो स्वतंत्र भारत के पहले शासकों के करीब थे और स्वतंत्रता प्राप्त करने का लगभग पूरा श्रेय कांग्रेस पार्टी तथा उसके अहिंसा और सत्याग्रह के कार्यक्रम को देते हैं। उनका कहना है कि द्वितीय विश्व युद्ध के बाद युद्ध की थकान के साथ-साथ अहिंसक सविनय अवज्ञा आंदोलन से पैदा हुए 'आत्म बल' ने अंग्रेजों को भारत छोड़ने पर मजबूर कर दिया। लेकिन यह कहानी काफी हद तक दोषपूर्ण है, जो उन लोगों को श्रेय नहीं देती, जिन्हें सही मायने में मिलना चाहिए।

सच्चाई यह है कि अंग्रेज शासक सिर्फ उस भय के कारण भारत छोड़ने पर मजबूर हुए, जो आई.एन.ए. ने उनके भीतर पैदा कर दिया था। उन्हें डर था कि आई.एन.ए. की ओर से दी जा रही टक्कर से ब्रिटिश भारतीय सेना प्रेरित हुई तो 1857 जैसा विद्रोह फूट पड़ेगा और अंग्रेजों को भारत से लात मारकर निकाल दिया जाएगा। अंग्रेज चाहते थे कि उनके बाद की भारतीय सरकार ब्रिटिश भारतीय सरकार के जैसी (जहाँ तक संभव हो) हो और इस कारण बलपूर्वक निकाले जाने की आशंका को टालने के लिए वे आनन-फानन में भारत छोड़कर चले गए।

इन तथ्यों पर गौर कीजिए। लेफ्टिनेंट जनरल श्रीनिवास कुमार सिन्हा भारत के सबसे विख्यात सैन्य अफसरों में से एक थे, जो सेना से रिटायर होने के बाद जम्मू-कश्मीर और असम के राज्यपाल बने। अगस्त 1946 में, वे ब्रिटिश भारतीय सेना के तीन भारतीय अफसरों में से एक थे, जिन्हें सैन्य संचालन निदेशालय (एम.ओ.डी.) में तैनात किया गया था। सिन्हा का निधन 2017 में हुआ। 16 फरवरी, 2016 को उन्होंने 'द एशियन एज' में लिखा कि एम.ओ.डी. में उनके पूर्ववर्ती एक अंग्रेज अधिकारी थे, जिन्हें युद्ध के दौरान सेवा देने के लिए अनिवार्य रूप से भर्ती किया गया था। इसलिए वह

भारत छोड़ने और अपने देश लौटने की जल्दबाजी में थे। उन्होंने सिन्हा को 'टॉप सीक्रेट' अलमारी की चाबी सौंप दी और फाइलों को सही से सौंपने से पहले ही हड़बड़ाहट में चले गए। अलमारी खोलने पर सिन्हा को दो फाइलें मिलीं, जिनका एक विचित्र सुरक्षा वर्गीकरण किया गया था। इस पर लिखा था—'टॉप सीक्रेट नॉट फॉर इंडियन आइज' (टॉप सीक्रेट भारतीय लोगों के लिए नहीं)। सिन्हा ने लिखा कि पहली फाइल में ब्रिटिश भारतीय सेना में भारतीय अधिकारियों की स्वामिभक्ति पर सैन्य खुफिया निदेशालय के मेजर जनरल ओ. ब्रायन की ओर से लिखी एक रिपोर्ट थी। उसकी मुख्य बातों में यह था कि भारतीय सेना 450 भारतीय अधिकारियों से बढ़कर 1939 से 1945 की अवधि के दौरान 12,000 भारतीय अधिकारियों तक जा पहुँची है। ऐसा युद्ध के समय आपात भर्ती के कारण हुआ था। उसी अवधि में अधिकारी रैंक से नीचे के सैनिकों की संख्या 1.5 लाख से बढ़कर 22 लाख हो चुकी थी।

सिन्हा के अनुसार, इस लेख में भारतीय अधिकारियों को तीन समूहों में रखा गया था। पहला वर्ग 1933 से पहले कमीशन किए गए अधिकारियों का था, जिन्हें सैंडहर्स्ट (ग्रेट ब्रिटेन) में प्रशिक्षित किया गया था। दूसरा वर्ग उन अफसरों का था, जिन्हें 1933 से 1939 के दौरान कमीशन किया गया था। तीसरा वर्ग युद्ध के समय भर्ती किए गए अधिकारियों का था। फिर उस नोट में कहा गया था कि पहला वर्ग ब्रिटिश नजरिए से 'सुरक्षित' था और दूसरे वर्ग के अधिकारियों में कुछ समूह ऐसे थे, जिन्हें गोरे अफसरों के समान वेतन न मिलने की नाराजगी थी। तीसरे वर्ग के अधिकारी, जिनकी संख्या सबसे अधिक थी, वे सबसे गैर-भरोसेमंद थे और उन पर उस समय चल रहे स्वतंत्रता आंदोलन का प्रभाव था। जो बात लिखी नहीं गई, लेकिन जिसका अर्थ निकाला जा सकता है, वह यह थी कि इस तरह के अफसर अपनी वफादारी बदल सकते हैं और भारत को आज़ाद कराने वाली ताकतों का हिस्सा बन सकते हैं। इस कारण उन पर कड़ी नजर रखनी चाहिए।

उस टॉप सीक्रेट अलमारी की दूसरी फाइल 'ऑपरेशन गोंडोला' से संबंधित थी। यह देश के अलग-अलग स्थानों पर रह रहे ब्रिटिश नागरिकों को जरूरत की स्थिति में सुरक्षित निकालने की योजना का गुप्त नाम था। पहले चरण में इन नागरिकों को भारत के चुनिंदा शहरों, जैसे कि प्रांतीय राजधानियों या बंदरगाहों तक सुरक्षित लाया जाना था। दूसरे चरण में, इन नागरिकों को देश से बाहर ले जाया जाना था। कुल मिलाकर उस समय देश में लगभग 43000 ब्रिटिश नागरिक थे।

भारत में ब्रिटिश राज को भारतीय सैनिकों ने ही कायम रखा था और यह बात युद्ध के बाद इन फाइलों को पढ़ने से साफ हो जाती है कि विश्व युद्ध के समापन के बाद अंग्रेज उपनिवेशवादियों को भारतीय अधिकारियों और अपनी सेना के सैनिकों की

वफादारी पर भरोसा नहीं रह गया था। यही नहीं, इस स्थिति में किसी भी आपात स्थिति से निपटने के लिए उन्होंने अंग्रेजों को भारत से बाहर निकालने के लिए अव्वल दर्जे की सुरक्षा योजना भी तैयार कर ली थी।

सवाल यह है कि आखिर क्यों अंग्रेज शासकों को भारतीय सैनिकों की बागियों जैसी और विद्रोह की काररवाई का डर सता रहा था? यहीं आई.एन.ए. की भूमिका शुरू होती है।

भले ही ब्रिटिश भारतीय सेना और इंडियन नेशनल आर्मी के सैनिक आम लोगों के बीच से ही चुने जाते थे, लेकिन दोनों की सोच में जमीन-आसमान का अंतर था। ब्रिटिश भारतीय सेना को भारत में ब्रिटिश राज की सुरक्षा और उसे सुदृढ़ रखने के लिए तैयार किया गया था। इस कारण अंग्रेजों ने एक ऐसी सेना खड़ी की, जो उनकी योजनाओं के अनुसार काम करेगी और इसमें देश की आंतरिक सुरक्षा शामिल थी। वे देश के सामंती सामाजिक ढाँचे से छेड़छाड़ नहीं करना चाहते थे। उनके लिए सबसे आसान रास्ता जातियों, धर्मों और क्षेत्रों पर आधारित सेना को खड़ा करना था। सैनिकों को जातियों और समुदायों की तर्ज पर समूहों में बाँटने से उनकी राजपूत, मुसलिम या गोरखा जैसी पहचान बनी रहेगी और समुदाय के बीच पलने-बढ़ने के संबंध अटूट रहेंगे। पूरे विश्लेषण से इस नतीजे पर पहुँचा गया कि यह सैनिकों के बीच राष्ट्रवाद की भावना को बढ़ने से रोकेगी, क्योंकि उनकी राष्ट्रवादी चेतना उनकी जाति और समुदाय की पहचान के नीचे दबी रहेगी। इससे वे अंग्रेजों के खिलाफ अपना सिर नहीं उठाएँगे।

लेकिन नेताजी सुभाषचंद्र बोस इसे अच्छी तरह समझते थे। इस कारण ही उन्होंने एक राष्ट्रीय सेना के गठन का प्रयास किया, जहाँ सैनिक पहले देश के प्रति (जो तब ब्रिटिश बेड़ियों में जकड़ा था) समर्पित थे। राष्ट्रवाद की इस भावना को बढ़ाने और जाति तथा समुदाय की भावनाओं को तोड़ने में मदद के लिए उन्होंने आई.एन.ए. में मिले-जुले रेजिमेंट खड़े किए। इस तरह उदाहरण के तौर पर सिख, राजपूत और मुसलमान सभी उसी पलटन के अंग थे, जिन्हें कंपनी के स्तर तक मिला दिया गया था। कहने की आवश्यकता नहीं कि सभी सैनिक एक ही रसोई में पका भोजन करते थे। इससे जाति तथा धार्मिक बंधनों को तोड़ने में और भी मदद मिली। आई.एन.ए. में जहाँ ऐसी व्यवस्था थी, वहीं ब्रिटिश भारतीय सेना में अलग-अलग जातियों और समुदायों की रसोई अलग-अलग थी। यही नहीं आई.एन.ए. में जहाँ 'जय हिंद' का नारा गूँजता था, वहीं ब्रिटिश भारतीय सेना के रेजिमेंट में उनके अपने-अपने युद्धघोष थे, जो उनकी संकीर्ण पहचान पर आधारित थे। अपने समय से कहीं आगे चलने वाले नेताजी ने महिला बटालियन के गठन पर भी बल दिया, जिसका नेतृत्व महिला कमांडेंट के जिम्मे होता था, और जिसे 'झाँसी की रानी रेजिमेंट' नाम दिया गया। नेताजी महिलाओं को लड़ाकों की भूमिका में

देखना चाहते थे। आई.एन.ए. के सैनिकों के बीच राष्ट्रवादी भावनाओं को और बढ़ाने के लिए, नेताजी ने सैन्य संगीत और सामुदायिक गान पर बल दिया। उन्होंने आई.एन.ए. का झंडा भी तैयार किया। इस पर भारतीय तिरंगा और शिकार पर छलाँग लगाता रॉयल बंगाल टाइगर था। आई.एन.ए. जब अपने शिखर पर था, तब इसमें 60,000 सैनिक और 1500 अधिकारी थे, जिन्हें तीन योद्धा डिविजनों में संगठित किया गया था। मित्र देशों की सेनाओं ने जब सिंगापुर में 1943 में जापान के सामने आत्मसमर्पण किया था, तब 60,000 में से वे 20,000 सैनिक आई.एन.ए. में शामिल हो गए, जिन्होंने जापानियों से हार मान ली थी।

आखिरकार, ब्रिटिश सेना से लड़ते हुए और उसके बाद की घटनाओं में आई.एन.ए. के 60,000 में से 26,000 सैनिकों ने अपने प्राण त्याग दिए। आई.एन.ए. के सैनिकों ने दूसरे विश्वयुद्ध की दो बड़ी लड़ाइयाँ जापानियों के साथ मिलकर लड़ीं। इंफाल और कोहिमा की लड़ाई, जो देश के पूर्वोत्तर के कोने में लड़ी गई, द्वितीय विश्वयुद्ध की दो काफी महत्त्वपूर्ण लड़ाइयाँ थीं, जिन्होंने मित्र देशों की सेनाओं के पक्ष में पलड़ा झुका दिया था। जब दोनों लड़ाइयाँ चल रही थीं, तब भारत में खबरों पर कठोर सैन्य सेंसरशिप लागू था। इसका परिणाम यह हुआ कि भारतीय इस बात से पूरी तरह अनभिज्ञ थे कि आई.एन.ए. इन लड़ाइयों में जापानियों के साथ कंधे से कंधा मिलाकर लड़ रही है। भारतीय सेना के सुप्रीम कमांडर, नेताजी सुभाषचंद्र बोस का लक्ष्य देश में अंग्रेजों के खिलाफ एक बहुत बड़े विद्रोह को शुरू करना था और उन्हें उम्मीद थी कि भारतीय सीमाओं पर आई.एन.ए. के लड़ाई लड़ने की खबरों से यह विद्रोह भड़क उठेगा। 'आंतरिक रेखा' की पाबंदियों के चलते भारतीय लोग पूर्वोत्तर के सुदूर इलाकों में अधिकारियों की इजाजत के बिना आना-जाना नहीं कर सकते थे, इस कारण भी आई.एन.ए. के संघर्ष की खबरें लोगों के जरिए नहीं पहुँच सकीं। इस कारण ही नेताजी चाहते थे कि आई.एन.ए. और जापानी सेना भारत पर चटगाँव के रास्ते एक साथ मिलकर हमला करे। इससे हमला भारत की मुख्य भूमि पर होगा और सेंसरशिप के बावजूद इसकी खबर तेजी से फैलेगी। लेकिन ऐसा नहीं हो सका, क्योंकि जापानियों को डर था कि ब्रिटिश खुफिया नेटवर्क पहले ही जानकारी जुटा लेगा और उन पर पहुँचते ही हमला हो जाएगा।

मित्र देशों की सेनाएँ जो कभी हारती दिख रही थीं, आखिरकार द्वितीय विश्वयुद्ध में विजयी हुईं। युद्ध जीतने के बाद, अंग्रेजों ने सोचा कि वे विद्रोह के लिए आई.एन.ए. के सैनिकों को कठोर दंड देंगे और उन्हें ऐसा सबक सिखाएँगे, जिसे उसी तरह याद रखा जाएगा जैसा कि 1857 के स्वतंत्रता संग्राम के विद्रोहियों के साथ हुए सलूक को याद किया जाता है। दिल्ली के लालकिले में अंतिम मुगल बादशाह बहादुर शाह जफर

पर चलाए गए मुकदमे की तरह ही, ब्रिटिश उपनिवेशवादियों ने आई.एन.ए. के तीन अधिकारियों पर मुकदमा चलाया। इसके लिए लालकिले को न केवल 1857 के मुकदमे की ऐतिहासिक यादों को ताजा करने के लिए चुना गया बल्कि इस कारण भी, क्योंकि सुभाषचंद्र बोस ने 'दिल्ली चलो' का नारा दिया था। एक अधिकारी मुसलिम (ले. कर्नल शाह नवाज खान) था, दूसरा अधिकारी हिंदू (कर्नल पी.के. सहगल) और तीसरा एक सिख (कर्नल जी.एस. ढिल्लों)। ऐसा यह जताने के लिए किया गया कि ब्रिटिश भारतीय सरकार किसी धर्म के साथ भेदभाव नहीं कर रही है। 1857 के बाद मुसलमानों को लगा कि उन्हें खास तौर पर सजा दी गई थी।

ब्रिटिश भारतीय सरकार को लगा कि युद्ध की समाप्ति के बाद जब सेंसरशिप को हटा लिया गया था, तब आई.एन.ए. की जापानियों से साँठगाँठ कर अपनी मातृभूमि पर हमला करने की कहानियाँ सुनकर भारत के लोग उनसे नफरत करने लग जाएँगे। ऐसी ही नफरत ब्रिटिश भारतीय सेना के सैनिकों में भी पैदा होगी, जो औपनिवेशिक स्वामियों के वफादार साबित हुए थे। वे यह देखेंगे कि आई.एन.ए. ने कब्जा जमाने वाली जापानी ताकतों के साथ हाथ मिला लिया था। लेकिन इसका उल्टा ही हुआ। जैसे-जैसे आई.एन.ए. के सैनिकों की बहादुरी के किस्से सामने आने लगे, लोग यह जानने लगे कि कैसे उन्होंने भारत को आजाद कराने के लिए युद्ध किया और अपने प्राणों की आहुति दे दी, भारतीयों का सीना गर्व से चौड़ा होने लगा। आई.एन.ए. के लिए अभूतपूर्व सहानुभूति और उनकी वीरता के लिए गर्व दिखा। ब्रिटिश भारतीय सेना के सैनिकों का एक वर्ग जो बागी नहीं हुआ था और जो आई.एन.ए. में शामिल नहीं हुआ था, वह 'शर्मसार' महसूस करने लगा कि उन्होंने गलत खेमे की तरफ से लड़ाई लड़ी। कांग्रेस पार्टी (जिसने नेताजी को पार्टी से बाहर कर दिया था) और मुसलिम लीग ने देश का मूड तथा आई.एन.ए. के लिए जबरदस्त जनसमर्थन को अच्छी तरह समझ लिया था और इस कारण ही वे उन आई.एन.ए. के अफसरों के समर्थन में आ गए, जिनके खिलाफ मुकदमा चलाया जा रहा था।

अपराधी ठहराए गए आई.एन.ए. अधिकारियों की भारी लोकप्रियता को भुनाने के लिए, यहाँ तक कि जवाहरलाल नेहरू ने भी वकील का चोला पहन लिया। सार्वजनिक रूप से चलाए गए मुकदमे की कारवाइयों ने आई.एन.ए. के वीरों की छवि को और चमका दिया। भू-राजनैतिक जानकार स्टीफन कोहन ने अपने संकलन 'द साउथ एशियन पेपर्स' के एक हिस्से 'सुभाषचंद्र बोस और इंडियन नेशनल आर्मी' पर एक अध्ययन में कर्नल पी.के. सहगल की आत्मकथा से कुछ उक्तियाँ उद्धृत कीं, जिन्होंने लिखा था कि उन्हें अपने पिता से एक विदेशी शासक के खिलाफ घोर घृणा की भावना विरासत में मिली, जो सविनय अवज्ञा आंदोलन में शामिल हुए थे और इतिहास तथा राजनीति शास्त्र

के अपने अध्ययन से उन्हें शिक्षा मिली थी कि 'यह प्रत्येक भारतीय का पावन कर्तव्य है कि वह अपनी मातृभूमि को मुक्त कराने की लड़ाई लड़े।'

कोहेन ने आगे लिखा कि 'आई.एन.ए. के प्रति आकर्षण की एक बड़ी वजह ब्रिटिश शासन के अधीन भारतीय सेना की आंतरिक नीति थी, विशेष रूप से प्रमोशन के संबंध में नीति, सौंपे जाने वाले अधिकार, विश्वास और साथी ब्रिटिश अधिकारियों का व्यक्तिगत व्यवहार।' भारतीयों ने अपना कॅरियर बनाने की मजबूरी में ब्रिटिश भारतीय सेना की नौकरी की और वे वहाँ फँस गए थे। जैसे ही सुभाषचंद्र बोस और आई.एन.ए. ने राष्ट्रवादी भावनाओं को फैलाया, वैसे ही वे उनके प्रभाव में आ गए। पहला अवसर मिलते ही उनमें से कई ने भाड़े की ब्रिटिश भारतीय सेना को छोड़ा और आई.एन.ए. में शामिल हो गए, जहाँ 'वेतन' तक नहीं मिलता था।

युद्ध की समाप्ति के बाद जो हुआ, वह इस स्थापित तथ्य का खुला प्रमाण है कि आखिर में आई.एन.ए. का भय ही था, जिसने अंग्रेजों को भारत छोड़ने पर मजबूर किया। आई.एन.ए. के मुकदमों का बड़ा प्रभाव फरवरी 1946 में रॉयल इंडियन नेवी (आर.आई.एन.) के सैनिकों में व्यापक बगावत के रूप में देखा गया, जिसके बाद रॉयल इंडियन एयर फोर्स (आर.ए.एफ.) और आखिर में उसी साल जबलपुर में ब्रिटिश भारतीय सेना की इकाइयों में बगावत हुई। आर.आई.एन. की काररवाई में कराची से कलकत्ता तक के तटीय ठिकानों के 66 नौसैनिक जहाजों में सवार 10,000 नौसैनिकों ने बगावत कर दी। प्रकट रूप से उनकी माँगों में बेहतर राशन और सेवा की स्थितियाँ शामिल थीं, लेकिन उनका विद्रोह असल में ब्रिटिश हुकूमत के खिलाफ था। आर.ए.एफ. के सैनिकों की काररवाई बागी नौसैनिकों के प्रति सहानुभूति जताने के लिए थी, लेकिन जबलपुर में सेना की टुकड़ियों ने अपनी हड़ताल के दौरान आई.एन.ए. के सैनिकों के साथ हो रही बदसलूकी का मुद्दा जरूर उठाया। भले ही अंग्रेज इन सभी विद्रोहों को दबाने में (नेहरू और पटेल जैसे कांग्रेस के दिग्गजों के भारी सहयोग से) सफल रहे, लेकिन अंग्रेजों की आँखें खुल गईं और वे समझ गए कि वक्त आ गया है, जब स्थितियों के और बिगड़ने से पहले उन्हें चले जाना चाहिए।

संभवतः भारत छोड़ने को लेकर अंग्रेजों की मजबूरियों को बताने वाला सबसे महत्त्वपूर्ण बयान किसी और ने नहीं बल्कि लॉर्ड क्लेमेंट एटली ने दिया, जो भारत की स्वतंत्रता के समय ग्रेट ब्रिटेन के प्रधानमंत्री थे। 1956 में कलकत्ता के दौरे पर आए एटली (तब तक सामान्य नागरिक बन चुके थे) से कलकत्ता हाई कोर्ट के चीफ जस्टिस (जो तब पश्चिम बंगाल के कार्यकारी राज्यपाल थे) पी.वी. चक्रवर्ती ने पूछा था कि ब्रिटिश भारत क्यों छोड़ गए? कार्यकारी राज्यपाल ने अपने कथन से पहले प्रस्तावना के रूप में यह कहा कि भारत छोड़ो आंदोलन 1947 से बहुत पहले शांत पड़ चुका था और

भारत की स्थिति ऐसी नहीं थी कि अंग्रेजों को उस जल्दबाजी में भारत छोड़कर जाना पड़े जैसा कि उन्होंने किया था। एटली ने अपने जवाब में कई कारण गिनाए, जिनमें से सबसे महत्त्वपूर्ण नेताजी सुभाषचंद्र बोस की आई.एन.ए. की गतिविधियाँ थीं, जिसने भारत में ब्रिटिश साम्राज्य की नींव हिला दी और रॉयल इंडियन नेवी की बगावत, जिसने अंग्रेजों को यह अहसास दिला दिया कि अपनी हुकूमत को बनाए रखने के लिए वे भारतीय सैन्य बलों पर अब और भरोसा नहीं कर सकते हैं। यह पूछे जाने पर कि क्या भारत छोड़ने का अंग्रेजों का फैसला महात्मा गांधी के 1942 के आंदोलन से प्रभावित था, तो एटली के होंठ तिरस्कार भरी मुसकान से चौड़े हो गए और उन्होंने धीरे से कहा, 'ना के बराबर।'

इस प्रकार भारत को 1947 में आजादी सिर्फ आई.एन.ए. के कारण ही मिली। यदि सुभाषचंद्र बोस न होते तो भारत को आजादी बहुत बाद में मिलती—जब तमाम कारण मिलकर अंग्रेजों को भारत छोड़ने पर मजबूर नहीं करते।

द्वितीय संस्करण की प्रस्तावना

नेताजी सुभाषचंद्र बोस से संबंधित गोपनीय सरकारी फाइलों की पहली शृंखला को सार्वजनिक किए जाने के अवसर पर कुछ विचित्र सी बात हुई। सुभाषचंद्र बोस की 73 वर्षीया बेटी, अनीता बोस फाफ ने 'द हिंदुस्तान टाइम्स' को एक इंटरव्यू दिया, जिसका प्रकाशन दस्तावेजों के सार्वजनिक किए जाने से एक दिन पहले 22 जनवरी, 2016 को किया गया। उस इंटरव्यू के दौरान अनीता ने कहा, 'विमान दुर्घटना में नेताजी की मृत्यु की ही आशंका सबसे अधिक है।' उन्होंने कहा कि मैं अन्य आशंकाओं पर भी विचार कर सकती हूँ, जिनके पीछे ठोस सबूत हों और (विमान दुर्घटना के बारे में बात करते हुए) कहा कि मैंने इससे अधिक यकीन दिलाने वाला कोई प्रमाण नहीं देखा है।

अनीताजी ने जो कहा, उससे कहीं अधिक त्योरियाँ उनके इंटरव्यू की टाइमिंग को लेकर चढ़ीं। इसकी एक खास वजह यह भी थी कि यह उस वक्त आया, जब नेताजी के चचेरे पोते, लंदन स्थित पत्रकार आशीष रे की ओर से यह साबित करने के जोरदार प्रयास किए जा रहे थे कि उनके चचेरे दादा की मौत विमान दुर्घटना में ही हुई थी। इतना ही नहीं, अपनी थ्योरी को साबित करने के लिए रे ने, जिनकी माँ रामा रे नेताजी के बड़े भाई शरत रे की बेटी थीं, www.bosefiles.info नाम की साइट शुरू की, जो 'सुभाषचंद्र बोस के लापता होने के सच से परदा उठाने' का प्रयास करती है। रे ने पुरानी चीजों को लेकर जितने भी खुलासे किए, वे आज भी जारी हैं, और उनमें से अधिकांश की जाँच शाहनवाज कमेटी ने भी की। इनमें हबीबुर्रहमान, जो नेताजी के सहायक थे तथा विमान दुर्घटना के अन्य 'चश्मदीदों' के बयान भी शामिल हैं। रे इस नतीजे पर पहुँचे कि 'यह जानकारी जबरदस्त और अखंडनीय' है कि नेताजी की मृत्यु विमान हादसे में हुई और उनकी अस्थियाँ टोक्यो के रेंकोजी मंदिर की वेदिका में एक कलश में रखी हैं, जिसे सफेद कपड़े में लपेटा गया है और उस पर नेताजी का नाम अमिट स्याही से लिखा है तथा एक छोटे से गोल्डन पगोडा में गाड़ दिया गया है।

सुभाषचंद्र बोस को एक बार फिर से (मानो) विमान दुर्घटना में मारने के नए प्रयास

शुरू करने के पीछे रे की चाहे जो भी मंशा हो, लेकिन यह दुर्भाग्यपूर्ण है कि कई लोग उनके दावों पर यकीन कर रहे हैं। इसमें कोई आश्चर्य नहीं है। एक पत्रकार होने के कारण रे अपनी बात को प्रभावी ढंग से रख पाए। इतना ही नहीं, अपने दावों के समर्थन में दस्तावेजों और तस्वीरों से भरपूर एक संगठित साइट लाकर रे विश्वसनीय दिखते हैं। नेताजी के करीबी रिश्तेदार होने के कारण भी उन्हें ऐसी ख्याति और विश्वसनीयता मिली है। केंद्रीय रिजर्व पुलिस बल में पुलिस महानिरीक्षक संदीप मेहता (बदला हुआ नाम) कहते हैं—'अब यह बात साबित हो चुकी है कि नेताजी की मौत विमान हादसे में हुई थी।' जब उनसे पूछा गया कि वे ऐसा कैसे कह सकते हैं, तो मेहता का कहना था, 'आशीष रे ने साबित नहीं किया क्या?' गृहिणी दीपा मेनन का भी ऐसा ही कहना था। अनीता की बातों ने भी रे के तथाकथित खुलासों को ही बल दिया है।

रे के दावे चाहे कुछ भी हों, गहराई में उतरने पर पता चलता है कि अनीता को जो लगता है, उसका कारण क्या है। यह द हिंदुस्तान टाइम्स के इंटरव्यू में भी स्पष्ट कर दिया गया था। यही दलील नेताजी के सार्वजनिक किए गए टॉप सीक्रेट दस्तावेजों में भी मिली, जिनमें विदेश मंत्रालय के अधिकारियों के साथ अनीता के पत्राचार शामिल थे। इस बात को पुरजोर तरीके से कहते हुए कि 'मेरे पिता नेहरू के सबसे प्रमुख विकल्प होते', अनीता ने जो जर्मनी के ऑग्सबर्ग में रहती हैं, द एच्वेटी के इंटरव्यू में कहा कि यदि वे (नेताजी) बँटवारे को रोक नहीं पाते तो पाकिस्तान के साथ संबंधों को बेहतर बनाने का प्रयास करते। अपनी चिंता जाहिर करते हुए उन्होंने कहा, 'मुझे बड़ा क्रोध आता है। मेरे पिता ने अपना सारा जीवन देश पर लुटा दिया और फिर भी कुछ लोग उन्हें इस तरह से याद करते हैं—'अरे वही न, जिनकी मौत को लेकर एक विवाद है।' वह कहती हैं—'इस प्रकार उनके जीवन और स्वतंत्रता संग्राम में उनके योगदान को दिखाना सही नहीं है।'

दूसरे शब्दों में, अनीता चाहती हैं कि उनके पिता की मौत को लेकर विवाद समाप्त हो जाना चाहिए, ताकि वह अध्याय बंद कर दिया जाए, जो सत्तर वर्षों से खिंचता चला आ रहा है। इसे समाप्त करने के लिए अनीता यह भी चाहती हैं कि रेंकोजी मंदिर में रखी अस्थियों का डीएनए टेस्ट कराया जाए और यदि यह साबित हो जाए कि वे नेताजी की हैं, तो फिर उन्हें भारत लाया जाना चाहिए। द हिंदुस्तान टाइम्स के इंटरव्यू में उन्होंने कहा कि सबसे अच्छा रहेगा कि अस्थियों की जाँच भारत-जापान मिलकर करें। वह यह भी कहती हैं कि 'पहले मैं इस तरह की जाँच को लेकर हिचक रही थी, क्योंकि मुझे लगा कि जापानी लोग काफी अपमानित महसूस करेंगे।' (अनीता ने संकेत दिए कि जापानियों का मानना था कि अस्थियाँ नेताजी की हैं और उन्हें डीएनए जाँच के लिए भेजना उनके विश्वास पर सवालिया निशान खड़ा करने जैसा था।)

23 जनवरी, 2016 को सार्वजनिक किए गए दस्तावेजों के अनुसार बर्लिन में तत्कालीन भारतीय राजदूत ने 11 अगस्त, 2004 को देश में विदेश मंत्रालय को लिखा—'अनीता फाफ, उनका परिवार और वह स्वयं ऐसा नहीं मानतीं कि नेताजी आज भी जीवित हैं। पिछले दस वर्षों में या उसके आस-पास इस तरह के जितने भी सुराग सामने आए, उनसे ऐसा कोई भी प्रमाण नहीं मिला कि वे जीवित हैं। नेताजी के सहयोगी जल्दी-जल्दी इस दुनिया से जा रहे थे और जो बचे भी, वे काफी बूढ़े हैं।' दूसरे शब्दों में नेताजी के सभी सहयोगियों की मृत्यु से पहले अनीता चाहती थीं कि इस मामले को बंद कर दिया जाए।

सार्वजनिक किए गए सबसे ताजा दस्तावेज के मुताबिक अनीता ने यही बात बर्लिन में भारत के पूर्व राजदूत रोनेन सेन से भी कही थी। 22 सितंबर, 2002 को राजदूत ने विदेश मंत्रालय को लिखा—'वे इस बात को लेकर चिंतित थीं कि अस्थियों को लाने में किसी-न-किसी कारणवश देरी हो रही है, जबकि उनके (नेताजी) सहयोगी और करीबी रिश्तेदारों की संख्या लगातार कम होती जा रही है।'

रूस में अभिलेखीय चीजों के अस्तित्व में होने को लेकर कुछ विद्वानों के दावों ने जो नई शंका पैदा की, उनके आलोक में अनीता ने रोनेन सेन से बातचीत में यह प्रश्न किया कि क्या सरकार स्वतंत्र विद्वानों के एक छोटे से समूह से, बिना किसी वैचारिक भेदभाव के सभी सोवियत अभिलेखीय सामग्रियों के अध्ययन का आग्रह करने की पहल कर सकती है, जिनमें द्वितीय विश्वयुद्ध तक भारत-सोवियत संपर्कों के सभी पहलू तथा आईएनए के सदस्य भी शामिल हों, लेकिन उन्हें वहीं तक सीमित न रखा जाए। कहने की आवश्यकता नहीं कि इस आग्रह को लेकर कुछ भी नहीं हुआ। नई सदी की शुरुआत तक भारत सरकार इनकार की मुद्रा में थी और उसे इस बात में कोई दिलचस्पी नहीं थी कि पूरे प्रयास कर ऐसे प्रमाणों का पता लगाए कि नेताजी के साथ क्या हुआ था।

नई दिल्ली में ऐसी सरकार के आने के बाद, जो शायद सुभाषचंद्र बोस से जुड़े तथ्यों को छुपाने में दिलचस्पी नहीं रखती थी, ऐसी उम्मीद स्वाभाविक थी कि नेताजी के बारे में सच्चाई तेजी से बाहर आने लगेगी। लेकिन ऐसा कुछ नहीं हुआ, क्योंकि नेताजी के बारे में पूरा सच भारतीय खुफिया फाइलों में नहीं बल्कि संभवत: रूस और ब्रिटेन के विभिन्न अभिलेखागारों में मौजूद है। भारतीय फाइलों में उपयोगी जानकारी है, लेकिन महत्त्वपूर्ण या गैर-महत्त्वपूर्ण दस्तावेजों को गुप्त रखने की इच्छा के चलते, उनमें एक बड़ी संख्या सच्चाई जानने की माँग करने वालों के आवेदन, नेताजी के बारे में संसद् में पूछे गए सवाल और उनके जवाब, कुछ अविश्वसनीय उदाहरणों की जानकारी और अखबारों की कतरनें भी शामिल हैं।

कुछ चीजों को गोपनीय फाइलों में रखना कितना हास्यास्पद है, यह सांसद एस.सी.

दीक्षित की ओर से 4 दिसंबर, 1967 में पूछे गए प्रश्न से स्पष्ट हो जाता है। दीक्षित ने पूछा था कि क्या सरकार का ध्यान इस तथ्य की ओर आकर्षित किया गया है कि 'पूर्वी बर्लिन के अंतरराष्ट्रीय संबंधों के डॉ. डिथेल्म वीडमैन संस्थान को नेताजी से जुड़े कुछ महत्त्वपूर्ण दस्तावेज मिले हैं, जो बताते हैं कि वे हिटलर और नाजियों के एकदम खिलाफ थे।' इस गैर-तारांकित प्रश्न का जवाब था—'सरकार के पास इस विषय पर कोई निश्चित जानकारी नहीं है। हमने बस एक प्रेस रिपोर्ट देखी है।' सवाल और जवाब, विभिन्न अधिकारियों की टिप्पणियों वाली फाइलें, मसौदा और अंतिम जवाब को गोपनीय रखा गया।

कुछ अन्य लेख जो गोपनीय रखे गए, उनमें से एक उत्तर प्रदेश के इटावा के स्वामी निर्वाणानंद की तत्कालीन विदेश मंत्री स्वर्ण सिंह को लिखी एक चिट्ठी थी। वह पत्र अगस्त 1974 में लिखा गया था, जिसमें यह पूछा गया था कि क्या नेताजी के साथ अंतरराष्ट्रीय कानून के अनुसार एक युद्ध अपराधी जैसा सलूक किया जा रहा था। यह भी पूछा गया था कि क्या नेताजी ने कभी विवाह किया और उनकी पत्नी का क्या नाम था।

इससे भी अधिक दुनियावी बातों को गोपनीय रखा गया और इसमें एक वकील बलदेव त्रिखा (जो अपने आप ही उन गवाहों से पूछताछ करने जापान गए थे, जिन्होंने 1970 के दशक में खोसला आयोग को बयान दिए थे) और टोक्यो में भारतीय दूतावास के बीच पत्रों का आदान-प्रदान शामिल था। त्रिखा ने माँग की थी कि जापान आने-जाने में खर्च की गई विदेशी मुद्रा का एक बड़ा हिस्सा दूतावास को चुकाना चाहिए। मंत्रालय बार-बार मना करता रहा, क्योंकि वह अपने आप ही चले गए थे, लेकिन उनके मामले की सिफारिश भारत सरकार से करने पर सहमत हो गया, लेकिन त्रिखा अपनी बात पर अड़े रहे।

राज्यसभा में दो सासंदों, पी.सी. मित्रा और जी.एल. कपूर द्वारा 17 अगस्त, 1965 को पूछा गया एक तारांकित प्रश्न दिलचस्प है। सांसद यह जानना चाहते थे कि क्या सरकार कलकत्ता के मैदान में डॉ. सत्यनारायण सिन्हा (पूर्व लोकसभा सांसद) की ओर से एक सार्वजनिक सभा में कही गई बातों से अवगत है, जहाँ उन्होंने कथित तौर पर कहा कि नेताजी सुभाषचंद्र बोस को साइबेरिया में सेल 46 में रखा गया था। वे यह भी जानना चाहते थे कि सरकार इस बारे में क्या कर रही है। इसका जवाब उप विदेश मंत्री दिनेश सिंह ने दिया। उन्होंने कहा कि सरकार सिन्हा के बयानों से अवगत है, लेकिन सरकार चूँकि शाहनवाज कमेटी की रिपोर्ट से संतुष्ट है कि नेताजी की मृत्यु विमान हादसे में हुई थी, इसलिए और कुछ कहने की आवश्यकता नहीं है।

समय-समय पर रेंकोजी मंदिर में रखी अस्थियों को भारत वापस लाने की संभावना पर सरकारों के बीच की बातचीत को लेकर चर्चा होती रही। हालाँकि हर बार सावधान

रहने की सलाह दी गई, क्योंकि ऐसा माना गया कि अस्थियाँ वापस लाने से बखेड़ा खड़ा हो जाएगा और जब तक अस्थियाँ टोक्यो में रखी हैं, तब तक सरकार प्रभावी ढंग से यह संकेत (सीधे तौर पर ऐसा कहे बिना) दे सकती है कि वह नेताजी के विमान हादसे में मारे जाने की थ्योरी पर पूरी तरह यकीन नहीं करती।

हालाँकि एक ऐसा विषय, जिस पर काफी विवाद था, उसे 23 जनवरी, 2016 को फाइलों के सार्वजनिक किए जाने से सुलझा लिया गया। भले ही किसी कारण से सरकार ने इसे पहले स्पष्ट नहीं किया था, लेकिन अब यह साफ हो चुका है कि सुभाषचंद्र बोस को कभी अंतरराष्ट्रीय युद्ध अपराधी के रूप में वर्गीकृत नहीं किया गया था। फाइलों से यह स्पष्ट हो गया कि विभिन्न पक्षों (उच्च अदालतों के निर्देशों सहित) से दबाव के तहत 1998 के नवंबर के आखिर में भारत सरकार का सवाल अंततः ब्रिटेन की सरकार के विदेश और कॉमनवेल्थ ऑफिस के इतिहासकार निगेल जार्विस के डेस्क पर पहुँच गया। जार्विस ने जवाब में कहा कि श्री बोस का नाम कभी युद्ध अपराधियों की सूची में नहीं था, भले ही उन्हें एक देशद्रोही और राजनीतिक हस्ती माना गया था। यही नहीं, वे भारत की प्रजा के सदस्य थे, इसलिए उनका मामला अंतरराष्ट्रीय कानून के तहत ब्रिटिश भारतीय कानून के अंतर्गत चलाया गया था।

यह बात थोड़ी विचित्र लग सकती है, लेकिन गोपनीय फाइलों में से एक सबसे दिलचस्प दस्तावेज एक किताब और किसी उषा रंजन भट्टाचार्य की ओर से फाइल किया गया हलफनामा है, जिनका दावा था कि नेताजी सुभाषचंद्र बोस की हत्या 15 अगस्त, 1945 को 00-00 बजे लालकिले में कर दी गई थी। उन्होंने दावा किया कि नेताजी के कुछ विश्वासपात्रों ने उनसे छल किया और अंग्रेज मलाया के सेरेमबन (सिंगापुर से 200 मील दूर) पहुँच गए, जहाँ वह द्वितीय विश्वयुद्ध के आखिर में मौजूद थे। उसके बाद ब्रिटेन की फौज उन्हें गुपचुप तरीके से सेना के विमान में दिल्ली लेकर आई। कुछ दिनों तक उन्हें कैद में रखने के बाद उनसे पीछा छुड़ा लिया! यह भी दावा किया गया कि इस सच्चाई से ध्यान भटकाने के लिए अंग्रेजों और जापानियों ने विमान हादसे की कहानी गढ़ी। यह हलफनामा जस्टिस मुखर्जी आयोग के समक्ष दायर किया गया, जिसे भारत सरकार के पास टिप्पणियों के लिए भेजा गया। उसके बाद सरकार ने इन दस्तावेजों को गोपनीय रखने का फैसला किया।

अब थोड़ी गंभीरता से बात करें तो दस्तावेजों को सार्वजनिक करने की प्रक्रिया से नेहरूवादी उदारवादियों तथा मोदी-भक्तों के बीच एक अप्रिय विवाद खड़ा हो गया। मोदी सरकार की ओर से नेताजी से जुड़ी फाइलों को खोलने की किसी भी कोशिश को नेहरू की छवि खराब करने और उन्हें बुरे व्यक्ति के रूप में दिखाने की चाल के रूप में देखा गया। यही कारण है कि कुछ उदारवादियों ने, जिनका मन अन्यथा साफ था,

वे भी सावधान कर रहे हैं कि नेताजी के दस्तावेजों को लेकर किसी को भी सतर्क रहने की जरूरत है। एक प्रमुख बुद्धिजीवी ने कहा, 'मोदी नेताजी के दस्तावेजों को नेहरू की छवि बिगाड़ने और कांग्रेस पार्टी की साख को बट्टा लगाने के लिए जारी करना चाहते हैं। आखिर हम इस चाल में क्यों फँसें?' हालाँकि यह दलील सही नहीं है, फिर भी कई उदारवादी इस चाल में फँस रहे हैं। परिणाम यह हुआ कि नेताजी का मुद्दा और उनकी सच्चाई पीछे रह गई। इस कारण भारत सरकार के पास मौजूद फाइलों को सार्वजनिक किए जाने के पहले दौर के बाद भी हम सुभाषचंद्र बोस के गायब हो जाने के रहस्य को सुलझाने के जरा भी करीब नहीं पहुँच सके हैं।

प्रस्तावना

सत्यमेव जयते : केवल सत्य की ही विजय होती है, यह भारत का राष्ट्रीय आदर्श वाक्य है; परंतु दुःख की बात यह है कि यह आदर्श वाक्य (motto), जो 'मुंडक उपनिषद्' से लिया गया है, उस पर बहुधा अमल नहीं किया जाता है। नेताजी सुभाषचंद्र बोस, जिन्होंने भारत के स्वतंत्रता संग्राम में असाधारण योगदान दिया था, उनका रहस्यमय तरीके से गुम हो जाना और स्वतंत्रता-संग्राम में उनकी आपवादिक विशिष्ट भूमिका को इतना कम कर देना या भुला देना इस बात का सटीक उदाहरण है कि किस प्रकार से सत्य को जान-बूझकर विजयी होने से रोका गया है।

पर हर रात की एक सुबह होती है और वह लंबी अँधेरी रात, जिसमें नेताजी को इतिहास के कचरे के ढेर में डाल दिया गया था, जिनके गायब हो जाने का सत्य संभवतः सरकारी रिकॉर्डों/कागजों में छुपा हुआ था, अब उसका अंत होने वाला है।

इस दिशा में पहला गोला सुश्री ममता बनर्जी, मुख्यमंत्री, पश्चिम बंगाल द्वारा दागा गया है, जिन्होंने नेताजी से संबंधित पश्चिम बंगाल सरकार के कब्जे में चौंसठ (64) फाइलों को अवर्गीकृत करके जन-साधारण के उपयोग के लिए घोषणा कर दी है। ये फाइलें राज्य सरकार के खुफिया/गुप्तचर विभाग के कब्जे में हैं। सितंबर 2015 के मध्य में इन फाइलों को मुक्त करने के बाद कहा गया कि इन फाइलों/दस्तावेजों को पढ़ने से यह पता चलता है कि नेताजी सन् 1945 के बाद भी जीवित थे। ऐसा करके उन्होंने इतिहास रच दिया; क्योंकि यह पहला ऐसा सरकारी वक्तव्य था, जिससे यह स्पष्ट हो जाता है कि नेताजी 18 अगस्त, 1945 के बाद भी जीवित थे। बेशक नेताजी के गायब हो जाने से संबंधित जस्टिस मनोज कुमार आयोग ऑफ इंक्वायरी ने भी अपनी रिपोर्ट, जो वर्ष 2005 में पेश की गई थी, में यह कहा था कि नेताजी उस भाग्य-सूचक दिन की विमान दुर्घटना में मरे नहीं होंगे, क्योंकि इस प्रकार की किसी विमान दुर्घटना का कोई सबूत या साक्ष्य नहीं है; परंतु यह रिपोर्ट नई दिल्ली स्थित केंद्र सरकार द्वारा खारिज कर दी गई थी। वे तमाम फाइलें, जो सुश्री ममता बनर्जी द्वारा खुलवा दी गई हैं, उनकी कुल

पृष्ठों की संख्या 12,744 है। उन फाइलों को कलकत्ता के पुलिस संग्रहालय में जनता के द्वारा देखने/अवलोकन के लिए रख दिया गया है।

पश्चिम बंगाल शासन द्वारा इन फाइलों को अवर्गीकृत करने का भारत सरकार पर काफी दबाव पड़ा कि वह भी केंद्र सरकार और प्रधानमंत्री कार्यालय (PMO) में रखी गई नेताजी से संबंधित फाइलों को सार्वजनिक कर दे। इस संबंध में न केवल नेताजी के रिश्तेदार, बल्कि उनके साथ-साथ कुछ निजी संगठनों, जैसे कि राष्ट्रीय सैनिक संस्था (एक ऐसी संस्था, जिससे तमाम देशभक्त नागरिक और लाखों पूर्व सैन्य अधिकारी (Ex-Servicemen) जुड़े हुए हैं। पूर्व सेवानिवृत्त खुफिया गुप्तचर विभाग (CBI/IB) के अधिकारी, जिनके रिटायरमेंट के बाद भी होंठ बंद थे, अपनी 'ऑफ द रिकॉर्ड' बातचीत में अब कुछ-कुछ कहने लगे हैं, जिससे नेताजी के रहस्य पर और ज्यादा रोशनी पड़ने लगी है।

प्रधानमंत्री नरेंद्र मोदी ने 14 अक्तूबर, 2015 को नेताजी के परिवार के 35 सदस्यों के साथ मिलकर बातचीत की, जिस मीटिंग का काफी प्रचार भी हुआ था। श्री नरेंद्र मोदी ने कहा कि नेताजी से संबंधित फाइलों को अभी तक गोपनीय रखने का कोई कारण नजर नहीं आता। उनके परिवार के सदस्यों की प्रार्थनाओं की कद्र करते हुए उन्होंने कहा कि 23 जनवरी, 2016 से उनसे संबंधित सभी फाइलों/कागजों को अवर्गीकृत कर दिया जाएगा, जिससे कोई भी व्यक्ति उनका अवलोकन कर सके। यह उस महान् देशभक्त का 120वाँ जन्मदिन था। उन्होंने यह भी कहा कि वे विदेशी सरकारों, जिसकी शुरुआत सोवियत रूस से होगी, से भी लिखित रूप में प्रार्थना करेंगे कि वे नेताजी से संबंधित फाइलों/दस्तावेजों से, जो उनके अभिलेखागारों (Archivers) में रखी हुई हैं, उन्हें अवर्गीकृत कर दें। उन्होंने भी यह कहा कि वे अन्य देशों, जैसे अमेरिका, ब्रिटेन, जापान, चीन, सिंगापुर और मलेशिया की सरकारों से भी इसी प्रकार की प्रार्थना करेंगे। बाद में श्री मोदी ने यह भी ट्विटर पर लिखा कि इतिहास का गला घोंटने की कोई जरूरत नहीं है। वे राष्ट्र, जो अपने इतिहास को भुला देते हैं, उनके पास रचने की शक्ति नहीं होती है। स्वतंत्र रूप से काम कर रहे अनुसंधानकर्ताओं को विदेशी सरकारों के साथ व्यवहार करने में (डील करने में) तमाम बाधाओं का सामना करना पड़ता है। उन्होंने कई बार सरकार से कहा है कि सरकारी तौर पर दूसरी सरकारों से बातचीत करने में और दस्तावेजों को देखने के लिए बेहतर परिणाम मिलते हैं, परंतु इससे पहले सभी सरकारों ने चुप्पी साधे रखी। यदि वर्तमान भारत सरकार प्रधानमंत्री मोदी के वक्तव्य पर अमल करती है तो यदि देशी सरकारों के ऊपर ऐसी फाइलों को अवर्गीकृत करने के लिए दबाव पड़ेगा तो वे ऐसी सूचनाओं को सार्वजनिक करने को विवश होंगी।

तेरह फाइलों, जो इस प्रकार से सार्वजनिक की गई हैं, के अवलोकन से पता

चलता है कि नेताजी के रिश्तेदारों पर दिन-रात 24 घंटे खुफिया विभाग के अफसरों द्वारा निगरानी रखी जा रही थी। उनके यहाँ आने-जानेवाले पत्रों को भी बीच रास्ते में रोककर पढ़ा जाता था। इसमें बोस परिवार के सदस्यों द्वारा भेजे गए पत्रों और उनको मिलनेवाले पत्र भी शामिल थे। इस काम पर चौदह लोगों की एक खुफिया टीम गठित की गई थी। जाहिर है कि यह बहुत बड़ा और उत्सुक ऑपरेशन था और यह भी साफ है कि यह काम खुफिया विभाग द्वारा इसलिए किया जा रहा था कि गुप्तचर विभाग और सरकार यह जानने को बहुत ही उत्कट थी कि नेताजी कहाँ हैं और कैसे हैं। यह ऑपरेशन सन् 1960 के अंत तक जारी रखा गया, जिससे इस बात की पुष्टि होती है कि उनका विश्वास था कि नेताजी की मृत्यु तब तक नहीं हुई थी। सरकार ने इतना बड़ा खुफिया ऑपरेशन चालू कर रखा था, वह इन सरकारी समितियों को इस बात के लिए प्रोत्साहित कर रही थी, जो कि नेताजी के गायब होने के रहस्य का पर्दाफाश करने के लिए और यह जानने के लिए कि उस तथाकथित विमान दुर्घटना में वास्तव में नेताजी की मृत्यु हुई थी या नहीं, का पता लगा रही थी, जो कि अब उद्घाटित था और दस्तावेजों द्वारा पता चलता है कि ऐसी कोई विमान दुर्घटना कभी हुई ही नहीं थी।

गुप्तचर विभाग की इन फाइलों के अवलोकन से पता चलता है कि गुप्तचर लोग नेताजी के लिए बहुत दूर-दूर तक खोज कर रहे थे। वे इस बात की भी जाँच कर रहे थे कि क्या नेताजी द्वितीय विश्वयुद्ध के बाद सिंगापुर से किसी पनडुब्बी (Sub-Marine) द्वारा भाग जाने में सफल हो गए थे? वे इस बात का भी पता लगाने की कोशिश कर रहे थे कि कहीं वे चीन तो नहीं चले गए थे और वहाँ पर माओ जेदोंग की सेना के साथ तो नहीं मिल गए? खुफिया विभाग के लोगों को चीन के मामले में इस बात से भी शक हुआ, क्योंकि नेताजी के परिवारवाले भी इस बात का पता लगाने का प्रयास कर रहे थे कि कहीं नेताजी 5 मार्च, 1948 को चीन तो नहीं पलायन कर गए थे। चाऊ सियांग कुग (Chow Hsiang Kungg) जो कि उस वक्त के दिल्ली के पुराने सचिवालय में संभवत: दुभाषिए के रूप में काम करते थे, ने यह सुराग दिया था कि नेताजी बहुत संभव है कि नानकिंग या नानज़िंग में हों। यह पत्र उन्होंने नेताजी सुभाषचंद्र बोस के बड़े भाई शरत चंद्र बोस के बेटे अमिय नाथ बोस के एक पत्र के उत्तर में दिया था। यह पत्र उनके कलकत्ता के पते पर भेजा गया था; पर खुफिया विभाग की मेहरबानी से वह पत्र पोस्ट ऑफिस में ही जब्त कर लिया गया और अमिय नाथ बोस तक पहुँचा ही नहीं। इस रहस्य को और बल इस बात से मिला कि 'ब्लिट्ज' नामक पत्रिका (टैबलॉयड) में 26 मार्च, 1949 को यह लिखा कि नेताजी लाल (कम्युनिस्ट) चीन में जीवित थे। कुछ साल बाद सन् 1956 में सुभाषचंद्र बोस के बड़े भाई सुरेश चंद्र बोस ने इस बात की संभावना व्यक्त की कि नेताजी चीन में रह रहे थे। सुरेश चंद्र बोस नेताजी की विमान

दुर्घटना में मृत्यु के बारे में जाँच करने के लिए बनी शाहनवाज समिति के भी सदस्य थे, जो उसी साल गठित की गई थी। उन्होंने उस समिति की रिपोर्ट में अपने असम्मति (dissenting) नोट में कहा कि समिति के सम्मुख दो गवाहों ने कहा था कि नेताजी ने वियतनामियों के जरिए कम्युनिस्ट चीन से संपर्क साधने का प्रयास किया था, जिससे कि वे कम्युनिस्ट नेता हो ची मिन्ह से मुलाकात कर सकें।

उन लोगों ने यह भी रिकॉर्ड करवाया था कि संभवत: नेताजी का इरादा था कि वे यूनान को पार करके दक्षिण-पूर्व चीनी नेता माओ जेदोंग के हेडक्वार्टर पर पहुँच जाएँ। दोनों ही गवाही देनेवाले अफसर आई.एन.ए. (इंडियन नेशनल आर्मी) के सदस्य थे। यह फौज भारतीय राष्ट्रवादी, जो एशिया में रहते थे, के द्वारा सन् 1942 में बनाई गई थी, अंग्रेजों के साथ युद्ध करके उन्हें भारत से बाहर निकालने के उद्देश्य से। शाहनवाज खान उसके एक वरिष्ठ सदस्य थे। सुरेश चंद्र बोस ने यह सबूत दिया था, जो काफी मजबूत नजर आ रहा था कि नेताजी रूसी नेताओं से संपर्क करने का प्रयास कर रहे थे। यह उनका (नेताजी और जापानियों का) एक संयुक्त प्रयास था और सोची-समझी योजना थी कि नेताजी अंततोगत्वा रूसी क्षेत्र में चले जाएँ।

जो फाइलें खोली गई हैं, उनमें से सी.आई.डी. हावड़ा की एक रिपोर्ट के अनुसार, जो ब्रिटिश और अमेरिकन गुप्तचर विभाग की एक सूचना पर आधारित थी, कि नेताजी सन् 1945 के बाद भी जीवित थे और उन्होंने रूस में शायद ट्रेनिंग ली होगी। एक पत्र, जो सी.आई.डी. द्वारा रास्ते में ही जब्त कर लिया गया था, जिसे 18 नवंबर, 1949 को अमिय नाथ द्वारा उनके भाई शिशिर कुमार बोस को लिखा था, में यह जिक्र किया गया था, ''पिछले एक माह से वह रेडियो पर शॉर्ट-वेव पर 16mm (sw 16mm) पर एक संदेश आ रहा था कि नेताजी रेडियो पर अपना संदेश प्रसारित करना चाहते हैं (नेताजी रेडियो पर बंगाली में अपना ट्रांसमीटर कॉथा बोलना चाहेंगे)। यह वाक्य कई घंटे बार-बार दोहराया जा रहा था। इस लॉट (बंडल) की अन्य फाइलों को पढ़ने के बाद यह पता चलता है कि यू.एस. और यू.के. तथा भारतीय गुप्तचरों की रिपोर्ट के अनुसार, नेताजी विमान दुर्घटना में खत्म हो गए थे, परंतु हर बार बाद में यह पता चलता था कि नेताजी अभी जीवित थे।''

इस विश्वव्यापी और गहन खोज में (कांग्रेस का) एक निहित राजनीतिक उद्देश्य था। एक बहुत बड़े इंटेलिजेंस अधिकारी (सतर्कता आयोग के ऑफिसर) के अनुसार, जो अब एक शांत रिटायर्ड जीवन व्यतीत कर रहे थे, ''सुभाषचंद्र बोस जीवित थे और यदि वह 1950 के दशक के मध्य में प्रकट होते, तब प्रधानमंत्री जवाहरलाल नेहरू की गद्दी को खतरा होता; क्योंकि सुभाषचंद्र बोस एक चमत्कारी पुरुष थे और वे अपने करिश्मे के बल पर चुनाव जीतकर नेहरूकी कुरसी को खतरे में डाल देते! अतएव आई.

बी. को इसलिए इस काम पर लगाया गया था कि वे कहाँ पर हैं और क्या कर रहे हैं?'' उस अधिकारी ने कई वर्षों की लंबी चुप्पी को तोड़ते हुए कहा।

उन्होंने अपना सारा सेवाकाल आई.बी. में सन् 1950 से 1990 तक व्यतीत किया था और इस प्रकार से वे कई तथ्यों और रहस्यों से वाकिफ थे। उनका यह कहना था कि यह अन्य कोई नहीं, बल्कि श्री भोलानाथ मल्लिक थे, जो कि बीस वर्षों तक लगातार आई.बी. के चीफ बने रहे थे, जो कि अपने आप में किसी सरकारी अधिकारी के लिए एक रिकॉर्ड था। इस अधिकारी ने आगे यह भी बताया कि उन्होंने ही नेताजी एवं उनके परिवार के सदस्यों पर यह जासूसी करवाई। उन्होंने यह भी बताया कि श्री भोलानाथ मल्लिक, जिन्हें तत्कालीन प्रधानमंत्री पं. जवाहरलाल नेहरू का संरक्षण प्राप्त था, भारतीय गुप्तचर सेवा के जनक कहलाए जाते थे। वह सन् 1948 से1968 तक आई.बी. के मुख्य पद पर आसीन रहे। उन्हें नेहरूजी का पूर्ण विश्वास प्राप्त था और वे नेहरूजी को भी 'लेक्चर' दे सकते थे। यह भी बड़ी दिलचस्प बात है कि वे कलकत्ता के उसी श्याम बाजार क्षेत्र से थे, जहाँ नेताजी का होम-टाउन था।

इस प्रकार की जासूसी इसलिए और इस आशंका से की जा रही थी कि नेताजी जहाँ भी होंगे, अपने परिवारवालों से संपर्क अवश्य करेंगे। नेताजी के परिवारवालों पर निगाह कलकत्ता आई.बी. शाखा द्वारा रखी जा रही थी। उस ऑफिसर ने आगे जोड़ा कि नेताजी या तो सोवियत रूस या जापान में छुपे हुए थे। जापान की संभावना इसलिए थी, क्योंकि आखिरी खबर उनके जापान अधिकृत सैगॉन में होने की थी। हालाँकि द्वितीय विश्व युद्ध के बाद सैगॉन का शासन बदल गया था, पर फिर भी जापानी सम्राट् का वहाँ उस वक्त भी दबदबा था। इसी प्रकार से उनके विदेश मंत्री भी ममोरू शिगे मित्सु और अन्य उच्च स्तरीय मंत्रियों व अधिकारियों का वहाँ पर उन्हीं पदों पर 1950 के दशक के मध्य तक प्रभाव बना हुआ था और वे अपने-अपने पदों पर वहाँ आसीन थे।

अंतत: उस सेवानिवृत्त अधिकारी के अनुसार, आई.बी. इस तथ्य को साबित नहीं कर पाई कि नेताजी कहाँ पर थे। जिस वक्त नेताजी तमाम दुनिया के लिए खो गए थे, उनके कई पूर्व सहयोगियों का नेहरू सरकार ने खूब स्वागत-सत्कार किया और उन्होंने भी मौके का खूब फायदा उठाया। शाहनवाज खान, जो उस समिति के मुख्य थे और जिन्हें यह पता लगाना था कि नेताजी की जो ताइवान व तथाकथित विमान दुर्घटना में जीवित बचे थे या नहीं, को केंद्र सरकार में न केवल मंत्री बनाया गया, बल्कि उन्हें उत्तर प्रदेश के सहारनपुर जिले में एक विशाल फार्म हाउस स्थापित करने दिया गया। वह विशाल कृषि क्षेत्र जंगल रिजर्व के साथ लगा हुआ था और यह भी कहा जाता है कि उन्होंने जंगल की तमाम जमीन भी हड़प ली थी और प्रशासन ने आँखें मूँदे रखीं। ऐसा प्रतीत होता है कि शाहनवाज खान को लाभ पहुँचाने हेतु उनके खेत के निकट एक रेलवे

स्टेशन भी बनवा दिया गया था। आनंद मोहन सहाय, जो नेताजी सुभाषचंद्र बोस की आजाद हिंद फौज का एक अहम हिस्सा थे, को (नेहरू काल में) एक उच्च राजनयिक पद दे दिया गया था। एक अजीब बात यह है कि अपने संस्मरण 'हलचलवाले समय : एक राष्ट्रवादी की आत्मकथा' (Stirring Times : An autobiography an Indian Nationlist) आई.एन.ए. काल का जो अध्याय है, उसे उनकी पुत्री द्वारा संकलित किया गया था, जिसमें आई.एन.ए. के संबंध में बहुत साधारण विवरण है। उनका यह दावा है कि उस कालखंड के नोट्स सहाय साहब खो बैठे थे और यह विवरण उनके पिताजी के साथ बिताए गए समय में, जो सामग्री उनके हाथ लगी, पर आधारित है। परंतु इससे किसी को भी यह आभास हो जाएगा कि उनके जीवन-काल के उस महान् और अविस्मरणीय समय को जान-बूझकर कमतर करके दिखाया जा रहा है। संभवत: इस आशय से स्वतंत्रता-संग्राम में नेताजी की भूमिका को नकारात्मक रूप से दिखाया जाए।

वे लोग, जो इस तथ्य को उद्घाटित करना चाहते थे, उन लोगों पर दबाव बनाया गया कि वे इस खोजबीन से बचें। सुरेश चंद्र बोस ने अपनी Dissent Report में लिखा है, "मुझे इस बात का दु:ख है कि उच्च स्तरीय अधिकारियों द्वारा मेरे इस प्रयास पर कि मैं सत्य का वर्णन करूँ, विघ्न-बाधा डाली गई और दबाव डाला गया कि मेरे लिए ऐसा लिखना असंभव हो जाए। इस उद्देश्य को दृष्टि में रखते हुए और जब मैंने अपने सहकर्मियों की राय के खिलाफ राय देनी चाही तो उस तत्कालीन प्रधानमंत्री की भी सलाह थी मुझे कागज का एक भी ऐसा टुकड़ा नहीं दिया गया, जो कि मेरी रिपोर्ट लिखने के लिए आवश्यक था। अमित मित्रा, जो सुरेश चंद्र बोस के पौत्र (पोते हैं) और वर्तमान पश्चिम बंगाल सरकार में वित्त उद्योग मंत्री हैं, बताते हैं कि किस प्रकार से शाहनवाज खान उनके दादा (पितामह) के पास आए थे और उनसे आग्रह किया था कि वे मुख्य रिपोर्ट के खिलाफ न जाएँ, जो कि इस तथ्य को सार्वजनिक करती थी कि सुभाषचंद्र बोस वास्तव में विमान दुर्घटना में मारे गए थे।

हालाँकि यह संभव है कि नेताजी के गायब होने के प्रति अब फिर से दिलचस्पी पैदा हुई है, उससे दशकों लंबे इस रहस्य पर से परदा उठ जाए; परंतु कई लोगों का सोचना है कि फाइलों के खुलासा करने से कोई परिणाम नहीं निकलेगा। दरअसल, केंद्र सरकार के पास संभवत: बहुत कम ऐसी फाइलें हैं, जो इस पर रोशनी डाल सकें। भारत के पहले मुख्य सूचना अधिकारी वजाहत हबीबुल्लाह की कई रिपोर्टों को प्रेस में जुलाई-अगस्त, 2015 में कोट किया गया था कि पी.एम.ओ. की कस्टडी में शायद ही कुछ फाइलें अब शेष बची हों; जबकि उन्होंने इसके पीछे कोई साजिश होने से पूर्णतया इनकार नहीं किया था। पर उन्होंने इस संभावना पर से भी नहीं इनकार किया था कि ये फाइलें पी.एम.ओ. और सरकारी दफ्तरों में खराब रिकॉर्ड रखने की प्रक्रिया में भी स्वत:

नष्ट हो गई हों। उन्होंने आगे यह भी जिक्र किया कि उनके कार्यकाल में भी कई फाइलें उपलब्ध नहीं हो सकीं; क्योंकि वे खोजी नहीं जा सकीं। हबीबुल्लाह ने यह भी खुलासा किया कि भारत सरकार का सोचना था कि फाइलों के सार्वजनिक होने से भारत सरकार और रूस के संबंध खराब हो जाएँगे।

पश्चिम बंगाल शासन द्वारा भी जो फाइलें आम जनता के सामने लाई गई हैं, उनमें भी कई जगह कई पन्ने (पृष्ठ) गायब हैं। शासकीय स्रोतों का कहना है कि इन फाइलों के पन्ने पिछली सरकारों के शासनकाल से ही गायब हैं और वे पूर्व शासन में ही खराब कर दी गई होंगी। परंतु पश्चिम बंगाल के सेवानिवृत्त आई.पी.एस. अधिकारी, जिन्होंने आई.बी. में भी अपनी सेवाएँ दी थीं, का कहना है कि इन फाइलों को संभवत: इस कारण से गोपनीय वर्गीकृत किया गया था, क्योंकि उनमें कई महत्त्वपूर्ण व्यक्तियों के संबंध में ऐसे सत्य तथ्य थे, जिनकी गतिविधियों का उससे खुलासा हो जाता और वे अभी भी महत्त्वपूर्ण पदों पर आसीन हो सकते हैं तथा उनकी प्रतिष्ठा अभी भी निष्कलंक ही मानी जाती है।

उस आई.पी.एस. अधिकारी ने इंटेलिजेंस ब्यूरो में अपने कार्यकाल के दिनों में नेताजी के बारे में विस्तृत अध्ययन किया था और जानकारी बटोरी थी। उनका कहना है कि नेताजी सुभाषचंद्र बोस एक फोकस्ड या एक-चित्त व्यक्तित्व के पुरुष थे और भारत को स्वतंत्र कराना उनका एकमात्र लक्ष्य था। अन्य सब बातें उनके लिए गौण थीं। वे एक स्पष्ट वक्ता और सीधी बात करनेवाले आदमी थे और इधर-उधर की बातें करना उनके स्वभाव में नहीं था। इस कारण से कई लोग ऐसा सोचते थे कि वे एरोगेंट व घमंडी थे; परंतु ऐसा नहीं था। केवल यह था कि वे अति-आत्मविश्वास से भरपूर थे।

सुरेश चंद्र बोस का मानना है कि नेताजी एक अलग ही मिट्टी के बने हुए थे और वे एक असाधारण व्यक्तित्व के धनी थे। वे धर्मनिष्ठ थे और प्राणीमात्र के लिए प्रेम और सहानुभूति उनके स्वभाव का एक हिस्सा था। एक युवा बालक के रूप में भी वे रिजर्व्ड, सौम्य और सोच-विचार करनेवाले व्यक्ति थे, जिनका काफी समय गुप्त रूप से ध्यान (meditation) में व्यतीत होता था।

अंततोगत्वा इसी तथ्य या चारित्रिक गुणों ने उनको वह असाधारण व्यक्तित्व प्रदान किया था।

परिचय :
एक तीर्थयात्री की प्रगति

जून 1993 के उत्तरार्द्ध में रूस में भारत के तत्कालीन राजदूत (एंबेसडर) श्री रोनेन सेन को भारतविज्ञ अल्बर्ट बेलस्काई द्वारा यह जानकर बहुत ही अचंभा हुआ कि द्विमासिक पत्रिका 'एशिया एंड अफ्रीका टुडे', जो मॉस्को से प्रकाशित होती थी, के आगामी अंकों में सुभाषचंद्र बोस के बारे में लेखों की एक शृंखला प्रकाशित होगी। इन लेखों में नेताजी सुभाषचंद्र बोस का चरित्र ब्रिटिश गुप्तचर एजेंसी MI6 (एम.आई.6) के एक एजेंट की तरह चित्रित किया जाएगा, जो कि उनके लिए खुफिया जानकारी एकत्र करने के लिए जिम्मेदार थे (एम.आई.5 उनकी आंतरिक सुरक्षा के प्रति जिम्मेदार थी)। रोनेन सेन को यह भी जानकारी दी गई कि इसके लिए आवश्यक जानकारी सोवियत संघ की गुप्तचर संस्था के.जी.बी. द्वारा उनके पास उपलब्ध गोपनीय दस्तावेजों द्वारा प्रेषित की जाएगी। इस सनसनीखेज खुलासे या सूचना के मिलने पर रोनेन सेन चिंतित हो गए कि इसका भारत के संबंधों पर क्या असर पड़ेगा। इस महत्त्वपूर्ण सूचना को सेन ने 24 जून, 1993 को तत्कालीन विदेश सचिव श्री ज्योतिंद्र नाथ दीक्षित को प्रेषित कर दिया। साथ ही, उन्होंने सूचना कौंसलर अजय मल्होत्रा से उस पत्रिका के उप मुख्य संपादक वी.के. टूर्डजेव से मिलकर उस सामग्री को जानने के लिए या प्राप्त करने के लिए कहा, जो उनके कब्जे में थी तथा उनको यह भी कहा कि वे इस प्रकार की कलंकित करनेवाली चरित्र-हननात्मक कहानी एक भारतीय देशभक्त के बारे में न प्रकाशित करें।

मल्होत्रा टूर्डजेव से 29 जून, 1993 को मिले। संपादक ने इस बात की पुष्टि की कि वे इस प्रकार के लेख प्रकाशित करने जा रहे थे और ऐसे पहले लेख का शीर्षक 'The secret behind the Death of Subhash Bose' (नेताजी सुभाषचंद्र बोस की मृत्यु के पीछे का गुप्त रहस्य) था। उन्होंने मल्होत्रा को काफी दूर से एक पत्र दिखाया, जिसकी तिथि 11 दिसंबर, 1943 थी और उस पर 'Top Secret' की मुहर लगी हुई थी। वह पत्र ब्रिटिश गुप्तचर एजेंसी के कर्नल जी.ए. हिल द्वारा कर्नल ए.पी. ओसिपोव को

लिखा गया था। उसमें यह लिखा गया था कि बोस और उनके एक निकटतम सहयोगी ने ब्रिटिश खुफिया विभाग के साथ सहयोग किया था और उनके एक करीबी सहयोगी ने के.जी.बी. के साथ सहयोग किया था। टूर्डजेव ने मल्होत्रा को यह भी बताया कि के. जी.बी. में उनके एक विश्वसनीय संपर्क सूत्र ने उन्हें वह सब सामग्री उपलब्ध कराई है, जिसके आधार पर उन्होंने इस श्रृंखला को छापने की योजना बनाई है तथा उन्होंने यह पत्र उन्हें इस बात के सुबूत के तौर पर दिखाया है कि उनकी यह श्रृंखला मौलिक सामग्री पर आधारित थी।

मल्होत्रा को यह भी बताया गया कि जनवरी 1941 में बोस अपने कलकत्ता स्थित घर से काबुल, अफगानिस्तान भागने में इसलिए सफल हुए थे, क्योंकि ब्रिटिश गुप्तचरों ने उनके साथ सहयोग किया था और इसी कारण से वे काबुल में एक माह तक सुरक्षित रह सके, बिना सुरक्षा बलों द्वारा गिरफ्तार किए। नेताजी के भारत संबंधी कोई भी निर्देश जर्मनी से नहीं आए थे, जैसे कि भारत की पश्चिमी सीमा पर तोड़-फोड़ या इस प्रकार की देशद्रोही गतिविधियों को अंजाम देना, जिसको कभी भी अंजाम देना ही नहीं था; क्योंकि यह सब ब्रिटेन के निर्देशानुसार हो रहा था और बोस उन आदेशों का पालन कर रहे थे।

मल्होत्रा इस जानकारी से चौकन्ने हो गए और बिना कोई देरी किए उन्होंने इस बात की विस्तृत जानकारी राजदूत रोनेन सेन को दी। सेन ने भी बिना किसी विलंब के यह सूचना नई दिल्ली स्थित विदेश मंत्रालय को आगे की काररवाई हेतु प्रेषित कर दी। परंतु राजधानी में बैठे सरकारी आका रूस से आई इस सूचना का सही महत्त्व समझ नहीं सके। वे यह नहीं समझ पाए कि MI6 और के.जी.बी. के बीच चल रहे इस महान् खेल में नेताजी को एक कापुरुष या खलनायक के रूप में पेश करने की एक पुरजोर कोशिश थी। इस तरह का खेल खेलने का उनका मुख्य उद्‌देश्य अपने शत्रुओं को नष्ट करना होता था। उस समय के भारतीय शासन को इस विचार ने जकड़ रखा था कि भारतीय जनता की क्या प्रतिक्रिया होगी, जब उन्हें पता चलेगा कि उनके प्रिय क्रांतिकारी नेताजी सुभाष ब्रिटिश एजेंट थे। यह एक बड़ी विडंबना है कि तत्कालीन भारतीय सरकार इस शरारतपूर्ण सुझाव, कि नेताजी ब्रिटिश एजेंट थे, को कोई भाव दे रही थी; जबकि नेताजी आजीवन ब्रिटिश हुकूमत के कट्टर विरोधी थे।

इस प्रकार, इसके भारत सरकार के बड़े-बड़े आला अफसर और मंत्री रायसीना की पहाड़ियों पर स्थित नॉर्थ ब्लॉक और साउथ ब्लॉक से शासन चला रहे थे, वे नेताजी, जो भारत के महानतम स्वतंत्रता सेनानियों में से एक थे, उनके पक्ष में आवाज उठाते और ब्रिटिश व रूसी खुफिया एजेंसियों द्वारा रची गई नेताजी को बदनाम करने की साजिश का पर्दाफाश करते, उन्होंने इसके विपरीत एक बहुत ओछी रणनीति बनाई जो संभवत: तत्कालीन केंद्र में जो राजनीतिक पार्टी सत्ता में थी (कांग्रेस, उसके निर्देशानुसार), उसकी

छवि को बनाए रखने के लिए रही होगी। इस विचलित कर देनेवाली सूचना का खंडन करने के बजाय उन्होंने अपनी पुरानी रणनीति अपनाई—इस सूचना को आधार मानते हुए वे यह साबित कर दें कि नेताजी वास्तव में ताइवान में हुई विमान दुर्घटना में मारे गए थे और वे अस्थियाँ, जो टोक्यो (जापान) में एक पात्र में रखी हैं, रेन्कोजी मंदिर में रखी हुई थीं, वे दरअसल उस महान् देशभक्त की ही हैं। इस प्रकार, इन कई प्रकार की अटकलों कि द्वितीय विश्व युद्ध के बाद नेताजी कहाँ और कैसे गायब हो गए थे, पर हमेशा के लिए पटाक्षेप हो जाएगा। इससे हिंदी की प्रसिद्ध कहावत, 'न रहेगा बाँस, न बजेगी बाँसुरी' चरितार्थ हो जाएगी। दरअसल, इसका अर्थ होगा कि जब किसी विवाद का कारण ही नहीं होगा तो विवाद कैसा?

इस उद्देश्य को दृष्टि में रखते हुए अक्तूबर, 1993 में तत्कालीन प्रधानमंत्री पी.वी. नरसिम्हा राव के मुख्य सचिव अमरनाथ वर्मा द्वारा संबंधित विभागों को आदेश जारी किया गया कि जनवरी 1997 तक, नेताजी की जन्मशती मनाई जाने के पहले, इस विवाद को समाप्त कर दिया जाए। तत्कालीन गृह सचिव के. पद्मनाभैया (K. Padmanabhaiah) ने नेताजी के परिवारवालों को हर संभव तरीके से यह समझाने का प्रयास किया कि रेन्कोजी, मंदिर टोक्यो में रखी हुई अस्थियाँ सुभाषचंद्र बोस की ही थीं। भारत सरकार के एक उच्च स्तरीय मंत्री को भी जर्मनी, नेताजी की विधवा एमिली शेंकल से मिलने के लिए भेजा, इस ब्रीफ के साथ कि वह उन्हें समझाएँ और इस बात पर राजी करें कि नेताजी ताइहोकू (ताइपेइ) एयरपोर्ट में विमान दुर्घटना में मारे गए थे। परंतु इस सबका कोई नतीजा नहीं निकला।

कुछ सालों बाद कलकत्ता हाई कोर्ट के एक आदेश के बाद नेताजी के गायब होने की परिस्थितियों के लिए एक जाँच समिति गठित की गई। इस आदेश के बाद सुप्रीम कोर्ट के सेवानिवृत्त जज श्री मनोज कुमार मुखर्जी की अध्यक्षता में एक सदस्यीय जाँच समिति सन् 1999 में बैठाई गई। इस समिति ने तत्कालीन गृह सचिव कमल पांडे से नेताजी से जुड़ी हुई फाइलों को उपलब्ध कराने को कहा; परंतु पांडेजी ने ऐसा करने से इनकार कर दिया। इसके बजाय श्री कमल पांडे ने जाँच आयोग को एक शपथ-पत्र दाखिल किया कि फाइलों के अंदर कुछ ऐसे तथ्य दबे पड़े हैं, जिनके उद्घाटन से जनता की आँखों में नेताजी की छवि कमतर हो जाएगी। इसके अलावा, मित्र देशों के साथ भी हमारे (भारत के) संबंधों पर बुरा असर पड़ सकता है। इस पुस्तक के लिखे जाने तक, यानी सन् 2015 में, भारत सरकार इसी आधार पर इन फाइलों को अवर्गीकृत करने में संकोच कर रही है या यों कहा जाए कि डर रही है। दरअसल, बोस ने ब्रिटिश साम्राज्य और शासन को जड़ से उस वक्त हिला दिया था, जब वे कलकत्ता के अपने एल्गिन रोड स्थित घर से तमाम कड़े पहरे और जासूसों की मौजूदगी में 16-17 जनवरी को देर

रात चकमा देकर भाग निकले थे। जासूसों ने उनके घर में कुछ ऐसे नौकर रख छोड़े थे, जो उनके लिए सूचना प्रदान करने का काम करते थे; परंतु फिर भी बोस ने अपनी भाग निकलने की योजना इतनी सूक्ष्मता से बनाई थी कि उनके इस कठिन और जोखिम भरे काम की खबर केवल कुछ अत्यंत विश्वासपात्रों को ही थी।

सन् 1939 में कांग्रेस के आकाओं के साथ संबंध बिगड़ने के बाद भी सुभाषचंद्र बोस को उस साल कांग्रेस का अध्यक्ष चुना गया था। उन्होंने कांग्रेस के तथाकथित सरकारी और गांधीजी द्वारा समर्थन प्राप्त उम्मीदवार को चुनाव में हराया था, फिर भी कांग्रेस की उस समय की लॉबी के असहयोग के बाद उन्होंने अपने पद से इस्तीफा दे दिया था। ब्रिटिशों को यह अंदाजा तो हो गया था कि बोस अब एक कमजोर विकेट पर खेल रहे थे, परंतु वे इस बात से आशंकित थे कि उनसे यह आशा नहीं की जा सकती थी कि वे चुप बैठे रहेंगे। उस वक्त द्वितीय विश्व युद्ध पूरे जोरों पर था और कांग्रेस ब्रिटिशों को युद्ध में सहायता के पक्ष में थी और अपने सैन्य बलों को युद्ध-क्षेत्र में भेजने को तैयार थी। इस शंका और भय के कारण बोस को गिरफ्तार करके कलकत्ता की प्रेसीडेंसी जेल में भेज दिया गया। अंग्रेज उनको द्वितीय विश्वयुद्ध की समाप्ति तक जेल में ही कैद किए रखना चाहते थे।

सुभाषचंद्र बोस एक बहुत ही शक्तिशाली व्यक्तित्व के पुरुष थे और वे अकर्मण्य रहकर अपना जीवन, चाहे जेल में हो या बाहर, नहीं बिता सकते थे। उन्होंने जेल से बाहर निकलने का एक रास्ता ढूँढ़ ही निकाला। अपनी योजना के एक हिस्से के अनुसार, उन्होंने जेल में अनिश्चितकालीन भूख हड़ताल शुरू कर दी, जिससे उनका स्वास्थ्य गिरता ही चला गया। ब्रिटिश शासन इससे बहुत घबरा गया। यह सोचकर कि कहीं उनको जेल में कुछ हो गया तो फिर भारतीय जनता ब्रिटिश शासन के और खिलाफ हो जाएगी, उन्होंने बोस को जेल से रिहा कर उनके कलकत्ता स्थित घर में नजरबंद कर दिया। यहाँ पर उन्होंने अपने पहरेदारों को चकमा दे दिया और वहाँ से भी फरार हो गए। वे ब्रिटिश जासूस, जो बोस के घर के बाहर दिन-रात नजर रखे रहते थे, उनको कुछ भी अंदाजा नहीं मिला और न ही कोई सुराग कि बोस इतनी कड़ी सुरक्षा के बावजूद कैसे घर से भाग निकलने में कामयाब हो गए? वे लोग इस मुगालते में थे कि बोस अपने घर के ही अंदर हैं और कुछ आध्यात्मिक साधना के लिए अपने घर के ही अंदर किसी एकांत जगह पर बैठ गए होंगे। यह सर्वविदित था कि बोस का झुकाव अध्यात्म की ओर था। जब दस दिनों बाद बोस के परिवारवालों ने यह घोषित किया कि बोस गायब हैं, तब ब्रिटिश शासन में हड़कंप मच गया। उस वक्त बोस ट्रेन द्वारा छद्म वेश में कलकत्ता से पेशावर तक एक लंबी यात्रा करने के बाद तत्कालीन भारत के सीमांत क्षेत्र से लगे अफगानिस्तान में प्रवेश कर रहे थे। उनका इरादा था कि वे अफगानिस्तान की सीमा पार

करके किसी प्रकार सोवियत संघ (रूस) पहुँच जाएँ।

ब्रिटिश शासन को अब तक भी कोई सुराग नहीं मिल पाया था। उनका सोचना था कि वे कलकत्ता से किसी प्रकार निकलकर जहाज द्वारा जापान की ओर जा रहे हों। बाद में उन्होंने यह भी अनुमान लगाया कि संभवतः वे जर्मनी जाने का प्रयास कर रहे होंगे। इसके तुरंत बाद ही ब्रिटिश प्रधानमंत्री विंस्टन चर्चिल द्वारा युद्ध के समय गठित की गई स्पेशल ऑपरेशंस एक्जीक्यूटिव (SOE), जो युद्धकालीन देशद्रोही गतिविधियों को कुचल देने के उद्देश्य से रची गई थी, को आदेश दिया गया कि बोस के दिखाई देने पर फौरन-से-पेश्तर तुरंत ही गोली मार दी जाए। अंग्रेजों को आशा थी कि बोस इस्तांबुल के जरिए जर्मन सीमा पार करेंगे; पर जैसा बाद में पता चला, बोस का पहला चुनाव या विकल्प रूस जाने का था।

रूस में सन् 1917 की जनक्रांति के बाद यह आशा की जा रही थी कि भारत जैसा तुच्छ देश और बोस हालाँकि कम्युनिस्ट नहीं थे, तथापि यह आशा थी कि भारत की प्रगति के लिए वहाँ भी धीरे-धीरे जमींदारी प्रथा का उन्मूलन करना और जमीन को पुनः उन लोगों में वितरित करना पड़ेगा, जो इसके वास्तविक हकदार हैं—यानी खेतिहर मजदूरों को, साथ ही भारत के विकास के लिए योजनाबद्ध तरीके से आधुनिक उद्योगों को लगाना होगा। दरअसल, उस समय के कांग्रेस अध्यक्ष ने योजना समिति की स्थापना की थी। यही समिति स्वतंत्रता के बाद योजना आयोग बन गई थी, जिसका नाम अब वर्तमान पी.एम. नरेंद्र मोदी ने 'नीति आयोग' कर दिया है। वास्तव में, बोस अपने क्रांतिकारी विचारों के कारण कांग्रेस के उस गुट से तालमेल या सामंजस्य नहीं बैठा सके, जिनके इशारों पर कांग्रेस चलती थी। भूमि के संबंध में वह बहुत मौलिक संशोधन या सुधार चाहते थे, आमूलचूल परिवर्तन लाना चाहते थे; पर पार्टी के जो आका थे, वे अंग्रेजों को इस देश के/भूमि के मालिक को एक नए मालिक से बदलना चाहते थे। वे ब्रिटिशों को देश से निकालने के बाद यथा स्थिति को अस्थिर नहीं करना चाहते थे, संशोधन या सुधार के द्वारा।

अफगानिस्तान (काबुल) से सीमा पार कर वे सोवियत संघ जाना चाहते थे, पर इस प्रयास में सफल नहीं हुए। हालाँकि जर्मनी एक-दूसरे पर आक्रमण न करने के समझौते के कारण सोवियत संघ से युद्ध नहीं करना चाहता था, तथापि यह आशा बन रही थी कि इस संधि या समझौते का शीघ्र ही उल्लंघन होना था।

इससे भी ज्यादा महत्त्वपूर्ण बात यह थी कि सोवियत संघ की खुफिया एजेंसी यह अफवाह फैला रही थी कि शीघ्र ही लाल सेना (कम्युनिस्टों की सेनाएँ) भारत की उत्तर-पश्चिमी सीमा पर हमला करके उसे मुक्त करा लेंगी। जब अंग्रेजों को यह पता चला कि बोस सोवियत संघ जाने का प्रयास कर रहे हैं, तब उनके भय व आशंका को

और बल मिल गया। इस अफवाह का उन्होंने यह चेतावनी देकर विरोध किया कि ब्रिटिश सेनाएँ दक्षिणी रूस पर हमला करेंगी, जहाँ तेल के तमाम भंडार थे। यह शहर अजरबैजान, जो कैस्पियन सागर के पश्चिमी तट पर बसा हुआ था, सोवियत संघ के लिए ऊर्जा और तेल का स्रोत था। फिर रूसी सत्ता इस मामले में ठंडी पड़ गई कि बोस को शरण देना उनके लिए एक खतरा बन सकता है कि भारत पर आक्रमण होना अब कमोबेश निश्चित है और कभी भी हो सकता है। इस तथ्य या संभावित भय के कारण बोस को सोवियत संघ ने जर्मनी जाने के लिए अल्प अवधि—23-31 मार्च—के लिए ट्रांजिट वीजा दे दिया। यह वीजा भी बोस को इतालवी सहयोग से मिला, जिन्हें बोस और उनके उद्देश्यों से सहानुभूति थी और बोस के बारे में उनकी राय अच्छी थी।

एडॉल्फ हिटलर, जर्मनी के तत्कालीन चांसलर, ब्रिटिशों से बहुत ज्यादा प्रभावित थे। इस तथ्य के बावजूद कि वे उनसे संघर्षरत थे, वे उनकी तरह दिखना चाहते थे। वैसा ही अंग्रेजी पहनावा और तहजीब पसंद करते थे। उनका विश्वास था कि एशिया महाद्वीप की प्रजातियाँ और अनार्य लोग एक निम्न नस्ल के लोग थे। ऐसा उन्होंने अपनी आत्मकथा 'मेन कोम्फ' (Mein Kompf), जो सन् 1925-26 में दो खंडों में प्रकाशित हुई थी, में भी लिखा है। जर्मन लोगों में अपनी नस्ल के प्रति बहुत श्रेष्ठता-बोध है और एशियाटिक अन्य नस्ल के प्रति हीन भावना। इसी कारण से 1936 में उन्होंने (जर्मनी ने) ओलंपिक खेलों का आयोजन किया था, इस उम्मीद से कि जर्मनी और यूरोपीय देशों का इसमें वर्चस्व रहेगा। पर इसके विपरीत, एफ्रो-अमेरिकन एथलीट जैसी ओवेंस ने ट्रैक और फील्ड रिकॉर्ड्स में अपना परचम लहराया और कई स्वर्ण पदक जीते। हिटलर इस घटना से इतना क्षुब्ध हुआ कि वह लाल-पीला होता हुआ स्टेडियम के बाहर चला गया। बोस, जिन्होंने ऑस्ट्रिया में काफी लंबा समय बिताया था, ने हिटलर के नस्लवादी दृष्टिकोण की घोर भर्त्सना की और उनसे आग्रह किया कि वे अपने इस भेदभावपूर्ण नजरिए को वापस ले लें (किताब में से हटा दें)।

इस प्रकार, बोस का मानना था कि जर्मनी में उनके लिए रहना और उससे सहायता की आशा करना उतना आसान नहीं होगा। जब उनके बर्लिन, जर्मनी पहुँचने के तीन महीने बाद ही जर्मनी ने रूस पर आक्रमण कर दिया तो बोस समझ गए कि उनके लिए विकल्प बहुत कम रह गए हैं। सुभाषचंद्र बोस ने जर्मनी में रूसी अतिक्रमण और हमले का घोर प्रतिवाद किया और उन्होंने अपने वक्तव्यों से पलटने व झुकने से मना कर दिया। हालाँकि उन्होंने शेर की माँद में घुसने की हिम्मत की थी। उन्होंने कहा कि भारत में सोवियत रूस के प्रति सहानुभूति थी और जर्मनी के रूस पर हमले को उनके देश में प्रतिकूल दृष्टि से देखा जाएगा। हालाँकि हिटलर के मन में भारत की आजादी कोई खास मायने नहीं रखती थी, तथापि उनके गुप्तचर विभाग ने उन्हें चेताया था कि

बोस अपने देश में एक बहुत लोकप्रिय नेता थे और उनके अंदर तमाम अंत:शक्ति और संभावनाएँ थीं। अतएव वे बोस को बरदाश्त करने के लिए विवश थे। उन्होंने बोस द्वारा स्थापित फ्री इंडिया लेजन (Free India Legion) को वित्तीय सहायता देना स्वीकार किया। हिटलर को इस बात से भी कोई ऐतराज नहीं था कि ब्रिटिश फौज के जो भारतीय सिपाही उन्होंने पकड़कर युद्धबंदी बनाए थे, उन्हें बोस को सौंप दिया जाए; जिन्हें फिर से प्रशिक्षण देकर अपनी फौज में शामिल करना चाहते थे, भविष्य में ब्रिटिश भारत के विरुद्ध आक्रमण करने के लिए तैयार एक सेना। एक फ्री इंडिया रेडियो, जो चौदह दिन या पाक्षिक रूप से बोस के संदेशों को भारतीयों के लिए प्रसारित करेगा, इसके लिए भी हिटलर ने अनुमति दे दी थी।

बोस की आवाज निश्चित रूप से साम्राज्य-विरोधी थी। बोस ने बर्लिन में कुछ ऐसा किया, जो कि हिटलर के जर्मनी में एक घोर पाप था। वे अपनी ऑस्ट्रियन पत्नी एमिली शेंकेल (Emilie Sckenkl) के साथ खुल्लम-खुल्ला रहते थे। एमिली के साथ उनका परिचय विएना में हुआ था। हिटलर के समय में जर्मनी में अंतर-नस्लीय विवाह या दो भिन्न लोगों का पति-पत्नी के रूप में रहना निषिद्ध था। पर ऐसा प्रतीत होता है कि हिटलर ने इस ओर से आँखें फेर ली थीं और इसे नजरअंदाज कर दिया था। परंतु बोस को भी इस संबंध में हिटलर की ज्यादा परवाह नहीं थी। यह साफ था कि सुभाष ने गुप्त रूप से सन् 1937 में एमिली से विवाह कर लिया था—हालाँकि इसका नागरिक अभिलेखों में कोई रिकॉर्ड नहीं है। ऐसा लगता है कि प्राचीन भारतीय परंपरा के अनुसार उन्होंने गांधर्व विवाह किया था, जिसका आधार स्त्री और पुरुष के बीच एक आपसी आकर्षण होता है। संभवत: उन लोगों ने आपस में मिलकर मालाएँ बदल ली थीं और एक-दूसरे को पति-पत्नी स्वीकार कर लिया था।

नवंबर 1942 में उन दोनों की एक पुत्री अनिता का जन्म हुआ। हिटलर के शासनकाल में उनसे अलग मनोवृत्ति वाले कई लोग उदार विचारों वाले भी थे, जो कि भारत को एक प्राचीन एवं समृद्ध संस्कृति वाला देश मानते थे। वे लोग बोस को अपने देश में, जहाँ उस वक्त कोई कानून-व्यवस्था नहीं काम कर रही थी, संरक्षण एवं सहायता प्रदान करना चाहते थे। वहाँ पर खतरा यह भी था कि उनको गिरफ्तार करके नाजी कंसट्रेशनैंप में भेज दिया जाता और गैस चैंबर में डालकर उनका खात्मा कर दिया जाता। दरअसल, जर्मनी में उस समय यहाँ तक हुआ कि फ्रेडरिक एडम वॉन ट्रॉट जू सोल्ज (Frederick Adam von Trott zu Solz), जो कि जर्मन विदेश मंत्रालय में एक प्रमुख अधिकारी थे और नेताजी सुभाषचंद्र बोस के एक समर्थक भी थे, पर कई अन्य लोगों के साथ हिटलर के आदेश के विरुद्ध योजना बनाने का आरोप था कि वे हिटलर को उखाड़ फेंकेंगे। उन्हें सन् 1944 में हिटलर के आदेश पर पकड़कर फाँसी के

तख्ते पर लटका दिया गया था। खैर, तब तक बोस जर्मनी छोड़ चुके थे।

हिटलर काल में जर्मनी ने बोस की जो भी सहायता की हो, पर हिटलर कभी स्वयं उस महान् नेता से मिलना नहीं चाहता था, जिसकी गतिविधियों पर खुफिया निगाह बराबर रखी जा रही थी। बोस को काफी लंबे इंतजार के बाद मई 1942 में हिटलर से मिलने का सौभाग्य प्राप्त हुआ। किंतु वह मुलाकात लगभग एक विनाशकारी मुलाकात में तब्दील हो गई, क्योंकि बोस ने इस बात पर जोर डाला कि हिटलर अपनी आत्मकथा 'मेन काम्फ' में से एशिया और भारतीयों के प्रति अपने विचारों को हटा दे। उसके बाद हिटलर एक एकाकी संवाद में बोलता चला गए। बहरहाल, हिटलर इस बात पर सहमत हो गया कि वह सुदूर पूर्व एशिया में जाने के लिए उनकी सहायता करेगा। इसके बाद उन्होंने समुद्र के अंदर एक बहुत लंबी यात्रा एक पनडुब्बी में की। उस सफर में उन्हें समुद्र के अंदर-ही-अंदर एक पनडुब्बी से दूसरी पनडुब्बी में ट्रांसफर होना पड़ा। इसमें बोस और उनके एक साथी को एक जर्मन यू-बोट से एक जापानी पनडुब्बी में हिंद महासागर के निकट ट्रांसफर किया गया था, मेडागास्कर के पास।

मई 1943 में एक बहुत लंबी और कठिन यात्रा के बाद वे जापान के कब्जे वाले एक छोटे से द्वीप सुमात्रा के तट पर पहुँचे तथा कुछ और समय बाद अंततोगत्वा, वे जापान की राजधानी टोक्यो पहुँच गए। तब तक सुभाषचंद्र बोस को उनके अनन्य सहयोगियों ने 'नेताजी' के उपनाम से संबोधित करना शुरू कर दिया था। वे और उनके सहयोगी इस भावना से ओत-प्रोत थे कि किस प्रकार से भारत को अंग्रेजों की जंजीरों से मुक्त कराकर स्वतंत्र किया जाए। किस तरह से भारत माता को गुलामी की बेड़ियों से छुड़ाया जाए।

जापान ने उस वक्त बोस का बहुत गर्मजोशी से स्वागत किया, जिससे ब्रिटिश हुकूमत में हड़कंप मच गया और खतरे की घंटी बजने लगी थी। ब्रिटिश खुफिया एजेंसी ने इस योजना पर काम करना शुरू किया कि कैसे बोस की योजनाओं को विफल किया जाए। यहाँ से वह षड्यंत्र शुरू हुआ कि कैसे उन्हें ही ब्रिटिश एजेंट के रूप में चित्रित किया जाए। ब्रिटिश गुप्तचरों को विश्वास था कि ऐसा करने से बोस की एक कलंकित छवि उभरेगी और उनका मजाक उड़ाया जाएगा तथा लोग, खासकर भारतीय, उन्हें घृणा की दृष्टि से देखने को विवश होंगे पर उन खुफिया एजेंसीज को यह नहीं पता था कि इस कृत्य (या कुकृत्य) से उनका ही उपहास होगा, क्योंकि भारतीय जनता इतनी आसानी से उनके बहकावे में नहीं आने वाली थी।

जोखिम भरी स्थिति में जब बोस जापान पहुँचे, सिंगापुर में आई.एन.ए. के चीफ बनने के बाद, उस समय जापान और रूस में कोई युद्ध जैसी स्थिति नहीं थी, क्योंकि अप्रैल 1941 में दोनों देशों के बीच एक करार था, जिसके तहत दोनों देश एक-दूसरे के ऊपर भविष्य में कभी आक्रमण नहीं करेंगे। रूस उस समय जर्मनी के पास पश्चिमी

मोरचे पर घमासान युद्ध में रत था। अतएव वह यह कदापि नहीं चाहता था कि उसी समय जापान उसके साथ एक और मोरचा खोल दे। अपनी शक्ति के उत्कर्ष पर जापान उस वक्त तक किसी और देश से युद्ध में कभी भी नहीं हारा था। उसने सोवियत रूस की सीमा पर स्थित मंचूरिया पर कब्जा किया हुआ था और 19वीं सदी की शुरुआत में उसने रूसी सेनाओं को कड़ी टक्कर दी और उन्हें लड़ाई में शिकस्त दी थी।

ब्रिटिश खुफिया विभाग को यह पता लगाने में देर नहीं लगी कि बोस किस तरीके से सोवियत नेता जोसेफ स्टालिन से मिलेंगे। उनकी फील्ड रिपोर्ट से यह भी पता चल गया था कि बोस सोवियत नेताओं से उनके सोवियत राजदूत याकोव अलेक्जेंडरोविच मलिक (जिन्हें सोवियत रूस में 'जैकब मलिक' के नाम से जाना जाता था) के जरिए मिलने का प्रयास कर रहे थे। कई प्रकार के भ्रम और उनके गलत-सलत जगह पर आवाजाही के प्रचार द्वारा ब्रिटिश एजेंट उनको एक ब्रिटिश एजेंट की भाँति चित्रित करना चाहते थे। बेशक, यह बात जग-जाहिर थी कि बोस को ब्रिटिश खुफिया एजेंट के रूप में चित्रित करना किसी के भी गले आसानी से नहीं उतरता था। हालाँकि सोवियत इंटेलिजेंस का जाल इतना मूर्खतापूर्ण नहीं था कि वह इस प्रकार के जाल में फँस जाए, तथापि यह प्रयास इतना सक्षम था कि उसने कुछ रूसी लोगों के मन में आशंका के बीज बो दिए थे।

द्वितीय विश्व युद्ध के दौरान युद्ध काल में सोवियत रूस-प्रशासन का एक बड़ा हिस्सा साइबेरिया में ओम्सक में शिफ्ट कर दिया गया था, जिससे कि वे जर्मन सेनाओं की पहुँच से लगभग बाहर थे। यहीं पर नेताजी ने अपने प्रतिनिधियों को भेजकर एक कंसलेट अर्जी—आजाद-हिंद सरकार (Provisional Govt. of Free India) खोलने का प्रयास किया था। वह प्रतिनिधि कातो कोचू (Kato Kochu) बिना आवश्यक क्रेडेंशियल के भेज दिए थे। इतिहास में कातो की भूमिका का कहीं जिक्र नहीं आया। यह मुमकिन था कि किसी भारतीय को यह जापानी छद्म नाम और पहचान दिए गए थे। नेताजी ने इस संबंध में जैकब मलिक को भी लिखा था। उस पत्र की एक प्रति के.जी.बी. के अभिलेखागार से जनसाधारण के सामने लाकर जनता के लिए उपलब्ध कराई गई थी और एक बार जब यह बात साफ हो गई कि द्वितीय विश्व युद्ध का अंत होने वाला ही है, तब नेताजी ने ओम्सक जाने की इच्छा जाहिर की थी। जब नेताजी ने सैगोन छोड़ा तो यह भी सर्वविदित हो गया था कि जापान 18 अगस्त, 1945 को समर्पण करेगा। तभी नेताजी ने यह योजना बना ली थी कि वह टोक्यो के रास्ते रूस अधिकृत ओम्सक चले जाएँगे। उनको जहाँ जाना था, वह मंचूरिया में डालिया (डायरेन) था, जो युद्ध के समाप्त होने तक जापान के कब्जे में था और उसमें उस वक्त एक कठपुतली सरकार काम कर रही थी।

परंतु कुछ बाहरी लोगों के लिए इससे उनके मन में बोस के उद्देश्यों के बारे में

एक संदेह उत्पन्न हो गया था। क्रेमलिन में बोस का कोई मित्र नहीं था, जो बोस के बारे में उनके शासन में इस भय या आशंका को दूर कर सके। उनको अपने भाग्य, लगन और सच्चाई पर दृढ़ विश्वास था; पर धोखेबाज गोरों ने अपना घिनौना खेल खेल ही दिया था। ऐसा हुआ कि बोस के एक विश्वासपात्र भगतराम तलवार, जो अफगान सीमा पर थे, ने पता नहीं किस लोभ या दबाव में उनको डबल-क्रॉस किया और बोस की भावी योजनाओं के बारे में अंग्रेजों को बता दिया था। बोस इस भरोसे में थे कि वह भगतराम तलवार की मदद से अफगान सीमा पार करके सोवियत संघ में प्रवेश करने में सफल होंगे, पर भगतराम तलवार एक डबल एजेंट था, जो अंग्रेजों और रूसियों दोनों के लिए काम कर रहा था, जिसका बोस को इल्म नहीं था। पर रूसियों को यह पता था कि वह उन लोगों को डबल क्रॉस कर रहा था। यदि बोस ऐसे आदमी पर भरोसा करके चल रहे थे तो फिर भगवान् ही मालिक था।

हालाँकि विश्व युद्ध के दौरान अमेरिका और सोवियत रूस एक ही पक्ष में थे, तथापि उन लोगों में आपसी विश्वास कभी भीं नहीं था। ऐसे परिदृश्य में यह बिल्कुल संभव था कि नेताजी को भी वह ब्रिटिश एजेंट मानकर उन पर संदेह करते और इसका उन्हें, यानी नेताजी को, खामियाजा भी भुगतना पड़ा था। दरअसल, केवल बोस अकेले ही एक व्यक्ति नहीं थे, जिन्हें इस तरह से रूस के हाथों दंडित होना पड़ा था। इस का सबसे जाना-माना उदाहरण बुडापेस्ट, हंगरी में तैनात स्वीडन के राजनयिक राउल गुस्ताफ वालेनबर्ग का है, जो वहाँ विश्व युद्ध के दौरान तैनात थे। उन दिनों थर्डरीच (Third Reich) जर्मनी का बोल-बाला था और उसका हंगरी पर बहुत दबाव था, पकड़ थी तथा स्वीडिश राजनयिक वालेनबर्ग ने हजारों यहूदियों को जर्मनी में हिटलर के कंसट्रेशन कैंप यानी गैस चैंबर में मृत्यु के मुँह में जाने से बचा लिया था। ऐसा करने के लिए उन यहूदियों, जो मुसीबत में फँसे हुए थे, को उन्होंने स्वीडन का पासपोर्ट जारी किया; परंतु जनवरी 1945 में सोवियत संघ ने हमला बोलकर यूरोप के एक छोटे से देश ऑस्ट्रिया पर कब्जा कर लिया। जिस दिन सोवियत संघ ने जबरदस्ती आक्रमण कर कब्जा किया, उसी दिन उन्होंने वालेनबर्ग को इस संदेह में गिरफ्तार कर लिया कि वह अमेरिकी गुप्तचर है। वालेनबर्ग को Iron Cuntain (रूस की अभेद्य तथाकथित काल्पनिक एक मजबूत दीवार, जिसके पीछे क्या हो रहा था, किसी को कुछ पता नहीं चल पाता था) के पीछे डाल दिया, जो उनको निगल गई और उसके बाद उनका कोई अता-पता नहीं चला कि उन्हें मृत्यु के घाट उतार दिया गया या साइबेरिया के जंगलों में भेज दिया गया। बाहरी दुनिया में वे फिर कभी प्रकट नहीं हुए और न ही उनकी कोई खबर मिल पाई। कई वर्षों के पश्चात् स्वीडन के राजनयिक दबाव के बाद उन्होंने यह बताया कि वे मॉस्को (सोवियत राजधानी) की एक जेल में भगवान् को प्यारे हो गए।

भारत की स्वतंत्रता, जो अब लगभग द्वितीय विश्व युद्ध के बाद निश्चित ही थी, के पूर्व जवाहरलाल नेहरू ने सोवियत संघ में जो लोग सत्ता में थे या आने वाले थे, उनसे संपर्क और संबंध बढ़ाने शुरू कर दिए थे, ताकि उन्हें भारत के पक्ष में लाया जा सके। सन् 1946 में उन्होंने स्टालिन को एक पत्र लिखा, जिसे उन्होंने मुंबई में तैनात सोवियत राजनयिक (एजेंट) वी.जी. सायादियांत (VG Sayadiant), जो रूस के आँख-कान कहे जाते थे, को मॉस्को में स्टालिन को प्रेषित करने के लिए दिया। उस पत्र के अंदर क्या लिखा था, किसी को पता नहीं था; पर उन्होंने सायादियांत से यह प्रार्थना की थी कि वे उसे स्वयं स्टालिन के हाथों में दें। एक बार जब भारत में अंतरिम सरकार स्थापित हो गई, तब उन्होंने वी.के. कृष्णामेनन, जो एक जाने-माने कम्युनिस्ट थे, से प्रार्थना की कि वे उनकी सहायता करें। नेहरू ने अपनी बहन विजयलक्ष्मी पंडित को रूस में भारत का पहला राजदूत बनाकर भेजा। यह बहुत दिलचस्प बात है कि सायादियांत ने स्टालिन से गांधी और नेहरू की भूरि-भूरि प्रशंसा की थी कि सोवियत सरकार फॉरवर्ड ब्लॉक और बोस के साथ काम कर सकती है। फॉरवर्ड ब्लॉक की स्थापना सुभाषचंद्र बोस ने की थी।

स्टालिन युग में भारत और सोवियत संघ के संबंधों में कभी भी गर्मजोशी नहीं आ पाई। इसके बावजूद कि नेहरू ने अपने शासनकाल में भारत के राजदूत सर्वपल्ली राधाकृष्णन और के.पी.एस. मेनन के जरिए स्टालिन के शासन से मित्रतापूर्ण संबंध बढ़ाने चाहे, परंतु जब तक स्टालिन जिंदा रहा, तब तक रूस व भारत के संबंधों में प्रगाढ़ता नहीं आ पाई। दोनों राजदूतों ने रूस के सत्ताधारियों को यह समझाने का भरसक प्रयत्न किया कि नवोदित भारत राष्ट्र एक गणतंत्र है और वह उसी प्रकार से प्रगति के पथ पर चलेगा, जिस पर सोवियत संघ चल रहा था। गणतंत्र स्वतंत्र भारत सोवियत संघ के ही मॉडल पर एक सोशलिस्ट सेकुलर रिपब्लिक (सोशलिस्ट, धर्मनिरपेक्ष गणतंत्र) है, परंतु इस सबका तत्कालीन सोवियत संघ के नेताओं, विशेषकर स्टालिन पर कोई असर नहीं पड़ा। अंतत: सन् 1953 में स्टालिन की मृत्यु के बाद भारत-सोवियत संघ के संबंधों में कुछ गरमाई आई।

ऐसी संभावना हो सकती है कि बोस को साइबेरिया स्थित गुलाग में भेज दिया गया होगा। साइबेरिया सोवियत संघ का एक बहुत ही सर्द इलाका है, जहाँ स्टालिन ने बलपूर्वक श्रम कराए जानेवाले कई शिविर बनाए हुए थे, जिन्हें गुलाग कहते थे। उन्हें सोवियत लोगों ने शायद इस आशा में जिंदा रखा हुआ था कि वह भारत में सोवियत संघ के हितों को आगे बढ़ाने में उनकी मदद कर सकें। अंदर-ही-अंदर कुछ विचार-विमर्श के बाद सोवियत शासन ने उन्हें गुलाग भेज दिया था। ब्रिटिश एजेंटों द्वारा बोस की विश्वसनीयता के बारे में भी उनके विरुद्ध झूठी अफवाहें फैलाई जा रही थीं। इस सबका अपरोक्ष असर यह हुआ कि बोस के उद्देश्यों की बलि देकर रूस ने भारत के

साथ सन् 1955 से संबंध चिरकालीन बनाए। स्वीडन के अथक राजनयिक प्रयासों द्वारा सन् 1957 में सोवियत शासन-तंत्र ने बताया कि राउल वालेनबर्ग उनकी हिरासत में था, पर भारत सरकार ने बोस का अता-पता जानने के लिए कोई प्रयास नहीं किया।

इसके विपरीत, भारत सरकार द्वारा यही साबित करने की हर चंद कोशिश रही कि वे 18 अगस्त, 1945 को ताइहोकू में एक विमान दुर्घटना में मारे गए थे।

शाहनवाज खान, जो उस वक्त नेहरू सरकार में एक केंद्रीय मंत्री का पद भार सँभाल रहे थे, के नेतृत्व में एक समिति बनाई गई, जो बोस की मृत्यु का रहस्य खोजने के लिए गठित की गई थी। इस समिति का भी यही निष्कर्ष निकला कि नेताजी की मृत्यु उसी विमान दुर्घटना में हुई थी, परंतु समिति के एक सदस्य सुरेश बोस ने अपनी डिसेंटिंग रिपोर्ट (dissenting note) समिति के निष्कर्ष से असहमति जताते हुए दी थी। इस बीच भारत के इंटेलिजेंस ब्यूरो (IB) ने बोस के रिश्तेदारों पर खुफिया नजर रखनी शुरू कर दी थी और उनके पत्र-व्यवहारों को बीच में ही रोककर खोलकर पढ़ना शुरू कर दिया था। सतर्कता आयोग यह जानने का प्रयास कर रहा था कि बोस के निकट सगे-संब्रंधी, जो उनकी मृत्यु के पीछे क्या रहस्य था, यह जानने की भरसक कोशिश कर रहे थे, उन्हें कुछ सुराग मिल रहे थे या नहीं। उस महान् देशभक्त के अचानक इस प्रकार से गायब होने के पीछे किसका हाथ था? क्या रहस्य था?

यहाँ यह तथ्य ध्यातव्य है कि सतर्कता आयोग, जो एक ब्रिटिश राज्य के समय से चली आ रही लीगेसी (Legecy) थी, उसका ब्रिटिश गुप्तचर विभाग MI-5 से बहुत निकट का संबंध था और वे उनसे समय-समय पर मार्गदर्शन/सहायता लिया करते थे—वे अब भी उसी मानसिकता से काम कर रहे थे, जो ब्रिटिश शासनकाल में थी। वर्षों बाद सन् 2010 में एक MI-5 का इतिहासकार यह सोच रहा था कि क्या नेहरू को पता था कि उनके पीछे क्या चल रहा था?

आई.एन.ए. का जो खजाना था, उसका भी इस्तेमाल यह साबित करने के लिए किया गया कि नेताजी की मृत्यु विमान दुर्घटना में ही हुई थी; जबकि वास्तव में उस एयरफील्ड पर उस दिन कोई विमान दुर्घटना हुई ही नहीं थी। सन् 1952 में नेहरू ने संसद में एक औपचारिक घोषणा की कि नेताजी की मृत्यु विमान दुर्घटना में हो गई थी और आजाद हिंद फौज की सूचना समिति के अध्यक्ष एस.अप्पादुरई अय्यर के एक बयान को उद्धृत किया, अपने (तर्कहीन) निष्कर्षों को सही साबित करने के लिए। अप्पादुरई अय्यर को नेहरू शासन ने उस समय बॉम्बे प्रेसीडेंसी (जिसमें बंबई स्टेट और साथ में जुड़ी कई रियासतें आती थीं) का प्रचार एवं प्रसार का निदेशक बना दिया गया था। उन्हें सन् 1951 में टोक्यो भेजा गया था, इस मकसद से कि वे वहाँ पर नेताजी जो खजाना अपने साथ लाए थे, वह अब कहाँ पर था। इस पर तमाम विवाद रहा, क्योंकि जो भारतीय

वहाँ पर रह रहे थे, उनका विश्वास था कि वहाँ पर तैनात इंडियन इंडिपेंडेंस लीग के चीफ एम. राममूर्ति ने वह खजाना ब्रिटिश खुफिया विभाग के अफसर कर्नल जॉन जॉर्ज फिगेस के साथ मिलकर आपस में बाँट लिया था। बाद में कर्नल फिगेस, ओरिएंटल क्यूरियोज (Curios) के एक्सपर्ट बन गए थे। अय्यर एवं राममूर्ति में घनिष्ठ मित्रता थी और अय्यर के जापान आगमन पर वहाँ पर बसे भारतीयों में बहुत रोष पैदा हो गया था।

टोक्यो में इंडियन लायशन मिशन के मुखिया के.के. चेत्तूर ने एक पत्र में खजाने के गायब होने पर उसकी छानबीन और जाँच करने की मंशा जाहिर की थी। उस समय विदेश मंत्रालय के एक अवर सचिव रामचंद्र दत्तात्रेय साठे (जो बाद में विदेश सचिव भी बन गए थे) ने लिखा था कि अय्यर अपने साथ 11 किलो सोना और 3 किलो सोना, जिसमें पिघला लोहा मिला था, अपने साथ लाए। अय्यर नेताजी के साथ थे, जब वे डायरेन जा रहे थे; पर विमान में जगह न होने के कारण वे उसमें बैठ नहीं सके थे। सन् 1951 में जब टोक्यो में अय्यर से पूछताछ की गई, तब उन्होंने बताया कि खजाना तो उन्होंने राममूर्ति के पास छोड़ दिया था; परंतु सबको यकीन था कि जितना उसने खजाने के बारे में बताया था, उसे उससे कहीं ज्यादा पता था। भारत लौटने के बाद जब उन्होंने आयोग के सामने यह गवाही दी कि बोस वास्तव में उस विमान दुर्घटना में मारे गए थे, तब उन्हें (एक पुरस्कार-स्वरूप) नेहरू काल में योजना आयोग में एक सलाहकार के पद पर नियुक्त कर दिया गया। उनको एकीकृत प्रचार कार्यक्रम के मुख्य सलाहकार (नेहरू की पंचवर्षीय योजना में) का पद दिया गया। भारत सरकार द्वारा नेताजी विमान दुर्घटना में मारे गए थे, को सही साबित करने के प्रयत्नों से भारतीय जनता ज्यादा प्रसन्न नहीं थी। उनको भारत में, विशेषकर उनके गृह राज्य पश्चिम बंगाल में लगभग एक देवता का स्थान मिल गया था। वहाँ की जनता का सोचना था कि नेताजी कभी भी, कहीं भी, किसी भी समय प्रकट हो सकते हैं और वे भारत को इस अव्यवस्था से मुक्ति दिलाएँगे। इस तरह की दंत कथाएँ फैलने लगीं कि नेताजी को साइबेरिया में बंदी बनाकर रखा था और कुछ कहानियाँ भी फैल रही थीं कि वे चीन में देखे गए थे या वे अभी भी वियतनाम में थे। नेताजी के साथ क्या हुआ, वे किस दशा में और कहाँ थे, जनता इसको जानने के लिए बहुत उत्सुक थी और इसके लिए उनकी माँग बढ़ती गई, जिसको दबा पाना अब सरकार के वश में नहीं था। सन् 1970 में इंदिरा गांधी ने पंजाब हाई कोर्ट के पूर्व मुख्य न्यायाधीश गोपालदास खोसला की अध्यक्षता में एक अन्य आयोग का गठन किया, जिसका उद्देश्य उन परिस्थितियों का पता लगाना था, जिनमें बोस गायब हो गए थे। केवल एक सदस्यीय खोसला आयोग सरकार के पक्ष में (जाने किस दबाव/लोभ में) शासन की ओर झुका हुआ था और उसने तमाम तथ्यों व साक्ष्यों, जो उसके सम्मुख पेश किए गए थे, को अनसुना-अनदेखा करते हुए सरकार के पक्ष में फैसला किया। इन

साक्ष्यों या सबूतों में कांग्रेस नेता आसफ अली के स्टेनो (आशुलिपिक) श्री श्याम लाल जैन की गवाही है कि सन् 1945 में जवाहरलाल नेहरू ने उन्हें ब्रिटिश प्रधानमंत्री क्लीमेंट एटली के नाम एक पत्र लिखवाया था, जिसमें उन्होंने लिखा था—'आपके युद्ध अपराधी (War Criminal) सुभाषचंद्र बोस ने सोवियत रूस में शरण ली है।' पूर्व राजनयिक एवं संसदीय सदस्य (केंद्रीय मंत्री) श्री सत्यनारायण सिन्हा ने भी यह गवाही दी थी कि उन्हें भी कहीं से सूचना मिली थी कि नेताजी साइबेरिया की जेल में बंद हो सकते थे; और उन्होंने नेहरू को इसके बारे में सूचित किया था। नेहरू ने उनको पद-च्युत कर दिया, जबकि सर्वपल्ली राधाकृष्णनन, जो सन् 1949-52 तक सोवियत संघ में भारत के राजदूत थे, को नेहरू ने कहा था कि वे अपनी राय अपने तक ही सीमित रखें। यह कहने की आवश्यकता नहीं है, और जैसे कि पूर्व नियोजित योजना थी, खोसला आयोग ने भी सरकारी लाइन का अनुपालन करते हुए यही निष्कर्ष निकाला कि नेताजी वास्तव में ताइहोकू में उस दुर्भाग्यपूर्ण विमान दुर्घटना में ही मारे गए थे। यहाँ स्मरण योग्य बात यह है कि इंदिरा गांधी ने ही अपने शासनकाल में जब वे रायबरेली से चुनाव हार गई थीं और इलाहाबाद हाई कोर्ट ने उनका मुकदमा खारिज कर दिया था, तब वे 'कमिटेड ज्यूडिशियरी' का कॉन्सेप्ट लाई थीं और उसे लागू किया था, अर्थात् सुप्रीम कोर्ट व हाई कोर्ट में ऐसे जजों की नियुक्ति की जानी चाहिए, जो सरकार के पक्ष में ही फैसला दें। जस्टिस खोसला आयोग इसका अपवाद कैसे हो सकता था?

पर नेताजी की कथा यहीं समाप्त नहीं होती। जब 1990 के दशक में सोवियत संघ का विघटन शुरू हुआ, तब यह आशा जगी कि आयरन कर्टेन (लौह पर्दे) के पीछे छुपे तमाम रहस्यों का खुलासा होगा। उन तीन दशकों के बीच जब सोवियत संघ एवं भारत की भागीदारी पक्की हुई और उसे पाल-पोसकर बड़ा आकार दिया गया, सरकारी पटकथा वही रही, जो रूस या भारत चाहते थे। स्वतंत्रता-संग्राम में या फिर भारत-सोवियत संबंधों के इतिहास में नेताजी के योगदान का कहीं जिक्र नहीं था और इस बात को भी कहीं नहीं माना गया कि सोवियत संघ और भारत का पूर्ण सहयोग कार्यक्रम बोस के अस्तित्व को नकारने के बाद ही हुआ था। इस तथ्य को भी नकार दिया गया कि बोस रूस में कभी रहे थे। अब यह उम्मीद की जाती थी कि उस पटकथा को फिर से स्वतंत्र रूप से लिखना होगा।

ग्लासनॉस्ट और पेरेस्ट्रोइका (Glasnost & Perestroika) एवं सोवियत संघ का विघटन हो गया था। सोवियत संघ से उसके कई अन्य राज्य, जैसे जॉर्जिया आदि, अलग होकर स्वतंत्र राज्य (राष्ट्र) बन गए; परंतु इस तरह का खुलापन और बदलाव भारत के विदेश मंत्रालय में नहीं आया। वे अपना पुराना ही राग अलापते रहे। उनका सोचना था कि नेताजी की खोजबीन करने से भारत-सोवियत के संबंधों की आधारशिला अस्थिर हो

जाएगी, उसकी स्थिति डाँवाँडोल हो जाएगी तथा इससे हमारे राष्ट्रीय हित को भी क्षति पहुँचेगी। मजेदार बात तो यह है कि किसी को भी यह नहीं पता था कि राष्ट्रीय हित है क्या; पर इसके अलावा कि हमें हर हाल में यथास्थिति बनाए रखनी थी। नेताजी के बारे में दस्तावेज, ऐसी संभावना है सोवियत संघ या उसके किसी पूर्व राज्य में पुरालेखागार (Archives) में सुरक्षित रखे थे।

यह जाहिर है कि भारत सरकार नेताजी के बारे में उनके गायब होने या मृत्यु के बारे में जो सच है, उसे उजागर नहीं करना चाहती है। स्वतंत्र रूसी शोधकर्ता इस दिशा में कुछ आगे बढ़े हैं; पर उनकी इस विषय में दिलचस्पी सीमित है। रूसी पुरातत्त्वागार भारतीयों के लिए खुले नहीं हैं। इसके अलावा कुछ ही भारतीय शोधकर्ता ऐसे हैं, जिनको रूसी भाषा का अच्छा ज्ञान है। एशियाटिक सोसायटी ऑफ कलकत्ता के अनुसंधानकर्ताओं की एक टीम मध्य 1990 में सोवियत संघ गई थी और उनको अपनी खोज के दौरान कुछ ऐसे साक्ष्य मिले, जो इस ओर इंगित करते हैं कि द्वितीय विश्व युद्ध के बाद बोस सोवियत संघ में थे, तथापि उस टीम का उद्देश्य भारत-सोवियत संबंधों की ओर था और वे लोग नेताजी की खोज में नहीं थे।

मुखर्जी आयोग द्वारा एक महत्त्वपूर्ण कदम उठाया गया था। हालाँकि उस आयोग की कारवाई भारत सरकार के असहयोगात्मक रवैये के कारण बाधित रही, क्योंकि भारत सरकार ने अपने रिकॉर्ड में रखी नेताजी से संबंधित फाइलों को अवर्गीकृत करने से यानी जनता के सम्मुख रखने से साफ-साफ इनकार कर दिया था, फिर भी वह आयोग इस बात को साबित करने में सफल रहा कि नेताजी उस विमान दुर्घटना में नहीं मरे थे। इसका एक मुख्य कारण यह था कि उस दिन वहाँ उस एयर-फील्ड पर कोई विमान दुर्घटना हुई ही नहीं थी। ऐसा पहली बार हुआ था कि जिसने पहली बार 'विमान दुर्घटना' में नेताजी की मौत होने की थ्योरी को सिरे से खारिज कर दिया था। आयोग इस निष्कर्ष पर भी पहुँचा था कि रेन्कोजी मंदिर, टोक्यो में रखी अस्थियाँ नेताजी की न होकर एक जापानी सिपाही की हैं, जिसकी ताइवान में प्राकृतिक रूप से मृत्यु हुई थी। उस दिन जब ताइहोकू में तथाकथित विमान दुर्घटना हो गई थी। आयोग की रिपोर्ट वर्ष 2005 में UPA-I सरकार के सामने पेश की थी और उसने इसे सिरे से खारिज कर दिया था।

सरकारी स्तर पर पड़ताल भले ही बंद हो गई हो, लेकिन उत्साही भारतीयों की ओर से सार्वजनिक खोज-बीन आज भी जारी है। अब इस कहानी में एक नया मोड़ आ गया है—क्या वह संन्यासी, गुमनामी बाबा ही विख्यात भारतीय नेता थे, जिन्होंने वेश बदल लिया था? वह साधु जो उत्तर प्रदेश में अयोध्या के साथ बसे शहर फैजाबाद में रहता था, अंग्रेजी, हिंदी और बंगला को समान सहजता से बोलता था लेकिन वह रहस्यमयी था। कुछ एक लोगों से ही बातें करता था, अकसर परदे के पीछे रहता था।

सितंबर 1985 में जब उसकी मृत्यु हुई, तब कुछ स्थानीय लोगों ने उनके घर की तलाशी ली। ये लोग वहाँ से मिली चीजों को देखकर हैरान रह गए। इनमें नेताजी के माता-पिता की तस्वीर गुमनामी बाबा के बिस्तर के पीछे दीवार पर टँगी थी, एलेक्जेंडर सोल्झेंस्तिन लिखित 'गुलैग आर्कीपेलागो' पुस्तक और समकालीन भारतीय राजनीति पर लिखी गई कई पुस्तकें मिलीं। 1964 से 1965 के बाद के अखबारों का ढेर भी मिला, जिनमें से कई पर व्याख्या लिखी गई है। उनमें सुभाषचंद्र बोस की 'डिसेन्शंट रिपोर्ट' (असहमति की रिपोर्ट) तथा नेताजी के जीवन से जुड़े साहित्य शामिल हैं। सरकार ने बाद में इस सामग्री को फैजाबाद की ट्रेजरी में बंद कर दिया। आज तक सारे दस्तावेजों की कोई सही सूची तैयार नहीं की गई है। गुमनामी बाबा पर सुरागों की जाँच करने वाला मुखर्जी आयोग फैजाबाद पहुँचा और उस साधु के हाथ से लिखे दस्तावेजों का सैंपल लिया, ताकि उन्हें सुभाष बोस के लिखने की शैली से मिलाया जा सके। एक बड़े हैंडराइटिंग एक्सपर्ट ने कहा कि दोनों एक ही जैसे थे, लेकिन दो अन्य उनकी बात से सहमत नहीं हुए। बाबा के पास से माचिस के डिब्बे में मिले पुराने दाँत की डी.एन.ए. जाँच कराई गई, लेकिन उसे सुभाषचंद्र बोस के कुछ रिश्तेदारों से लिये गए नमूनों जैसा नहीं पाया गया। इसके बावजूद गुमनामी बाबा और सुभाष बोस एक-दूसरे के काफी करीब लगते हैं और इस कारण उस महान् देशभक्त के साधु के वेश में होने की संभावना से इनकार नहीं किया जा सकता। जस्टिस मुखर्जी ने टेलीविजन पर कहा भी था कि बाबा ही वास्तव में बोस थे। यह कैमरे से अलग हटकर दिया गया बयान था, जिसे गलती से कैमरे में रिकॉर्ड कर लिया गया।

इलाहाबाद हाई कोर्ट की लखनऊ बेंच की ओर से जारी एक आदेश के बाद उत्तर प्रदेश सरकार अब गुमनामी बाबा की चीजों को सहजने के लिए एक संग्रहालय की स्थापना के उद्देश्य से अलग बजट दे रही है, जिससे ऐसी उम्मीदें जगी हैं कि उस साधु के मूल स्थान का रहस्य इस प्रकार खुलेगा। यह अंतिम रूप से साबित हो जाएगा कि वे सुभाषचंद्र बोस थे या नहीं। सच की तलाश करने वालों को उम्मीद है कि गुमनामी बाबा की चीजों से कोई याद या कोई वृत्तांत सामने आएगा, जिससे उनकी जीवनयात्रा का पता लगाने के प्रयास में मदद मिलेगी। ऐसा माना जाता है कि बाबा एक नक्शा भी छोड़ गए हैं, जो यह दिखाता है कि उन्होंने साइबेरिया से उत्तर भारत की यात्रा की थी, जिससे बोस के अंतिम वर्षों पर पड़े परदे को उठाने में काफी मदद मिलेगी।

गुमनामी बाबा की कहानी को जितने भी लोगों ने सुना, उन्हें यकीन नहीं होता कि दिन-रात सक्रिय रहने वाले सुभाषचंद्र जैसे व्यक्ति ने अपने आप को एक एकांतप्रिय साधु के रूप में बदल लिया होगा। ऐसे सवालों का जवाब देना आसान नहीं है। यदि दोनों एक ही व्यक्ति थे, तो शायद साइबेरिया में मची तबाही ने बोस को इतना बदल

दिया कि वह अपने मूल स्वभाव से एकदम अलग ही व्यक्ति बन गए थे। यदि बोस के जीवन की लगभग अनजानी सी घटना पर यकीन किया जाए, तो वह जरूर एक गंभीर आध्यात्मिक व्यक्ति रहे होंगे। कलकत्ता में नजरबंदी से उनके भाग निकलने में इस कारण देरी हुई। क्योंकि वे कलकत्ता के पास हुगली नदी के तट पर स्थित माँ काली के विख्यात मंदिर से *जाबा* (अड़हुल) के फूल का इंतजार कर रहे थे। सुभाष ने अपनी भतीजी इला को उसे लाने के लिए भेजा और जब वह फूल आया तो उन्होंने उसे अपने माथे और सीने से लगाया, फिर जाने से पहले अपनी जेब में रख लिया।

इतिहास को जीतने वाले के नजरिए से लिखा जाता है। अंग्रेज द्वितीय विश्व युद्ध में विजयी हुए और भारत की स्वतंत्रता के बाद कांग्रेस पार्टी सत्ता में आई। स्वतंत्रता संग्राम का जो इतिहास भारत में लिखा गया, वह स्वतंत्रता प्राप्ति का श्रेय केवल कांग्रेस पार्टी को ही देता है। लेकिन भारत के आजाद होने को लेकर यह व्याख्या सही नहीं है। उस समय कई ताकतें काम कर रही थीं। स्वतंत्रता के बाद के कुछ वर्षों में नेताजी के योगदान तथा स्वतंत्रता प्राप्त करने में अन्य लोगों के संघर्ष को छोटा दिखाने का एक विशेष प्रयास किया गया।

हालाँकि, समय बीतने के साथ ही स्वतंत्रता संग्राम में सुभाषचंद्र बोस तथा आई.एन.ए. के सच्चे योगदान की बातें सामने आ रही हैं। आई.एन.ए. तथा आजाद हिंद सरकार के इतिहास को पूरी तरह से दस्तावेजों में दर्ज नहीं किया गया है। चूँकि विश्व युद्ध के बाद निर्वासित आजाद हिंद सरकार को भंग कर दिया गया था, इसलिए अधिकांश दस्तावेज गुम हो गए। इस कारण आजाद हिंद फौज के कार्यों को लेकर कोई आधिकारिक इतिहास नहीं है।

इंडियन नेशनल आर्मी एवं आजाद हिंद सरकार के इतिहास का पूर्णतया प्रलेखन (documentation) नहीं हुआ है। विश्व-युद्ध-II के बाद आजाद हिंद की निर्वासित सरकार के अधिकार रिकॉर्ड नष्ट हो गए थे और उस सरकार को भी भंग कर दिया गया था। अतएव, आजाद हिंद सरकार की कार्य-शैली और उसके द्वारा किए गए कार्यों का कोई विस्तृत विवरण नहीं मिलता है। जो लोग द्वितीय विश्व युद्ध के बाद बच गए थे, उनके कुछ संस्मरण जरूर मिलते हैं। आई.एन.ए. के भारतीय सिपाही, जो जर्मनी द्वारा युद्धबंदी बनाए गए थे और जो पहले ब्रिटिश सेना का हिस्सा थे तथा ब्रिटिश सेना के वे भारतीय सिपाही जो मलाया आदि जगहों से जापानियों द्वारा पकड़े गए थे और जिनकी वीरता की गाथाओं ने भारतीयों की कल्पना-शक्ति को प्रज्वलित किया था और कुछ लेखकों ने उस पर आधारित उनकी वीरगाथाओं को भी कलमबद्ध किया था (इसी क्रम में चंद्रधर शर्मा 'गुलेरी' की 'उसने कहा था' संभवत: भारत की पहली युद्ध कथा है)। हालाँकि आई.एन.ए. की सेनाएँ ब्रिटिश सेना की बेहतर रणनीति और शस्त्रास्त्रों की

वजह से अंततोगत्वा पराजित हो गई थीं, फिर भी उन्होंने पूर्वोत्तर राज्यों के आक्रमण में उन्हें बराबर की टक्कर दी थी और उन्हें खूब छकाया भी था।

उन्हें यह जीत आसानी से नहीं मिली थी। ऐसा युद्ध भारत में सन् 1857 के विद्रोह के बाद पहली बार हुआ था। इस प्रकार के आई.एन.ए. आक्रमण ने लाखों-करोड़ों भारतीयों की देश-प्रेम की भावनाओं को उद्वेलित कर दिया था। द्वितीय विश्व युद्ध की समाप्ति के बाद और दोनों पक्षों के लाखों-करोड़ों लोगों के शहीद होने के बाद तत्कालीन ब्रिटिश सरकार ने इस बात को समझ लिया था कि अब उनके पास भारत में अपना प्रभुत्व बनाए रखने के लिए पर्याप्त साधन नहीं थे। अत: भारत को स्वतंत्र करने के अलावा उनके पास अन्य कोई चारा नहीं था; पर यहाँ से सत्ता छोड़ने के निश्चय के पश्चात् वे अपनी कुटिल चाल चल गए थे। उन्होंने चलते-चलते भारत का विभाजन कर दिया और एक नए देश पाकिस्तान का निर्माण कर दिया, जिसके कारण से क्रॉस-कंट्री में लाखों-करोड़ों भारतीयों (हिंदू-मुसलमान में आपसी विद्रोह होने से) ने अपनी जानें गँवाईं। चल व अचल संपत्ति का भी अपार नुकसान हुआ और दोनों देश हमेशा के लिए सन् 1947 से जानी दुश्मन बन गए, जो कटुता अभी भी चली आ रही है।

ब्रिटिश सेनाएँ अपने देश से इतनी दूर विदेशी जमीन पर लंबी लड़ाई के लिए तैयार नहीं थीं। आई.एन.ए. ने ब्रिटिश सेना के भारतीय सैनिकों की राष्ट्रीय भावनाओं को जाग्रत् कर दिया था तथा रॉयल इंडियन नेवी नाविकों द्वारा विद्रोह और साथ ही ब्रिटिश सेना के भारतीय सैनिकों की सेना, आनेवाले दिनों में क्या होने वाला है, इसकी ओर इशारा कर रहे थे। लाल किले में आई.एन.ए. के सिपाहियों के ट्रायल/मुकदमे के समय भारतीय जनता की भावनाओं का जो ज्वार उमड़ा था और ब्रिटिशों के प्रति आक्रोश, जिससे यह पता चलता था कि आम जनता नेताजी को किस प्रकार देवता की भाँति पूजती थी, पर कई बार ऐसी समझ काफी बाद में आई। बोस को भी इस बात का कोई भान नहीं था कि विश्व युद्ध की समाप्ति के बाद ही भारत की आजादी का रास्ता साफ हो जाएगा तथा यह कि इस आजादी में बोस के आई.एन.ए. का भी काफी योगदान था। वे सोवियत संघ में जाकर गायब हो गए। भारत की आजादी के लिए पुन: प्रयास करने के लिए इस बात का उन्हें कोई भी भान नहीं था कि अब उन्हें छुपने की कोई जरूरत नहीं थी। यदि वे भारत आ जाते तो उनका एक 'सुपर हीरो' की तरह भव्य एवं जोरदार स्वागत होता तथा वह अजेय रहते। कोई भी अंग्रेज मास्टर या उसका कोई हिंदुस्तानी गुलाम/चाटुकार उनके पास आने की जुर्रत नहीं करता।

सुभाषचंद्र बोस के लौह पर्दे (Iron Curtain) के पीछे गायब हो जाने से अंग्रेजों को क्षति नियंत्रण करने का मौका मिला और उन्हें भारत से समय रहते निकल जाने का अवसर भी, इसके पहले कि बहुत देर हो जाती। भारत में जातीय दंगे भड़क उठे।

ब्रिटिश सरकार ने महिमा-विहीन लॉर्ड माउंटबेटन को भारत का आखिरी वायसराय नियुक्त कर दिया। शैतानी दिमाग माउंटबेटन ने भारत की आजादी की तिथि कई महीने पहले तय कर दी थी। इसकी घोषणा उन्होंने अंग्रेजों के भारत से निकलने की तिथि 15 अगस्त, 1947 से लगभग ढाई माह पूर्व कर दी थी। बँटवारे के दिन, कई गाँवों में वहाँ के निवासियों को यह तक नहीं पता था कि उनका गाँव हिंदुस्तान में है या पाकिस्तान में। माउंटबेटन अपनी वाक्पटुता और कुशलता के प्रभाव से कांग्रेस के वयोवृद्ध नेताओं को यह समझाने में सफल रहे कि वे भारत के विभाजन को स्वीकार कर लें। विश्व इतिहास में इस सबसे बड़े जनता के देशांतरण के साथ-साथ हजारों-लाखों लोगों ने अपनी जानें गँवाईं। जो चल-अचल संपत्ति का तमाम असीमित नुकसान हुआ था, वह अलग। इससे भी खराब बात यह हुई कि इसने हिंदुस्तान में हमेशा के लिए जातीय तनाव को जन्म दे दिया और सदैव के लिए भारत की पश्चिमी सीमा पर एक स्थायी शत्रु को भी जन्म दे दिया।

गुमनामी बाबा के एक बहुत निकट अनुयायी ने उनसे पूछा कि क्या वे क्रोधित थे? बाबा ने बँगला भाषा में उत्तर दिया, ''क्या एक आदमी, जिसके भाई होते हुए भी भाई नहीं है, जिसकी माता होते हुए भी उसकी माँ नहीं है, जिसका कोई देश नहीं है, जिसके कोई अधिकार नहीं हैं, क्या ऐसा आदमी कभी क्रोधित हो सकता है? उसको केवल बहुत गहरे दुःख का अनुभव हो सकता है।''

यदि बाबाजी वास्तव में नेताजी थे, तब वे ऐसी दयनीय स्थिति में कैसे छोड़ दिए गए—उस देश द्वारा, जिसकी स्वतंत्रता के लिए वह जिंदगी भर लड़ते रहे?

1

विमान दुर्घटना की कहानी

15 अगस्त, 1945 को जापान के विश्व युद्ध में मित्र राष्ट्र की सेनाओं के सामने समर्पण करने के बाद द्वितीय विश्व युद्ध का औपचारिक रूप से अंत हो गया था। 8 मई, 1945 को लगभग तीन माह पूर्व बिना किसी शर्त के समर्पण कर दिया गया था। नेताजी उस समय सिंगापुर में अपना आधार बनाकर आजाद हिंद की अस्थायी सरकार के प्रमुख के रूप में रह रहे थे। जब उन्होंने यह समाचार सुना, तब उनकी समझ में आ गया कि उनके लिए निर्णयात्मक समय आ गया था। सदैव की तरह उन्हें शैतान और गहरे नीले समुद्र के बीच में चुनना था। नेताजी ने हमेशा की तरह बहादुरी का ही पक्ष चुना था। दक्षिण-पूर्व एशिया में बसे भारतीयों के नाम एक संबोधन में उन्होंने कहा, ''भारत के स्वतंत्रता संग्राम के एक महान् अध्याय की अब समाप्ति हो गई है परंतु विश्व में ऐसी कोई शक्ति नहीं है, जो भारत को गुलामी की जंजीरों में जकड़े रहे। भारत एक आजाद देश हो गया, और वह दिन अब दूर नहीं है।'' आई.एन.ए. के सिपाहियों को संबोधित एवं प्रेरित करते हुए उन्होंने कहा, ''दिल्ली पहुँचने के कई मार्ग हैं, और दिल्ली अभी भी हमारा लक्ष्य है।'' परंतु मन-ही-मन वे जानते थे कि यह कहना तो आसान है, पर करना अत्यंत कठिन है।

नेताजी ने अपनी सरकार के कैबिनेट मंत्रियों की एक मीटिंग उसी रात को बुलाई। काफी गहन विचार-विमर्श के बाद यह तय हुआ कि नेताजी और अन्य मंत्रियों को मलाया से तुरंत-फुरंत निकल जाना चाहिए, जिससे कि वे मलाया में स्थित ब्रिटिश सेनाओं द्वारा बंदी न बना लिये जाएँ। सिंगापुर, जो मलाया प्रायद्वीप के एक मुहाने पर स्थित था, उस पर अमेरिकी वायु सेना बराबर हवाई हमले कर रही थी और रॉयल (ब्रिटिश) नौसेना उस पर कब्जा करने के लिए तैयार थी। जापानियों ने भी स्वयं नेताजी से कहा था कि वे अब हो ची मिन्ह सिटी से बाहर निकल जाएँ, इससे पहले कि बहुत देर हो जाए। यहाँ तक कि आई.एन.ए. के चीफ ऑफ स्टाफ ले. कर्नल जगन्नाथन कृष्णन भोसले ने भी यही

राय दी थी। नेताजी की योजना थी कि वे यदि रूस न भी जा सकें तो वे रूस अधिकृत क्षेत्र में ही चले जाएँ। यह एक ऐसा देश था, जिसके लिए बोस के दिल में विशेष जगह थी। जब वे जनवरी 1941 में कोलकता से अपने घर से भागे थे तो रूस भी उनकी पसंद का एक देश था, जहाँ वे जाना चाहते थे। जब वे रूस के उच्च अधिकारियों के साथ संपर्क नहीं बना पाए, तब उन्होंने बर्लिन (जर्मनी) की ओर रुख किया। इस बिंदु पर उन्हें यह महसूस हुआ कि उनके पास और कोई विकल्प नहीं बचा था।

यहाँ तक कि जापान के द्वितीय विश्व युद्ध में समर्पण के पहले भी वह रूसियों से संपर्क बनाना चाहते थे। उन्होंने सन् 1944 में अपने एक मंत्री आनंद मोहन सहाय को टोक्यो स्थित सोवियत राजदूत जैकब मलिक से मिलने के लिए भेजा था। जैकब मलिक अभी भी अपने पद पर आसीन थे, क्योंकि जापान और रूस के बीच अभी भी युद्ध की घोषणा नहीं हुई थी और वे चाहते थे कि उनके और रूस के बीच एक संचार मार्ग खुल जाए। वह मीटिंग कभी नहीं हो पाई, क्योंकि जापान के विदेश मंत्री ममोरू ने सहाय से इस प्रकार की किसी मीटिंग करने से मना कर दिया था। एक वर्ष के पश्चात् मई 1945 में सहाय ने शिगेमित्सु को पुनः पत्र लिखा कि वे मलिक से इस प्रकार की मीटिंग करवा दें; पर वहाँ से निराशा ही मिली।

सुभाषचंद्र बोस को सोवियत संघ से बहुत आशाएँ थीं और यह उनके 14 जून, 1945 को बैंकॉक में दिए गए भाषण से स्पष्ट है। द्वितीय विश्व युद्ध में जर्मनी की पराजय के बाद रूस युद्ध के बाद अपनी पुनर्निर्माण योजनाओं के बारे में काफी स्पष्ट भाषी हो गया था। उसने इस दिशा में एशियन चेस बोर्ड (शतरंज की बिसात) पर कई पहल की थी। प्रतीत हुआ कि जापानियों से पूरी सहायता लेने के बाद वे उन्हें 'डंप' करके, भुलाकर रूस जाना चाहते थे (जो बाद में उनका दुश्मन देश था)। इसके विपरीत, कुछ ऐसे लोग भी थे, जिनका विचार था कि बोस का जापान में प्रवेश जापानियों के लिए परफॉर्मर साबित हो सकता था। कुछ भी हो, 8 अगस्त, 1945 तक—जब तक कि रूस ने जापान पर आक्रमण कर युद्ध का बिगुल नहीं बजा दिया था—हिरोशिमा पर अमेरिका द्वारा परमाणु बम गिराने के केवल एक दिन बाद ही रूस और जापान के संबंध एक संतुलित आधार पर थे। हिरोशिमा पर बमबारी के बाद जापान के कुछ शीर्ष नेता रूस के उच्च अधिकारियों के साथ लॉबिंग कर रहे थे कि रूसी राष्ट्रपति जोसेफ स्टालिन पर दबाव डालें कि वे अमेरिका से वार्त्ता के दौरान जापान के लिए कुछ बेहतर और उसके पक्ष में समझौता करवाएँ। इसके अलावा, जापान पर दो परमाणु बम गिराने के बाद लाखों जापानी मारे गए थे और अब उन पर अमेरिका का खौफ छा गया था। जापानियों को बोस में अत्यधिक विश्वास था, जिनके बारे में वे सोचते थे कि वे एक 'समुराई' (वीर योद्धा) हैं, जो रूसियों से उनके पक्ष में एक मुलायम रुख अख्तियार करने में मददगार

साबित हो सकते थे। द्वितीय विश्वयुद्ध के पश्चात, एक जापानी दुभाषिये, जिसका दफ्तर नेताजी और जापानी अधिकारियों के बीच मीटिंग्स के लिए इस्तेमाल होता था, से सतर्कता आयोग के अधिकारियों ने पूछताछ की (नवंबर 1945 में)। उनकी बातचीत का रिकॉर्ड, जो सन् 1997 में रक्षा मंत्रालय ने अवर्गीकृत 'सीक्रेट' श्रेणी से हटा दिया गया था, को आम जनता के लिए उपलब्ध करा दिया गया था। उसके अनुसार, नेताजी ने कहा था कि एक कॉमन शत्रु ब्रिटेन को ये योजनाएँ एंग्लो-अमेरिकन शक्तियों के लिए काफी नागवार गुजरीं। सैन फ्रांसिस्को में सोवियत संघ के प्रतिनिधि ने भारत और फिलीपींस की उपस्थिति को यह कहते हुए चुनौती दी कि ये दोनों देश क्रमशः ब्रिटेन और अमेरिका की कठपुतली थे। उसने स्वतंत्र भारत और स्वतंत्र फिलीपींस के लिए खुली पैरवी की। यह यूनाइटेड नेशंस कॉन्फ्रेंस का International Organization का सम्मेलन था, जो अप्रैल-जून 1945 में अमेरिका में हुआ था। इसके बाद ही भारतीय संयुक्त राष्ट्र संघ चार्टर की स्थापना हुई थी। हालाँकि भारत अभी भी यूनाइटेड किंगडम (ब्रिटेन) की अधिराज्यता में था, तथापि उसे इस सम्मेलन में शामिल किया गया था।

नेताजी ने उस रात को, तीन माह पीछे जाते हुए, अपने मंत्रियों को कहा था, जर्मनी के द्वितीय विश्व युद्ध में समर्पण के बाद, "यह एक अज्ञात यात्रा में जाने का रहस्य या रोमांच होगा।" [It will be an adventure into unknown] उस वक्त बोस बैंकॉक के बाहरी क्षेत्र में थे और इस समाचार को सुनने के बाद वे स्वतः थोपे गए एकांतवास में चले गए, ध्यान-मग्न होकर यह सोचने के लिए कि आगे किस प्रकार से बढ़ा जाए। कमोबेश यह निश्चय करने के बाद कि अब वे रूस जाएँगे, वे सिंगापुर चले गए।

नेताजी ने जापानी अधिकारियों को अपनी योजना के बारे में बताया तथा उनसे इस संबंध में आवश्यक सहायता भी माँगी। उन्होंने उनको किसी रूसी अधिकृत क्षेत्र में जाने के लिए यात्रा में मदद की प्रार्थना की। जापानियों को उनकी इस माँग को लेकर बहुत चिंता हुई और ऐसी स्थिति को खत्म करने के लिए जापान सरकार को आजाद हिंद सरकार की अंतरिम सरकार के साथ मिलकर हरसंभव चालें या योजनाएँ चलानी और एक-दूसरे की मदद करना चाहिए। इसके लिए उन्हें हरसंभव प्रयास करने चाहिए। नेताजी ने आगे कहा कि इसी कारण से टोक्यो या जापानी अधिकारियों से गंभीरतापूर्वक एक 'मध्यस्थ' का काम करते हुए सोवियत संघ को यह समझाना चाहिए और मुझे रूसी अधिकारियों से मिलवाने का प्रयास करना चाहिए। मुझे पूर्ण विश्वास है कि रूसी लोग हमारे स्वतंत्रता संग्राम में मदद करेंगे तथा साथ ही मुझे लगता है कि मैं जापान और रूस के संबंधों को सुधारने व बेहतर बनाने में भी कुछ योगदान कर सकता हूँ।

पर अंततोगत्वा काफी मंथन के बाद टोक्यो स्थित इंपीरियल जनरल हेड क्वार्टर्स ने उनकी यह प्रार्थना ठुकरा दी थी। फिर भी, एक व्यक्ति फील्ड मार्शल हिसाइची तेरुआची

जो जापानी सेनाओं के दक्षिण-पूर्व एशिया में कमांडर-इन-चीफ थे और उस समय सैगॉन में तैनात थे, उनकी मदद को आए। उन्होंने इस महान् भारतीय क्रांतिकारी की सहायता करने का निश्चय किया। तेरुआची ऐसा निर्णय लेने में सक्षम थे, क्योंकि जापानी सेना के महत्त्वपूर्ण अंग का वे दक्षिण-पूर्वी एशिया में नियंत्रण करते थे तथा जापानी सत्ता को सेना के आत्म-समर्पण के लिए तैयार करने में उनके सहयोग की जरूरत थी। फील्ड मार्शल तेरुआची सत्तर वर्षीय, श्वेत केशवाले एक शालीन एवं कुलीन घराने के थे। वे नेताजी से पिछले दो वर्षों से संपर्क में थे और उनको उनके उद्देश्य (भारत की आजादी) से पूरी सहानुभूति थी।

उन्होंने नेताजी के लिए एक योजना तैयार की, जिससे वह चीन में डायरेन पहुँच सकें। वहाँ पहुँचकर नेताजी को अग्रसर होती हुई रूसी सेनाओं के सम्मुख समर्पण कर देना था तथा अपनी किस्मत आजमानी थी। तेरुआची ने स्वयं दक्षिण-पूर्व एशिया के सुप्रीम एलाइड कमांडर लॉर्ड लुई माउंटबेटन के सामने दो माह बाद समर्पण कर दिया था। यह 2 सितंबर, 1945 को लड़ाकू जलपोत 455 मिसौरी पर हुआ एक समझौता था, जो जापान द्वारा समर्पण दस्तावेज पर हस्ताक्षर के बाद हुआ। इसके शीघ्र बाद वे एक युद्धबंदी के रूप में भगवान् को प्यारे हो गए।

वह विमान, जो सुभाषचंद्र बोस और उनके मंत्रिमंडल के सदस्यों को डायरेन, चीन ले जाने वाला था, वह किसी वजह से उड़ नहीं पाया। वह फ्लाइट केवल बोस और उनके सहयोगियों के लिए ही नहीं थी, वह सैगॉन से टोक्यो एक सामान्य सैन्य उड़ान थी, जो कि टोक्यो होते हुए डायरेन जानी थी। सन् 1945 में डायरेन क्वानतुंग (अब गुआनडोंग प्रांत) की राजधानी थी तथा वह (डायरेन) जापान के नियंत्रण मंचूरिया का मुख्य केंद्र था। जब नेताजी ने डायरेन जाने का निर्णय लिया था, तब भी वह जापान के नियंत्रण में था; पर युद्ध की जैसी प्रगति चल रही थी, ऐसी प्रबल संभावना थी कि रूसी सेनाएँ उस पर कुछ ही दिनों के अंदर कब्जा कर लेंगी।

यहाँ पर यह बात ध्यातव्य है कि सम्राट् हिरोहितो ने देश के समर्पण के समय दस्तावेजों में 'सरेंडर' शब्द के पर्याय का प्रयोग नहीं किया था, जिससे कि उनके देशवासियों में काफी भ्रम पैदा हो गया था। दरअसल उन्होंने केवल यह कहा था कि जापान पोट्सडेम (Potsdem) समझौते का पालन करेगा। संयुक्त राज्य अमेरिका, ग्रेट ब्रिटेन और सोवियत संघ के राज्य प्रमुख 17 जुलाई को पोट्सडेम (Potsdem) में यह निर्णय लेने के लिए मिले थे कि जर्मनी व जापान आदि हारे हुए देशों पर क्या जुर्माना ठोंका जाए? 8 मई, 1945 को बिना किसी शर्त के समर्पण के बाद जर्मनी दो हिस्सों में विभाजित हो गया था। जापान समर्पण करने के लिए थोड़ी देर रुका रहा, परंतु सम्राट् के वक्तव्य के बाद यह बात साफ हो गई थी कि जापान भी समर्पण कर देगा और वह

सजा, जुर्माना या अन्य प्रकार के प्रतिबंधों के लिए तैयार था, जो कि विजयी देश उसके ऊपर लगानेवाले थे। जापानी जनता और सेना के कुछ भागों द्वारा सम्राट् के दिए गए वक्तव्यों को ठीक से न समझ पाने के कारण ही जापानी सैनिक विमान अब भी आसमान में उड़ रहे थे। सम्राट् इसीलिए समर्पण के लिए तैयार हुए थे कि जापान को मित्र राष्ट्र की सेनाओं द्वारा संरक्षण मिल जाएगा। उन्हें अपनी ही सेना द्वारा तख्ता पलटने की भी गंभीर आशंका थी। उनकी सेना के कमांडरों का कहना था कि जापान ने अभी तक कभी भी किसी युद्ध में पराजय का मुँह नहीं देखा है, अतएव युद्ध जारी रखना चाहिए। इस प्रकार, जापान की राय भी इस मामले में दो हिस्सों में बँटी हुई थी।

जब पिछले एक साल से बोस टोक्यो सोवियत राजदूत से संपर्क में थे, तभी से वे मंचूरिया में जापानियों की क्या स्थिति थी, उसका आकलन भी आवश्यक करते रहे होंगे। यह भी संभव है कि वे सोवियत संघ से सीधे संपर्क साधने के भी इच्छुक रहे होंगे, यदि वाया टोक्यो जाना नहीं संभव था और जापानी सहायता नहीं मिलने की आशा थी। नेताजी इस बात का जायजा भी ले रहे होंगे कि क्या जापानी सरकारी तंत्र इस बात में कामयाब हो पाएगा कि वे सोवियत हमले को काफी समय तक रोके रह सकेंगे? उनकी जमीनी स्तर पर तैयारी क्या थी?

नेताजी सिंगापुर से विमान द्वारा यात्रा में बैंकॉक में कुछ घंटों के लिए रुके, जहाँ पर वे भारतीय समुदाय के लोगों से मिले, जिन्हें उनकी सफलता की बड़ी आशा थी। उसके बाद वे सैगॉन पहुँचे, जहाँ पर एक KI21, मित्सीबुशी बमवर्षक प्लेन उनकी प्रतीक्षा कर रहा था, जो उन्हें सैगॉन से टोक्यो ले जाने वाला था। नेताजी को विमान में बैठने के लिए एक स्थान की व्यवस्था कर दी गई। विमान में अन्य यात्रियों में जापानी सेना का एक समूह था और चालक दल के पाँच सदस्य। हालाँकि नेताजी के साथ आई.एन.ए. के कई सदस्य थे, जैसे कि ले. कर्नल हबीबुर्रहमान खान, उनके मंत्रिमंडल के सुब्बिय अप्पादुरई अय्यर और नेताजी के निजी सचिव तथा जर्मनी में दुभाषिया आबिद हसन सफरानी, पर विमान में केवल एक ही खाली सीट थी। किसी तरह उनके मंत्री ले. कर्नल रहमान के लिए भी एक सीट की व्यवस्था कर दी गई थी। रहमान नेताजी के सबसे विश्वस्त सहायक थे। टीम के अन्य सदस्य सैगॉन में ही इस आशा के साथ रुकवा दिए गए कि बाद में टोक्यो जानेवाली किसी अन्य उड़ान द्वारा उन्हें टोक्यो पहुँचा दिए जाएगा। फ्लाइट में जापानी सेना के एक प्रमुख ले. जनरल सुनामासा शिदेई (Tsunmasa Shidei) भी थे, मंचूरिया (जापान अधिकृत क्षेत्र) में क्वानतुग आर्मी के वाइस चीफ थे। नेताजी तथा जनरल शिदेई दोनों को डायरेन (Dairan) में उतर जाना था। वहाँ पर जापानी जनरल को रूसी सैन्य अधिकारियों से बातचीत करके उन्हें यह समझौता करना था कि नेताजी जापानी सेना के समक्ष समर्पण कर देंगे। इसके पहले शिदेई बर्मा (अब म्याँमार) में

जापानी सेनाओं के सम्मुख कमांडर रह चुके थे; पर मंचूरिया में उनकी तैनाती केवल इसलिए की गई थी कि वह नेताजी के रूसी सेना के सामने समर्पण करने में उनकी सहायता कर सकें। शिदेई को इस योजना में फील्ड मार्शल तेरुआची के दबाव डालने पर आखिरी क्षण में शामिल किया। उनको शामिल करने का एक कारण यह भी था कि वे अंग्रेजी, जापानी तथा रूसी भाषा जानते थे। उन्हें अंतरराष्ट्रीय युद्ध कला और नियमों का समुचित ज्ञान था, साथ ही सरेंडर (समर्पण) करने के नियमों का भी। जहाँ तक जानकारी है, वह बमवर्षक विमान युद्ध सामग्री और बम की वजह से क्षमता से अधिक भार लेकर जा रहा था। दरअसल, विमान नियमानुसार वियतनाम में तुरेन (Turain) पर रुका, पर वह मात्र एक पड़ाव था। ऐसा प्रतीत होता है कि उस लघु विराम या पड़ाव के दौरान बोस ने अपने सबसे करीबी और विश्वसनीय साथी ले. कर्नल हबीबुर्रहमान के साथ एक गोपनीय वार्त्ता के दौरान उनसे 'विमान दुर्घटना' कथा के बारे में (और उसमें उनकी जलकर मृत्यु हो जाने) की योजना के बाबत बातचीत की और उन्होंने उनसे शपथ ली कि वह इस बात की सच्चाई को कभी भी जग-जाहिर नहीं होने देंगे। इस सब का उनका उद्देश्य था कि वे एक बार फिर दुनिया की आँखों में धूल झोंककर गायब हो जाएँ और आगे छद्म वेश में रहते हुए अपनी मुहिम को जारी रख सकें। उन्होंने उस कहानी में यह भी कहलवाया था कि चूँकि बोस के साथ उस उड़ान में तमाम ट्रक थे, जिसमें सोने की छड़ें और तमाम गहने-जेवरात और धनराशि, सैगॉन में रह रहे देशवासियों ने बोस को आई.एन.ए. को भारत की आजादी के आंदोलन को जारी रखने के लिए उनके सहयोग-स्वरूप दी गई थी। अतः विमान क्षमता से अधिक भार ले जाने के कारण दुर्घटनाग्रस्त हो गया था। रहमान कभी भी किसी भी हालत में, चाहे वे कितने भी दबाव में हों, इस कहानी की सच्चाई को बाहर नहीं आने देंगे। पर यह भी समझ से परे था कि केवल रहमान इस 'सत्य कथा' को बताने के लिए उस 'विमान दुर्घटना' में जीवित बच जाएँगे ? कैसे रहमान बिना किसी शारीरिक क्षति-चोट या जलने-से बिल्कुल बच गए ? और उसी तथाकथित विमान दुर्घटना में बोस को जलने के थर्ड डिग्री घाव हो गए और वे अस्पताल में इलाज के दौरान चल बसे, लेफ्टिनेंट जनरल शिदेई को भी इस योजना में शामिल किया गया था।

जैसी कि योजना थी, 18 अगस्त, 1945 को दोपहर में वह विमान ताईहोकू (ताईपेई), फारमोसा (अब ताइवान) हवाई अड्डे पर उतरा। यान से कुछ सामान उतारने के बाद 2 बजे अपराह्न में वह (बमवर्षक) विमान टोक्यो शहर (जापान) के लिए उड़ चला। यहाँ से अब विमान दुर्घटना की कथा चल पड़ी। उड़ान भरने के कुछ देर बाद और टेक-ऑफ के दौरान कुछ ही क्षणों में वह विमान दुर्घटनाग्रस्त हो गया—विमान दुर्घटना हो गई तथा उसमें आग लग गई। नेताजी को थर्ड डिग्री के बर्न्स (जलने के घाव) आए

और वे वहाँ पर नैनमोन (Nanmon) सैनिक अस्पताल में भरती कर दिए गए थे। वहाँ पर उन्हें खून भी चढ़ाया गया, परंतु डॉक्टरों के भरसक प्रयास के बाद भी उन्हें बचाया नहीं जा सका। वह कुछ ही घंटों के बाद चल बसे। उनका दिमाग अंतिम समय तक बिल्कुल साफ और चल रहा था। उन्होंने रहमान से भारत की आजादी के लिए आंदोलन जारी रखने को कहा था। उसके अगले दिन ही 9 अगस्त, 1945 को उनकी अंतिम क्रिया कर दी गई थी। उसके दो दिन बाद जापानी लोग (सेनानी) उनकी अस्थियाँ एक कलश में लेकर टोक्यो चले गए थे। वहाँ पर अस्थि-कलश इंडियन इंडिपेंडस लीग के प्रतिनिधियों को सौंप दिया गया था। वहाँ पर उन लोगों ने वह अस्थि-कलश रेन्कोजी बौद्ध मंदिर में रखवा दिया था।

बोस की मृत्यु का समाचार 23 अगस्त, 1945 को विश्व भर में सबसे पहले एक जापानी समाचार एजेंसी दोमई (Domai) (अब क्योदो) न्यूज द्वारा घोषित किया गया था। सालों से चली आ रही इस विमान दुर्घटना स्टोरी के अनुसार, उस विमान-दुर्घटना में न केवल बोस मारे गए थे, बल्कि साथ ही जापानी जनरल शिदेई भी मारे गए थे, जिसकी खबर उसी दिन दोपहर को प्रसारित कर दी गई थी; जापानी जनरल की मृत्यु की घोषणा भी बोस की मृत्यु की घोषणा के साथ ही कर दी गई थी क्योंकि बोस के रूसी सेनाध्यक्ष के सम्मुख समर्पण की योजना का प्रबंध भी उसी जनरल द्वारा किया जाना था, अतएव यह जरूरी था कि उसके लिए कोई 'कवर' हो और इससे बेहतर 'कवर' (आवरण) क्या हो सकता था कि वे दोनों ही विमान दुर्घटना में मारे गए थे।

हालाँकि सुभाषचंद्र बोस किसी भी योजना को कार्यरूप देने से पहले उसका बारीकी से, विस्तृत रूप से उसके विवरण पर ध्यान देते थे; परंतु फिर भी इस योजना में कुछ कमियाँ या छिद्र (Hole) रह गए थे। नेताजी जब जलते हुए विमान से भागते हुए बाहर निकल रहे थे, तभी वह बुरी तरह जल गए थे, जो अंत में उनकी मृत्यु का कारण बना। यह कैसे संभव हुआ था कि उसी जलते हुए, विमान से भागकर निकलते हुए ले. कर्नल हबीबुर्रहमान बेदाग, बिना जले निकल आए थे और इस कहानी को दुनिया को बताने के लिए बच गए थे ? यह भी बड़े आश्चर्य की बात है कि जले हुए बोस की या उनके अवशेषों की कोई भी छवि या फोटो कहीं भी नहीं मिलती थी या मिलती है। एक भारतीय पत्रकार अनुज धर, जो एक आर.टी.आई. (सूचना का अधिकार) के सक्रिय कार्यकर्ता (Activist) हैं, उनके अथक और साहसिक प्रयासों द्वारा यह पता चला है कि उस दिन या उस अवधि के दौरान ताइपेई में कोई विमान दुर्घटना हुई ही नहीं थी (श्री धर ने बहुत गहराई में जाकर बोस के गायब हो जाने की घटना पर अनुसंधान किया है)।

अनुज धर के वर्ष 2005 में एक खास सवाल के जवाब में ताइवान के परिवहन और संचार मंत्री ने लिखित जवाब में बताया कि 14-25 अक्तूबर के बीच उपलब्ध जानकारी

और तथ्यों के आधार पर कहा जा सकता है कि ताइपेइ एयरपोर्ट पर कोई दुर्घटना नहीं हुई थी। इस इ-मेल की सत्यता की जाँच सन् 1999 में जस्टिस मुखर्जी की अध्यक्षता वाले जाँच आयोग द्वारा भी प्रमाणित की गई थी। सन् 1999 में भारत सरकार द्वारा गठित सुप्रीम कोर्ट के रिटायर्ड जज जस्टिस मनोज कुमार मुखर्जी आयोग, जो सुभाषचंद्र बोस के रहस्यमय तरीके से गायब हो जाने के बारे में जाँच करने के लिए गठित किया गया था, ने विमान दुर्घटना थ्योरी को सिरे से खारिज कर दिया था। आयोग में प्राप्त सामग्री के आधार पर ताइवान में 20 सितंबर, 1945 को एक सैन्य विमान दुर्घटना हुई थी। वह विमान अमेरिकी वायुसेना का मालवाहक विमान था, जिसमें अमेरिका के मुक्त किए गए युद्ध-बंदी थे। वह विमान दुर्घटना ताइपेई से 200 नॉटिकल मील दूर हुई थी। मुखर्जी आयोग ने यह भी पाया कि श्मशान गृह के रिकॉर्ड रजिस्टर के अनुसार, 17 से 27 अगस्त, 1945 के बीच वहाँ पर सुभाषचंद्र बोस या ले. जनरल शिदेई का नाम नहीं था, न ही उस रजिस्टर में उन पायलट्स का नाम था, जो बताए जाते हैं कि उस तथाकथित विमान दुर्घटना में मर-खप गए थे और न ही अगले दिन के वहाँ के अखबारों में उस विमान दुर्घटना का कोई जिक्र था। जाँच आयोग ने यह भी पाया कि रेन्कोजी मंदिर में रखी हुई अस्थियाँ एक जापानी सैनिक की थीं, जिसका नाम इचिरो ओकारा था और उसकी मृत्यु हृदय गति रुक जाने से हुई थी।

तथापि इससे पहले बैठाई गई एक जाँच समिति की रपट के अनुसार, नेताजी की मौत उस तथाकथित विमान दुर्घटना में ही हुई थी। ऐसे जाँच आयोग तब से बैठाए जा रहे हैं, जब से नेताजी की विमान दुर्घटना में अचानक मृत्यु का पहला समाचार भारत आया था। नेताजी की इस प्रकार से हुई अचानक मौत का भारत में तथा देश-विदेश की न्यूज एजेंसियों द्वारा 'अविश्वास' से स्वागत हुआ था।

भारत में तमाम लोगों का सोचना था कि जैसा कि नेताजी का स्वभाव था और गोपनीयता के प्रति उनका झुकाव था तथा जिस प्रकार से छद्म नाम व वेश रखने में वे माहिर थे, हो सकता है कि यह उनके द्वारा गढ़ी हुई कहानी हो, जिससे वह आसानी से भाग सकें और अपने मिशन (भारत को ब्रिटिश चंगुल से छुड़ाने और आजादी दिलाने) को जारी रख सकें। उनकी वह दाँतों तले उँगली दबा लेने वाली घटना—सबमैरीन या पनडुब्बी द्वारा जर्मनी से एशिया भागने की और कलकत्ता से ब्रिटिशों की आँखों में धूल झोंककर भागने की घटना के मद्देनजर, लोगों का यही सोचना था कि वे कोई भी कारनामा करने में सक्षम थे।

सन् 1956 में शाहनवाज खान की अध्यक्षता वाली तीन सदस्यीय एक समिति का गठन नेताजी के गुम होने का सच खोज निकालने के लिए किया गया था। शाहनवाज खान आई.एन.ए. (आजाद हिंद फौज) के एक बहुत महत्त्वपूर्ण सदस्य थे और ब्रितानियों द्वारा

द्वितीय विश्व युद्ध के बाद लाल किले में आई.एन.ए. ट्रायल्स के वक्त कोर्ट में गवाही देने के लिए उन्हें बुलाया गया था। बाद में वे संसद् सदस्य बन गए और उनके अंदर स्वतंत्रता के लिए जो आग प्रज्वलित थी, वह शनैः-शनैः शांत हो गई थी। दूसरे शब्दों में कहा जाए तो वह कुछ फायदों के लिए तत्कालीन सरकार (Establishment) के आदमी बन गए थे और उनकी यही चेष्टा होती थी कि वह वही काम करें, जो सरकार चाहती थी। समिति के अन्य सदस्य एस.एन. मेत्रा, ICS थे, जो पश्चिम बंगाल शासन द्वारा नामित किए गए थे और तीसरे सुरेश चंद्र बोस थे। उस समिति ने भारत, थाईलैंड, वियतनाम एवं जापान में गवाहों के बयान लिये थे और उनका परीक्षण किया था। वह समिति, इस निष्कर्ष पर पहुँची कि दो सदस्यों के अनुसार, नेताजी विमान दुर्घटना में मारे गए थे।

तीसरे सदस्य सुरेश चंद्र बोस इस निष्कर्ष से सहमत नहीं थे और उन्होंने अपना एक असहमति नोट अलग से प्रकाशित किया। इस रिपोर्ट में उन्होंने इस बात को बताया कि उनसे बहुत सारे मुख्य साक्ष्य छिपाए गए थे और समिति ने कई गवाहों की एक-दूसरे की विरोधी गवाहियों को अपनी रपट में पेश नहीं किया था। उन्होंने इस बात की ओर भी इशारा किया कि समिति के अन्य सदस्यों ने उन पर इस बात के लिए दबाव डाला कि वे उनकी रपट पर हस्ताक्षर करें। यहाँ पर यह नोट करने की महत्त्वपूर्ण बात है कि ले. जनरल हरुकाई ईसायामा, जो उस समय फारमोसा (अब ताइवान) में जापानी सेनाओं के चीफ ऑफ स्टाफ थे और उस समय ताइहोकू में तैनात थे और जिन्हें विमान दुर्घटना होने या न होने के बारे में सबकुछ ज्ञात होने की आशा की जाती थी, उन्होंने समिति के सामने यह बताया था, गवाही दी थी कि उन्हें नेताजी की मृत्यु के बारे में कुछ भी नहीं बताया गया था तथा ले. जनरल शिदेई की विमान दुर्घटना में मौत की सूचना उन्हें अगले दिन ऑफिस में दी गई थी। उन्होंने आगे यह भी बताया कि शिदेई उनके मित्र, पूर्व सहपाठी और कक्षा में साथ पढ़ते थे तथा दुर्घटना में उनकी मृत्यु की खबर एक स्टाफ ऑफिसर द्वारा मिली थी। यह एक बड़ी अजीब सी बात है कि अपने सहकर्मी और मित्र की अचानक मृत्यु की सूचना जनरल को स्टाफ ऑफिसर द्वारा दूसरे दिन दी गई थी। यहाँ यह कहने की जरूरत नहीं है कि एक इस गवाही और सुरेश चंद्र बोस के असहमति नोट में शाहनवाज समिति की रिपोर्ट की सच्चाई पर संदेह पैदा होता है। इससे पूर्व आई.एन.ए. अधिकारी के इरादों पर शक होता है। इस समिति की साफ-साफ 'फिक्स्ड' रिपोर्ट से जनता की नेताजी की मृत्यु के बारे में जानने की भूख और बढ़ गई। जनता यह जानने को बहुत इच्छुक थी कि क्यों सरकारी तंत्र नेताजी की मृत्यु को विमान दुर्घटना में हुई दुर्घटना बताने पर आमादा था? इस बारे में विस्तृत जानकारी अगले अध्याय में दी गई है।

नेताजी के रहस्यमय तरीके से गायब होने और उनका पता-ठिकाना जानने की

जनता की माँग सन् 1970 तक बहुत बढ़ गई थी। सन् 1970 में इंदिरा गांधी की सरकार ने जस्टिस गोपाल दास खोसला की अध्यक्षता में एक और समिति का गठन किया। जस्टिस खोसला, पंजाब हाई कोर्ट के पूर्व मुख्य न्यायाधीश थे और इसके साथ-साथ उन्हें कई और काम भी दिए गए थे। अतएव वह इस विषय/काम पर कोई स्पष्ट राय नहीं दे सके। अतएव आयोग चार वर्षों के बाद ही अपनी रिपोर्ट दे सका। इसमें भी महत्त्वपूर्ण साक्ष्यों को दरकिनार करते हुए यह निष्कर्ष निकाला गया कि नेताजी की मृत्यु विमान दुर्घटना में ही हुई थी। उन्होंने अपने ब्रीफ या दिए गए बिंदुओं से बाहर जाते हुए यह कहा था कि वे सब थ्योरियाँ बेबुनियाद थीं कि नेताजी जीवित थे तथा उन लोगों के उद्देश्य पर सवाल उठाए, जो इस बात पर जोर देते थे कि नेताजी विमान दुर्घटना में नहीं मारे गए थे और अभी जीवित थे। उन्होंने आगे यह भी कहा कि ऐसी संभावना, जो लोग जता रहे थे, 'राजनीति' से प्रेरित थी या केवल अपनी ओर ध्यान खींचना चाहते थे।

इस बीच ब्रिटिश सरकार ने अपनी ओर से जाँच-पड़ताल करवाई। तथाकथित विमान दुर्घटना के एक साल के अंदर ही उन्होंने एक राजनीतिक गुप्तचर अधिकारी लेफ्टीनेंट कर्नल जॉन फिगेस (Lt. Col. John Figess) को इस मामले की जाँच करने का काम सौंपा। कई गवाहों से विस्तृत पूछताछ के बाद उन्होंने यह निष्कर्ष निकाला कि 18 अगस्त, 1945 को एक व्यक्ति, जिसका नाम एस.सी. बोस था, की मृत्यु जलने, आघात से और तमाम घावों के तथा हार्टफेलियर (दिल की धड़कन रुक जाने) से ताईपेई के अस्पताल में हुई थी। फिगेस ने इस बात पर भी जोर दिया कि इस बात की संभावना को खारिज कर देना चाहिए कि गवाहों के साक्ष्य गढ़े गए थे या झूठे थे। यह रिपोर्ट उन्होंने 19 जुलाई, 1946 को पेश की थी। फिगेस की रपट 'फिक्स्ड' थी, क्योंकि यह साफ है कि उस गुप्तचर अधिकारी ने वास्तव में 'सच्चाई' खोजने की कोशिश की थी; परंतु यदि उसको इस बात पर विश्वास करने के लिए विवश किया गया था कि बोस विमान दुर्घटना में मारे गए थे तो इसमें जापानी अधिकारियों की गवाहों से पूर्व मिली-भगत थी और उनको इसलिए तैयार किया गया था कि वे हमेशा एक-सा ही बयान दें, बार-बार बदलें नहीं।

इसका अर्थ यह निकलता है कि इस संलिप्तता में केवल क्षेत्रीय स्तर के अधिकारी ही नहीं, बल्कि वहाँ के फील्ड मार्शल और आई.जी.एच.क्यू. भी शामिल थे। जैसे कि इस अध्याय में पहले जिक्र किया जा चुका है, आई.जी.एच.क्यू. ने बोस की सोवियत रूस जाने की योजना को खारिज कर दिया था। संभवत: बोस को यह मनाही केवल सरकारी रिकॉर्ड के लिए थी तथा जापानी सरकार में कुछ तत्त्व ऐसे थे, जिनको यह विश्वास था कि बोस उनके लिए बेहतर 'डील' करवा सकते थे। दोनों ही हालात में जापान ने समर्पण कर दिया था और नेताजी को रूस भेजने में जापान का कोई नुकसान

नहीं था। फिगेस की रिपोर्ट की जो सत्यता हो, प्रामाणिकता हो, उनके निष्कर्ष ने बोस परिवार के कुछ सदस्यों को यह विश्वास जरूर दिला दिया कि नेताजी की मृत्यु विमान दुर्घटना में हो गई थी।

फिर भी, ब्रिटिश सरकार को इस बारे में कुछ-कुछ संदेह था। वह पूरी तरह संतुष्ट नहीं थी। फरवरी, 1946 में गुप्तचर अधिकारियों डब्ल्यू. मैकराइट और मेजर काउंटने यंग ने, जिन्हें सुरेश चंद्र बोस ने अपने असहमति नोट में भी उद्धृत किया है, अपने एक पत्र में कहा था, ''हमने सुभाषचंद्र बोस की विमान दुर्घटना में मृत्यु से संबंधित कागजों और दस्तावेजों का भलीभाँति परीक्षण किया है और इस निष्कर्ष पर पहुँचे हैं कि उसके परिणाम पूर्णतया संतोषजनक नहीं हैं; क्योंकि उसमें कई त्रुटियाँ और खामियाँ हैं, जो जब तक स्पष्ट न की जाएँ, तब तक हम किसी अंतिम निष्कर्ष पर नहीं पहुँच सकते। इस घटना/दुर्घटना पर जो निष्कर्ष अब तक निकाला गया, उसमें हमें कुछ संदेह है।''

□

2

रूसियों के समक्ष आत्म-समर्पण

नेताजी का जापानियों की मध्यस्थता द्वारा रूसियों के समक्ष आत्म-समर्पण बहुत अच्छा विचार नहीं था। सुभाषचंद्र बोस को यह पता था कि वे एक मौका ले रहे हैं तथा वे इसके परिणाम भुगतने के लिए भी तैयार थे। यह भी साफ था कि नेताजी ने अपने सहयोगियों से कह रखा था कि वे किसी भी प्रकार के परिणाम भुगतने के लिए तैयार थे, यहाँ तक कि जेल जाने के लिए और मृत्युदंड के लिए भी। फिर भी, पता नहीं कैसे नेताजी, जो इतनी सावधानी और चतुराई से अपनी योजनाएँ बनाते थे, उनकी अपनी ही योजना के कुछ महत्त्वपूर्ण तथ्यों पर नजर नहीं गई या फिर उन्हें उन्होंने नजरअंदाज कर दिया था?...

पहली बात तो यह कि जापान और रूस के संबंधों में तनाव था और एक पराजित राष्ट्र के नेता—नेताजी ने अपना तालमेल धूरी राष्ट्र के साथ बनाया हुआ था, जो कि मित्र राष्ट्र की सेनाओं से हार चुकी थी। इस प्रकार से उनके पास सीमित वार्त्ताओं पर समझौते की शक्ति थी। उनको (नेताजी) जापानियों का एक विस्तार मात्र समझा जाएगा। जापान के द्वितीय विश्व युद्ध में हिस्सा लेने के लिए उसके ऊपर तमाम तरह की पाबंदियाँ लगाने की और उस पर दंडात्मक्र कारखाई के लिए तैयारियाँ चल रही थीं। एक ऐसा कृत्य, जो द्वितीय विश्वयुद्ध का शीघ्र अंत करवाने का सहायक हो गया था, सोवियत संघ ने अपनी तटस्थ रहने की संधि का स्वयं ही उल्लंघन कर दिया था। 1939 में छोटी सी (रूस-जापान) सीमा-युद्ध के बाद यह संधि हुई थी। इस संधि के अनुसार रूस और जापान के बीच यह समझौता हुआ था कि द्वितीय विश्व युद्ध के दौरान दोनों देश एक-दूसरे पर आक्रमण नहीं करेंगे।

परंतु फरवरी 1945 में जापान की पीठ पीछे सोवियत संघ के राष्ट्रपति जोसेफ स्टालिन ने अमेरिका के साथ एक समझौता कर लिया, जिसके अंतर्गत द्वितीय विश्व युद्ध में जर्मनी की हार के नब्बे दिन के अंदर रूस जापान पर हमला कर देगा (यह सुझाव अमेरिकी राष्ट्रपति फ्रैंकलिन रूजवेल्ट की तरफ से याल्टा (Yalta) सम्मेलन में किया गया था)।

तदनुसार सोवियत रूस की सेनाओं ने 8 अगस्त, 1945 से ही जापान अधिकृत मंचूरिया पर हमले करने शुरू कर दिए, हिरोशिमा पर अमेरिका द्वारा परमाणु बम गिराने के केवल दो दिन बाद से ही। इस आक्रमण के अंतर्गत मंचूरिया में 16 लाख सोवियत सैनिकों को तैनात किया गया था। कुछ इतिहासकारों का मानना है कि जापान ने समर्पण का फैसला इस भारी रूसी हमले की वजह से किया था, न कि आणविक हमले के कारण। इस हमले में जब तक हमला नजदीकी (50 मीटर दूर) होकाइमे द्वीप तक पहुँचा, लगभग 84,000 जापानी और 12,000 सोवियत रूसी सैनिक शहीद हो चुके थे। रूस-जापान संघर्ष जार के समय से चला आ रहा था और उसकी जड़ में था कि दोनों देश यह चाहते थे कि उत्तर-पूर्व एशिया में उन्हीं का आधिपत्य रहे। सन् 1904-05 में भी दोनों देशों में दक्षिण में स्थित तेल समृद्ध द्वीपों-सखालिन और कुरील द्वीप—पर कब्जा करने को लेकर युद्ध हुआ था; परंतु रूस ने द्वितीय विश्व युद्ध के अंत में इस क्षेत्र को जापान से पुनः वापस छीन लिया। इन द्वीपों को लेकर दोनों देशों में अब भी मतभेद है और जापान इन्हें वापस लेना चाहता है।

द्वितीय विश्व युद्ध के बाद भी दोनों देशों की सेनाओं के बीच लड़ाई हुई थी, जब रूसी गृह युद्ध में बोल्शेविक की मौजूदगी पर नाराजगी और विरोध जाहिर करने के लिए जापान ने अपनी सेनाएँ भेजी थीं। अक्तूबर 1917 में ब्लादिमीर लेनिन के नेतृत्ववाली बोल्शेविक पार्टी ने रशियन कंट्रीसाइड और केंद्रीय सरकार के मंत्रालयों पर कब्जा कर लिया था। मार्च 1918 में जर्मनी के बीच हुई ब्रीस्टलिटोवस्क संधि से प्रथम विश्व युद्ध में से रूस नवंबर 1918 में द्वितीय विश्व युद्ध के सरकारी तौर पर अंत होने से सात माह पहले ही बाहर हो गया था। बोल्शेविक के प्रवेश से गृहयुद्ध की शुरुआत हो गई थी। वहाँ पर लाल सेना सोशलिस्ट-विरोधी 'गोरे' (White) लोगों के विरुद्ध खड़ी हो गई थी और नॉन-बोल्शेविक समाजवादियों (Socialist) के खिलाफ भी। सन् 1918-22 के बीच 70,000 जापानी सिपाहियों ने ब्लादिवोस्तोक पर कब्जा कर लिया था, जो मॉस्को के सुदूर पूर्व में 7-टाइम जोन दूर स्थित था। प्रथम विश्व युद्ध के दौरान जापान मित्र राष्ट्र की सेनाओं के साथ था, जिसमें रूस भी शामिल था। जापान का यह कार्य यूरोपीय देशों के दबाव में था, जिससे कि सोवियत रूस द्वारा सुदूर पूर्व एशिया में कम्यूनिज्म को फैलाने न दिया जाए।

द्वितीय विश्व युद्ध शुरू होने तक यह परिदृश्य बदल गया था। 19 सितंबर, 1931 को जापान के मंचूरिया पर हमले और घुसपैठ की शुरुआत 1931 में हो गई थी, जो एक बहुत विशाल क्षेत्रफल वाला इलाका था। तत्पश्चात् उन्होंने वहाँ पर 'मंचूकुओं' नाम से जापान की एक कठपुतली सरकार बनाई थी। मंचूरिया में सत्ता-च्युत (सिंहासन से अपदस्थ) क्विंग सम्राट् पूयी (Puyi) को उस कठपुतली सरकार का मुखिया बना दिया गया था। शिशु पूयी चीन का अंतिम सम्राट् था, जब उसके शासन का तख्ता पलट

दिया गया था और सन् 1912 में चीन गणतंत्र (Republic of China) का निर्माण हुआ था। जापानियों ने उस क्षेत्र पर बलपूर्वक शासन किया था। वे स्वयं को मंचूरिया की स्थानीय जनता, वे रूसी थे, या चीनी थे, के साथ जोड़ नहीं पाए थे। मंचूरिया को अपने नियंत्रण में लेने के बाद जापानियों ने मंचूरिया, मंगोलिया सीमा पर सोवियत संघ के खिलाफ युद्ध छेड़ दिया। सन् 1936 के बाद दोनों देशों के बीच संबंध बहुत ज्यादा बिगड़ गए थे और तनावपूर्ण हो गए थे। इसका कारण था कि जापान और नाजी जर्मनी के बीच एक कम्युनिस्ट विरोधी समझौता हुआ था। सन् 1935 से 1939 में मंगोलिया और मंचूरिया की सीमा पर हुई कई छोटी-मोटी झड़पों और मुठभेड़ों के बाद अंततोगत्वा जापान की रूस के हाथों हार हुई। यह युद्ध इतिहास में 'खालकिन गोस युद्ध' के नाम से जाना जाता है। सोवियत रूस का यह मानना है कि इसी पराजय के बाद जापान ने ट्रीटी ऑफ न्यूट्रेलिया (Treaty of Newtrallya) पर दस्तखत किए थे। दरअसल, जर्मनी के सोवियत संघ पर आक्रमण के बाद (दोनों देशों के बीच में एक-दूसरे के ऊपर आक्रमण न करने के समझौते को तोड़ते हुए) जापान भी सोवियत संघ पर हमले की सोच रहा था। इसी वजह से सोवियत संघ का जापान पर से भरोसा हट गया था और यही एक चीज थी, जिससे वे नेताजी सुभाषचंद्र बोस की गतिविधियों को संदेहास्पद दृष्टि से देखते थे; जबकि उन्होंने डायरेन में 18-19 अगस्त, 1945 को किसी समय रूस के सामने आत्मसमर्पण कर दिया था।

यहाँ से वे कहाँ-कहाँ गए, कुछ पता नहीं चलता। नेताजी के समर्पण करने की परिस्थितियों और उसके बाद (तुरंत बाद) उनके साथ क्या-क्या हुआ, उसके केवल काल्पनिक रूप से जो दस्तावेज सरकार में या अन्यत्र उपलब्ध हैं, उनके जरिए कुछ कयास लगाए जा सकते हैं। अगस्त 1945 में एक निश्चित दिन नेताजी की उड़ान अपराह्न में डायरेन पहुँची। विमान से उतरने के बाद उन्होंने केले और चाय का हलका भोजन किया। तत्पश्चात् नेताजी ले. जनरल सुनामासा (Tsunamasa) शिदेई और उनके दो सहायकों के साथ एक जीप में सवार होकर उस स्थल पर पहुँचे, जहाँ गैरीसन में रूसी सेनाएँ डेरा जमाए थीं। लगभग तीन घंटे बाद ड्राइवर जीप लेकर वापस हवाई अड्डे पर लौटा और उसने पायलट को उड़ान भरने के लिए हरी झंडी दी और सैगॉन से आई उड़ान टोक्यो की ओर उड़ चली। यह सूचना भी बड़े अजीबो-गरीब स्रोत से मिली है। श्यामलाल जैन कांग्रेस नेता आसफ अली के स्टेनोग्राफर थे। उन्होंने जस्टिस जी.डी. खोसला आयोग के सामने सन् 1970 में बताया था कि 26 या 27 दिसंबर, 1945 की रात को पं. नेहरू ने उन्हें आसफ अली के निवास-स्थान पर बुलाया था। पं. नेहरू उस वक्त केवल एक कांग्रेसी नेता थे। उन्होंने श्यामलाल जैन को एक पत्र टाइप करने को दिया, जिस पर किसी के अस्पष्ट हस्ताक्षर थे। उस पत्र में लिखा था, "नेताजी 23 अगस्त, 1945 को दोपहर 1.30 बजे दिन में मंचूरिया के डायरेन हवाई अड्डे पर पहुँच गए थे। वे विमान

द्वारा सैगॉन से डायरेन पहुँचे थे। उनके पास प्रचुर मात्रा में सोने की छड़ें और जेवरात थे।'' इस पत्र में आगे यह भी विस्तार से बताया गया था कि नेताजी किस प्रकार से वहाँ उतरकर जीप द्वारा ले. जनरल शिदेई के साथ रूसी क्षेत्र में चले गए थे। इसके बाद नेहरू ने जैन को एक और पत्र टाइप करने को दिया, जो कि ब्रिटेन के तत्कालीन प्रधानमंत्री लॉर्ड एटली के नाम संबोधित था। जब सन् 1945 के ग्रेट ब्रिटेन में हुए आम चुनाव में लेबर पार्टी विजयी हो गई थी, तब सर विंस्टन चर्चिल ने प्रधानमंत्री के पद से इस्तीफा दे दिया था और लॉर्ड क्लीमेंट एटली ने प्रधानमंत्री का पद सँभाला था। पत्र में लिखा गया था—''डियर मिस्टर एटली, मुझे अत्यंत विश्वस्त सूत्रों से ज्ञात हुआ है कि आपके युद्ध अपराधी (नेताजी) सुभाषचंद्र बोस को स्टालिन द्वारा रूसी क्षेत्र में जाने दिया गया है। यह रूस द्वारा साफ-साफ विश्वासघात तथा निष्ठाहीनता का मामला है, क्योंकि द्वितीय विश्व युद्ध में वे अमेरिका-ब्रिटेन एलायंस में थे। इस बात पर आप गौर फरमाएँ और इस मामले में जो कुछ भी उचित हो, काररवाई करें।'' तथापि पता नहीं किन कारणों से जस्टिस खोसला आयोग द्वारा महत्वपूर्ण और तथ्य का संज्ञान नहीं लिया गया। संभवत: एक आशुलिपिक की गवाही विश्वास करने योग्य नहीं थी (इस पत्र की मौलिकता की पुष्टि ब्रिटिश विदेश मामलों के कार्यालय द्वारा करवाई जा सकती थी)।

लॉर्ड एटली को लिखे गए इस पत्र से एक और बहुत महत्वपूर्ण सवाल खड़ा होता है, वह यह कि नेताजी डायरेन 18 या19 अगस्त को पहुँचे या 23 अगस्त, 1945 को, जैसा कि नेहरू के इस पत्र में लिखा गया था और वह तथ्य भी कि वह सैगॉन से उड़कर विमान द्वारा आए थे। इसका मतलब यह तो नहीं निकलता कि नेताजी सैगॉन में ही छुपे हुए थे और अपने जापानी सहकर्मियों के साथ गायब होने की योजना बना रहे थे तथा अपने सहयोगी जैसे ले. कर्नल हबीबुर्रहमान को समझा रहे थे कि वह उनके गायब हो जाने के बारे में दुनिया भर में क्या बताएँगे या फिर नेताजी ने डायरेन के लिए सैगॉन से टूरेन और ताइपेई का रास्ता चुना? हालाँकि यह यात्रा 23 अगस्त को हुई थी, ताकि 18 अगस्त, 1945 को, जैसा कि जापानी समाचार एजेंसी ने नेताजी की मृत्यु घोषित करते हुए कहा था। यह तथ्य (तारीख) अभी भी स्पष्ट नहीं है। शाहनवाज खान आयोग ने भी इस ओर इशारा किया है कि नेताजी डायरेन जाने का प्रयास कर रहे थे। इसके लिए उस आयोग ने हिकारी काइकन (Hikari Kikan) के प्रमुख मेजर जनरल साबुरो इसोदा (Sabur Isoda) के साक्ष्य का हवाला दिया था। 'हिकारी काइकन' नामक संस्था जापानी सरकार और आई.एन.ए. के बीच एक संपर्क सूत्र का काम करती थी। उसके अनुसार, नेताजी ने यह फैसला किया था कि वे सैगॉन से टोक्यो होते हुए डायरेन जाएँगे। खान आयोग का कहना था कि यह केवल एक संयोग था कि ले. जनरल शिदेई भी उसी विमान से सफर कर रहे थे, जिसमें नेताजी जा रहे थे और उन्हें यह विचार पसंद आया कि वे (नेताजी) जनरल शिदेई के साथ डायरेन जाएँ।

रूसियों के समक्ष समर्पण के बाद नेताजी के साथ क्या हुआ, घटनाओं की शृंखला का कोई ब्योरा नहीं मिलता। केवल अटकलें लगाई जा सकती हैं। तारीख में, चाहे वह जो भी तारीख हो—18 अगस्त या 23 अगस्त, 1945। नेताजी के समर्पण से रूसी सेना/अधिकारी/सरकारी तंत्र सब आश्चर्यचकित रह गए थे। (यह क्या हुआ, कैसे हुआ, क्यों हुआ? इसके पीछे क्या रणनीति या राजनयिक चाल थी?) भारतीय क्रांतिकारी नेता को रूसी सैनिकों ने अपने सुरक्षा घेरे में ले लिया था और वे अपने सर्वोच्च अधिकारी तथा तत्कालीन सोवियत राष्ट्रपति जोसेफ स्टालिन के आदेशों की प्रतीक्षा कर रहे थे। ऐसी संभावना व्यक्त की जा रही है कि कुछ दिनों बाद नेताजी सुभाषचंद्र बोस को और कड़ी सुरक्षा में रख दिया गया होगा। चूँकि साइबेरिया वहाँ से पास ही में था अतएव ऐसी भी संभावना थी कि उन्हें साइबेरिया में ही उच्च स्तरीय आंतरिक सुरक्षा जेल में कैद कर दिया गया होगा या उन्हें मॉस्को ले जाया गया था? कुछ भी पता नहीं चलता! यह बोस के लिए अपने ही हित में होता कि वे साइबेरिया में ही ओम्स्क (OMSK) चले जाते, जहाँ पहले से ही आजाद हिंद की अंतरिम सरकार का एक कार्यालय खोल दिया गया था।

जैसा कि बाद की कुछ घटनाओं से पता चलता है कि बोस के साथ क्या व्यवहार किया जाए, इस बारे में उच्च स्तरीय अधिकारियों को कोई अंतिम दिशा-निर्देश नहीं आए थे। नेताजी सुभाषचंद्र बोस भले ही भारत के लिए एक बहुत महत्त्वपूर्ण व्यक्ति या क्रांतिकारी नेता रहे हों, पर विदेशों में उनकी सीमित पहचान थी। इसके अलावा एक बात यह भी थी कि उस वक्त द्वितीय विश्व युद्ध अपने अंतिम दिनों और निर्णायक चरण में था, तब यह नहीं ज्ञात हो पा रहा था कि उन कठिनाई भरे दिनों में सोवियत संघ के अधिकारी नेताजी या आई.एन.ए. के क्रियाकलापों पर कितना ध्यान दे पाए होंगे। ले. जनरल शिदेई के भी अंतिम समय का आधिकारिक तौर पर पता नहीं चला। उनकी सेवा पुस्तिका में केवल यह दर्ज किया गया था कि 18 अगस्त, 1945 को वह युद्ध में शहीद हो गए थे (इस जानकारी की खोज सुरेशचंद्र बोस द्वारा की गई थी)। तात्पर्य यह है कि नेताजी का समर्पण करवाने के बाद वह वापस नहीं आए थे। (याद करें, उन लोगों की जीप का ड्राइवर भी डायरेन हवाई अड्डे से अकेले ही वापस आया था।) अन्यथा यह माना जाता कि उस जापानी जनरल शिदेई ने भी मित्र राष्ट्र की सेनाओं के सम्मुख समर्पण कर दिया था। यह भी संभव है कि जनरल शिदेई सुभाषचंद्र बोस के साथ रूस में ही रहे; परंतु एक बात तय है कि सोवियत संघ नेताजी को जेल में गुप्त रूप से रखना चाहता था और अन्य मित्र राष्ट्र की शक्तियों पर यह नहीं जाहिर होने देना चाहता था कि वे उनकी कैद में थे। चाहे जो भी, अंतरराष्ट्रीय कूटनीति में 'सूचना की शक्ति' आवश्यकतानुसार ही एक-दूसरे से साझा की जा सकती थी। मित्र राष्ट्र की सेनाएँ उस वक्त जरूर एक-दूसरे के साथ एक सहज शत्रु नाजियों के खिलाफ लड़ने को आई थीं, परंतु उनमें भी कई मामलों में अलग-अलग मत थे। दरअसल, रूस और अमेरिका शीत-युद्ध की शुरुआत

द्वितीय विश्व युद्ध के अंत तक आरंभ हो गई थी।

ऐसा नहीं है कि नेहरू का पत्र ही लॉर्ड एटली को मिला पहला पत्र था, जिससे उन्हें यह सूचना मिली कि सुभाषचंद्र बोस उनकी हिरासत में हैं। 25 अक्तूबर, 1945 को भारत की अंग्रेजी हुकूमत ने ब्रिटिश मंत्रिमंडल को यह सूचना दी थी कि "विशेष परिस्थितियों में सुभाषचंद्र बोस को स्वीकार कर सकता था। यदि यह सत्य है तो तब हमें वापस बुलाने की माँग करनी चाहिए।" उनको ऐसा कहा जाता है कि प्रधानमंत्री एटली ने कहा था, "उन्हें वहीं रहने दो, जहाँ वे हैं।" अंग्रेज इस बात पर विचार-मंथन कर रहे थे कि बोस से निपटने के लिए और आई.एन.ए. के सदस्यों के साथ क्या व्यवहार किया जाए, इसके लिए सबसे अच्छा तरीका क्या होगा? 15 अगस्त, 1945 को जब जापान ने समर्पण के लिए फैसला किया था, संयोगवश इस घोषणा के आठ दिन बाद ही 23 अगस्त, 1945 को नेताजी की मृत्यु की आधिकारिक घोषणा की गई थी। उसी दिन यह भी एक संयोग कहा जाएगा कि अंग्रेजी हुकूमत के होम मेंबर सर आर.एफ. मूडी, जो वायसराय लॉर्डआर्की बाल्ड वैवेल की एक्जीक्यूटिव कौंसिल के सदस्य थे, उन्होंने एक फाइल चलाई थी कि नेताजी बोस के साथ क्या व्यवहार किया जाए? बोस के मामले में कैसे आगे बढ़ा जाए? क्या सुभाषचंद्र बोस को गिरफ्तार कर लिया जाए और उन पर राजद्रोह का मुकदमा चलाया जाए? यदि उन पर मुकदमा चलाया जाता है तो क्या वह भारत में चलाया जाए या विदेश में? उसमें से एक विकल्प यह भी था कि उन पर मुकदमा बर्मा, मलाया या भारत में किसी सैन्य अदालत में चलाया जाए? मुकदमा उन पर इस कारण से चलाया जाए कि उन्होंने ब्रिटिश सरकार के विरुद्ध युद्ध का अभियान चलाया था या उन्हें भारत में भी अन्य किसी ब्रिटेन अधिकृत क्षेत्र में जेल में डाल दिया जाए, जैसे कि सेशेल्स द्वीप; परंतु आम जनता के बीच उनकी लोकप्रियता को देखते हुए मूडी को यह समझ में आ गया कि बोस को हिरासत में लेकर उनसे पूछताछ करना आसान काम नहीं होगा तथा यह भी कि बोस का हिंदुस्तान में अत्यंत सम्मानित और लोकप्रिय होने के कारण उन्हें भारत में लाकर मुकदमा चलाना भी एक कठिन और जोखिम भरा काम ही होगा। दरअसल, ऐसा करने से उलटे उनके ऊपर ही मुसीबत आ जाएगी और यह रणनीतिक दाँव उलटा पड़ सकता था।

इन परिस्थितियों में अंग्रेजी हुकूमत और सर लॉर्ड वैवेल का यह फैसला कि वे जहाँ पर हैं, उनको उनके हाल पर छोड़ दिया जाए, इन नाजुक हालात में यही एक बुद्धिमत्तापूर्ण और व्यावहारिक फैसला था और इस प्रकार से एक लोकप्रिय लोकनायक को जनता की आँखों से दूर रखा जा सकता था। अंग्रेज, जिनका भारत के कई भू-भागों पर आधिपत्य था, वे भी नेताजी को पकड़ नहीं सके, तथापि वे अपने साम्राज्य को भी टूटता-बिखरता नहीं देखना चाहते थे। उन्होंने नवंबर 1945 से मई 1946 के बीच यह साबित करने के उद्देश्य से कि वे लोग अभी भी कमांड में थे, बंदी बनाए गए आई.एन.ए. के सेनानियों

का पब्लिक ट्रायल या मुकदमा शुरू कर दिया था। आई.एन.ए. के पहले तीन सदस्य, जिनको कोर्ट-मार्शल के लिए लाया गया था, वे तीनों ही ब्रिटिश सेना के पूर्व सदस्य थे। इनमें ले. कर्नल शाहनवाज खान, कर्नल सहगल तथा कर्नल गोबिंद सिंह ढिल्लों थे। इन अफसरों को जापानियों ने मलाया, सिंगापुर और बर्मा में बंदी बनाया था। वे नेताजी द्वारा आई.एन.ए. में लिये गए थे। जापानियों के साथ ही वे अंग्रेजों द्वारा ब्रिटेन के सम्राट् के खिलाफ युद्ध छेड़ने के जुर्म में पकड़े गए थे। यहाँ यह भी बताना दिलचस्प होगा कि ले. कर्नल शाहनवाज खान ने आई.एन.ए. के साथ मिलकर अंग्रेजों के खिलाफ लड़ाई लड़ी थी और विजयी हुए थे।

भारत की जनता में इन मुकदमों के खिलाफ जो आक्रोश था, वह अप्रत्याशित था, जिसकी अंग्रेज शासकों ने कभी अपेक्षा नहीं की थी। जनता में बहुत विक्षोभ था और देश भर में जगह-जगह पर सैकड़ों जनसभाएँ की गईं और उनमें आई.एन.ए. के प्रति अत्यंत कृतज्ञता एवं आभार प्रकट किया गया। दोनों बड़े राजनीतिक दलों—कांग्रेस और मुसलिम लीग ने इस बिंदु को बहुत बड़ा राजनीतिक मुद्दा बना लिया था। कांग्रेस पार्टी ने तो भूलाभाई देसाई, कैलाशनाथ काटजू और तेजबहादुर सप्रू, जवाहरलाल नेहरू और आसफ अली की पाँच सदस्योंवाली एक 'डिफेंस कमेटी' (बचाव समिति) भी बनाई, जो अभियुक्तों की ओर से अदालत में उनकी पैरवी करने उतरी। हालाँकि प्रेस के कंजर्वेटिव सेक्शन ने उन लोगों के लिए दया की अपील की थी और उन लोगों को दिशा-भटक गए लोग बताया था, फिर भी कई-कई गण्यमान्य लोगों ने एक मुहिम चलाई कि वे लोग राजद्रोही नहीं, देशभक्त थे। अंग्रेजों को यह उम्मीद थी कि उनके अधीन भारतीय सेनाएँ उनके प्रति वफादारी का प्रदर्शन करेंगी। पर शीघ्र ही उनकी समझ में यह आ गया कि यह उनकी गलतफहमी थी और जो सूबेदार नायक, हवलदार, लांसनायक आदि थे, अब उन पर भरोसा नहीं किया जा सकता था। रॉयल इंडियन नेवी के नौसैनिकों में एक विशाल विद्रोह 18 फरवरी, 1946 को कराची से बंबई तक और कलकत्ता से विशाखापट्टनम तक हुआ, जिसने भारत में अंग्रेजी हुकूमत की नींव हिलाकर रख दी थी। मध्य प्रदेश व जबलपुर में फरवरी के अंतिम सप्ताह में भारतीय सेना ने विद्रोह कर दिया था, जिससे ब्रिटिश शासकों के लिए ऐसे खतरे की घंटी बज गई, जो 1857 के विद्रोह की कहीं पुनरावृत्ति न हो जाए।

मुकदमे के दौरान खान, सहगल और ढिल्लों को आजीवन कारावास और देश-निकाला का आदेश दिया गया था, परंतु यह सजा लागू नहीं की जा सकी थी। ब्रिटिश इंडिया आर्मी के कमांडर-इन-चीफ ने इन लोगों की सजा को कम करवा दिया था। एक दूसरे कोर्ट मार्शल, जो लाल किले में चलाया जाना था, को बाद में किसी साथ वाली जगह पर शिफ्ट करना पड़ा। लाल किले में ट्रायल करके अंग्रेज शायद मुगल सम्राट् बहादुरशाह जफर के ऊपर चलाए गए मुकदमे की याद ताजा करना चाहते थे, क्योंकि

जनमत उसके खिलाफ था। उनको अब यह समझ आ गया था कि इस समय भारतीय जनता को इस प्रकार से डराया-धमकाया नहीं जा सकता था। अतएव आई.एन.ए. के अन्य लोगों—अब्दुल रशीद, शिंगार सिंह, फतेह खान, कैप्टन मलिक मुनव्वर खान अवान—पर मुकदमा निकट ही एक अन्य भवन में चलाया गया था।

जब भारत में इतना कुछ हो रहा था, तब नेताजी इन सब खबरों से अनभिज्ञ सोवियत संघ में किसी जेल के अंदर बंद अपनी किस्मत का इंतजार कर रहे थे। संभवतः उनकी अंग्रेजी भाषा के किसी समाचार-पत्र या रेडियो तक पहुँच नहीं थी। इस कारण से उनको यह पता नहीं चल पा रहा था कि देश-दुनिया में उस वक्त क्या उथल-पुथल हो रही थी या क्या हो रहा था। वे इस बात से बिल्कुल अनजान थे कि भारत में उनके आई.एन.ए. के साथियों पर देशद्रोह का मुकदमा चलाया जा रहा था और उन्हें सजाएँ दी जा रही थीं। एक आदमी, जो अदम्य साहस और जोखिम उठानेवाला था, जिसका यह रुख था कि 'नेवर से डाई' (never say die) वे संभवतः स्टालिन से एक मुलाकात का इंतजार कर रहे थे। उस मीटिंग में वह स्टालिन को यह समझाना चाहते थे कि वे अंग्रेजी हुकूमत से भारत की आजादी के लिए लड़ रहे थे और वे भारत को अंग्रेजों की गुलामी से, अत्याचार और दुराचार से मुक्त कराना चाहते थे।

स्वतंत्र भारत, उनकी दलीलों के अनुसार, सोवियत संघ और अंतरराष्ट्रीय विकास के लिए मिलकर काम करना चाहता था। वह एक नए राष्ट्र और विश्व की रचना करना चाहते थे; पर इस सिलसिले में उन्हें जेल अधिकारियों से कोई मदद नहीं मिली। दक्षिण-पूर्व में अपने अंतिम दिनों में जब वे सोवियत संघ जाने की योजना बना रहे थे, तब वे अपने डिप्टी (उप-सहायक) ए.सी.एन. नांबियार, जो एक कट्टर व घोर कम्युनिस्ट थे, उनके ऊपर भरोसा कर रहे थे कि वे क्रेमलिन में आजाद हिंद फौज की मदद के लिए अपील करेंगे। नांबियार ने रूस में कई साल बिताए थे और उनका वहाँ पर काफी रसूख था तथा कई महत्त्वपूर्ण व्यक्तित्वों से जान-पहचान थी। मगर जून 1945 में नांबियार विएना में गिरफ्तार कर लिये गए थे और उनकी यह योजना विफल हो गई। विएना (ऑस्ट्रिया) में उनसे काफी पूछताछ की गई, यह जानने के लिए कि कहीं उनका नाजियों से कोई संबंध तो नहीं था? इस तरह से बोस की शेष आशाओं की भी इति हो गई।

इसी अवधि में टोक्यो में सुदूर पूर्व एशिया के लिए गठित इंटरनेशनल मिलिटरी ट्रिब्यूनल द्वारा जापानी युद्ध अपराधियों पर मुकदमा चलाया जा रहा था। इसकी स्थापना सन् 1946 में संयुक्त राज्य अमेरिका प्रशासन द्वारा की गई थी। एलाइड फोर्सेज के सुप्रीम जनरल डगलस मैक आर्थर ने गिरफ्तारियाँ करनी शुरू कर दी थीं। ट्रिब्यूनल, जो कि एक 'कंगारू कोर्ट' के अलावा कुछ भी नहीं था, उसमें एक भारतीय सदस्य न्यायाधीश राधा विनोद पाल भी थे। अंत में, सभी अपराधियों को फाँसी की सजा दी गई, जो कि एक विजयी पक्ष द्वारा दी गई सजा थी और उनका न्याय था। सजायाफ्ता अपराधियों में

पूर्व जापानी प्रधानमंत्री हिदेकी तोजो भी थे। इसके अलावा जनरल हेइतारो किमूरा, जो कि बर्मा में जापानी सैन्य कमांडर थे और जनरल केंजी दोइहारा, जो जापान के मंचूरिया में गुप्तचर सेवाओं के मुख्य अधिकारी थे। कोर्ट ने इस बात का पूरा प्रयास किया था कि जापानी सम्राट् हिरोहितो को युद्धकालीन किए गए अत्याचारों से अलग रखा जाए और उन्हें और उनके परिवार के सदस्यों को मुकदमे से अलग रखा जाए और उनके ऊपर मुकदमा भी नहीं चलाया गया था। हालाँकि जापानी सेनाओं ने नागरिकों तथा युद्धबंदियों पर घोर अत्याचार किए थे और उन्हें तरह-तरह की यातनाएँ दी थीं। पूर्ण साक्ष्यों के अभाव में भी उन्हें सजाएँ दी गई थीं, फिर भी न्यायमूर्ति पाल ने अपनी असहमति रिपोर्ट में किसी भी तथाकथित युद्ध अपराधी को दोषी नहीं पाया था। परंतु अंत में 6 हाई प्रोफाइल अधिकारियों/मंत्रियों को ट्रिब्यूनल (Tribunal) ने दोषी ठहराते हुए उन्हें मृत्युदंड की सजा सुनाई थी। उन्हें 23 दिसंबर, 1948 को गुपचुप तरीके से फाँसी दे दी गई थी। सारी काररवाई बहुत गोपनीय रखी गई थी, जिससे जापानी जनता में कोई रोष न हो और वह अमेरिका-विरोधी न हो जाए। अन्य सभी अपराधियों को भी ट्रिब्यूनल ने दोषी ठहराते हुए उनमें से सोलह को आजीवन कारावास का दंड दिया था और बाकी को जेल भेज दिया गया था।

नेताजी के पूर्व प्रधानमंत्री तोजो और अन्य उच्च पदासीन अधिकारियों से बहुत अच्छे और घनिष्ठ संबंध थे। दरअसल, जर्मनी से जापान पहुँचने के बाद नेताजी ने तत्कालीन प्रधानमंत्री तोजो से अपनी योजना के बारे में विस्तार से वार्त्ता की थी। हालाँकि प्रारंभ में तोजो नेताजी से मिलने में थोड़ा ना-नुकुर कर रहे थे और उन्हें मिलने का वक्त देने में तीन हफ्ते का समय लगा दिया था, किंतु बाद में उनमें अच्छी समझदारी और दोस्ती हो गई थी। नेताजी से पहली मुलाकात के बाद ही वे उनसे बहुत ज्यादा प्रभावित हुए थे और उन्हें जापानी संसद् में आने का निमंत्रण दे दिया था। तोजो ने घोषित कर दिया था कि जापान भारत को आजादी दिलाने में हरसंभव मदद करेगा। वास्तव में, जब जापान के सम्राट हिरोहितो ने द्वितीय विश्व युद्ध में मित्र राष्ट्रों की सेनाओं के समक्ष समर्पण का फैसला लिया था, तब तोजो ने उनके इस फैसले का पुरजोर विरोध किया था। अन्य सैन्य जनरल, जिन्हें जेल में डाल दिया गया था, हेइतारो किमूरा, इवान मत्सुई तथा केंजी दोइहारा—सब नेताजी को अच्छी तरह जानते थे और उनके साथ नजदीकी से काम किया था। दरअसल जब अप्रैल 1945 में बर्मा में कठिन दौर से गुजर रहे थे तो जापानी सेनाओं के कमांडर किमूरा को नेताजी को यह समझाने में काफी मशक्कत करनी पड़ी थी कि वे अब वहाँ से आजाद हिंद फौज (आई.एन.ए.) को हटा लें। जब अप्रैल 1945 में बर्मा की फौजों ने जापानी सेना और आई.एन.ए. पर भी दबाव बढ़ाना शुरू कर दिया था तो किमूरा अपनी फौज वापस लौटाने लगे; परंतु नेताजी ने तीन दिन का और समय लिया इस फैसले पर पहुँचने के लिए। इसके बाद नेताजी और उनके

सिपाही वापस जाने के लिए जहाज में सवार हुए।

एक दृष्टिकोण से नेताजी का रूसियों के समक्ष समर्पण करने का फैसला सही था, हालाँकि समर्पण के बाद नेताजी इतिहास में कहीं खो गए। जब द्वितीय विश्व युद्ध समाप्त हुआ, तब जापान ने अमेरिका के सामने समर्पण कर दिया था। यदि नेताजी सिंगापुर, बैंकॉक या सैगॉन में होते तो उन्हें भी अमेरिकी बंदी बना लेते और तब यह संभव था (पर जरूरी नहीं था कि उन पर भी जापानी अधिकारियों के साथ युद्ध-अपराधों के लिए मुकदमा चलाया जाता)। यह विनाशकारी होता, क्योंकि उन्हें भी उन लोगों के साथ फाँसी पर लटका दिया जाता।

अंग्रेजों ने तो बहुत खुराफाती खेल खेला (जैसा कि इस पुस्तक के परिचय में लिखा हुआ है)। उन्होंने नेताजी के बारे में बहुत ही दिशाहीन और भ्रमित करनेवाली सूचनाएँ रूसियों को प्रेषित की थीं। यदि शाहनवाज खान आयोग के सामने दिए गए साक्ष्यों को सही मानकर चला जाए तो यह बात भी सामने आती है कि बोस अमेरिकियों के सामने जापान में भी समर्पण करने की सोच रहे थे। ब्रिटिशों के समक्ष समर्पण करने का तो कोई सवाल ही नहीं उठता था। न ही यह उनकी योजना का कोई हिस्सा था। जापानी मेजर जनरल डाइसोदा ने जाँच समिति को बताया था, ''यदि किसी कारणवश बोस मंचूरिया में सोवियत संघ को समर्पण नहीं कर पाते तो फिर उन्होंने सोच रखा था कि वे जापान में ही अमेरिका को सरेंडर कर देंगे।'' यदि ऐसा होता तो नेताजी का 'भाग्य' हमेशा गोपनीय रह जाता और तब कोई 'लौह परदा' (Iron Curtain) (रूस) नहीं होता, जहाँ से कोई सूचना छनकर नहीं आ सकती थी।

सोवियत हिरासत में बोस तब तक सुरक्षित रहे, तब तक कि जापानी मंत्रियों, जनरलों और प्रमुख उच्च स्तरीय अधिकारियों को फाँसी पर नहीं लटका दिया गया था। उस वक्त जर्मनी में युद्ध अपराधियों पर न्यूरमबर्ग में मुकदमे भी शुरू हो गए थे। 20 नवंबर, 1945 से लेकर 1 अक्तूबर, 1946 यानी लगभग एक साल तक चले मुकदमों में जर्मनी के युद्ध अपराधियों का 'ट्रायल' हुआ तथा हिटलर के प्रधानमंत्री-जोआशिम वॉन रिबेन ट्राप, जिनसे सुभाषचंद्र बोस के अच्छे संबंध थे, को जेल भेज दिया गया था। इसके पहले ही नाजी जर्मनी के मुख्य अपराधियों—हिटलर, हिमलर और गोएबल्स प्रचार (अधिकारी मंत्री) ने आत्महत्या कर ली थी—ट्रायल्स शुरू होने के कई माह पहले ही। इस प्रकार से सन् 1948 के अंत में ही वह समय आया, जबकि सोवियत सत्ता नेताजी सुभाषचंद्र बोस के बारे में कोई फैसला लेने को स्वतंत्र थी। पर सबसे बड़ा प्रश्न यह है कि क्या सोवियत अधिकारियों का ऐसा कोई इरादा था?

□

3

स्टालिन, नेहरू और नेताजी

सोवियत संघ के महान् नेता जोसेफ स्टालिन का विश्वास था कि भारत की स्वतंत्रता एक ऐसा बहाना था, जो औपनिवेशिक शक्तियों द्वारा बनाया गया, जिससे कि वे भारत से बाइज्जत ससम्मान चले जाएँ। इससे पहले कि शांत नदी की लहरें एक बड़े ज्वार में बदल जाएँ, जिससे कि वे बड़ी लहर या ज्वार में न बदल जाएँ। ब्रिटिश उसी प्रकार के भारतीय लोगों (अफसरों आदि) से स्थानांतरित किए जाएँगे, जो भारत में उनके ही नफे-नुकसान की हिफाजत करते रहेंगे और जो भारत में उनके ही (यानी अंग्रेजों के) हितों की रक्षा करते रहेंगे। बस, ऊपरी ही सत्ता में यानी मंत्री स्तर पर ही कुछ बदलाव होंगे और भारत ब्रिटिश-अमेरिकी लॉबी का ही एक भाग होगा। स्टालिन को यह भी संदेह था कि शायद सारे अंग्रेज भारत छोड़कर न जाएँ। क्या आजाद भारत में भारतीय सेनाएँ (थल सेना, वायुसेना और नौसेना) भारतीयों द्वारा नियंत्रित की जाएँगी अथवा अंग्रेजों द्वारा? स्टालिन का ऐसा सोचना था कि विदेशी साम्राज्यवाद का हटना और हिंसक विद्रोह (सेना द्वारा बगावत आदि) और जमींदारों एवं राजाओं-रजवाड़ों को उखाड़ फेंकने में चोली-दामन का साथ था। ये दोनों चीजें एक-दूसरे से बुरी तरह उलझी हुई थीं और उनको अलग कर पाना नामुमकिन तो नहीं, पर कठिन अवश्य था। चूँकि भारत में सत्ता परिवर्तन में किसी प्रकार की क्रांति का कोई हाथ नहीं था, अतएव भारत को आजादी मिलना एक प्रकार का नाटक या नकली दिखावा मात्र था। एक बोर्जुआ (Bourgeose Conspiracy) षड्यंत्र, जो साम्राज्यवादियों द्वारा रचा गया था।

स्टालिन के दृष्टिकोण मई-जून 2012 के अंकों में एक राजनीतिक विश्लेषक वैलेरी काशिन (Valeriy Kashin) द्वारा लिखी गई 'एशिया एंड इंडिया रिपोर्ट' लेखों की शृंखला में प्रतिबिंबित हुए हैं। यह प्रकाशन पत्रिका रूस के सरकारी दैनिक 'रोसीकाया गजट' द्वारा प्रमोट की गई थी। ऐसे ही एक लेख में काशिन ने एक रूसी इंडोलॉजिस्ट (भारत विशेषज्ञ) ग्रेगोरी कोतोवस्काई को उद्धृत करते हुए कहा है कि जवाहरलाल

नेहरू व स्टालिन के विचार से सुभाषचंद्र बोस अमेरिकी साम्राज्यवाद के एक एजेंट थे तथा नेहरू को वे ब्रिटिशों का गुप्तचर एजेंट मानते थे। सोवियत विदेश मंत्री ब्याचेस्ले मोलोटोव स्टालिन भारतीय राजनेताओं को इस हद तक नापसंद करते थे कि महात्मा गांधी की हत्या के बाद उन्होंने, यहाँ तक कि औपचारिक तौर पर भी, शोक संदेश नहीं भेजा था। यह सब इस तथ्य को झुठलाता है कि भारत के आजाद होने के शीघ्र बाद ही सोवियत संघ और भारत के बीच राजनयिक संबंध स्थापित हो गए थे।

भारत में सोवियत संघ के पहले राजदूत किरिलल वैसीलीविच नोविकोव ने एक जगह पर लिखा है कि जब वे भारत के लिए प्रस्थान कर रहे थे, तब कामरेड स्टालिन ने उनसे कहा था, "भारतीय सरकार 15 अगस्त, 1947 को ब्रिटिश साम्राज्यवाद और भारतीय/बुर्जुआ नेताओं और जमींदारों के बीच हुए एक समझौते के तहत सत्ता में आई थी। महामहिम नोविकोव ने जुलाई 1949 में सामग्री सोवियत संघ की कम्युनिस्ट पार्टी की विदेशी नीति समिति को सौंपी थी। यह सामग्री पहले तो गोपनीय थी, पर अब रशियन स्टेट आर्काइव्स के सोशियो-पॉलिटिकल इतिहास प्रभाग में रखी है और देखी जा सकती है।"

स्टालिन की इस प्रकार की बेबाक राय के बारे में मेनेलाज को कुछ भी आभास नहीं रहा होगा। फिर भी, यदि वे उस समय की सम-सामयिक घटनाओं का अध्ययन व आकलन करते तो उन्हें शायद इस बात का आभास हो जाता कि सोवियत नेताओं की भारत के बारे में क्या राय थी। इस प्रकार के विचार या दृष्टिकोण संभवत: नेताजी को इस बात के लिए हतोत्साहित करते कि वे लाल सेनाओं के समक्ष समर्पण न करें, जब तक कि सोवियत संघ की भारत के बारे में इतनी हलकी सोच थी। स्टालिन के भी भारत के नेताओं के बारे में ऐसे ही हलके विचार थे; परंतु राजनीतिक कयास किसी भी देश के बारे में आकलन समय के साथ बदलते हैं। स्वयं नोवोकॉव ने भी अपने कार्यकाल के दौरान यहाँ रहने और समाज-परिवेश को नजदीक से देखने के बाद नेहरू एवं भारत की सरकार के बारे में अपने रूसी आकाओं के नजरिए को बदलने की भरसक कोशिश की उन्होंने अपनी रिपोर्ट में यह भी बताया कि 'भारत की स्वतंत्रता' को एक राजनीतिक फरेब की तरह नहीं समझना चाहिए, उनके अनुसार, भारत ने चाहे जितना आंदोलन और क्रांति की वजह से आजादी पाई थी, वह पूर्व ब्रिटिश नौकरशाहों द्वारा अब नहीं चलाया जा रहा था, उन्होंने नेहरू के बारे में भी अपनी राय अच्छी दी, यह इंगित करते हुए कि वे भारतीय स्वतंत्रता संग्राम के एक बड़े नेता थे, एक मँजे हुए राजनीतिक और एक कुशल वक्ता। वे (नेहरू) अपने देश और राष्ट्रवासियों का मिजाज भाँपने में दक्ष थे और जनता में बहुत लोकप्रिय थे।

उस समय नेहरू शासनकाल में इस बात का प्रयास भी किया गया कि सोवियत

संघ के साथ हमारे संबंध घनिष्ठ होते जाएँ। इसका कुछ संबंध इस बात से भी हो सकता था कि उन्हीं दिनों अमेरिका पाकिस्तान को अपने प्रभाव-क्षेत्र में लाना चाहता था। इसके अलावा, एक अन्य बात यह भी थी कि नेहरूजी ने अपनी अमेरिकी यात्रा के दौरान भारत के लिए खाद्य सहायता (खाद्य आपूर्ति) के लिए भी प्रयास किए पर अमेरिकी प्रशासन ने इसके लिए इनकार कर दिया था। तब इस प्रकार की सहायता की माँग सोवियत संघ से की गई और उन लोगों ने हमारी बात मान ली थी तथा खाद्य सहायता देने के लिए सहमत हो गए थे।

सन् 1949 में नेहरूजी ने डॉ. सर्वपल्ली राधाकृष्णन को मॉस्को में भारत का राजदूत बनाकर भेजा था। कालांतर में डॉ. राधाकृष्णन भारत के राष्ट्रपति भी बने।

दोनों ही—डॉ. राधाकृष्णन और कृष्ण मेनन, जो उनके बाद रूस में भारत के राजदूत बने थे, ने स्टालिन की दृष्टि में भारत की छवि सुधारने की तमाम कोशिशें कीं, जो बाद में रंग लाईं। वे लोग स्टालिन का भारत के प्रति दृष्टिकोण बदलने में सफल भी रहे। स्टालिन सामान्य तौर पर राजनयिक व राजदूतों आदि से मिलने के लिए राजी नहीं होते थे। परंतु डॉ. एस. राधाकृष्णन से दो बार और कृष्णा मेनन से एक बार मिले थे। फ्रांस और अर्जेंटीना के दो ऐसे राजनयिक व राजदूत थे, जिनसे स्टालिन मिले थे। सन् 1947-49 में सोवियत संघ में भारत की पहली महिला राजदूत विजयलक्ष्मी पंडित से मिलने से स्टालिन ने इनकार कर दिया था।

स्टालिन की डॉ. राधाकृष्णन और कृष्ण मेनन से मुलाकात का ब्यौरा अब 'पब्लिक डोमेन' में आमजनों के लिए उपलब्ध है, यह पता चलता है कि किस प्रकार से वे लोग स्टालिन के भारत-विरोधी दृष्टिकोण को बदलने में सफल हुए थे।

डॉ. राधाकृष्णन और स्टाालिन के बीच पहली मुलाकात 15 जनवरी, यानी भारत के 26 जनवरी, 1950 को गणतंत्र बनने की घोषणा के कुछ दिन पहले ही हुई थी।

भारत के तत्कालीन राजदूत श्री रतन कुमार नेहरू के गुप्त बार CCB No. 397, जो उन्होंने भारत के विदेश मंत्रालय के सेक्रेटरी जनरल को भेजा था, जिसकी डॉ. राधाकृष्णन ने पुष्टि भी की थी, उन्होंने संघ और स्टालिन पर इस बात के लिए जोर दिया था कि भारत गुटनिरपेक्षता या निष्पक्षता का पुरजोर समर्थन करता था शीतयुद्ध एवं कम्युनिस्ट और विरोधी या समझौतों से बचना चाहता था। राधाकृष्णन ने जोड़ा था कि स्टालिन ने हामी भरते हुए अनुमोदन में अपना सिर हिलाया था।

राजदूत के साथ अपनी बातचीत में स्टालिन ने कहा था कि नेहरू लंदन यात्रा पर जाने वाले थे। इस वार्त्तालाप के दो दिन पहले वह मॉस्को भी आना चाहते थे, पर बाद में उनका मन बदल गया, क्योंकि उन्हें कुछ पता नहीं था कि वहाँ उनका किस प्रकार से स्वागत होगा। डॉ. राधाकृष्णन ने उनसे कहा कि नेहरूजी इस तथ्य से अवगत नहीं

थे, परंतु उन्हें किसी भी समय मॉस्को आने में खुशी होगी।

दो वर्ष बाद 5 अप्रैल, 1952 को स्टालिन के साथ अपनी बैठक में डॉ. राधाकृष्णन ने उन्हें बताया कि भारत भी पूँजीवाद के विरुद्ध था और वह इस मुद्दे पर मॉस्को का समर्थन करता था तथा दोनों का आर्थिक एवं सामाजिक विकास का नजरिया समान था। अपनी बात और भारतीय दृष्टिकोण की पुष्टि करते हुए, डॉ. राधाकृष्णन ने कहा था, "हम लोग एक कठिन दौर से गुजर रहे हैं। हम कई तरह के शोषण से अपने को मुक्त करा चुके हैं। हम विदेशी गुलामी की जंजीरों को तोड़ चुके हैं और राजाओं के शोषण को भी समाप्त कर चुके हैं। अब हमें उम्मीद है कि हम जमींदारी प्रथा से भी स्वयं को उसी प्रकार से जल्द ही मुक्त करवा सकेंगे।"

स्टालिन, जो बैठक के दौरान बराबर धूम्रपान कर रहे थे, ने कहा, "यह अच्छा होगा कि आप ऐसा करने में सफलता प्राप्त करेंगे।"

भारतीय राजदूत ने कहा, "हम अमेरिका के साथ नहीं हैं और न ही किसी अन्य शक्ति के साथ। हम क्या सही है और क्या गलत है, इसके मद्देनजर चलते हैं तथा किसी भी राजनीतिक या आर्थिक दबाव में नहीं आते हैं।"

सोवियत राष्ट्रपति स्टालिन ने डॉ. राधाकृष्णन को बताया कि अमेरिका एवं ब्रिटेन भारत को और भारतीयों को पिछड़ा हुआ वर्ग समझते हैं। हम उनको बराबर का दर्जा देते हैं, बराबर समझते हैं। इससे हमारी नीतियों की राह सही रहती है। भारत के राजदूतों के साथ जो वार्त्तालाप होते थे, उनसे विदित होता है कि भारत के बारे में स्टालिन की जानकारी बहुत अल्प और सतही थी। एक बार उन्होंने डॉ. एस. राधाकृष्णन से पूछा था कि क्या सीलोन (अब श्रीलंका) भारत का एक हिस्सा था? 15 फरवरी को श्री कृष्ण मेनन से पूछा था कि भारत की प्राथमिक भाषा क्या है—हिंदी, उर्दू या फिर गुजराती?

स्टालिन ने उन लोगों से यह भी जानना चाहा कि भारत और पाकिस्तान के रिश्ते कैसे थे और क्या दोनों देश मिलकर कोई संघ बनाना चाहते थे? राजदूत ने उन्हें यह बताया कि ऐसा संभव नहीं प्रतीत होता था, क्योंकि हिंदू और मुसलमानों के रिश्तों के बीच एक कड़वाहट पैदा हो गई थी और वही इस विभाजन का एक मात्र बड़ा कारण था।

"यह कितना हास्यास्पद है किकिसी राष्ट्र का निर्माण धर्म के आधार पर हो और उसका परिचालन और शासन भी धर्माधारित हो!" स्टालिन ने टिप्पणी की थी। अपने पूर्वाधिकारी डॉ. राधाकृष्णन की प्रतिध्वनि में उत्तर देते हुए, के.पी.एस. मेनन ने नेहरू के एक धर्मनिरपेक्ष राज्य की धारणा की व्याख्या की और यह भी जोड़ा कि नेहरू अपने इन विचारों पर दृढ़ थे। उन्होंने इस बात की ओर इशारा किया कि भारत में अभी भी 5 करोड़ मुसलमान रह रहे हैं और उनकी यही भावना है कि वे भारत के विकास में बराबर की हिस्सेदारी रखते हैं।

"बेशक, वे लोग भारतीय हैं और उनकी नीतियाँ बिल्कुल सही हैं।" स्टालिन ने कहा था।

3 मार्च, 1953 को स्टालिन की मृत्यु हो गई। मेनन से मुलाकात के लगभग दो हफ्ते बाद ही। पर उनके समक्ष यह स्पष्ट हो गया था कि आजादी के बाद के भारतीय शासकों के क्या इरादे थे। अब शायद सुभाषचंद्र बोस की जब कोई आवश्यकता नहीं होगी।

सन् 1954 में डॉ. सर्वपल्ली राधाकृष्णन को उनकी राष्ट्र-सेवा के लिए भारत के सर्वोच्च नागरिक सम्मान 'भारत रत्न' से नवाजा गया था। वे 'भारत रत्न' पानेवाले महान् व्यक्तियों के पहले बैच में थे। वे बाद में भारत के उप-राष्ट्रपति और फिर राष्ट्रपति भी बनाए गए थे। राधाकृष्णन को इतने ऊँचे पद पर बिठा दिया जाना कांग्रेस के कई नेताओं, जैसे मौलाना अबुल कलाम आजाद आदि को नहीं भाया और उन्होंने अपरोक्ष रूप से यह भी टिप्पणी की थी कि उनसे बेहतर व्यक्ति इस पद के लिए हो सकते थे। इसके पूर्व ग्रेट ब्रिटेन ने उन्हें 'सर' की उपाधि से नवाजा था। राजनीति में पहले कोई अनुभव न होते हुए भी उन्होंने नेहरू के लिए एक मँझे हुए राजनीतिज्ञ और कूटनीतिज्ञ का काम बखूबी किया था।

जिस समय स्टालिन नेहरू के कूटनीतिज्ञों के साथ व्यस्त रहते थे, उन्हें इस तथ्य का भी पूरा भान था कि एक भारतीय क्रांतिकारी नेताजी सुभाषचंद्र बोस रूस की एक जेल में कैद थे। वारसा समझौते के एक पूर्व मेजर जनरल एलेक्जेंडर कोलेस्निकोव, जिन्होंने मॉस्को से 40 कि.मी. दूर रूस के अभिलेखागार में अक्तूबर, 1996 में खोजबीन की थी, को कुछ कागजात मिले थे, जिसके अनुसार स्टालिन ने अपने अधिकारियों से यह चर्चा की कि नेताजी के साथ कैसा व्यवहार किया जाए। कोलेस्निकोव के द्वारा जो जानकारी मिली थी, उसे भारत से सन् 1996 में मॉस्को गए संसदीय दल के समक्ष प्रस्तुत किया गया तथा उस दल के दो सदस्य—चित्त बासु और जयंत रॉय, जो नेताजी के द्वारा स्थापित फॉरवर्ड ब्लॉक से संबंध रखते थे, को इस तथ्य के विवरण भारत लेकर आने थे। बाद में यह जानकारी एक शपथ-पत्र के रूप में मुखर्जी आयोग के सामने रखी गई थी। यह शपथ-पत्र प्रोफेसर पूरबी रॉय द्वारा आयोग के सम्मुख रखा गया था। पूरबी रॉय एक शोधकर्ता थीं, जो नेताजी के मामले की बारीकी से छानबीन कर रही थीं तथा जिन्होंने मॉस्को की यात्रा भी की थी। उन्होंने ही कोलेस्निकोव को इस शोध में शामिल किया था। रॉय के हाथ में सोवियत रूस की 1946 की एक रिपोर्ट लग गई थी, जिसमें बॉम्बे से लिखा गया था कि नेहरू और गांधी के साथ काम करना नहीं संभव होगा। हमें सुभाषचंद्र बोस का ही इस्तेमाल करना होगा। इससे कम-से-कम यह तो साबित होता है कि नेताजी अक्तूबर, 1946 तक तो जीवित थे। यहाँ तक कि नेहरू और डॉ. राधाकृष्णन भी इस तथ्य से अवगत थे कि नेताजी सोवियत संघ की किसी जेल में बंद थे।

सत्यनारायण सिन्हा, जो कई वर्षों तक नेहरूजी के सहायक के रूप में काम कर

चुके थे और जिन्हें कई विदेशी भाषाओं का ज्ञान था, ने खोसला आयोग के समक्ष अपने बयान दिए थे। उन्होंने आयोग को बताया था कि एक पूर्व NKVD (जो अब के.जी.बी. है) एजेंट कुजलोव ने उन्हें बताया था कि नेताजी साइबेरिया की यातुत्सक जेल नं. 45 में कैद थे। स्टालिन के शासन काल में, कुजलोव के ऊपर संदेह था कि वह ट्रॉट्सकाइट (Trotskyite) था। उसे यातुस्तक जेल में कैद कर रखा गया था। उन्हें बाद में पुनर्वासित किया गया था और उन्होंने वह सूचना सत्य नारायण सिन्हा को सन् 1954 में मॉस्को में दी थी। हालाँकि खोसला आयोग ने उनके द्वारा दी गई नेताजी के बारे में इस सूचना का संज्ञान नहीं लिया था (कारण अज्ञात)। उनकी पूछताछ कभी गहराई से नहीं हुई थी, तथापि आयोग ने सिन्हा से पूछा था कि क्या कुजलोव ने नेताजी का नाम लिया था या केवल यह कहा था कि उसने एक महत्त्वपूर्ण भारतीय नेता को जेल में देखा था? सिन्हा अपने बयान पर अड़े रहे कि वे नेताजी से कलकत्ता में मिले थे। दरअसल, कुजलोव के पास कलकत्ता स्थित नेताजी के पुश्तैनी घर का पता था। वह सन् 1934 तक खुफिया सूचना एकत्रित करने के लिए ट्रेनिंग देता था।

सिन्हा ने आयोग को यह भी बताया कि वे नेताजी के बारे में सन् 1949 से जानकारी एकत्रित कर रहे थे और इस दौरान उनकी मुलाकात कार्ल लियोनहार्ड से हुई, जो एक पूर्व जर्मन जासूस था और जब युद्ध में जर्मनी की हार हो गई थी, तब वह साइबेरिया की जेल में बंद कर दिया गया था।

लियोनहार्ड ने सिन्हा को बताया था, ''मुझे पता चला है कि आपका एक नेता बोस भी साइबेरिया की जेल में कैद था।''

यह सुनने के बाद सिन्हा नेहरू से 13 अप्रैल, 1950 को मिले थे और उन्होंने इस बारे में उन्हें बताया था। सिन्हा ने खोसला आयोग को बताया था कि नेहरू ने इसमें ज्यादा दिलचस्पी नहीं दिखाई थी, पर यह जरूर कहा, ''मैं इस मामले की जाँच करूँगा; पर मेरे खयाल से यह एक अमेरिकन प्रचार है।'' सिन्हा ने आगे यह भी बताया कि 16 जनवरी, 1951 को राजदूतों की एक बैठक की साइड-लाइंस में उन्होंने यह मामला फिर से नेहरू के सामने उठाया था। पर उन्होंने इसे कोई तवज्जो नहीं दी थी। सिन्हा ने यह मामला डॉ. राधाकृष्णन के समक्ष भी उठाया, जिनके साथ जेनेवा में वे दुभाषिए का काम करते थे। डॉ. राधाकृष्णन ने उनसे कहा, ''इन सब बातों में बेकार में दखल न दें या अनावश्यक दिलचस्पी न दें, अन्यथा आपका कैरियर (सरकारी/विदेशी सेवा) चौपट हो जाएगा।'' सत्यनारायण सिन्हा अबानी मुखर्जी से भी मिले थे। अबानी मुखर्जी एक भारतीय कम्युनिस्ट थे, जो स्टालिन के साथ काम करने लग गए थे, पर बाद में स्टालिन से उनकी अनबन हो गई और स्टालिन ने उन्हें भी साइबेरिया की जेल में ठूँस दिया था। अत: मुखर्जी ने सिन्हा को बताया था कि नेताजी उस जेल कोठरी में कैद थे,

जो उनके पिताजी की कोठरी से लगी हुई थी। उन्होंने यह भी बताया कि नेताजी वहाँ 'खिलसाई मलंग' के नाम से जाने जाते थे। परंतु इस साक्ष्य में थोड़ी त्रुटि है, क्योंकि अबानी मुखर्जी, स्टालिनस्ट पर्ज (शुद्धीकरण) के दौरान अक्तूबर 1937 में मारे गए थे, जबकि नेताजी की विमान दुर्घटना 18 अगस्त, 1945 को हुई थी। अतएव नेताजी और अबानी मुखर्जी की मुलाकात की बात कुछ जँचती नहीं है।

सन् 1956 में शाहनवाज खान वाली समिति के सामने सिन्हा ने इसी कारण से गवाही नहीं दी, क्योंकि उन्हें लगा कि उनके द्वारा दिए गए प्रमाण तत्कालीन सत्ता संस्थान को नहीं पचेंगे। इस अवधि में उनके राजनीतिक जीवन में भी एक बड़ा परिवर्तन हुआ था। दो वर्ष (1950-52) विदेश सेवा में व्यतीत करने के बाद वे राजनीति में कूद पड़े तथा सन् 1952 में हुए लोकसभा चुनाव में वे बिहार से इंडियन नेशनल कांग्रेस के टिकट पर सांसद चुने गए थे तथा एकसांसद के तौर पर उन्होंने एक लंबा राजनीतिक सफर तय किया। अत: जब सन् 1970 के अक्तूबर में खोसला आयोग के समक्ष गवाही देने के लिए बुलाया गया था, तब वह लगभग सत्तर वर्ष के थे। तब उन्होंने आयोग के सामने कहा कि नेताजी सुभाषचंद्र बोस कहाँ पर हैं और कैसे हैं, इस मुद्दे को उठाने पर नेहरू ने उन्हें डाँटा था। संसद् में हुई एक खुली बहस के बाद नेहरूजी ने उन्हें पत्र लिखा था कि वे बार-बार दिल्ली स्थित अमेरिकी दूतावास में क्यों जाते हैं और क्या वे उनके लिए जासूसी कर रहे थे?

खोसला आयोग ने सिन्हा के साक्ष्य और जो तथ्य उन्होंने नेताजी के बारे में उद्घाटित किए थे, उन्हें उसी प्रकार से अनदेखा कर दिया, जैसे कि उसने भारत के पूर्व राष्ट्रपति डॉ. सर्वपल्ली राधाकृष्णन द्वारा दी गई सूचना की अवहेलना कर दी थी। डॉ. राधाकृष्णन उस समय सेवानिवृत्त होकर मद्रा (तमिलनाडु) में रह रहे थे और उन्हें संभवत: आयोग ने अपने सामने गवाह के रूप में बुलाना उचित नहीं समझा, न ही उनके पास जाकर उनसे कोई वार्त्ता ही की। एक अन्य गवाह ने आयोग के सामने गवाही दी और कहा था कि जब सन् 1948 में डॉ. राधाकृष्णन एक गैर-सरकारी यात्रा पर मॉस्को गए थे, तब वे वास्तव में नेताजी सुभाषचंद्र बोस से मिले भी थे। वे वहाँ पर अंतरराष्ट्रीय फिलॉसोफिकल कॉन्फ्रेंस (दर्शनशास्त्र सम्मेलन) में हिस्सा लेने गए थे। ऐसा श्री एस.एम. गोस्वामी, पश्चिम बंगाल शासन के भ्रष्टाचार विरोधी के एक अधिकारी का कहना था। उन्होंने बताया था कि डॉ. राधाकृष्णन ने उन्हें सुभाषचंद्र बोस के साथ अपनी मुलाकात के बारे में सन् 1954 में बताया था। राधाकृष्णन ने उनसे यह भी खुलासा किया था कि बोस ने उनसे प्रार्थना की थी कि वे उनके भारत लौटने में मदद करें। राधाकृष्णन ने उन्हें यह भी बताया था कि भारत लौटने के बाद उन्होंने इस संबंध में उच्च्च अधिकारियों से भी बातचीत की थी और उनकी भारत लौटने की इच्छा के बारे में भी बताया था; परंतु तथाकथित आला कमान

ने कहा कि वे इस बारे में चुप्पी साध जाएँ तथा किसी के सामने इसे उद्घाटित न करें।

श्री एस. एम. गोस्वामी सर्वप्रथम राधाकृष्णन को अपनी पुस्तक 'नेताजी : मिस्ट्री रिवील्ड' की एक प्रति भेंट करने गए थे। उन्होंने डॉ. एस. राधाकृष्णन, तत्कालीन भारत के राष्ट्रपति से पुनः मुलाकात तब की थी, जब वे जुलाई 1962 में पश्चिम बंगाल के पूर्व मुख्यमंत्री डॉ. बिधान चंद्र रॉय के अंतिम संस्कार में कलकत्ता गए थे। राधाकृष्णन ने उस समय भी इस बात की पुनः पुष्टि की थी कि वे नेताजी सुभाषचंद्र बोस से सन् 1948 में मॉस्को में मिले थे। राष्ट्रपति ने साथ ही यह भी कहा था कि यदि उन्होंने नेताजी से मिलने की बात को सार्वजनिक कर दिया या उद्घाटित कर दिया और नेताजी फिर प्रकट नहीं हुए तो फिर वे जनता के सामने झूठे साबित हो जाएँगे और उन्हें बगलें झाँकनी पड़ेंगी। गोस्वामी ने यह सब खोसला आयोग को बड़े ही नाटकीय अंदाज में बताया। उन्होंने आगे यह भी कहा, "यदि पूर्व राष्ट्रपति इस बयान को मानने से मुकर जाते हैं, तब वह आत्महत्या कर लेंगे।" श्री गोस्वामी ने बिना सूत्र या साक्ष्य पेश किए यह भी बताया, "जब विजयलक्ष्मी पंडित मॉस्को में भारत की राजदूत थीं, तब वे भी नेताजी से मिली थीं।" नई दिल्ली में अपनी वापसी के पश्चात् कांस्टीट्यूशन क्लब (रफी मार्ग, नई दिल्ली) में एक सभा में श्रीमती पंडित ने यह भी खुलासा किया कि उनके पास कुछ ऐसी सूचना है, जिसके उद्घाटित करने से राजनीतिक तबके में उथल-पुथल मच जाएगी तथा सारे देश में एक बिजली-सी चमक जाएगी और लोग स्तंभित रह जाएँगे।

यदि स्टालिन स्वतंत्र भारत के साथ रिश्ते बनाने की जरूरत के बारे में सतर्क था तो उसकी मृत्यु के साथ उसकी रही-सही आशा भी खत्म हो गई थी। उसकी मृत्यु के बाद यह रुकावट भी खत्म हो गई थी। उसके उत्तराधिकारी निकिता ख्रुश्चेव के नेतृत्व में भारत और सोवियत संघ काफी निकट आ गए और दोनों देशों के बीच सन् 1953 में पहली बार व्यापार समझौता हुआ था। दोनों देशों को एक-दूसरे की आवश्यकता थी। भारत को औद्योगिक विकास के लिए मशीनरी एवं सहयोग की जरूरत थी और सोवियत संघ को इस क्षेत्र में एक मित्र देश की जरूरत थी, जहाँ पर अमेरिका पाकिस्तान को सहयोग और सैन्य एवं अन्य आर्थिक सहायता दे रहा था, जिससे उसका भविष्य में इस्तेमाल किया जा सके। उस समय सोवियत संघ और चीन के संबंध भी तल्ख और तनावपूर्ण थे, हालाँकि दोनों ही कम्युनिस्ट राष्ट्र थे। ख्रुश्चेव के भारत से कोई वैचारिक मदभेद नहीं थे और स्टालिनिस्ट मतभेद की बर्फ अब पिघलने लगी थी।

क्रेमलिन में बैठे जो नए मंत्रीगण और उच्च पदाधिकारी थे, वे भारत को एक महान् सभ्यता और एशिया का एक बड़ा देश होने के नाते उसमें तमाम संभावनाएँ देखते थे। नेहरू अपने एक राजकीय दौरे पर सन् 1955 में मॉस्को आए थे और उसी साल नवंबर एवं दिसंबर में सोवियत कम्युनिस्ट पार्टी के बुल्गानिर और ख्रुश्चेव भारत दौर पर आए

थे। सोवियत रूस भी भारत की गुटनिरपेक्षता की नीति पर भरोसा जता रहा था। उसने भारत की पंचशील नीति का भी समर्थन किया था अर्थात् शांतिपूर्ण सह-अस्तित्व और गुटनिरपेक्षवादिता का समर्थन। इसका तात्पर्य यह हुआ कि यदि नेताजी को स्टालिन के स्वर्गवासी होने के पहले न्याय पाने की कोई संभावना थी, अब वह भारत-सोवियत मैत्री के दौर के दौरान अपने ही लोगों द्वारा लगभग भुला दिए गए थे।

यहाँ पर सबसे अहम सवाल यह उठता है कि भारत-सोवियत संघ के इस मैत्रीपूर्ण और सौहार्द भरे माहौल में नेहरू ने नेताजी को वहाँ के बंदीगृह से मुक्ति दिलाने के लिए प्रयास क्यों नहीं किए? यह एक लाख टके का सवाल है, जिस पर इस पुस्तक में हम बाद में चर्चा करेंगे। यहाँ पर इतना कहना ही संतोषजनक होगा कि नेहरू द्वारा नेताजी की मुक्ति के बारे में, उन्हें स्वतंत्र करके भारत भेजने के बारे में यदि सोवियत सरकार को, चाहे वह स्टालिन की रही हो, कोई अपील या प्रार्थना की जाती तो रूसी सरकार द्वारा उसकी अनसुनी न की जाती। उदाहरण के तौर पर, जब तत्कालीन भारतीय राजदूत डॉ. राधाकृष्णन स्टालिन से मिले थे तो उन्होंने मॉस्को रेडियो के नई दिल्ली में स्थित संवाददाता द्वारा भारत के बारे में गलत-सलत और आधी-अधूरी रिपोर्टिंग के बारे में भी चर्चा की थी। तब इस बात का संज्ञान लेते हुए स्टालिन ने अपने प्रमुख सहायक को आदेश देकर उस संवाददाता को मॉस्को वापस बुलवा लिया था। तब फिर नेताजी के बारे में ऐसा क्यों नहीं किया गया? स्टालिन को संभवत: आजाद भारत के भारतीय नेताओं से नेताजी को मुक्त करने के लिए कोई प्रार्थना-पत्र आदि नहीं मिला था; पर यह भी अपनी समझ से परे है कि आखिरकार क्या वजह थी कि स्टालिन ने नेताजी को साइबेरिया जैसी अति शीतवाली जगह में बंदी बनाकर रखा हुआ था? क्या वे तत्कालीन सोवियत सत्ता के खिलाफ षड्यंत्र करनेवाले बहुत खतरनाक शख्स थे या कोई अन्य कारण था? इस कारण से गए थे कि शायद वहाँ की कम्युनिस्ट साम्यवादी जन-हितैषी सरकार ब्रिटिश शासन और गुलामी से मुक्ति दिलाने में उनकी मदद जरूर करेगी! इन सब सवालों का जवाब शायद तभी मिल पाएगा, जब पूर्व सोवियत संघ के अभिलेखागार में रखे हुए नेताजी से संबंधित दस्तावेज—पूर्णतया जनसाधारण के लिए, अवर्गीकृत जनमानस के सामने लाकर उपलब्ध कराए जाएँ, तब तक हमें अटकलों का ही सहारा लेना पड़ेगा। इसका उत्तर स्टालिनीय राज्य में निहित सिद्धांत में हो सकता है। मार्क्स का दर्शन है—

> ''प्रत्येक से उसकी योग्यता के अनुसार,
> प्रत्येक को उसकी आवश्यकता के अनुसार।
> {From each according to his abilities,
> To each according to his needs.}
>
> —Karl Marks

परंतु वास्तव में, यदि देखा जाए तो सोवियत संघ एक महाविशाल देश है और वह अभी तक 'साम्राज्यवादी जारिस्ट' तानाशाही रास्ते पर ही चल रहा है।

यह 'संघ' अति शोषणवादी था और जबरन भरती किए हुए श्रमिकों से हाड़-तोड़ मेहनत करवाकर (भूखे पेट रखकर, कोड़े लगवाकर और भाँति-भाँति के अत्याचार करके) अपने देश के साधनों का निर्माण किया था। दरअसल, सोवियत संघ के गुलाग्स (Gulags) और कुछ नहीं, बलपूर्वक भरती किए गए मजदूरों का शिविर होता था, जो अतिशय शीतवाली जगह साइबेरिया के जंगलों में बसाए गए थे। इन छोटे-छोटे और बड़े-बड़े अपराधियों को भी रूस की तमाम जेलों में लाकर यहाँ बसाया गया था, जिससे उनसे जबरन मजदूरी करवाई जा सके और उनका भरपूर शोषण किया जा सके। साइबेरिया, जो बहुत ही ठंड वाली जगह थी और जहाँ मानव जाति का सर्वथा अभाव था, केवल साइबेरियाई बाघ (Tiger) और कुछ जंगली जानवर ही वहाँ रह रहे थे। वह जगह सोवियत संघ के लिए अचानक ही 1920 में बहुत महत्त्वपूर्ण बन गई थी। कारण, वहाँ पर सन् 1920 के आस-पास सोना (Gold) और प्लैटिनम (Platinum) जैसे बहुमूल्य पदार्थों के विशाल भंडार होने का पता चला था। स्टालिन इन खनिजों का खनन करवाकर, उनके द्वारा प्राप्त धन से अपनी पंचवर्षीय योजनाओं के लिए आवश्यक धन की आपूर्ति करना चाहता था; परंतु साइबेरिया बहुत सुदूर—मॉस्को से लगभग 6,000 कि.मी. दूर—स्थित था और वहाँ पर आने-जाने के साधनों (सड़क या रेल लाइनों) का नितांत अभाव था। दूसरे शब्दों में कहा जाए तो सड़कें या रेल लाइनें थीं ही नहीं।

सड़कों का निर्माण तथा खनन कार्यों के लिए खनन स्टेशनों को बनाने का काम होना था। दूसरे, सोवियत राज्यों जैसे यूक्रेन से राजनीतिक बंदियों अर्थात् लोग जो सत्ताधारी पार्टी की नीतियों आदि से असहमत थे और उसके खिलाफ आवाज उठाते थे, वे लोग जो कम्युनिस्ट शासन का विरोध करते थे और अन्य सामान्य अपराधी, जैसे छोटे-मोटे चोर, उठाईगीर, जेब-तराश या भूख से पीड़ित ऐसे लोग, जो कभी-कभार तंग आकर कुछ करते थे, गरीब लोग—उन्हें जबरन पकड़कर यहाँ पर साइबेरिया में फोर्स्ड लेबर कैंस या गुलाग्स में मेहनत-मजदूरी के लिए भेज दिया जाता था। सन् 1940-50 के दशक में इस तरह के गुलाग्स में कम-से-कम 80,000 से 2,00,000 मजदूर काम कर रहे थे। काम करने की दशाओं और तमाम लोग बीमारी एवं अतिशय थकान से मर भी गए थे। कई अन्य श्रमिकों को केवल इसलिए भेज दिया गया था कि वे ठीक से कड़ी मेहनत नहीं कर रहे थे या नहीं कर पा रहे थे। इसी अवधि में कम-से-कम 5 लाख लोग गुलाग्स में मर-खप गए थे। बाद में यह पाया गया कि जो लोग वहाँ मर जाते थे, वे निर्माणाधीन सड़क के नीचे ही दफन कर दिए जाते थे। इसीलिए कोलाइमा हाइवे (Kolyma Highway) को, जो मुख्य देश से याकुत्सक (साइबेरिया) को जोड़ता था,

उसे साइबेरिया की Road of Bones या 'अस्थियों का मार्ग' कहा जाता है।

प्रख्यात रूसी उपन्यासकार अलेक्जेंडर सोल्जेनितसिन, जो 11 वर्ष तक वहाँ बंदी रह चुके थे, ने अपने उपन्यास 'गुलाग्स आर्कीपेलागो' में साइबेरियन गुलागो का विस्तृत चित्रण किया है, उन्होंने वहाँ के कैदियों के कठिन जीवन का जीवंत चित्रण किया है। यहाँ यह बता देना उचित होगा कि (Yakutsk) याकुत्सक, जहाँ नेताजी को कैद कर रखा गया था, वह दुनिया में सबसे ठंडी जगह है—शीतकाल में वहाँ का तापमान–50 डिग्री सेल्सियस यानी पानी के जमने के तापमान से भी 50डिग्री सेल्सियस नीचे चला जाता था। यानी इतनी ठंड होती है कि यदि आप नाक पर चढ़ा हुआ चश्मा उतारना चाहते हैं तो साथ में आपकी चमड़ी भी उधड़कर आ जाएगी।

तानाशाह स्टालिन के शासन में सोवियत संघ में एक सर्वसत्तात्मक, एकदलीय सरकार थी। स्वयं स्टालिन भी एक निर्दयी व निरंकुश शासक था। विश्वसनीयता पर जरा सा भी शक होने पर वह अपने नजदीकी–से–नजदीकी सहयोगियों को मौत के घाट उतरवा देता था। उनमें सबसे मशहूर लियोन ट्रॉटस्की (Leon Trotsky), जो एक मार्क्सिसिस्ट विचारक, रूसी राजनीतिज्ञ तथा लाल सेना (रेड आर्मी) के संस्थापक एवं प्रथम नेता थे। स्टालिन हजारों बेगुनाहों को देश का शत्रु होने के बेबुनियाद शक की बिना पर मरवा देता था। इसमें लाल सेना के कई जनरल्स भी शामिल थे, जिन्हें उसने मरवा दिया था। जैसा कि पहले उल्लेख किया गया है, यहाँ तक कि भारतीय कम्युनिस्ट नेता अबानी मुखर्जी और वीरेंद्र नाथ चट्टोपाध्याय, सरोजनी नायडू के अनुज, जो कि उनके आंदोलन द्वारा आकर्षित हुए थे, उन्हें भी साइबेरिया में स्टालिन की जेलों में सड़–सड़कर मरना पड़ा था। स्टालिन ने सामुदायिक खेती और त्वरित औद्योगिकीकरण के लिए भी खुलेआम अतिशय बल का प्रयोग किया जिन लोगों ने उसका विरोध किया, उन्हें बुलडोजरों के नीचे रौंद दिया गया था। इस प्रकार स्टालिन के शासनकाल में संवेदनशीलता का नितांत अभाव था या उसे पूर्णतया दरकिनार कर दिया गया था। इस प्रकार की सोवियत संघ की दंड–व्यवस्था में सुभाषचंद्र बोस उसके लिए केवल एक संख्या मात्र रह गए होंगे। भारतीय जेलों के साथ यदि इसकी तुलना की जाए तो नेताजी सुभाषचंद्र बोस के साथ वहाँ पर एक बहुत गरीब कैदी की तरह व्यवहार किया गया था, जो जेल में बिना किसी ट्रायल या मुकदमे आदि के सालों सड़ते रहते हैं। उन्हें वहाँ पर किसी प्रकार की राहत नहीं मिली थी। यह इस प्रकार से था, जैसे कि एक संवेदनहीन जेल व्यवस्था में उनकी केस फाइल कहीं खो गई थी और उनका जेल के बाहर कोई वकील या भला चाहनेवाला नहीं था, जो उनके लिए न्याय की माँग करता।

तो फिर क्या नेताजी स्टालिन के 'गुलाग्स' से बच पाए थे या उनका भी 'अस्थि मार्ग' के लिए इस्तेमाल हो गया था? हमारे पास इसके बारे में कुछ भी जानकारी पाने

के लिए कोई तरीका या माध्यम नहीं है; परंतु आशा की जाती थी कि वे वहाँ से बचकर निकल पाए थे। परंतु इसके पहले कि हम कहानी के उस हिस्से पर जाएँ, एक बहुत ही हलके-फुलके साक्ष्य के आधार पर, जिसको अधिकांश लोग नहीं स्वीकार करेंगे, हमें इस मामले के एक अन्य पहलू पर भी विचार करना चाहिए। क्यों नहीं वे लोग, जो नेताजी को बचा सकते थे, उस स्थिति से उन्हें बाहर लेकर आए? उसमें भारत में उनके परिवार के सदस्य और बंगाल के लोग भी शामिल हैं। इसके बारे में हम अगले अध्यायों में पढ़ एवं जान सकेंगे।

□

4

नेताजी को आजाद करने के लिए क्यों नहीं

किसी ने सोवियत सरकार से सिफारिश की? बोस (सुभाष चंद्र) का परिवार बहुत लंबा-चौड़ा था। नेताजी तेरह भाई-बहन थे—सात भाई और छह बहनें। इतने भाई-बहनों का होना उस जमाने में कोई असामान्य बात नहीं थी। उन सब में सुभाषचंद्र बोस अपने दूसरे नंबर के भाई शरतचंद्र बोस के राजनीतिक स्तर पर सबसे निकट थे। शरतचंद्र बोस सुभाषचंद्र बोस से आठ वर्ष बड़े और पेशे से एक बैरिस्टर (वकील) थे। कई साल तक कानून की प्रैक्टिस करने के बाद वे भारत के स्वतंत्रता संग्राम से जुड़ गए और इस तरह से राजनीति में आ गए। सन् 1936 में वे बंगाल प्रदेश कांग्रेस समिति के अध्यक्ष बनाए गए थे। सन् 1936-47, अखिल भारतीय कांग्रेस समिति के सदस्य रहे। वह केंद्रीय असेंबली में कांग्रेस प्रतिनिधिमंडल के नेता थे। असेंबली, जो कि एक चैंबर था, चुने हुए भारतीय और ब्रिटिश प्रतिनिधि होते थे। इसकी रचना गवर्नमेंट ऑफ इंडिया ऐक्ट, 1919 के अंतर्गत हुई थी। इसी ऐक्ट के आधार पर सन् 1946 में (Constituant Assembly of India and Pakistan) भारत और पाकिस्तान की कांस्टीट्यूंएंट असेंबली का गठन हुआ था।

वाइसराय की कार्यकारी परिषद् को परिवर्तित करके एक अंतरिम भारतीय मंत्रिमंडल का गठन हुआ। जवाहरलाल नेहरू इस मंत्रिमंडल कौंसिल के पहले वाइस प्रेसीडेंट बने थे और उन्हें एक प्रधानमंत्री के समान शक्तियाँ प्रदान की गई थीं। सन् 1946 में सुभाषचंद्र बोस के अचानक गायब हो जाने के बाद शरत बोस को भी इस कौंसिल या मंत्रिमंडल में वर्क्स, खानों और ऊर्जा का मंत्री बनाया गया था। इस प्रकार, शरत बोस भी उस समय बहुत प्रभावशाली व्यक्ति बन गए थे। उनका कुछ प्रभा-मंडल अपने अनुज सुभाषचंद्र बोस के कारण था। अगस्त 1946 में जब सुभाषचंद्र बोस की तथाकथित विमान दुर्घटना में मौत होने की सूचना आई थी, उस समय शरत बोस हिरासत में थे। उन्हें इस बात पर विश्वास ही नहीं हो पा रहा था कि उनके अनुज इस प्रकार से

विमान दुर्घटना में मारे जा सकते थे; विशेषकर इस कारण से भी कि यह समाचार 23 अगस्त, 1945 को यानी विमान–दुर्घटना के पाँच दिन बाद भारत आया था। उन दिनों (और आज भी) एक विमान दुर्घटना, वह चाहे जहाँ भी हो, समाचार–पत्रों के लिए और मीडिया के लिए बहुत बड़ी खबर होती है और उसका तत्क्षण दुनिया भर में प्रसारण हो जाता है। शरत बोस को यह बड़ी अजीब सी बात लगी कि विमान दुर्घटना की स्टोरी अखबारों में इतनी देर से क्यों छपी? जेल से बाहर निकलने के बाद उन्होंने नेताजी के मुख्य सहायक और निकट सहयोगी ले. कर्नल हबीबुर्रहमान को ढूँढ़ा, जिससे इस की असलियत का पता चल सके। दुर्भाग्यवश, नेताजी की मृत्यु का समाचार सही है, रहमान ने उन्हें बताया। रहमान का चरित्र बहुत सच्चा व खरा था और उनकी बात पर कोई संदेह नहीं कर सकता था। इस वार्त्ता से शरत बोस इस निष्कर्ष पर पहुँचे कि ले. कर्नल रहमान अपने नेता के निर्देश पर यह कथा यहाँ–वहाँ प्रसारित कर रहे थे, जो (नेताजी) अपना पता–ठिकाना गुप्त रखना चाहते थे।

दशकों बाद, अपने संसदीय भाषणों के दौरान, श्री सुब्रतो बोस ने कुछ याद करते हुए कहा था, ''मेरे पिताजी (शरत बोस) ढाई घंटे तक हबीबुर्रहमान से मिले थे। मीटिंग से बाहर निकलकर उन्होंने कहा था, 'वह सत्य नहीं बोल रहा है।' हबीबुर्रहमान ने महात्मा गांधी को नेताजी के बारे में संक्षिप्त में बताया था। जब महात्मा गांधी से लोगों ने एवं मीडिया ने प्रश्न किए, तब उन्होंने बहुत गोल–मोल एवं भ्रमित करनेवाला उत्तर दिया था। हबीबुर्रहमान ने उन्हें वही बताया, जो उनके नेता से उनसे कहा था। यह बात बहुत महत्त्व रखती है कि जब गांधीजी को नेताजी सुभाषचंद्र बोस की मौत की पहली खबर मिली थी, तब उन्होंने बोस परिवार को तार दिया था—'सतीश बोस, (बोस परिवार में सबसे बड़े भाई) अभी श्राद्ध नहीं करना।' यहाँ तक कि गांधीजी को भी संदेह था कि सुभाषचंद्र बोस की मृत्यु हुई है या नहीं।

'विमान दुर्घटना' की संदेहात्मक थ्योरी शरत बोस को एक अन्य, बिल्कुल असंबंधित स्रोत से मिली थी। शरत बोस सन् 1948 में अपनी यूरोप की एक यात्रा के दौरान एक पत्रकार लिली अबेग, जो द्वितीय विश्व युद्ध की समाप्ति के बाद जापान द्वारा मित्र राष्ट्र की सेनाओं के कमांडर के सम्मुख समर्पण के समय वहाँ मौजूद था, और ज्यूरिख के स्विस 'डाईवेल्टवोचे वीकली' (साप्ताहिक) का संवाददाता था, उसने नेताजी को बताया कि उसने कई ब्रिटिश और अमेरिकन पत्रकारों से बातचीत की थी, जब वह तथाकथित विमान दुर्घटना की कथा पर रिसर्च कर रही थी और कोई भी पत्रकार इस बात की पुष्टि नहीं कर पाया था कि वह विमान दुर्घटना हुई भी थी या नहीं (इस पर हमेशा संदेह भी रहा और बाद में एक आयोग के सामने ताइपेई (ताइवान) सरकार ने गवाही भी दी थी कि उस दिन ताइपेई एयरपोर्ट पर ऐसी कोई भी विमान दुर्घटना नहीं हुई थी)।

इसके बाद तो नेताजी के बड़े भाई शरत बोस का संदेह और बढ़ गया था कि यह तथाकथित विमान दुर्घटना कभी हुई भी थी या नहीं। यह एक बहुत बड़ा सवाल था; परंतु उन्हें एक बात, जो नेताजी के बारे में और परेशान कर रही थी कि नेताजी ने सन् 1938 में अपनी निजी सचिव से ऑस्ट्रिया (विएना) में विवाह कर लिया था और उन्हें इस विवाह से एक बेटी भी पैदा हुई थी। शरत बोस इस प्रस्फुटित होते हुए प्रेम-प्रकरण से बिल्कुल अनभिज्ञ थे और सुभाषचंद्र बोस ने उन्हें इस बारे में अँधेरे में रखा हुआ था। शरत को इस बारे में कुछ नहीं पता था कि नेताजी एक 'लिव-इन-रिलेशनशिप' में थे, जिससे नेताजी के प्रति उनके भीतर क्षोभ था। कांग्रेस के बीच में यह खबर अच्छी तरह प्रसारित हो रही थी, जो उनके गुस्से का एक और कारण था। उन दिनों के दकियानूसी समाज में इस प्रकार के संबंध अनैतिक तथा कलंकित करनेवाले होते थे। इस मुद्दे पर बोस परिवार को अपनी इज्जत बचाने के लिए रक्षात्मक रुख अपनाना पड़ा। नेताजी के परिवार में कई लोग इस बात पर भी संदेह करने लगे कि क्या वह बेटी वास्तव में उनकी थी?

शरत बोस इस बात से भी अनभिज्ञ थे कि नेताजी की पत्नी एमिली शेंकल (Emilie Schenkel) ने 20 मार्च, 1946 को बोस परिवार को लिखा था कि उसने सन् 1937 में सुभाषचंद्र बोस से विवाह कर लिया और 1942 में एक कन्या को जन्म दिया था। एमिली ने लिखा था कि उसके पास उस पत्र की एक प्रति है, जो नेताजी ने शरत बोस को एमिली के साथ विवाह के अवसर पर लिखा था। उनको यह आशंका थी ही नहीं कि शायद वे उस दिन तक जीवित न रहें कि यह बता सकें कि उन्होंने एमिली से बाकायदा शादी की थी तथा एमिली उनकी ब्याहता पत्नी थी। पर पता नहीं किस कारण से एमिली का पत्र शरत को पूरे दो वर्ष बाद मिला था। जाहिर है, यह पत्र ब्रिटिश खुफिया एजेंसी द्वारा रास्ते में ही रोक लिया गया था और उन्होंने उसका अनुचित लाभ उठाया तथा सुभाषचंद्र बोस और उनकी पत्नी के बारे में कांग्रेस में अफवाहें फैलाने लगे थे तथा उसे गंतव्य तक जान-बूझकर देर से पहुँचाया था। शरत बोस ने 10 अप्रैल, 1948 को पत्र 'मिसेज शेंकेल' को संबोधित करते हुए लिखा था। उन्होंने लिखा था—"इन दिनों यहाँ किसी पर भी विश्वास करना बहुत कठिन है। अधिकतर प्रसिद्ध और बड़े कांग्रेसी नेता मेरे भाई के खिलाफ हैं या दुश्मन हैं।" इस नजरिए में सन् 1941 में जो हुआ, उसके बाद भी कोई बदलाव नहीं आया। उन्होंने विश्वास दिलाया कि वे विएना आएँगे और उनसे जरूर मिलेंगे। उस पत्र की एक प्रति 'आउट लुक' नामक भारतीय पत्रिका में 10 फरवरी, 2014 को छपी थी। अंततोगत्वा शरत बोस विएना गए, एमिली से मिले और उनसे आग्रह किया कि वह कलकत्ता चलकर बोस के परिवार के साथ ही रहें; परंतु विएना में एमिली को अपनी माता की

भी देखभाल करनी थी और इसी कारण वह भारत नहीं आ सकती थीं।

विरोधाभासी खबरों के बीच शरतचंद्र बोस के लिए यह कठिन हो रहा था कि वे अपने अनुज सुभाषचंद्र बोस के इस प्रकार से 'गायब हो जाने के सत्य' तक कैसे पहुँचें? कांग्रेस छोड़ने के बाद और आलाकमान से कोई संपर्क न होने के कारण शरत बोस के पास ऐसा कोई तरीका नहीं था, जिससे वे यह जान सकें कि नेहरू सरकार बड़े जोर-शोर से स्टालिन से दोस्ती बढ़ाने की कोशिश कर रही थी। उन दिनों यह कहानी काफी जोर-शोर से प्रचलित थी कि नेताजी सोवियत संघ चले गए थे (हैं)। परंतु यह किसी को भी अंदाजा नहीं था कि वे वहाँ कितनी अमानवीय स्थिति में साइबेरियन जेलों में अतिशय शीतवाले क्षेत्र में कैद थे। 'गुलाग' की मौजूदगी के बारे में दुनिया को स्टालिन की मौत के बाद ही पता चल पाया था कि वे नेताजी को किस भाँति से सोवियत संघ (रूस) की 'गुलाग-कैद' से छुड़वाएँ? शरत बोस भी ज्यादा दिन जीवित नहीं रह पाए। वे आजादी (यानी 15 अगस्त, 1947) और भारत के 26 जनवरी, 1950 को गणतंत्र घोषित होने के तीन हफ्ते बाद ही चल बसे।

सन् 1950 के शुरुआती दौर के बाद और जब भारत गणतांत्रिक राष्ट्र बनने की दिशा में छोटे-छोटे कदम उठा रहा था, तब नेताजी कहाँ हैं और कैसे हैं, यह सवाल जनता के मन में समय-समय पर बार-बार उठने लगा था। जब सन् 1946-48 में यह आशंका बार-बार जताई जा रही थी और बार-बार अटकलें लगाई जा रही थीं कि नेताजी संभवत: रूस में हैं, तब एच.वी. कामत, जो संसद् सदस्य थे और फॉरवर्ड ब्लॉक के एक वरिष्ठ कार्यकर्ता थे, नेताजी का पता-ठिकाना जानने के लिए लोगों के साथ बार-बार आवाज उठाने लग गए थे। किंतु फिर भी भारत सरकार न जाने क्यों, नेताजी का समाचार या अज्ञातवास का स्थान-देश आदि जानने को बिल्कुल भी उत्सुक नहीं थी। 19 अप्रैल, 1951 को एच.वी. कामत, एम.पी. के एक संसदीय प्रश्न के उत्तर में तत्कालीन विदेश मंत्रालय में उप-विदेश मंत्री श्री बालकृष्ण विश्वनाथ केसकर (उस समय प्रधानमंत्री जवाहरलाल नेहरू ही विदेश मंत्रालय का काम भी देखते थे) ने सदन के पटल पर एक लिखित उत्तर दिया था, ''सुभाषचंद्र बोस के जीवित रहने के बारे में भारत सरकार को कोई भी विशेष पत्र या संचार या समाचार या साक्ष्य नहीं मिला है, जिससे उनके जीवित रहने का कोई प्रमाण मिल सके।''

जहाँ तक शरत चंद्र बोस का सवाल था, कांग्रेस पार्टी से अब उनका मोह-भंग हो चुका था, जिसकी बुनियाद और आधार अब तक हिल चुकी थी और उसके अंदर भाई-भतीजावाद एवं भ्रष्टाचार पूर्ण रूप से व्याप्त हो चुका था, जो उसकी जड़ें खोखली कर रहा था। सत्ता और पद-लोलुपता, अर्थोपार्जन—सही या गलत तरीके से—उनका एकमात्र ध्येय बन गया था। जनता-जनार्दन, जिनकी भलाई के लिए सारा स्वतंत्रता संग्राम, जो

केंद्र-बिंदु था और सारी लड़ाई अंग्रेज के खिलाफ लड़ी गई थी, हजारों-लाखों लोगों ने अपने प्राणों की आहुति दी थी, घर-परिवार को उनके हाल पर छोड़ दिया था, संन्यासी हो गए थे, शहीद हो गए थे, सब हाशिए पर चले गए थे। उनको दरकिनार कर दिया गया था। ऐसे माहौल में उनका तथा कई अन्य कांग्रेसी नेताओं का दम घुट रहा था।

उन्होंने (शरत बोस ने) बंगाल के विभाजन को लेकर अखिल भारतीय कांग्रेस समिति से इस्तीफा दे दिया था। अविभाजित बंगाल के पक्ष में वह (शरत बोस) और मुसलिम लीग के नेता सुहरावर्दी (हुसैन शाहिद सुहरावर्दी) एकमत थे कि बंगाल की अर्थव्यवस्था और विकास तथा खुशहाली के लिए बंगाल का विभाजन विनाशकारी होगा (विभाजन के बाद यह बात अच्छी तरह साबित हो गई थी)। विभाजन के बाद जो मार-काट मची, तबाही हुई, सांप्रदायिक दंगे हुए, उससे सब लोग बखूबी वाकिफ हैं। विभाजन के बाद जब दसियों लाख लोग अपनी-अपनी जानें बचाकर वहाँ से भागकर पश्चिम बंगाल में भाग-भागकर आने लगे, तब राजनीतिक सोच और दिशा का केंद्र उन शरणार्थियों के पुनर्वास करने की तरफ हो गया और यही उस समय की माँग भी थी।

नेहरू ने सन् 1946 में कहा था, "भलीभाँति जाँच-पड़ताल करने के बाद जो भी साक्ष्य या तथ्य एकत्रित किए जा सकते थे, उसके बाद बहुत कम संदेह रह जाता है कि सुभाषचंद्र बोस वास्तव में 18 अगस्त, 1945 को मृत्यु को वरण कर चुके थे।"

संसद् में केसकर के बयान के बाद उन्होंने यह भी जोड़ा था और इस निष्कर्ष पर पहुँचे थे कि वस्तुतः नेताजी की मृत्यु हो चुकी थी। इसकी पुष्टि जापान सरकार द्वार प्रेषित की गई एक मेडिकल रिपोर्ट से भी हुई, जिसमें उनकी (नेताजी की) मृत्यु को प्रमाणित किया गया था। परंतु कामत इस बात पर अड़े हैं कि नेताजी का पता लगाने के लिए जाँच समिति का गठन किया जाए।

दो माह बाद जवाहरलाल नेहरू ने स्वयं 5 मार्च, 1952 को कामत के एक प्रश्न के उत्तर में कहा, "मुझे कोई भी संदेह नहीं था, न अब है, न होगा कि नेताजी की मृत्यु एक विमान दुर्घटना में 18 अगस्त, 1945 को हो गई थी। इस विषय में कोई भी जाँच नहीं की जा सकती है।" नेताजी जैसे कर्मठ और राजनीतिक रूप से सक्रिय व्यक्ति इस प्रकार रहस्यात्मक तरीके से इस विश्व-पटल पर से कैसे गायब हो गए थे? यह बात इससे भी पता चलती है कि नेताजी के प्रपौत्र सुब्रतो बोस ने संसद् में सन् 2006 में इस विषय पर बोलते हुए कहा था कि एक सरकारी टिप्पणी में नेहरूजी ने 26 सितंबर, 1951 को लिखा था—"यह (नेताजी की मृत्यु) हम सबके लिए विचार करने की बात है कि क्या हम नेताजी की मृत्यु के बारे में कोई सरकारी विज्ञप्ति जारी कर सकते हैं? सब पहलुओं पर गौर करके एक संतुलित दृष्टिकोण यह होगा कि हम संसद् में या जनता में इस विषय पर किसी प्रकार का बयान न दें। इस कार्य से हम नेताजी के परिवार के

कुछ सदस्यों के साथ विवाद में घिर सकते हैं। सबसे बेहतर तो यह होगा कि हम ऐसे किसी एक वक्तव्य का प्रारूप तैयार करके जारी करने के पहले नेताजी के परिवारवालों को भेज दें। उनसे जो भी उत्तर आए, उसके आधार पर ही हम इस वक्तव्य के प्रकाशन के बारे में अंतिम निर्णय ले सकते हैं।''

उसके बाद कोई वक्तव्य कभी भी जारी नहीं किया गया था। इसके पीछे कारण शायद सावधानी बरतने का था, जैसा कि उस समय पदासीन विदेश सचिव के.पी.एस. मेनन ने राय दी थी। 27 सितंबर, 1951 को उन्होंने लिखा था—''मैंने प्रधानमंत्री से कहा है कि इस समय कोई भी बयान देने की राय नहीं दी जा सकती है। मेरे विचार से, हबीबुर्रहमान के कथन में महत्त्वपूर्ण इशारा है कि नेताजी का इरादा डायरेन में विमान से उतर जाने का था और इस पर भी इशारा था कि वे जापानी अधिकारियों की सहायता से सोवियत अधिकृत क्षेत्र में जाना चाहते थे।'' विदेश सचिव इस ओर भी इशारा कर रहे थे कि कई वर्शन (Version) थे। उन्होंने इस ओर भी ध्यान दिलाया कि हबीबुर्रहमान के अनुसार, दिवंगत नेताजी का दाह-संस्कार 20 अगस्त, 1945 को कर दिया गया था। म्यूनिसिपल सर्टिफिकेट के अनुसार, अंतिम संस्कार की तिथि 22 अगस्त, 1945 रिकॉर्ड की गई थी। विदेश सचिव को दाह-संस्कार की एक काल्पनिक तारीख की क्या जरूरत थी, यह समझ में नहीं आ रहा था। दाह-संस्कार की तिथि में ही विवाद होने के कारण, विदेश सचिव का मानना था कि कोई भी वक्तव्य जारी करने से कोई आशय सिद्ध नहीं होगा, बल्कि उसकी विश्वसनीयता पर आसानी से सवाल उठाए जा सकते थे।

वस्तु-स्थिति को समझने के बाद और यह तथ्य कि नेताजी सुभाष की तथाकथित मृत्यु या रहस्यमय तरीके से गायब हो जाने की परिस्थितियों की जाँच कराने में नेहरू सरकार की कोई दिलचस्पी नहीं थी। सिविल सोसाइटी के प्रतिनिधियों ने सोचा कि क्यों न वे लोग इस बारे में एक गैर-सरकारी समिति का गठन करें, जो इस मामले की गहराई से खोजबीन और जाँच करे। इस आशय से सुरेशचंद्र बोस के प्रस्ताव पर जस्टिस राधा बिनोद पाल की अध्यक्षता में एक समिति का गठन किया गया था। जस्टिस राधा बिनोद पाल एक जाने-माने विधि और अंतरराष्ट्रीय ख्याति प्राप्त कानूनविद् और कलकत्ता हाई कोर्ट के पूर्व न्यायाधीश तथा उस इंटरनेशनल ट्रिब्यूनल के सदस्य थे, जिसने जापानी युद्ध अपराधियों का ट्रायल किया था और सभी को अपराधी घोषित किया था। इसी सदस्यता के कारण वे कई महीने टोक्यो में रह चुके थे तथा इसी दौरान उन्हें भी कई बार मित्र राष्ट्र की सेनाओं के बड़े अफसरों से मिलने और वार्त्तालाप करने का मौका मिला था। सबसे मिलने और बातचीत के पश्चात् वे इस निष्कर्ष पर पहुँचे थे कि नेताजी उस तथाकथित (काल्पनिक) विमान दुर्घटना में नहीं मरे थे। दरअसल, उस वार ट्रिब्यूनल के एक अफसर ने उन्हें वह रिपोर्ट दिखाई, जिसके अनुसार अमेरिकी इंटेलीजेंस (खुफिया

विभाग) की एक पार्टी सितंबर 1945 में ताइहोकू (अब ताइवान) गई थी और उन्होंने उसकी खोजबीन एवं जाँच-पड़ताल के बाद यह पाया था कि ताइहोकू में उस दिन यानी 18 अगस्त, 1945 को कोई विमान दुर्घटना हुई ही नहीं थी (अतएव नेताजी या किसी अन्य व्यक्ति का उसमें दुर्घटनाग्रस्त होने का कोई सवाल ही नहीं उठता)। उस रिपोर्ट के आधार पर उनका मानना था कि नेताजी वहाँ से सुरक्षित 18 अगस्त, 1945 को डायरेन सोवियत अधिकृत क्षेत्र, पहुँच गए थे ।

उस समय सन् 1956 में नेहरू (जो किसी भी प्रकार की जाँच के खिलाफ थे) ले. कर्नल शाहनवाज खान (पूर्व आई.एन.ए. सदस्य) की अध्यक्षता में एक जाँच समिति का गठन किया था। उनकी दलील थी कि शाहनवाज खान आई.एन.ए. के शीर्ष अधिकारी एवं नेताजी के बहुत नजदीकी थे तथा वे लाल किले में अंग्रेजों द्वारा चलाए गए मुकदमे (ट्रायल) के सम्मुख पेश हुए थे, जिसका मतलब था कि उस जाँच आयोग की विश्वसनीयता पर कोई उँगली नहीं उठा सकता था। परंतु इसकी भी आलोचना हुई थी। ले. कर्नल शाहनवाज खान को भारतीय संसद् में नेहरू ने संसदीय सचिव नियुक्त कर दिया था (उन्हें खुश करने के लिए और कांग्रेस तथा अपने पक्ष में रहने के लिए) जिस कारण अब वे बिल्कुल निष्पक्ष या स्वतंत्र गवाही नहीं दे सकते थे। यह जाँच समिति भी एक प्रकार से अनौपचारिक थी। नेहरू ने यह भी प्रस्ताव रखा था कि पश्चिम बंगाल की सरकार भी उस समिति में अपना कोई सदस्य नामांकित करे, क्योंकि बंगाल में उनका प्रभाव और उनके अनुयायी सबसे अधिक थे। प. बंगाल ने श्री एस.एन. मैत्रा, आई.सी.एस. अधिकारी को इस समिति में अपना सदस्य नामंकित किया था। नेहरू ने बोस परिवार के एक सदस्य, श्री सुरेशचंद्र बोस को भी इस समिति का सदस्य बनाया था। इसके शीघ्र बाद ही इस समिति को सरकारी दर्जा दे दिया गया था।

अपने परिवार के अन्य सदस्यों तथा शरतचंद्र बोस की तरह सुरेशचंद्र बोस भी इस दुविधा में थे कि क्या उनके भाई सुभाषचंद्र बोस की वास्तव में विमान दुर्घटना में मृत्यु हुई थी या वे बच गए थे। उनका अनुमान था कि वह तथाकथित विमान दुर्घटना से बच निकले थे; पर जब वे एक बार जाँच-पड़ताल में लग गए, तब उन्हें पता चला कि जितना ऊपर से दिखता है, उससे कहीं ज्यादा है इस मामले में। जाँच में यह सामने आया कि उस दिन ताइपेई (तब ताइहोकू) में 18 अगस्त, 1945 को कोई विमान दुर्घटना हुई ही नहीं थी, अत: उनके अनुज की मृत्यु का कोई प्रश्न ही नहीं उठता था। समिति मीटिंग्स की सुनवाई के दौरान उन्होंने यह निष्कर्ष निकाला कि नेताजी अपने जापानी संपर्क सूत्रों का उपयोग करते हुए स्वयं सोवियत क्षेत्र में चले गए थे तथा सोवियत सैन्य अधिकारियों को आत्मसमर्पण कर दिया था, जैसी उनकी पूर्व योजना थी; पर कुछ (अनुमानित ?) गवाहों के विरोधाभासी बयानों ने उनका ध्यान खींचा। तीन जापानी गवाहों ने कहा था

कि वे उस विमान के चालक थे, पर जब उनसे यह पूछा गया कि विमान में 'क्रू' कहाँ बैठे थे, तब वे कोई जवाब नहीं दे पाए थे और बगलें झाँकने लगे थे। एक गवाह ने तो यहाँ तक कहा, ''हम ताइपेई के विमान से उतर गए थे और उसके बाद विमान नेताजी के साथ उड़ गया था।''

उस समिति के अन्य दो सदस्यों को यह बात नहीं समझ में आ पाई थी कि सुरेशचंद्र बोस अपना एक स्वतंत्र विचार या दृष्टिकोण लेंगे और वे लोग उन्हें यह समझाने में लगे थे कि बोस भी उनके साथ बहुमत का दृष्टिकोण अपनाएँ कि विमान दुर्घटना हुई और उसी में नेताजी की मृत्यु हो गई थी। परंतु अभी ज्येष्ठ भाई सुरेश बोस के अंदर सुभाषचंद्र बोस की यादें ताजा थीं और कहीं-न-कहीं उनकी छठी इंद्रिय यह कह रही थी कि विमान दुर्घटना की घटना मनगढ़ंत है और वे अभी भी जीतिव हैं। वे सुभाष से केवल छह वर्ष बड़े थे और वे दोनों व्यावहारिक रूप से एक-दूसरे के बहुत नजदीक रहे थे। उनका भाईचारा घनिष्ठ मित्रों की तरह था। पहले जमाने में बड़े परिवार होते थे—सुभाषचंद्र बोस भी तेरह भाई-बहन थे। लंबा-चौड़ा परिवार था और कई बार ऐसा भी होता था कि भाई-बहनों में यदि उम्र का अंतर ज्यादा होता था, तब उनमें आदर-सम्मान भाव ज्यादा तथा प्यार थोड़ा होता था। परंतु जैसा कि स्वाभाविक था, एक ही पेट के जनमे भाई-बहनों में बहुत ज्यादा प्यार-मोहब्बत होती थी। बड़े होने पर भी कलकत्ता में सुरेश और सुभाषचंद्र बोस, बोस खानदान के एलगिन रोड के पुश्तैनी मकान में रहते थे; जबकि कई भाई-बहन (बहनों की शादियाँ हो गई थीं) कलकत्ता में ही अलग-अलग मकानों में रहने लग गए थे। शरतचंद्र बोस भी एक अलग मकान में शिफ्ट हो गए थे।

सुरेशचंद्र बोस ने उड़ीसा में मजिस्ट्रेट के पद से अपनी नौकरी शुरू की थी। उन्होंने उस समय अपनी नौकरी से इस्तीफा दे दिया, जब उन पर इस बात के लिए दबाव डाला जा रहा था कि वे एक राष्ट्रवादी व्यक्तित्व के खिलाफ फैसला दें। पद-त्याग करने के बाद वे जर्मनी चले गए, जहाँ उन्होंने ग्लास टेक्नोलॉजी (काँच बनाने की तकनीक) सीखकर हाथ आजमाया। परंतु स्वदेश वापस आकर उन्होंने रेफ्रीजरेशन तथा यातायात बिजनेस में हाथ आजमाया (विशेषकर मछली आदि जैसी शीघ्र सड़ जानेवाली चीजों में मछलियों को पूर्वी बंगाल और चिलका झील (उड़ीसा) से लेकर उन्हें पश्चिम बंगाल के बाजारों में भेजा जाता था। पर इस काम में उन्हें ज्यादा सफलता नहीं मिल सकी थी। सुरेशचंद्र बोस चाहे कुशल व्यवसायी हो पाए, पर वे एक स्पष्ट विचारों वाले व्यक्ति थे। उन्होंने अपनी बेटी का विवाह एक ऐसे लड़के से किया था, जो आई.एन.ए. की गुप्तचर सेवा में कार्यरत था। वास्तव में, उनके दामाद को मृत्युदंड मिला था; परंतु महात्मा गांधी के अनुरोध पर सरकार ने उन पर दयालुता दिखाते हुए उन्हें छोड़ दिया था।

जब समिति के दोनों सदस्य सुरेशचंद्र बोस को मनाने में जुटे हुए थे कि वे विमान

दुर्घटना की कहानी जिसमें नेताजी की मृत्यु हुई थी, पर दस्तखत कर दें। तब उन्होंने विद्रोह कर दिया था। इस संदर्भ में उन्होंने नेहरूजी को पत्र भी लिखा कि उन पर गलत सिफारशों पर हस्ताक्षर करने के लिए दबाव बनाया जा रहा था। उनके 13 अगस्त, 1956 के पत्र के जवाब में नेहरू ने लिखा—"आपने अपने पत्र में क्या लिखा है, मेरी समझ से बाहर है। शाहनवाज खान एवं डॉ. मैत्रा 3 अगस्त को मुझसे मिलने आए थे और उन्होंने बताया कि आप रिपोर्ट पर दस्तखत किए बिना वापस चले गए थे।"

सुरेश बोस ने नेहरू को फिर लिखा कि वे एक असहमति नोट लिखना चाहते थे, जिसके लिए उन्हें समिति द्वारा एकत्र किए गए दस्तावेज और गवाहों के बयान की एक-एक प्रति चाहिए थी। नेहरू ने उनकी इस प्रार्थना को यह कहकर खारिज कर दिया कि समिति ने अपनी रिपोर्ट दे दी थी और रिपोर्ट एवं सारे दस्तावेज सब विदेश मंत्रालय के पास थे और उनको अब देखा नहीं जा सकता था। इस प्रकार,सुरेश चंद्र बोस को रिकॉर्ड उपलब्ध नहीं हो सके थे। अधिक-से-अधिक यह किया जा सकता था कि वे दिल्ली आएँ और विदेश मंत्रालय जाकर रिकॉड्र्स देख लें। दरअसल, डिसेंटिंग रिपोर्ट (असहमति रपट) मुख्य रिपोर्ट का एक हिस्सा होनी चाहिए थी, हालाँकि इसकी अनुमति उन्हें कभी दी नहीं गई थी और उसे अलग से प्रकाशित किया गया था। इस खोजबीन और गवाहों आदि के द्वारा दिए गए बयानों से यह साबित हो गया था कि विमान दुर्घटना की कहानी बिल्कुल बकवास थी और तमाम लोगों को इस बारे में संदेह होने लगा। इसके अलावा नेताजी के परिवारवालों को भी अब यह विश्वास हो गया था और उनका भी दृष्टिकोण था कि नेताजी अभी जीवित हैं; पर कहाँ, कैसे और किन हालात में?

यह ऐसा समय था, जब नेहरू की लोकप्रियता चरम सीमा पर थी। वे एक सफलता से दूसरी सफलता की ओर तेजी से बढ़ रहे थे। उनकी शक्तियाँ भी इसी प्रकार से बढ़ती जा रही थीं। सन् 1950 में सरदार वल्लभभाई पटेल की (असामयिक) मृत्यु के साथ उनके ऊपर जो एक प्रकार का अंकुश था, वह हट गया और वे अपनी बेलगाम शक्तियों एवं जनप्रियता का भरपूर उपयोग—और कभी-कभी दुरुपयोग—करने लगे थे। उनके मुख से निकला एक-एक शब्द कानून बन जाता था। ऐसी स्थितियों में बोस परिवार की बातें सुनना या उस पर अमल करना लगभग ऐसा था, जैसे कमल के पत्ते पर जल-बिंदु संभव था, यानी लगभग असंभव था; परंतु शरतचंद्र बोस के बेटे अमियनाथ बोस ने नेताजी की खोज की लड़ाई जारी रखी और भारत सरकार से अनुनय की कि नेताजी की खोज-बीन का मामला भारत के सर्वोच्च न्यायालय के मुख्य न्यायाधीश को सौंप दिया जाए, परंतु हमेशा की तरह नेहरू ने उनकी उस माँग को भी ठुकरा दिया था।

अपनी मृत्यु से कुछ सप्ताह पूर्व 22 अप्रैल, 1964 को नेहरूजी ने अमियनाथ बोस को लिखा—"मैं आपकी इस बात से सहमत हूँ कि नेताजी का रहस्य जानने के लिए

कुछ करना चाहिए; पर मैं इस बात पर स्पष्ट नहीं हूँ कि भारत के मुख्य न्यायाधीश से इस काम के लिए प्रार्थना करना कितना उचित होगा?''

सुरेश बोस भी इस मामले में सरकार के पीछे पड़े रहे और उनको नेहरू से एक (अजीब) उत्तर मिला था। उन्होंने नेहरू से कहा था कि वे नेताजी की मृत्यु का प्रमाण (सबूत) पेश करें। 13 मई, 1965 को नेहरू ने उन्हें उत्तर दिया, ''आपने नेताजी सुभाषचंद्र बोस की मृत्यु के कोई ठोस प्रमाण प्रस्तुत करने को कहा है; पर मुझे खेद है कि मेरे पास कोई ठोस प्रमाण नहीं है।''

यह केवल नेहरू का सबके ऊपर हावी हो जानेवाला प्रभाव ही था, जिसने कि नेताजी के गायब हो जाने का रहस्य जानने के लिए लोगों को उकसाया था। विभाजन अपने पीछे एक बुरी तरह से विभाजित कांग्रेस भी छोड़ गया था और उस बंगाल के भी दो हिस्से हो गए थे, जहाँ पर सुभाषचंद्र बोस का सबसे अधिक असर या प्रभाव था। कांग्रेस पार्टी, जो कभी हिंदुस्तान की जनता की आवाज थी, उसका नियंत्रण ऐसे हाथों में चला गया था, जो नेहरू के अनुचर (चमचे) थे। डॉ. बिधानचंद्र रॉय चौदह वर्ष तक पश्चिम बंगाल के मुख्यमंत्री रहे थे। वह बहुत उच्च कोटि के डॉक्टर थे और उनके पास बहुत ही प्रतिष्ठित दो फेलोस —फेलो ऑफ रॉयल कॉलेज ऑफ सर्जन (FRCS) तथा फेलो ऑफ रॉयल कॉलेज ऑफ फिजीशियन (FRPS) भी थे। किसी रोगी का रोग जानने की क्षमता उनमें इतनी तेज थी कि वे उसके चेहरे की ओर क्षण मात्र को देखकर रोग पहचान लेते थे और उसका निदान व उपचार शुरू कर देते थे। वे एक स्वतंत्रता सेनानी भी थे; पर तब उनकी राजनीतिक सूझ-बूझ और पकड़ उतनी नहीं थी और पश्चिम बंगाल के मुख्यमंत्री के रूप में भी वे दिल्ली में कांग्रेसी आला-कमान के निर्देशानुसार ही कार्य करते थे। दूसरे शब्दों में, वे दिल्ली दरबार के केवल एक प्रतिनिधि मात्र थे। वे पूर्वी बंगाल से आए विस्थापित शरणार्थियों की व्यथा एवं कष्ट को समझने में तथा दिल्ली तक पहुँचाने में कुछ असमर्थ रहे थे और उनके पुनर्वास की समुचित व्यवस्था करने में भी नाकाम रहे थे। वह नेताजी के रहस्यमय परिस्थितियों में गायब हो जाने तथा उनको ढूँढ़ने का सार्थक प्रयास करने के लिए केंद्र के समक्ष इस मसले को संतोषजनक ढंग से उठाने में भी विफल रहे थे।

आजादी के बाद कम्युनिस्ट पार्टी ऑफ इंडिया उत्थान पर थी और वे उस मसले को रूसी अधिकारियों से लेकर उच्च स्तर पर ला सकते थे; परंतु उन्होंने भी ऐसा कुछ नहीं किया। संभवत: वे नेताजी, जो अब कांग्रेस में नहीं थे, परंतु महान् स्वतंत्रता सेनानी और अपने देश को अंग्रेजों की गुलामी से मुक्त कराने के लिए अथक प्रयास और आई.एन.ए. का गठन तथा तमाम त्याग (घर-परिवार आदि) किए थे, को खोजने में उनकी कोई दिलचस्पी नहीं थी। दरअसल, उनके पोलित ब्यूरो को नेताजी सुभाष में

लेश मात्र भी दिलचस्पी नहीं थी। वे उनके लिए एक फासिस्ट विचारों वाले व्यक्ति थे, जो द्वितीय विश्व युद्ध में जर्मनी से सहयोग माँग रहे थे, जो फासिस्ट सरकार थी, अतएव वे नेताजी को भी फासिस्ट कहकर उनको बदनाम किया करते थे और नीचा दिखाने की कोशिश करते थे। बाद में नेताजी सुभाष द्वारा जापान से सहयोग माँगने के लिए वे उनकी आलोचना करते थे तथा जापानी प्रधानमंत्री तोजो का कुत्ता कहकर उनका मखौल उड़ाते थे। (तत्कालीन जापानी प्रधानमंत्री का नाम हिईकी तोजो था)। उनको वे (वग) 'देशद्रोही' कहते थे। केवल 1970 के दशक के उत्तरार्द्ध में (आजादी के 43 साल बाद) जाकर उन्होंने (सी.पी.आई. ने) नेताजी सुभाषचंद्र बोस के बारे में अपनी राय बदलने की शुरुआत की। सन् 1950 में ही वे सोवियत संघ पर नेताजी की तलाश के लिए दबाव बना सकते थे और उसे बढ़ा सकते थे; पर क्योंकि वे नेताजी के खिलाफ राय रखते थे, उन्होंने ऐसी कोई चेष्टा नहीं की थी। उन्होंने सोवियत संघ पर अपना दबाव नहीं डाला कि वे एक निस्स्वार्थ भारतीय स्वतंत्रता सेनानी की खोज के लिए दरवाजे खोलें। (ऐसी थी सी.पी.आई. की सोच उस समय)।

सन् 1950 के शुरुआती दौर में यदि संसद् में कोई सदस्य ऐसा था, जो नेहरू से बहस-मुबाहिसा कर सकता था तो वे डॉ. श्यामा प्रसाद मुखर्जी थे। नेहरू की नीतियों से असहमत होने के कारण वे कांग्रेस के इतर राष्ट्रीय विकास का एक अलग वैकल्पिक खाका पेश करना चाहते थे। वे और उनके साथी यह महसूस करते थे कि देश की (और बंगाल की भी) विभाजन की समस्याओं का समुचित समाधान नहीं खोजा जा सका था। अतएव श्यामा प्रसाद मुखर्जी ने सन् 1951 में इंडियन पीपुल्स पार्टी की स्थापना की, जो आगे चलकर 'भारतीय जन संघ' बन गई थी। श्यामा प्रसाद मुखर्जी भी कलकत्ता से थे पर वे और सुभाषचंद्र बोस भिन्न-भिन्न वैचारिक पृष्ठभूमि से आए थे। उन्होंने भी नेताजी के बारे में पता लगाने का कोई प्रयास नहीं किया। श्यामा प्रसाद मुखर्जी एक आंदोलन करते हुए श्रीनगर गए, जहाँ जाने के लिए उन पर पाबंदी थी। अतएव उन्हें वहीं नजरबंद कर दिया गया था। श्रीनगर में नजरबंदी की अवस्था में ही वह गंभीर रूप से बीमार पड़ गए थे और समय पर चिकित्सा या डॉक्टर उपलब्ध न होने के कारण वहीं पर उनकी असामयिक मृत्यु हो गई थी।

अब आई.एन.ए. के अन्य स्वतंत्रता सेनानियों का क्या हुआ, यह बड़ा सवाल उठता है। वे कहाँ गए? उन्होंने अपने मुख्य नेता की मृत्यु या गायब हो जाने का रहस्य जानने के लिए वचन दिया था? नेहरू सरकार ने उन बहादुर व जाँबाज नौजवानों और आई.एन.ए. की याद जनता के दिलो-दिमाग से मिटाने की हरसंभव कोशिश की थी, जिससे जनता उन्हें भी भुला दे। ऐसी परिस्थितियों में बचे-खुचे सिपाहियों और अफसरों की आवाज कौन सुनता? नक्कारखाने में तूती की आवाज कौन सुनता? जब भारत आजाद हुआ था,

तब कुछ ऐसी बात चली थी कि उन्हें भारतीय सेना में शामिल कर लिया जाए, वे तब ब्रिटिश भारतीय सेना का हिस्सा थे। पर युद्ध की समाप्ति पर उन्हें एकमुश्त कुछ नकद राशि देकर सेवा से मुक्त कर दिया था। नेहरू चाहते थे कि आजाद भारत ब्रिटिश शासन के अनुसार ही चले। अतएव, इन सेनानियों को पुनः भारतीय फौज में नहीं लिया गया। यदि उन लोगों को फौज में ले लिया जाता, तो वे अपने स्वतंत्र विचारों और सोच के साथ आते, जिससे उनमें अनुशासन की कमी आ सकती थी। नेहरू ने अपने नौकरशाहों और सैन्य अधिकारियों से इस मसले पर सलाह ली थी। सिविल सेवा के अधिकारी अभी भी साम्राज्यवादी इंडियन सिविल सर्विस अधिकारियों की गिरफ्त में थे। उनकी मानसिकता अभी ब्रिटिश माइंड सेट वाली ही थी। जहाँ तक सैन्य अधिकारियों का सवाल था, वे भी उसी सैंडहर्स्ट इंग्लैंड के ट्रेंड अफसर थे, जहाँ अंग्रेजों को प्रशिक्षण मिलता था। जैसे जनरल सत्यव्रत मल्लानाला श्रृंगेश, जो आजाद भारत में भारतीय सेना के तीसरे चीफ ऑफ स्टाफ थे। वे सब इस बात के खिलाफ थे कि आई.एन.ए. के लोगों को भारतीय सेना में शामिल किया जाए। परंतु कुछ आई.एन.ए. के लोगों को राजनीति में शामिल किया गया, जैसे कि शाहनवाज खान। पर जो कुछ भी उनकी पृष्ठभूमि हो, वे जल्द ही यह सीख गए कि कैसे सत्ता (Establishment) की ओर रहा जाए। जनरल जयंतोनाथ चौधरी, जो सन् 1962 में चीफ ऑफ आर्मी स्टाफ बने थे, उन्होंने 1973 में 'नेहरू और सैन्य बल' विषय पर एक भाषण में कहा था, "आई.एन.ए. के लोगों को भारतीय सेना में पुनः नहीं शामिल किया गया था, हालाँकि उन्हें कुछ आर्थिक लाभ दे दिए गए थे। कुछ आई.एन.ए. के लोगों को राजनीतिक पद दिए गए थे। बड़े पैमाने पर अधिकांशतः लोगों को भारत के नए शासन से कुछ नहीं मिला था, जबकि साल भर पहले ही उन लोगों की भूरि-भूरि प्रशंसा की गई थी।"

जे.के. भोंसले, आई.एन.ए. के मुख्य चीफ ऑफ स्टाफ और नेताजी के दाएँ हाथ इस बात की अच्छी मिसाल हैं कि किस प्रकार पूर्व आई.एन.ए. सैन्य अधिकारी नई भारतीय शासन-व्यवस्था में रच-बस गए और नेहरू सत्ता की हाँ में हाँ मिलाने लग गए थे। आजादी के बाद भोंसले नेहरू सरकार में उपमंत्री के पद पर आसीन कर दिए गए थे तथा वे उसी सरकारी नेहरूवियन लाइन कि 'नेताजी विमान दुर्घटना में मारे गए थे' का समर्थन करते थे। जो भी हो, उन्होंने अपनी राय-सलाह अपने ही तक सीमित रखी थी। ये वही भोंसले थे, जिनसे ब्रिटिश (Combined Services Detailed Interrogation Centre (INDIA)) ने मार्च 1946 में लाल किले में पूछताछ की थी, वह भी भारतीय इंटेलीजेंस ब्यूरो के कहने पर। ब्यूरो का सोचना था कि जितना कुछ उन्होंने पहली पूछताछ के समय बताया था, उससे कहीं ज्यादा उनको पता था कि नेताजी 17 अगस्त, 1945 को टोक्यो के लिए प्रस्थान कर गए थे। पूछताछ के दौरान उन्होंने बताया था कि वे नेताजी

के साथ एक बंद दरवाजे के अंदर हुई मीटिंग में मौजूद थे। नेताजी, हबीबुर्रहमान और जापानी अधिकारियों ने इस बात पर चर्चा की थी कि कैसे नेताजी अपने गंतव्य तक पहुँचे। उन्होंने यह खुलासा किया कि सुभाषचंद्र बोस का इरादा था कि वे किसी प्रकार कोशिश करके रूसी क्षेत्र में पहुँच जाएँगे तो सोवियत लोग उन्हें आवश्यक सुरक्षा अवश्य प्रदान करेंगे। भोंसले ने यह भी बताया कि यदि रूस और एंग्लो–अमेरिकन के बीच फूट पड़ जाती, जिसकी संभावना उनके अनुसार प्रबल थी, तब वे सोवियत सत्ता के काम आ सकते थे और उस दशा में वे अपने देश, यानी भारत के लिए कुछ कर सकते थे।

ए.सी.एन. नांबियार, जो जर्मनी में नेताजी के उप–सहायक थे, ने भी भारत की आजादी के बाद भारत सरकार को ज्वाइन कर लिया था। स्वतंत्रता के बाद वे स्विट्जरलैंड में भारतीय लीगेशन (Indian Legation) के कौंसलर नियुक्त कर दिए गए थे, उसके बाद स्कैंडिनेविया में भारत के राजदूत और अंत में फेडरल रिपब्लिक ऑफ जर्मनी स्थित भारतीय दूतावास में चले गए थे। आनंद मोहन सहाय, आई.एन.ए. के एक अन्य मंत्री, दक्षिण–पूर्व एशिया के देश में भारतीय कौंसिल जनरल रहने के बाद थाइलैंड में भारत के राजदूत नियुक्त हो गए थे। शाहनवाज खान नेताजी के जाँच आयोग में अपना योगदान देने के बाद नेहरू सरकार में कैबिनेट स्तर के मंत्री बना दिए गए तथा नेहरू की मृत्यु मई 1964 के बाद भी इसी रूप में भारत सरकार की सेवा करते रहे।

इस प्रकार, नेहरू सरकार में सब पूर्व अधिकारियों ने मलाई खाने के बाद नेताजी को अपनी स्मृति से लगभग भुला दिया था। वे एक धुँधली छायाभास मात्र रह गए थे। □

5

सुभाषचंद्र बोस का उत्थान

मई 1921 में इंडियन सिविल सर्विस (आई.सी.एस.) से त्यागपत्र देने के बाद सुभाषचंद्र बोस भारत वापस लौटने के लिए जहाज में सवार हो गए। सुभाषचंद्र बोस उस समय चौबीस वर्ष के थे और उससे एक साल पहले वे आई.सी.एस. की परीक्षा में चौथे स्थान पर आकर उत्तीर्ण हुए थे। पर इंग्लैंड में जो थोड़ा-बहुत समाचार भारत के बारे में छन-छनकर आ रहा था, उससे उन्हें यह ज्ञात हुआ कि भारत और भारतीयों को अंग्रेजों की दासता से मुक्त कराने के लिए कांग्रेस ने असहयोग आंदोलन छेड़ा हुआ था और उस भावी नेता को यह समझ में आया कि यही समय की पुकार है, भारत माता उन्हें स्वदेश वापस बुला रही है तथा अब उन्हें भारत वापस जाना चाहिए था। दिसंबर 1920 में जो कार्यक्रम शुरू किया गया था, उसके अनुसार लोगों को अंग्रेजों द्वारा दी गई उपाधियाँ (रायबहादुर आदि की उपाधि)एवं सरकारी नौकरियाँ छोड़ देनी थीं और अंग्रेजी या विलायती कपड़ों को त्याग देना और उसके खिलाफ जगह-जगह धरने, जुलूस व प्रदर्शन करना था और स्वदेशी वस्त्रों-परिधानों का प्रयोग करना था। सुभाषचंद्र बोस ने मन-ही-मन यह तय कर लिया था कि एक ही समय में अंग्रेजी हुक्मरानों और अपने देशवासियों की सेवा करना असंभव कार्य था। अतएव उन्होंने आई.सी.एस. से इस्तीफा देने का निर्णय लिया था।

बंबई में 15 जुलाई, 1921 को पानी के जहाज से उतरने के एक दिन बाद ही 16 जुलाई, 1921 की दोपहर के बाद वह महात्मा गांधी से मिलने 'मणि भवन' गए, जहाँ गांधी उन दिनों ठहरे हुए थे। गांधीजी ने मुसकराते हुए उनका बहुत जोशी से स्वागत किया था और उन्होंने अपने अतिथि को बहुत जल्द ही सामान्य करके अपने निकट बिठाया। अधीर सुभाषचंद्र बोस ने उनसे सीधे ही, बिना किसी भूमिका को बाँधे, एक के बाद एक प्रश्नों की झड़ी लगा दी, बहुत तेजी से। गांधी ने अपने स्वभावानुसार धैर्यपूर्वक सारे सवालों का समुचित जवाब दिया था, जैसा कि बोस ने अपनी पुस्तक में लिखा है।

उन्होंने गांधीजी से तीन प्रश्नों के सेट पूछे थे—पहला, किस प्रकार से कांग्रेस की विभिन्न गतिविधियाँ अपने आंदोलन के आखिरी चरण में समाप्त होंगी, जैसे कि कर-भुगतान न करना? दूसरा, किस प्रकार से कर भुगतान न करना या नागरिक असहयोग ब्रिटिश सरकार को बाहर निकाल देने में सक्षम या कितना सफल होगा तथा वह भारतीयों को अपना स्वयं का शासन करने के लिए स्वतंत्र छोड़ देंगे। तीसरी बात यह कि गांधीजी का यह वादा कि असहयोग आंदोलन के जरिए यदि यह कार्यक्रम पूर्णतया लागू किया गया तो भारत एक साल के अंदर स्वराज (Self rule) प्राप्त कर लेगा।

सुभाषचंद्र बोस को गांधीजी के जवाबों से बहुत निराशा हुई, केवल एक प्रश्न के उत्तर को छोड़कर, जिसे उन्होंने अपने संस्मरणों में लिखा भी था—"मुझे अपने सवालों का साफ-साफ विस्तृत उत्तर चाहिए था। उनको मैं विस्तार से समझना चाहता था—उत्तरोत्तर आनेवाली अवस्थाओं में उनकी योजनाएँ।" वे साफ तौर पर असंतुष्ट थे और उन्होंने नोट किया था, "मेरे तर्क ने मुझे बार-बार और साफ-साफ समझाया कि महात्मा गांधी ने जो भी योजनाएँ बनाईं, उनमें बहुत ही निराशाजनक खामियाँ और स्पष्टवादिता की कमी थी और उन्हें स्वयं भी यह अनुमान नहीं था कि विभिन्न अवस्थाओं में क्या होनेवाला है तथा कैसे वे इन योजनाओं को असहयोग आंदोलन द्वारा भारत की स्वाधीनता के इच्छित लक्ष्य तक ले जा सकेंगे?" आगे चलकर उन्होंने फुटनोट्स में यह भी जोड़ा कि "संभवत: महात्मा गाँधीजी को शायद यह बाद में समझ में आया, वे इस बात पर भरोसा कर रहे थे कि गोरे लोगों के दिलों में परिवर्तन होगा और वे स्वयं ही भारत छोड़कर चले जाएँगे।"

बोस की निराशा उनके चेहरे पर साफ-साफ झलक रही होगी, क्योंकि महात्मा गांधी ने फिर उन्हें सलाह दी थी कि वे कलकत्ता में देशबंधु चित्तरंजन दास से जाकर मिलें। सुभाषचंद्र बोस चित्तरंजन दास से मिलने गए, परंतु श्री दास कहीं बाहर गए हुए थे और उनसे बोस की मुलाकात नहीं हुई थी। दास पेशे से एक प्रख्यात बैरिस्टर थे और उस वक्त उनकी प्रैक्टिस जोरों से चल रही थी। उन्होंने एक साल पहले ही अपनी वकालत की प्रैक्टिस स्वतंत्रता संग्राम के लिए छोड़ दी थी और गांधीजी के आंदोलन के साथ जुड़ गए थे। बोस कुछ दिन बाद उनसे फिर मिलने गए और इस बार उनकी मुलाकात हो ही गई। उन्होंने अपने संस्मरण में लिखा था—"उनसे (दास से) मिलने के बाद मैंने ही मन में स्वतंत्रता आंदोलन के साथ जुड़ने का निश्चय कर लिया था। बोस लिखते हैं कि उनसे मिलने के बाद मुझे ऐसा प्रतीत हुआ, जैसे मुझे एक नेता मिल गया है। मैं उनका अनुसरण करने को तैयार था।" बोस उसी समय से उनके साथ जोर-शोर से काम करने लग गए थे और इस प्रकार से उनके राजनीतिक जीवन की शुरुआत हुई।

आजादी के दीवाने सुभाषचंद्र बोस को जल्द ही जेल की हवा खानी पड़ी थी।

ब्रिटेन के राजकुमार प्रिंस ऑफ वेल्स को सन् 1921 में क्रिसमस के दौरान (24-25 दिसंबर, 1921 को) भारत यात्रा पर आना था; परंतु दास-बोस और उनके साथियों ने निर्णय लिया कि उनकी भारत यात्रा का बहिष्कार किया जाए और इस उद्देश्य से उन्होंने कलकत्ता में लगभग एक माह पहले ही बहिष्कार का फुलड्रेस रिहर्सल भी किया था। उनके इस बहिष्कार का रिहर्सल इतना सफल रहा कि उसकी दि स्टेट्स मैन (अंग्रेजी स्वामित्ववाला और 'दि इंग्लिश मैक्स')को इसकी भनक लग गई थी। अतएव उन्होंने अपने समाचार-पत्रों में व्यंग्य करते हुए छाप दिया कि कांग्रेसी स्वयंसेवक शहर पर कब्जा करने वाले हैं। इस समाचार के छपते ही अंग्रेजी हुकूमत में हड़कंप मच गया और उन्होंने इसका संज्ञान लेते हुए इसे गंभीर अपराध माना और उन दोनों लोगों—बोस एवं दास—को उनकी धृष्टता के लिए दंडित करके 6-6 महीने के लिए कारावास भेज दिया।

सन् 1920 में जो असहयोग आंदोलन बड़े जोर-शोर से शुरू हुआ था, वह सन् 1922 में चौरीचौरा कांड के बाद एक झटके से रुक गया। हुआ यों कि 5 फरवरी, 1922 को कुछ आंदोलनकारियों, जो तुरंत कलकत्ता जा पहुँचे चौरीचौरा, गोरखपुर में नागरिक अवज्ञा आंदोलन में भाग ले रहे थे, उन पर पुलिस ने गोली चला दी, जिससे आंदोलनकर्ताओं का गुस्सा फूट पड़ा और शांतिपूर्ण जुलूस एकदम से हिंसक हो उठा। उन्होंने एक पुलिस चौकी को चौरीचौरा में आग लगा दी, जिसमें 23 पुलिसकर्मियों और 3 नागरिकों की मृत्यु हो गई। महात्मा गांधी ने फौरन ही शांतिपूर्ण असहयोग आंदोलन वापस ले लिया, हालाँकि कई कांग्रेसी इसके खिलाफ थे। बोस, जिनका पहले दिन से ही गांधीजी से मोह-भंग हो चुका था, अपनी पुस्तक में कहते हैं, "जब जनता का उत्साह अपनी चरम सीमा पर था, उस समय पीछे हटने का आदेश देना एक राष्ट्रीय विपदा (विनाशकारी कदम) की तरह था।" उन्होंने आगे यह भी कहा कि गांधीजी के इस पीछे हटनेवाले कदम से कांग्रेस के कई लोकप्रिय नेता, जैसे—चित्तरंजन दास, लाला लाजपत राय, जवाहरलाल नेहरू आदि क्षुब्ध हो गए थे और हजारों-लाखों भारतीय जनता असंतुष्ट थी। ये तीनों उस वक्त जेल में बंद थे। बोस ने आगे जोड़ा है कि लाला लाजपत राय ने क्षुब्ध और जोश में गांधीजी को 72 पृष्ठों का एक पत्र लिखा। अन्य बातों के अलावा उन्होंने गांधीजी की अहिंसा की धारणा को ही चुनौती दे दी थी। उनके अनुसार, यह एक कायरतापूर्ण काम था और कापुरुषता की हद थी।

अब जो चित्तरंजन दास के नेतृत्ववाला सक्रिय गुट या दल था, उसका यह मानना था कि उन्होंने असहयोग आंदोलन विभिन्न राज्यों की विधानसभाओं में घुसपैठ करके जो सरकारी प्रस्ताव लाए जाते थे, उनका विरोध करके उसे जारी रखना चाहिए; परंतु सन् 1922 के कांग्रेस के गया में हुए वार्षिक अधिवेशन में गांधी द्वारा प्रेरित दल, जो असहयोग आंदोलन को अब रोक देने का समर्थन कर रहा था, की विजय हुई थी। इसका

विरोध जताते हुए चित्तरंजन दास, जो कांग्रेस के अध्यक्ष थे, ने प्रतिवाद में पद-त्याग दिया। उसके बाद उन्होंने कांग्रेस के ही भीतर एक सब सेट स्वराज पार्टी का गठन किया, उन सदस्यों के साथ, जो असहयोग आंदोलन जारी रखने के पक्षधर थे। इसी समय के आस-पास अप्रैल, 1924 में नव-निर्मित कलकत्ता कॉर्पोरेशन (कलकत्ता निगम), जिसमें आस-पास की म्यूनिसिपैलिटियों—जैसे कोसीपुर, मानिकतल्ला, चितपुर और गार्डेनरीच (हार्बर) आदि शामिल थे, का चुनाव हुआ। चित्तरंजन दास चुनाव जीतकर कलकत्ता के पहले निर्वाचित मेयर बने। उन्होंने सुभाषचंद्र बोस को कॉर्पोरेशन का काम-काज करने के लिए सहायक भी रखा। इस नियुक्ति से कई लोगों को आपत्ति भी हुई और उन्होंने अपनी भृकुटि भी चढ़ाई, क्योंकि उनके अनुसार, बोस अभी केवल 21 वर्षीय युवा ही थे और राजनीति में भी हाल ही में पदार्पण किया था; परंतु दास को अपनी पसंद पर विश्वास था। बोस ऊर्जा से भरपूर, साहसी तथा निष्ठावान् व्यक्ति थे।

उन दिनों बंगाल में बंगाली समाज तीन मुख्य उच्च वर्गीय जातियों द्वारा प्रभावित था—ब्राह्मण, बैद्य और कायस्थ। मुसलिम हालाँकि संख्या में सबसे ज्यादा थे, पर कुछ कारणों से कई वर्षों से उनकी शक्तियाँ क्षीण हो गई थीं और अब उनमें समाज में अपने स्थान के प्रति चेतना जाग्रत् हो रही थी। उनके भी इस सूर्य के नीचे जमीन पर अपने अधिकार और सही स्थान मिलने की आकांक्षा धीरे-धीरे प्रबल हो रही थी। वे लोग कई चीजों से वंचित थे और उनके अंदर दीन-हीन एवं उपेक्षित होने की भावना भी अंदर-बाहर चल रही थी। इससे कभी-कभी हिंदुओं व मुसलिमों के बीच तनाव हो जाता था और कई बार परिस्थितियाँ विस्फोटक हो उठती थीं। चित्तरंजन दास यह बात भलीभाँति समझते थे। वे यह भी समझ पा रहे थे कि बंगाल प्रांत के भविष्य के लिए मुसलमानों का प्रगति करना, शिक्षित होना, समाज में उचित स्थान मिलना अति आवश्यक था। अत: एक बहुत उदार और क्रांतिकारी कदम उठाते हुए उन्होंने मुसलमान नेताओं के साथ एक समझौता किया कि विधानसभा में अब से उनके संप्रदाय का अधिक प्रतिनिधित्व होगा। इसके साथ ही स्थानीय संस्थाओं—म्यूनिसिपलिटी आदि—में भी उनका प्रतिनिधित्व बढ़ाया जाएगा। यह भी फैसला किया गया कि अब से सरकारी नौकरियों में उनके समुदाय के लोगों के लिए 50 प्रतिशत आरक्षण होगा। इसके अलावा, जब तक लक्ष्य 50 प्रतिशत नहीं पहुँच जाता, उनके (मुसलिमों) लिए 80 प्रतिशत आरक्षण होगा। इस समझौते का, जिसका नाम 'बंगाल पैक्ट-1923' रखा गया था, मध्यवर्गीय हिंदुओं ने काफी विरोध किया जैसे कि सुरेंद्रनाथ बनर्जी आदि, जिनका आम बंगाली जनता पर काफी प्रभाव था और वे लोग भी उनकी बात मानते थे। उनका यह मानना था कि इस पहल से उच्च वर्गीय हिंदुओं का दबदबा कम हो जाएगा। पर दास के सामने उनकी एक न चली और उन्होंने अपने योग्य सहायक सुभाषचंद्र बोस की मदद से कॉर्पोरेशन

में जो भरतियाँ हो रही थीं, उनमें 80 प्रतिशत मुसलमानों को भरती किया था। मुसलिम समुदाय उनकी उस पहल से बहुत प्रसन्न था और इसके पहले कि यह समझौता बंगाल प्रदेश कांग्रेस समिति द्वारा पारित किया जाता, उन्होंने चित्तरंजन दास की तारीफों के पुल बाँध दिए। उस समय कॉर्पोरेशन की नौकरियों में केवल 18 प्रतिशत प्रतिनिधित्व था। बंगाल प्रदेश कांग्रेस कमेटी ने अपनी 18 दिसंबर, 1923 की बैठक में यह पारित किया था। उन दिनों बंगाल में चित्तरंजन दास की लोकप्रियता उत्कर्ष पर थी और वे बंगाल के बेताज बादशाह बन गए थे।

मुसलिमों के साथ-साथ चित्तरंजन दास बंगाल के क्रांतिकारियों के भी संपर्क में थे, जो ब्रिटिश शासन में एक काँटे की भाँति थे। बोस भी उन लोगों के साथ प्रत्यक्ष संपर्क बनाए हुए थे।

तत्कालीन पुलिस कमिश्नर चार्ल्स टेगार्ट अपनी दुष्टता और कठोरता के लिए कुख्यात था। जनवरी 1924 में एक क्रांतिकारी गोपीनाथ साहा ने उसे गोली मारने का दुःसाहस किया था; पर उसकी गोली गलती से अर्नेस्ट डे, जो इंग्लिश कमर्शियल मैनेजर था, को जा लगी थी। साहा को पुलिस ने गिरफ्तार कर लिया था और अदालत ने उन्हें फाँसी की सजा सुना दी थी। परंतु बोस के बीच-बचाव से बंगाल प्रदेश कांग्रेस समिति ने साहा का समर्थन और बचाव करते हुए एक संकल्प पारित किया। ऐसा ही एक प्रस्ताव कलकत्ता कॉर्पोरेशन ने भी पारित किया। इस संकल्प द्वारा साहा के आत्मबल और साहस की भूरि-भूरि प्रशंसा की गई थी, तथापि उनके द्वारा हुई इस दुर्घटना में हुई अंग्रेज अधिकारी की हत्या की निंदा एवं भर्त्सना भी की गई थी। यह कहने की जरूरत नहीं कि सुभाषचंद्र बोस अपनी इन गतिविधियों के कारण अंग्रेजों की निगाह में प्रमुखता से आ गए थे। अतः अंग्रेजों ने सोचा कि ऐसी राजनीतिक गतिविधियों वाले शख्स का आम अवाम के बीच खुले घूमते-फिरते रहना और भाषण आदि देना जनता ब्रिटिश हुकूमत के लिए काफी खतरनाक साबित हो सकता था, इसलिए उनके पर काट देने चाहिए।

अतएव सन् 1924 में हलके जाड़े की शुरुआत यानी 25 अक्तूबर, 1924 को जब सारा कलकत्ता क्या, सारे भारतवासी नींद के आगोश में थे, तब सुभाषचंद्र बोस को अलस्सुबह नींद से उठाकर उन्हें उनके घर से गिरफ्तार कर लिया था। पुलिस के पास उनकी गिरफ्तारी का वारंट भी था, जो सन् 1818 के रेग्यूलेशन-3 के तहत जारी किया गया था। इस कानून के तहत पुलिस कभी भी, किसी को भी बिना किसी कारण के गिरफ्तार करके अनिश्चित काल के लिए अपनी हिरासत में रख सकती थी। एक अन्य सर्च वारंट से लैस पुलिस ने बोस परिवार के सारे घर के परिसर की अंदर-बाहर से अच्छी तरह तलाशी ली कि कहीं घर में कोई हथियार आदि या अन्य कोई आपत्तिजनक सामान जैसे पैम्फ्लेट, जो किसी भी प्रकार से उनके देशद्रोही होने या राष्ट्र-विरोधी

गतिविधियों का संकेत दे सके, मिल जाए। परंतु उन्हें हताशा ही हाथ लगी—किसी प्रकार का संदिग्ध सामान/पत्रादि पाया गया था, यह कि बोस के घर में अस्त्र-शस्त्रादि हो सकते थे, पुलिसवालों का एक बहाना था।

अंग्रेज हुकूमत स्वराज पार्टी की क्रांतिकारी गतिविधियों से काफी परेशान थी और वह अपने कामों में कांग्रेस से ज्यादा सक्रिय व मुखर थी। बोस के संस्मरणों के अनुसार, कलकत्ता कॉर्पोरेशन का काम काफी सुचारु रूप से और बिना किसी अवरोध के चल रहा था और कलकत्ता के नागरिक उससे काफी खुश थे। संभवत: यह भी अंग्रेजी हुकूमत को आसानी से हजम नहीं हो पा रहा था। उल्लेखनीय है कि 25 अक्तूबर 1924 की सुबह कई अन्य कांग्रेसी कार्यकर्ता भी अपने-अपने घरों से उठा लिये गए थे या गिरफ्तार कर लिये गए थे।

किसी भी प्रकार के जनआक्रोश और गलत प्रचार से बचने के लिए कलकत्ता के डिप्टी पुलिस कमिश्नर सुभाषचंद्र बोस को अपनी कार में बिठाकर पुलिस मुख्यालय ले गए थे और वहाँ से फिर कलकत्ता में ही अलीपुर स्थित सेंट्रल जेल ले गए।

बोस जेल से ही कॉर्पोरेशन के मुख्य कार्यकारी अधिकारी के काम करते रहे। उनका सेक्रेटरी फाइलों के साथ उनके पास जेल में अकसर आया-जाया करता था। इससे अंग्रेजी प्रशासन इतना चिढ़ गया कि उसने बोस को सेंट्रल जेल, अलीपुर से दूर स्थित बेरहामपुर जेल में भेज दिया। परंतु यह उनका अंतिम पड़ाव या गंतव्य नहीं था। दो माह बाद ही दिसंबर 1924 को बोस को पुन: सेंट्रल जेल, अलीपुर भेज दिया गया था और वहाँ से फिर सुदूर बर्मा की कुख्यात मांडले जेल भेज दिया गया था। यह जेल (बर्मा में) गोरी सरकार की नाक में दम करनेवाले भारतीय स्वतंत्रता के दीवानों, जैसे—लोकमान्य बाल गंगाधर तिलक, लाला लाजपतराय तथा सरदार अजीत सिंह आदि के लिए एक प्रकार से आरक्षित थी। वे भी अपनी सजा वहाँ काट चुके थे (यहाँ यह उल्लेख कर देना उचित होगा कि तब ब्रिटिश साम्राज्य का ही एक हिस्सा था)। बोस के साथ ही वहाँ पर अन्य भारतीय क्रांतिकारी कैद थे।

बोस को ढाई वर्ष (2 साल 6 महीने) के बाद ही यानी 16 मई, 1927 को मांडले जेल से रिहा किया गया था। वे बंगाल विधानसभा की सदस्यता के लिए जेल से ही चुनाव लड़े थे, इस उम्मीद में कि शायद एम.एल.सी. के रूप में विजयी होने के बाद वे अंग्रेजी सरकार द्वारा जेल से मुक्त कर दिए जाएँगे। वे भारी बहुमत से विधानसभा का चुनाव जीत गए थे; पर उनको अंग्रेजों ने अभी हिरासत में ही रखा हुआ था। किंतु मांडले की जेल में जेल अधिकारियों से कुछ कहा-सुनी के बाद उन्हें इनसेन जेल में स्थानांतरित कर दिया गया था। वहाँ भी उन्होंने कुछ समय सजा काटी।

जेल में ही उनकी तबीयत काफी खराब हो गई थी। उन्हें फेफड़ों में भी संक्रमण

हो गया, जिससे बाद में तपेदिक हो गई थी। हालाँकि ऐसे मामलों में गंभीर रूप से बीमार कैदियों को जेल से रिहा कर दिया जाता था, परंतु ब्रिटिश अधिकारियों को बहुत खौफ था कि वे उनके शासन की चूलें हिला देंगे। अतएव वे उन्हें जेल से रिहा करने से डर रहे थे, इस भय से कि जेल में तपेदिक बिगड़ जाने की वजह से यदि उनकी मौत हो गई तो भारतीयें में जो जन-आक्रोश होगा, वे उसे सँभाल नहीं पाएँगे। ब्रिटिश सरकार ने फिर यह प्रस्ताव रखा कि सुभाषचंद्र बोस को रंगून में सीधे जहाज द्वारा, बिना कलकत्ता में रुके, स्विट्जरलैंड ले जाया जाए, जहाँ पर एक सैनीटोरियम में उनका इलाज हो और वे वहाँ स्वास्थ्य लाभ व आराम कर सकें। बोस ने ब्रिटिश शासन का यह प्रस्ताव खारिज कर दिया, जिसके पश्चात् अंग्रेजों ने फिर उन्हें भारत में ही अल्मोड़ा में उनके इलाज और आराम की पेशकश की। बोस ने इसे मान लिया तथा वे भारत के लिए जहाज द्वारा रवाना हो गए। रास्ते में वे ट्रेन और सड़क के रास्ते अल्मोड़ा जाने के लिए कलकत्ता में जहाज से उतारे गए थे, इस बीच अंग्रेजी शासन की सोच में कुछ परिवर्तन हुआ और उन्होंने बोस को कलकत्ता की कैद से रिहा कर दिया। उस समय बोस मुश्किल से 30 वर्ष के थे।

अब तक बंगाल में राजनीतिक परिदृश्य काफी बदल चुका था। देशबंधु चित्तरंजन दास की सन् 1925 में आकस्मिक मृत्यु हो गई। इससे बंगाल की राजनीति में एकदम से खालीपन आ गया। बंगाल के तत्कालीन महान् नेता, जिसने सब गुटों और समुदायों को जोड़कर रखा हुआ था, वह अपने समूह को संगठित और इकट्ठा रखने के लिए अब नहीं रह गया था।

अब कांग्रेस के उन विरोधी और रूढ़िवादी दलों को मौका मिल गया था कि वे सन् 1923 के बंगाल पैक्ट की पुनः खिलाफत करके उसे निरस्त करवा दें। इससे मुसलिम समुदाय में आक्रोश काफी पैदा हुआ और उन लोगों ने इसका प्रतिवाद किया कि बंगाल पैक्ट 1923, जो उन्हें सरकारी नौकरियों में आनुपातिक आरक्षण देता था और जिससे समाज में उनकी एक पहचान बनी थी और सामाजिक स्तर बना था, वह सब चकनाचूर हो जाएगा। वे अब अपने सपनों को कभी पूरा नहीं कर सकेंगे। अतएव उन्होंने सोचा कि अब उन्हें अपना सही स्थान पाने के लिए किसी अन्य राजनीतिक पार्टी का सहारा लेना पड़ेगा। बंगाल प्रदेश कांग्रेस कमेटी के सन् 1926 में कृष्णनगर में हुए वार्षिक अधिवेशन में बंगाल पैक्ट को खारिज कर दिए जाने के बाद ही 19 साल बाद बंगाल के विभाजन की नींव पड़ गई थी।

अब बंगाल में जिस व्यक्ति के पास कांग्रेस की राजनीति की बागडोर आने वाली थी, वह थे जितेंद्रनाथ सेनगुप्ता, जो महात्मा गांधी के कट्टर अनुयायी थे और गांधीवादी साँचे में ढले हुए थे।

सेनगुप्ता पेशे से एक वकील थे और सन् 1927 में वे जब केवल 42 वर्ष के थे, अपनी राजनीतिक गतिविधियों के कारण कई बार जेल काट चुके थे। सन् 1927 में सुभाषचंद्र बोस मांडले जेल (बर्मा) से रिहा किए गए थे। इस प्रकार, सेनगुप्ता भी काफी युवा था। बंगाल के दोनों नेताओं के बीच अगले छह वर्ष काफी संघर्षपूर्ण एवं वैचारिक भिन्नता वाले रहे। इससे बंगाल की राजनीति में काफी उथल-पुथल रही। यह राजनीतिक घर्षण छह वर्ष बाद सन् 1933 में जाकर खत्म हुआ, जब सेनगुप्ता की राँची जेल में अचानक मृत्यु हो गई।

सन् 1928 में बोस ने संभवत: यह दरशाने के लिए कि उनका राजनीतिक दर्शन (या सोच) सेनगुप्ता से कितना भिन्न था, वह अपने गुरु गांधीजी के सामने पूरी मिलिट्री ड्रेस में हाजिर हुए। उस समय कलकत्ता में (1928 में) कांग्रेस अधिवेशन हो रहा था और उसमें सुभाषचंद्र बोस ने एक सैनिक अधिकारी के लिबास में बंगाल, स्वयंसेवकों के जनरल ऑफिसर कमांडिंग के रूप में सबके सामने आकर उन्हें चौंका दिया था। उनके इस काम ने भारत के युवाओं का ध्यान खींचा और बोस पुन: राजनीतिक जीवन में लोकप्रसिद्धि में आ गए थे। वे जल्द ही पूरे देश में एक जानी-मानी हस्ती और क्रांतिकारी बन गए थे।

इस अवधि (सन् 1928-33) में बंगाल की राजनीति में कांग्रेस के विभिन्न गुटों में अंत:कलह और दलगत लड़ाइयाँ बहुत बढ़ गई थीं। सेनगुप्ता ने कांग्रेस हाईकमान को शिकायत की थी कि सुभाषचंद्र बोस कांग्रेस की जिला समितियों को इस प्रकार से प्रभावित कर रहे थे कि AICC सेशन के लिए बंगाल राज्य प्रतिनिधियों का चुनाव उनके चहेते नेताओं का हुआ था। कांग्रेस पार्टी के वरिष्ठ नेता श्री बी.आर. सीतारमैया को इस मामले की जाँच करने को कहा गया। तत्पश्चात् कांग्रेस अध्यक्ष मोतीलाल नेहरू भी बंगाल के कांग्रेस कार्यकर्ताओं से मिले। परंतु बंगाल में कांग्रेस के अंदर जो अंत:कलह चल रहा था, वह थमने में नहीं आ रहा था।

दरअसल, बंगाल कांग्रेस में जो दलगत वैचारिक मतभेद थे, वे और गहरा गए थे। सेनगुप्ता, जो उस समय कलकत्ता में मेयर थे, उन्होंने अपने पद से इस्तीफा दे दिया (या देना पड़ा था), क्योंकि उन्होंने आम जनता के बीच राजद्रोही साहित्य पढ़ा था। जब मेयर के पद के लिए नए सिरे से चुनाव हो रहा था, तब उन्होंने कहा कि वह मुसलमानों और यूरोपियनों के संयुक्त प्रत्याशी के पक्ष में थे। वह प्रत्याशी प्रिंस गुलाम मोहम्मद शाह थे। यह इस मत के बावजूद था कि उन्हीं की पार्टी के एक सदस्य, सुभाषचंद्र बोस भी इस चुनाव में एक प्रत्याशी थे। अंततोगत्वा 22 अगस्त, 1930 को बोस को ही कलकत्ता के मेयर पद पर चुना गया था। उन्होंने वह चुनाव कलकत्ता की अलीपुर सेंट्रल जेल के अंदर से लड़ा था। 2 सितंबर, 1930 को चुनाव जीतने के एक महीने बाद उन्हें सेंट्रल जेल से रिहा

कर दिया गया। अगले ही दिन 3 सितंबर, 1930 को उन्हें मेयर की शपथ दिलाई गई थी।

उनके देशव्यापी कद और लोकप्रियता के मद्देनजर मोतीलाल नेहरू की अध्यक्षता में भारत के नए संविधान के लिए प्रारूप बनानेवाली समिति में नामांकित किया था। ऐसा कदम साइमन आयोग का बहिष्कार करने के लिए किया गया, क्योंकि उस समिति में कोई भी कांग्रेस क्या भारतीय सदस्य भी नहीं था। मोतीलाल नेहरू की संविधान समिति ने बहुत दूरगामी सुझाव दिए थे—सर्वजनों (वयस्कों) के लिए मताधिकार और सारे समुदायों के एक संयुक्त निर्वाचक मंडल द्वारा चुनाव। अल्पसंख्यकों के लिए आगामी दस वर्षों के लिए सीटों का आरक्षण (केवल बंगाल और पंजाब को छोड़कर, जहाँ मुसलमान अधिक संख्या में थे), प्रांतों के लिए स्वायत्तता और लोकसभा व राज्यसभा जैसी दो सदनों वाली प्रणाली आदि की भी मोतीलाल नेहरू समिति ने अनुशंसा की थी।

भारत के स्वतंत्रता संग्राम ने तब एक नया मोड़ ले लिया था, जब कांग्रेस के दिसंबर 1929 में हुए लाहौर अधिवेशन में उसने जवाहरलाल नेहरू की अध्यक्षता में अंग्रेजों से भारत को पूर्ण स्वराज का दर्जा प्रदान करने का प्रस्ताव पारित किया। कांग्रेस के भीतर नेहरू और बोस ज्यादा आमूल-चूल परिवर्तनवादी दो व्यक्ति थे। नेहरू उस समय 42 वर्ष के थे और सुभाषचंद्र बोस 33 वर्ष के थे। पूर्ण स्वराज की माँग के लिए कांग्रेस में साल भर अंतर्मंथन और विचार-विमर्श होने के बाद यह प्रस्ताव औपचारिक रूप से पारित करने का निर्णय हुआ था।

दिसंबर 1928 में कलकत्ता में हुए राष्ट्रीय अधिवेशन में महात्मा गांधी ने प्रस्ताव रखा था कि भारत को दो वर्ष के भीतर स्वतंत्र उपनिवेश का दर्जा दिया जाए। यह विधेयक पास हो गया था। कांग्रेस ने आगे यह भी प्रस्ताव पारित किया कि यदि ब्रिटिश सरकार इस अंतिम तिथि तक कोई निर्णय नहीं लेती तो फिर कांग्रेस पार्टी उनके ऊपर पूर्ण स्वराज या स्वतंत्रता देने का दबाव डालेगी और संघर्ष करेगी तथा सारे भारतीय पूर्ण स्वाधीनता के लिए आंदोलन करेंगे। परंतु सुभाषचंद्र बोस और नेहरू ने गांधीजी के इस प्रस्ताव को खारिज कर दिया और उनसे कहा, "हम अभी से पूर्ण स्वतंत्रता के लिए आंदोलन शुरू कर दें, दो वर्ष का भी इंतजार क्यों करें?" नेहरू एवं बोस आदि के दबाव में आकर गांधी ने दो वर्ष का समय घटाकर एक वर्ष करने का प्रस्ताव किया। नेहरू ने इस नए प्रस्ताव के पक्ष में वोट डाला, परंतु बोस ने वोटिंग नहीं की। वे उस समय गैर-हाजिर रहे थे। अंततोगत्वा ऑल इंडिया कांग्रेस समिति ने 195-118 से प्रस्ताव पारित कर दिया था। इसके शीघ्र बाद ही बोस ने प्रस्ताव रखा कि हमें ब्रिटिशों से पूर्णतया अलग हो जाना चाहिए। गांधी ने उनकी इस बात पर उन्हें डाँटा तथा उन दोनों के बीच के मतभेद सार्वजनिक हो गए थे। गांधीजी का उन दिनों ज्यादा बोलबाला था। अत: बोस का यह संशोधन पारित नहीं हुआ था।

असहयोग आंदोलन भारत को पूर्ण स्वराज का दर्जा देने का प्रस्ताव पारित हो गया था और उसे 26 जनवरी, 1930 को लागू कर दिया गया था, जिसे कांग्रेस और गांधी ने 'स्वतंत्रता की घोषणा' कहा था। कांग्रेस द्वारा इसे 'स्वतंत्रता दिवस' कहा गया था। इस समय गांधीजी ने अंग्रेजों को भारत छोड़ने के लिए दो माह का समय दिया था। जैसी कि आशा थी, अंग्रेजों ने इस चेतावनी की अवहेलना कर दी थी। तब 2 मार्च, 1930 को महात्मा गांधी ने वाइसराय लॉर्ड इरविन को सूचना दी कि वे शीघ्र ही एक अहिंसक नागरिक असहयोग आंदोलन शुरू करने जा रहे थे।

दाँडी मार्च 12 मार्च, 1930 को गांधीजी अपने 78 अनुयायियों के साथ साबरमती आश्रम, अहमदाबाद से 241 मील (लगभग 400 कि.मी.) की पद यात्रा पर गुजरात के एक तटवर्तीय गाँव डांडी की यात्रा पर निकल गए। दाँडी मार्च से जुड़े नमक सत्याग्रह के बारे में भारत का इतिहास जाननेवाले सब लोगों को पता ही है। इर्सालिए उसकी विस्तार में चर्चा यहाँ नहीं की जा रही है। इससे ब्रिटिश सरकार की निरंकुशता और क्रूरता, जो वहाँ बरती गई, के बारे में राष्ट्रीय व अंतरराष्ट्रीय समाज में कितना असंतोष पैदा हुआ था और घोर भर्त्सना की गई थी, वह सर्वविदित है। जैसा कि आप सबको ज्ञात होगा, अंग्रेजी शासन के उस कालखंड में इनसान के लिए सबसे जरूरी चीज नमक, जो आसानी से उपलब्ध हो जाता था और अन्य खाद्य पदार्थों की तुलना में सबसे सस्ता भी था, उस पर भी कर लगा दिया गया था। गांधीजी ने अंग्रेजी हुकूमत से इसका विरोध जताया। गरीब-से-गरीब लोगों के स्वास्थ्य के लिए उपयोगी पदार्थ पर भी कर लगा दिया गया था। इससे जनता में भारी आक्रोश था। गांधीजी की अगुवाई में झुंड-के-झुंड समूह समुद्र में जाते थे और पानी भर लाते थे। समुद्र का पानी सुखाने से नमक बन जाता है, आपको ज्ञात ही होगा। अंग्रेजों की पुलिस, जिसमें भारतीय भी थे, ने उन पर क्रूरता से लाठीचार्ज किया, जिसमें तमाम लोगों को गहरी चोटें भी आईं।

इस बार ब्रिटिश राज और उनका निरंकुश व निर्दयतापूर्ण शासन—यहाँ तक कि पाशविक क्रूरता से शासन करने का तरीका—राष्ट्रीय व अंतरराष्ट्रीय पटल पर सबके सामने आ चुका था। इससे अंतरराष्ट्रीय स्तर पर अंग्रेजों के शासन करने के तरीके पर प्रतिक्रिया हुई थी और उस पर सवालिया निगाहें उठने लगी थीं। छोटे-छोटे झुंडों में सत्याग्रहियों का दल समुद्र के किनारे जाता, वहाँ से समुद्र का खारा पानी लाकर उसे सुखाकर नमक बनाता था, चाहे पुलिस उन पर कितनी भी लाठी-डंडे बरसाए। वे लहूलुहान हो जाते थे और फिर अचेत भी। उन्हें पुलिस अधमरा, लँगड़ा-लूला व पंगु बनाकर ही छोड़ती थी।

सारे विश्व के सामने अंग्रेजी हुकूमत की पोल बुरी तरह खुल चुकी थी; पर चूँकि अंग्रेजों का दबदबा और अधिकार ज्यादातर देशों में भी था, अतः प्रेस व मीडिया भी

उन्हीं के हाथों में था। अतएव अंतरराष्ट्रीय स्तर पर वह प्रतिकार एक गुब्बारे की तरह क्षण मात्र में फुस्स हो जाता था। पर फिर भी, अंग्रेज थोड़ा सकते में आ गए थे। उन्होंने महात्मा गांधी को 1930 में द्वितीय गोलमेज सम्मेलन के लिए बुलाया था। वहाँ पर अन्य राजनीतिक पार्टियों और रजवाड़ों के प्रतिनिधि भी मौजूद थे। यह गोलमेज सम्मेलन-II, 1931 में सितंबर-दिसंबर के बीच लंदन में हुआ था। इस सम्मेलन में विचार-विमर्श के बाद कोई ठोस फैसला नहीं निकला था। इस प्रकार के पहले गोलमेज सम्मेलन का आयोजन भी लंदन में नवंबर 1930 एवं जनवरी 1931 के बीच हुआ था, पर कांग्रेस पार्टी ने उसका बहिष्कार किया था और उनका कोई प्रतिनिधि उसमें सम्मिलित नहीं हुआ था।

दरअसल, दूसरे शब्दों में कहा जाए तो नागरिक अवज्ञा आंदोलन का ब्रिटिश सरकार पर कोई असर नहीं पड़ा। अंग्रेजी हुकूमत या हुक्मरानों पर उसका प्रभाव शून्य की भाँति था। भारत से आजादी अभी भी उतनी ही दूर थी, जितनी नमक सत्याग्रह (1930) के पहले थी।

कांग्रेसी हताश व निराश हो गए थे और उनका आत्मबल भी अब क्षीण पड़ गया था। बोस को वार्त्ता विफल हो जाने का कुछ-कुछ पूर्वाभास था। उन्होंने इस बारे में गांधीजी को पूर्व चेतावनी भी दे दी थी। जब मार्च 1930 में नमक आंदोलन शुरू किया गया था, तब बोस कलकत्ता की अलीपुर सेंट्रल जेल में कैद थे। अंग्रेजी शासन का भारतीय क्रांतिकारियों के प्रति क्षोभ और क्रोध का आप इसी बात से अंदाजा लगा सकते हैं कि जब जेल के अंदर सुभाषचंद्र बोस, जतींद्र मोहन सेन गुप्ता तथा किरणशंकर रॉय जैसे नेता सत्याग्रह कर रहे थे, तब उनकी अंग्रेजी पुलिस ने जमकर निर्दयतापूर्वक डंडों-लाठियों से पिटाई की। और उनको अधमरा, अचेत अवस्था में छोड़ दिया था। वे लोग घंटों इस हाल में पड़े रहे, बिना किसी दवा या डॉक्टरी इलाज के।

जेल से छूटने के बाद सुभाषचंद्र बोस महात्मा गांधी से मिलने बंबई गए। वह उनसे 5 मार्च के दिल्ली पैक्ट (समझौता), जो लॉर्ड इरविन और गांधी के बीच हुआ था, जिसके तहत ब्रिटेन ने यह मान लिया था कि भारत को एक डोमिनियन स्टेटस दे दिया जाए, जिससे लंदन में होनेवाले गोलमेज सम्मेलन के लिए रास्ता साफ हो जाए, पर चर्चा चाहते थे। बोस ने गांधी को समझाने की कोशिश की कि दिल्ली समझौते 1931 में क्या-क्या खामियाँ थीं और यह भी कि पूर्ण स्वतंत्रता के अलावा भारत को कुछ भी स्वीकार नहीं होगा तथा गांधीजी को अपनी इस बात पर अड़े रहना चाहिए। बोस ने गांधी को यह भी समझाने की कोशिश की कि यह उनकी निजी राय थी, पर साथ ही कई कांग्रेसी उनकी उस निजी राय से सहमत थे। गांधी-इरविन समझौते पर कराची में सन् 1931 में हुए कांग्रेस के वार्षिक अधिवेशन में मुहर लगा दी गई थी। बोस की एक मुख्य आपत्ति यह थी कि वह समझौता मुख्य मुद्दे यानी पूर्ण स्वराज्य से हटकर कई

अन्य अनावश्यक पहलुओं पर ही गौर फरमाता रह गया था। दूसरी बात यह थी कि इस गोलमेज सम्मेलन में भारतीय प्रतिनिधियों का चुनाव ब्रिटिश शासकों द्वारा किया गया था, न कि भारतीय जनता द्वारा। इसके अलावा, इस सभा में लिये गए फैसले अंतिम नहीं होंगे। उनको ब्रिटिश संसद् द्वारा पारित होना भी पड़ेगा।

ब्रिटिश सरकार सुभाषचंद्र बोस से बहुत खौफ खाती थी। उनको भय था एवं आशंका थी कि वे भारत में सशस्त्र क्रांति की योजना बना रहे थे। इसी भय-मिश्रित आशंका के कारण ब्रिटिश सरकार नहीं चाहती थी कि बोस बहुत दिनों तक जेल से बाहर आजाद घूमें। सन् 1932 में जब बोस बंबई में कांग्रेस कार्य समिति की बैठक में शामिल होने जा रहे थे, तब अंग्रेज पुलिस ने उन्हें बंबई से 50 कि.मी. दूर पहले ही, कल्याण में गिरफ्तार कर लिया था। उन्हें वहाँ से जबलपुर (मध्य प्रदेश) जेल में ले जाया गया और फिर वहाँ से लखनऊ (उ.प्र.) के एक अस्पताल में शिफ्ट किया गया था; क्योंकि उन्हें एक प्रकार का नर्वस विक्षोभ हो गया था। अंग्रेज डॉक्टर, जो वहाँ उनका इलाज कर रहा था, के अनुसार सुभाषचंद्र बोस की हालत ठीक नहीं थी और उनका सही इलाज कराने के लिए उन्हें यूरोप ले जाना आवश्यक था। इस कारण ब्रिटिश सरकार की पुलिस ने उन्हें बंबई से इंग्लैंड जानेवाले जहाज पर बिठा दिया था। उनका वहाँ पर सही तरीके से इलाज हुआ था और उनकी सेहत में आश्चर्यजनक सुधार हुआ था। वहाँ से वे स्विट्जरलैंड, चेकोस्लोवाकिया, रोमानिया और पोलैंड गए थे। वहीं पर उन्होंने अपनी पुस्तक—'दि इंडियन स्ट्रगल' का पहला भाग लिखा था। उन्होंने यह लेखन काफी जल्दी-जल्दी में किया था—अधिकतर अपनी स्मृतियों के आधार पर, क्योंकि विदेशों में उन्हें किसी प्रकार के रिकॉर्ड्स तक पहुँचाने का कोई जरिया नहीं था। वहाँ पर उनकी मुलाकात एक अन्य भारतीय क्रांतिकारी नेता विट्ठलभाई पटेल, जो सरदार वल्लभभाई पटेल के छोटे भाई थे और जिनका विएना (ऑस्ट्रिया) में उपचार चल रहा था, से हुई। जब विएना में ही इलाज के दौरान विट्ठलभाई की मृत्यु हो गई तो उसके पहले ही उन्होंने सारी धन-संपत्ति बोस के हवाले कर दी थी कि वे इस धन का उपयोग भारत की आजादी के लिए करें। गांधी द्वारा सन् 1934 में नागरिक अवज्ञा आंदोलन वापस लिये जाने के खिलाफ विट्ठलभाई और सुभाषचंद्र बोस ने एक संयुक्त बयान जारी किया था।

बोस गांधी के बहुत अधिक प्रिय थे, यह उनकी पुस्तक 'दि इंडियन स्ट्रगल' पढ़ने से साफ हो जाता है। यह सवाल पूछते हुए कि गांधी भारत को आजादी दिलाने में क्यों विफल रहे थे, उन्होंने इस पुस्तक में कहा है, "जबकि गांधी भारतीय जन का मानस समझते थे, वे अपने धुर विरोधी अंग्रेजों का स्वभाव नहीं समझ सके थे।" उन्होंने आगे कहा था, "We have to render corzer what is carser's" यानी शठे-शाठ्यं समाचरेत, हमें भी ब्रिटिशों के खिलाफ बल प्रयोग करना चाहिए। बोस ने यह भी टिप्पणी

की थी कि गांधी इसलिए भी असफल हो गए थे, क्योंकि उन्होंने विरोधाभासी हितों की 'एकता' को एक समझने की भूल की थी। विरोधाभासी हित एक-दूसरे को शक्ति नहीं प्रदान करते, बल्कि एक-दूसरे को कमजोर करते हैं, विशेषकर राजनीतिक युद्ध में। इसका तात्पर्य था कि विभिन्न हितों के समूह एक साथ केवल नाम (या नाम मात्र) के लिए आते थे, पर वास्तव में वे एक-दूसरे के विरोध में काम करते थे और इस प्रकार से एक साथ आने का उद्‌देश्य ही खत्म हो जाता था।

सुभाषचंद्र बोस ने यह भी नोट किया कि उन दिनों की कांग्रेस कैबिनेट में एक प्रकार से एक ही आदमी का वर्चस्व था या 'One Man Show' था तथा वह आदमी महात्मा गांधी थे। उनका ही बोलबाला था। हालाँकि उस समय कांग्रेस में निस्संदेह भारत के तमाम दिग्गज विद्वान् थे; पर उसमें कई लोग इसलिए चुने गए थे, क्योंकि वे गांधीजी के प्रति वफादार थे। उनमें उन्हें पूर्ण विश्वास था तथा वे संभवत: यदा-कदा ही इस बात की धृष्टता करने का साहस करते थे कि वे उनकी राय से अपनी अलग राय रखें। उनमें से कुछ ही लोग ऐसे थे, जो कि अपना स्वतंत्र दृष्टिकोण या सोच रखते थे। फिर भी, उनके अंदर इतना साहस नहीं था कि वे अपनी राय रख सकें। वे लाला लाजपतराय, चित्तरंजन दास और मोतीलाल नेहरू की असामयिक मृत्यु की वजह से आई शून्यता के लिए अफसोस करते थे। वे ऐसे तीन बेजोड़ अद्वितीय व्यक्ति थे, जो महात्मा के साथ कार्य कर सकते थे और उनसे अपनी अलग राय का इजहार कर सकते थे।

इस बात की ओर इशारा करते हुए कि स्वराज पार्टी, जो कांग्रेस पार्टी के अंतर्गत ही थी, वह स्पष्ट रूप से गांधी-विरोधी थी और उसमें इतनी ताकत थी कि उसने महात्मा गांधी को छह साल के लिए राजनीति से संन्यास लेने के लिए बाध्य कर दिया था।

परंतु साथ-ही-साथ बोस इस बात को मानने से भी इनकार नहीं करते थे कि महात्मा गांधी आम जनता के बीच अत्यधिक लोकप्रिय थे, जिसका कारण उनकी साधुवादिता, सादगी, निरामिषता और सत्य के प्रति अखंड आस्था एवं विश्वास था, जो उन्हें एक संत होने की आभा या प्रभामंडल प्रदान करता था। बोस ने यह भी नोट किया कि महात्मा गांधी अपने देशवासियों के कमजोर चारित्रिक गुणों से भी वाकिफ थे, जिसका वह अपने फायदे के लिए इस्तेमाल करते थे। इन्हीं कमजोर चारित्रिक गुणों के कारण मुख्यत: हमारे देश का पतन हुआ था। इतने आततायियों ने यहाँ पर बार-बार हमले बोले, मंदिरों और अन्य लोगों को लूटा-खसोटा, मार-काट मचाई तथा बलात्कार किए, औरतें उठा ले गए कि जिसकी विश्व इतिहास में कहीं कोई मिसाल नहीं मिलती। यह सब हमारी भीरु प्रकृति के कारण तथा हमारे यहाँ हमेशा जयचंद जैसे लोग रहे हैं, जो अपना स्वार्थ सिद्ध करने के लिए या शत्रुता निकालने के लिए लुटेरों-दुश्मनों की मदद करते हैं। कहते हैं, 'घर का भेदी लंका ढाए'।

इसके अलावा, अधिकतर भारतीय भाग्यवादी हैं, अंधविश्वासी तथा परा-प्राकृतिक शक्तियों—भूत-प्रेत, टोना-टोटका, तांत्रिक, जादू-मंतर में भी जरूरत से ज्यादा विश्वास करते हैं, जिसके कारण हमें विदेशियों का बार-बार गुलाम बनना पड़ता है, यहाँ तक कि बाहर के गुलाम वंश यहाँ आकर हमारे ऊपर शासन करके चले गए। हिंदुस्तानी वैज्ञानिक विकास और एलोपैथिक चिकित्सा विज्ञान में भी कुछ विश्वास नहीं था।

सन् 1934 के उत्तरार्द्ध में सुभाषचंद्र बोस थोड़े समय के लिए भारत में अस्वस्थ चल रहे अपने पिताजी को देखने के लिए आए थे; पर उनसे वह जीवित नहीं मिल पाए थे। अंग्रेजी हुकूमत ने तब उनके ऊपर दबाव बनाना शुरू कर दिया कि वह भारत से वापस चले जाएँ। उन्होंने फिर विएना वापस जाना ही ठीक समझा, हालाँकि वापस जाते समय वे नेपल्स में जहाज से उतर गए, जिससे कि वे रोम जाकर इटली के महान् नेता मुसोलिनी से मुलाकात कर सकें। यह बात जनवरी 1935 की है, जब वे बेनिटो मुसोलिनी से मिले थे।

सन् 1936 में नेताजी आयरलैंड के राष्ट्रपति एमोन डि वलेरा (Eamon de Valera) के निमंत्रण पर आयरलैंड की राजधानी डब्लिन गए थे। आयरलैंड काफी वर्षों के कठोर संघर्ष के बाद ब्रिटेन के चंगुल और पराधीनता से मुक्त हुआ था। यह सब डि वलेरा के कुशल नेतृत्व के समय में हुआ था।

इन सब घटनाओं से साफ था कि बोस अब अंतरराष्ट्रीय स्तर पर भारत की स्वाधीनता के लिए संग्राम छेड़ना चाहते थे और इसीलिए अन्य राष्ट्राध्यक्षों से, विशेषकर जिन्होंने अपने देश को अंग्रेजों की गुलामी से मुक्त कराया था तथा अन्य प्रभावशाली राजनेताओं से मित्रतापूर्ण संबंध चाहते थे और उस दिशा में प्रयासरत थे।

इस सारी अवधि में बोस यूरोप के एक छोटे से देश ऑस्ट्रिया की राजधानी विएना, जो अपने संगीत के लिए विश्व-विख्यात थी, तथा जहाँ बीथोवेन ने अपने मधुर संगीत की धुनें बजाई थीं, में प्रवास कर रहे थे। हालाँकि ब्रिटिश पुलिस उनकी गतिविधियों पर हर समय अपनी नजर रखे हुए थी, तथापि ऑस्ट्रियन पुलिस इस काररवाई में उनकी मदद करने में सहयोग नहीं कर रही थी।

सन् 1936 के अंत में बोस ने भारत लौटने की योजना बनाई, जिसकी भनक विएना में ब्रिटिश कौंसिल को लग गई, जिन्होंने ब्रिटिश भारत की सरकार से सलाह-मशविरा करने के बाद पत्र लिखा था—"आपकी प्रेस विज्ञप्तियों से पता चला है कि आप भारत लौट जाने की योजना बना रहे हैं। इस संदर्भ में भारत में ब्रिटिश सरकार आपको यह विदित कराना चाहती है कि यदि आप भारत वापस लौटते हैं तो आप ऐसा अपने जोखिम पर करेंगे। आपकी आजादी वहाँ पर छिन सकती है।"

भारत लौटने पर बोस को बंबई में ही गिरफ्तार कर लिया गया था और उन्हें वहाँ

से बंगाल के पर्वतीय स्थल दार्जिलिंग में छोटे से कस्बे करसियांग में एक बँगले में, जो उनके भाई का ही था, में नजरबंद कर दिया गया था।

वहाँ उनका स्वास्थ्य बराबर गिरता जा रहा था और उसमें सुधार के कोई संकेत नहीं मिल रहे थे। अतएव उन्हें कलकत्ता मेडिकल कॉलेज के अस्पताल में भरती करा दिया गया था। अंत में उन्हें सन् 1937 में घर में नजरबंदी से मुक्त कर दिया गया था, क्योंकि वे अभी भी पूर्णतया स्वस्थ नहीं हो पाए थे। वे वहाँ से पठानकोट के पास पहाड़ी जगह डलहौजी चले गए थे। कुछ समय वहाँ रहने के बाद वे पुनः यूरोप चले गए थे।

सन् 1934 में गांधीजी ने नागरिक अवज्ञा आंदोलन की समाप्ति की घोषणा के साथ-ही-साथ राजनीति से भी लगभग संन्यास ले लिया। अब उन्होंने हरिजनों के कल्याण को अपनी गतिविधियों का केंद्र बनाया और उनके सामाजिक व आर्थिक उत्थान के लिए जी-जान से काम करने लगे थे। हालाँकि गांधी का अपना तर्क था कि सर्वहारा, दलित-मजदूर, खेती-किसानी करनेवाले गरीबों के सामाजिक उत्थान और उनके मुख्य धारा में समावेश के बिना आजादी का कोई मतलब नहीं था। सामाजिक परिवर्तन भी उतना ही आवश्यक था, फिर भी उस समय स्वतंत्रता-संग्राम की लड़ाई की गति भी काफी धीमी पड़ गई थी।

लंदन में बैठी ब्रिटिश सरकार ने आजादी की लड़ाई के गुब्बारे को पंचर करने के लिए सन् 1935 को एक एक्ट पारित किया। यह एक बहुत लंबा-चौड़ा और विस्तृत एक्ट था, जिसके तहत उसने भारत के स्थानीय निकायों को चलाने के कुछ सीमित अधिकार दिए थे। शेष शक्ति और वीटो पॉवर अंग्रेजों के पास ही रखी गई थी। अंग्रेज यानी ब्रिटिश वाइसराय और गवर्नर्स के पास, जो कभी भी राज्य के मामलों में दखल दे सकते थे।

जैसा कि एक्ट में प्रावधान था, सन् 1936-37 के जाड़ों में प्राँतीय चुनाव कराए गए, जिनका परिणाम फरवरी 1937 में घोषित किया गया था। कुल 3.01 करोड़ भारतीय मतदान में हिस्सा लेने के लिए योग्य थे, जिसमें से केवल 1.55 करोड़ लोगों ने वास्तव में मतदान किया था। कांग्रेस ने 1,585 में से 707 सीटों पर विजय हासिल की थी। उन्हें मद्रास, संयुक्त प्रांत, मध्यपांत, बिहार, उड़ीसा तथा बंबई में पूर्ण बहुमत मिला था; परंतु असम और उत्तर-पश्चिमी सीमांत प्रांत में वह सबसे बड़ी पार्टी बनकर उभरी थी। बंगाल, पंजाब और सिंध में उनको मात खानी पड़ी थी। दरअसल, ये तीनों प्रांत मुसलिम बाहुल्य क्षेत्र थे और यहाँ मुसलिम लीग का बोलबाला रहा था। रजवाड़ों (Princely state) में चुनाव नहीं हुए थे। अन्य प्रांतों में फिर सरकार का गठन हुआ था।

अंतरराष्ट्रीय पटल पर युद्ध के बादल मँडरा रहे थे तथा एक बड़े महासंग्राम की चिनगारी सुलग चुकी थी।

1 सितंबर, 1939 को जर्मनी ने पोलैंड पर बड़ा हमला बोल दिया था, जिससे

द्वितीय विश्व युद्ध की शुरुआत हो गई थी। यह युद्ध छह वर्षों तक चला, जिसमें कुल 30 देश शामिल हो गए थे और उसने सारी दुनिया में तबाही और बरबादी मचा दी थी, जिससे कोई भी देश इस पृथ्वी पर अछूता नहीं रह गया था। 3 सितंबर, 1939 को ग्रेट ब्रिटेन और फ्रांस ने जर्मनी पर हमले का ऐलान कर दिया था।

इधर भारत में अक्तूबर-नवंबर, 1939 के बीच कांग्रेस के मंत्रियों ने इस्तीफा सौंप दिया था। यह इस बात के विरोध में था कि भारत के तत्कालीन वाइसराय लॉर्ड लिनलिथगो ने भारत को युद्ध में शामिल घोषित कर दिया था, जो यहाँ सभी हिंदुस्तानियों को बहुत नागवार गुजरा था।

सन् 1937 में जब सुभाषचंद्र बोस लंबे यूरोपीय प्रवास से भारत वापस लौटे तो कांग्रेस आला कमान ने उन्हें कांग्रेस की अध्यक्षता सँभालने का प्रस्ताव किया था। यूरोप में लंबे समय तक बंदी रहने और देश-निर्वासन ने उन्हें शारीरिक रूप से काफी कमजोर कर दिया था। शायद इसी कारण से सहानुभूतिवश कांग्रेस नेताओं ने उनको पुनः स्थापित करने का प्रयास किया था।

□

6

गांधी गुट एवं बोस

गुजरात प्रदेश के सूरत जिले में एक छोटा सा गाँव हरिपुरा है। यह गाँव ताप्ती नदी के किनारे बसा है और बारदोली के काफी नजदीक है। बारदोली वह जगह है, जहाँ सन् 1922 में एक विशाल किसान सत्याग्रह हुआ था। हरिपुरा का इतिहास की किताबों में कहीं नाम तक न होता, यदि वहाँ पर सन् 1938 में एक ऐतिहासिक महत्त्व की घटना नहीं हुई होती। सन् 1938 में 19 से 22 फरवरी में चार दिनों के लिए भारतीय राष्ट्रीय कांग्रेस पार्टी का 51वाँ अधिवेशन हुआ था। उस अधिवेशन में सुभाषचंद्र बोस को सर्वसम्मति से कांग्रेस का अध्यक्ष चुना गया था।

तत्कालीन रपटों (रिपोर्ट) के अनुसार, लगभग 2,00,000 कांग्रेसी प्रतिनिधियों ने इस अधिवेशन में अपनी उपस्थिति दर्ज कराई थी। अधिवेशन के पहले दिन बोस को एक रथ में लाया गया था, जिसमें आप विश्वास नहीं करेंगे कि उस रथ में 51 बैल जुते हुए थे। वे 51 बैल कांग्रेस को स्थापित हुए 51 वर्ष को दरशाते थे, अर्थात् प्रत्येक वर्ष के लिए एक बैल। एक अनुमान के मुताबिक लगभग, 50 लाख लोगों का जन समूह उस विशाल 51 बैलोंवाली बोस की रथ यात्रा को देखने, उन्हें शुभकामनाएँ देने और उनकी सफलता के लिए उन पर पुष्प-वर्षा करने के लिए वहाँ एकत्र हुआ था। ऐसा बेमिसाल जन-सैलाब गुजरात के उस गाँव में (और भारत में भी) शायद तब तक कहीं भी किसी का स्वागत करने के लिए नहीं उमड़ा था। ऐसा ब्रिटिश पत्रकार बेन ब्रैडले ने अप्रैल 1938 के 'लेबर मंथली' में लिखा था। बोस ने अपने लिए एक बहुत ही ठोस व अभेद्य ख्याति और छवि भारत की जनता के दिलों में बना ली थी।

वे पिछले सत्रह सालों में सात साल कुछ महीनों में से ढाई साल की अवधि राजनीतिक कैदी के रूप में जेल में काट चुके थे। बर्मा की कुख्यात मांडले जेल में भी उन्होंने अपनी सजा के कुछ वर्ष बिताए थे, जहाँ की दशा बहुत ही नारकीय थी। उन्हें बर्मा (अब म्याँमार) की इस जेल से समय के कुछ पूर्व ही रिहा कर दिया गया था,

क्योंकि वहाँ रहते हुए उन्हें तपेदिक हो गया, जो उन दिनों बहुत ही खतरनाक रोग था और जलवायु परिवर्तन—पहाड़ी पर जाकर विश्राम करने के अलावा—कोई असरदार दवा नहीं थी। इन सब घटनाओं ने जनता के बीच उनका कद और बढ़ा दिया था। साथ ही, अंग्रेजों के प्रति उनका जो कठोर रुख था, उससे भी जनता बहुत प्रभावित थी।

भारतीय राष्ट्रीय कांग्रेस की लोकप्रियता दिन दूनी व रात चौगुनी बढ़ती जा रही थी और गवर्नमेंट ऑफ इंडिया एक्ट 1935 के आने के बाद सन् 1935-36 के जाड़ों में जो प्रांतीय चुनाव हुए थे, उसमें 11 प्रांतों में से 8 प्रांतों में भारी बहुमत से विजय प्राप्त की थी। सन् 1938 में हरिपुरा अधिवेशन से पहले कांग्रेस की सदस्यता 6,00,000 से बढ़कर 31,00,000 हो गई थी। न केवल वह विशाल थी, पर अधिवेशन का वह स्थान भी कांग्रेस की तेजी से बढ़ती हुई लोकप्रियता का प्रतीक था। उस विशाल पंडाल के सजाने की जिम्मेदारी महान कलाकार नंदलाल बोस को सौंपी गई थी। जो सजावट उस दिन वहाँ पर हुई थी, वह अवर्णनीय थी और देखते ही बनती थी।

कांग्रेस के लिए उससे बेहतर कुछ हो ही नहीं सकता था—एक जनप्रिय पार्टी, जिसके तत्कालीन आधुनिक क्रांतिकारी विचारों के लोकप्रिय नेता श्री सुभाषचंद्र बोस थे। उन्होंने उस अधिवेशन को संबोधित करते हुए कांग्रेस अध्यक्ष के रूप में अपना पहला ऐतिहासिक भाषण दिया, "देवियो और सज्जनो! कांग्रेस का प्रमुख उद्देश्य है—एक ऐसे स्वतंत्र भारत की स्थापना, जो संयुक्त हो, जहाँ कोई वर्ग, बहुसंख्यक, अल्पसंख्यक समूहों का कोई भी अन्य वर्ग आपस में अपने लाभ के लिए एक-दूसरे का शोषण न करें तथा जहाँ पर इस राष्ट्र के सारे तत्त्व सबकी भलाई, उत्थान और प्रगति के लिए सहयोग करें और भारत हर दिशा में आगे बढ़े।"

इस बात को ध्यान में रखते हुए कि कांग्रेस एक बड़ी ताकत बनती जा रही थी, बोस ने कहा था, "हमारे देश की मुख्य समस्या है कि गरीबी का उन्मूलन किस प्रकार से किया जा सकता है।" उन्होंने कहा था कि जमीन संबंधी तत्कालीन प्रणाली में क्रांतिकारी बदलाव लाने की आवश्यकता थी। उन्होंने आगे यह भी कहा कि "हमें एक नई औद्योगिक नीति भी बनानी होगी। पुरानी नीति चरमराकर ढह गई थी। विदेशों में भारी मात्रा में उत्पादन और विदेशी शासन की वजह से।" बोस ने आगे कहा था, "औद्योगिक विकास के लिए राज्य के अधीन व्यापक और स्वामित्ववाली एक नीति बनाना अति आवश्यक है।" उन्होंने यह अपनी आर्थिक नीति के अंतर्गत कहा था।

उन्होंने अपने भाषण में इस ओर भी इशारा किया कि उस समय केंद्रीय सरकार (अंग्रेजी) का किस प्रकार से भारत के बजट पर मजबूत एकाधिकार था। उन्होंने बताया कि 1937-38 के बजट में से 77-90 करोड़ के खर्च में 44.61 करोड़ या 57 प्रतिशत सेना के खर्च के लिए रखा गया था। उन्होंने इस बात की ओर भी इशारा किया कि

केंद्रीय असेंबली ने प्रचुर बहुमत से सरकार के इस बजट को खारिज कर दिया था; पर उस समय तत्कालीन वाइसराय ने अपने वीटो पॉवर का इस्तेमाल करते हुए असेंबली के वोट को दरकिनार करते हुए बजट मौलिक प्रस्ताव अर्थात् 57 प्रतिशत रक्षा या सेना के लिए बरकरार रखा।

सुभाषचंद्र बोस ने कई विषयों पर चर्चा की उनमें जिसमें कांग्रेस के भविष्य पर भी उन्होंने अपने विचारों को व्यक्त किया था। उन्होंने यह भी कहा कि आजादी मिलने के बाद कांग्रेस पार्टी के बिखर जाने का सवाल ही नहीं उठता था। वे शासन की जिम्मेदारी सँभालेंगे और भारत के पुनर्निर्माण का कार्यक्रम रखेंगे। कांग्रेस के ही कुछ नेताओं ने यह सवाल भी उठाया—क्या इस तरह से एक प्रकार, एक सत्तात्मक (Totalitarion) सरकार अस्तित्व में नहीं आ जाएगी? इस आशंका के बारे में स्पष्ट करते हुए कि ऐसी स्थिति पैदा हो सकती थी, यदि रूस, जर्मनी और इटली की भाँति एक पार्टी शासन में हो; परंतु हमारा ऐसा विश्वास और विचार है कि भारत में दलीय राजनीति का उद्‌भव होगा तथा इससे नेता ऊपर से नहीं थोपे जाएँगे, बल्कि वे नीचे से चुनकर आएँगे।

सुभाषचंद्र बोस ने इस तथ्य को भी पहले से भाँप लिया था कि जब भी अंग्रेज भारत छोड़कर जाएँगे, इसका विभाजन करके जाएँगे। उन्होंने कहा था कि ब्रिटिश शासन का भारत में मुख्य लक्ष्य उनका 'फूट डालो और राज करो' था, जिसके तहत वे एक समुदाय को दूसरे समुदाय से लड़वाते रहते थे। यह एक सर्वविदित तथ्य है कि प्रत्येक साम्राज्य का मुख्य आधार 'बाँटो और राज करो' ही होता है, परंतु इस कला को ब्रिटिशों ने सबसे चतुराई, कुशलता, दुर्दम्यता तथा निरंकुशता से व्यवहारित किया है। इसके पहले कि आयरलैंड को स्वतंत्रता दी जाती, उन्होंने अल्सटर (Ulster) को आयरलैंड से अलग कर दिया था। इसी प्रकार, इसके पहले कि पैलेस्टाइन को आजादी दी जाएगी, यहूदियों को अरबों से अलग कर दिया जाएगा। देश के अंदर ही एक विभाजन जरूरी था, जिससे कि सत्तांतरण के प्रभाव को निष्क्रिय किया जा सकता था। नेताजी की यह भी दूरदृष्टि थी कि उन्होंने यह बताया कि मिलिटरी टेक्नोलॉजी के परिवर्तन के कारण ब्रिटिशों के पास इस वक्त जो बेलगाम शक्तियाँ थीं, उन पर भी अंकुश लग जाएगा। अपने हरिपुरा के भाषण में उन्होंने कहा था, "आज ब्रिटेन अपने आपको बमुश्किल तमाम 'द मिस्ट्रेस ऑफ द सी' (सागर की मल्लिका) कह सकता है। उसका 18वीं एवं 19वीं सदी में जो अद्‌भुत उत्थान हुआ था, वह उसकी समुद्री ताकत की वजह से था। 20वीं सदी में एक साम्राज्य के रूप में उसका पतन एक नई सैन्य शक्ति यानी वायुसेना की वजह से होगा।"

उन्होंने इस बात का भी आह्वान किया कि कांग्रेस पार्टी का अपनी ट्रेड यूनियन शाखा और 'किसान संघम' शब्द के साथ और अधिक आपसी सहयोग की जरूरत है। उन्होंने आगे कहा था, "यह उनकी अपनी निजी राय थी कि ये संस्थाएँ कांग्रेस पार्टी

के साथ जुड़ें, जिससे कि जितनी भी प्रगतिशील और साम्राज्यवाद-विरोधी संस्थाएँ थीं, वे सब कांग्रेस के प्रभाव और नियंत्रण में रहें तथा उसे और ताकत प्रदान करें।'' उन्होंने इस ओर भी इशारा किया, ''कांग्रेस पार्टी के भीतर ही एक कांग्रेस सोशलिस्ट पार्टी का निर्माण हो। मैं कांग्रेस सोशलिस्ट पार्टी की यहाँ कोई पैरवी नहीं करने आया हूँ, न ही मैं इसका कोई सदस्य हूँ। फिर भी, मैं यह कहना चाहूँगा कि मैं शुरू से ही उस पार्टी के सामान्य सिद्धांतों तथा नीतियों से सहमत हूँ। यह भी जरूरी है कि वामपंथी तत्त्वों को संगठित करके एक पार्टी में समावेश किया जाए।'' वे इस बात से भी अवगत थे कि कांग्रेस जैसी एक विशाल पार्टी में कुछ ऐसे समूह थे, जो दाईं ओर का झुकाव या दृष्टिकोण रखते थे।

बोस ने अपने भाषण में कई अन्य ज्वलंत मुद्‍दों पर चर्चा की। उन्होंने भारत की बढ़ती हुई आबादी पर भी चिंता व्यक्त की। दूसरा पहलू जो उन्होंने उठाया, वह भाषा के बारे में था। उनके अनुसार, भारत की राष्ट्रभाषा के लिए यह बेहतर होगा कि हिंदी-उर्दू की एक मिश्रित भाषा को राष्ट्रभाषा के रूप में प्रचारित व प्रसारित किया जाए; पर उस पर एक शर्त थी कि वह मिली-जुली भाषा सरल, सहज और सुगम होनी चाहिए।

तत्कालीन कांग्रेस अध्यक्ष ने अपने भाषण को समाप्त करते हुए संसाधनों का बयान किया, जिसका वह भारत के स्वतंत्रता संग्राम के लिए प्रयोग करेंगे। बोस ने कहा था, ''मैं पहले से अब यह अधिक विश्वास के साथ कह सकता हूँ कि हमें सत्याग्रह का रास्ता ही अपनाना चाहिए अर्थात् अहिंसा और असहयोग का मार्ग, जिसमें नागरिक अवज्ञा भी शामिल है। इसका अर्थ यह नहीं कि बिल्कुल निष्क्रियात्मक विरोध, 'सक्रियात्मक' विरोध भी; परंतु ऐसी काररवाई अहिंसात्मक होनी चाहिए।'' उन्होंने आगे जोड़ा कि अहिंसक असहयोग को फिर से शुरू करना पड़ेगा तथा एक प्रयोग के तौर पर दफ्तरों में नौकरी स्वीकार करना और भविष्य में पार्टी को बहुत कड़े संविधानात्मक मामलों तक सीमित नहीं रहना चाहिए।

कांग्रेस पार्टी के अध्यक्ष की स्थिति महज दिखावटी थी और प्रति वर्ष वह एक वरिष्ठ सदस्य से दूसरे वरिष्ठ सदस्य को दे दी जाती थी। दरअसल, असली ताकत तो मोहनदास करमचंद गांधी की थी, जिनका एक-एक शब्द कांग्रेस कार्यकर्ताओं के लिए कानून या पत्थर की लकीर होता था। बहुत सारे कांग्रेस नेता हर समय उनके साथ-साथ रहने का प्रयास करते थे, जिससे वे महात्मा गांधी के आभामंडल का लाभ उठा सकें। उनमें डॉ. राजेंद्र प्रसाद, सरदार वल्लभ भाई पटेल और भूलाभाई देसाई आदि जैसे दिग्गज नेता भी थे। सुभाषचंद्र बोस इस श्रेणी में नहीं आते थे। वे अपने आप एक महान् नेता के स्तर पर पहुँच चुके थे। हालाँकि बोस और नेहरू—दोनों ही अलग विचारों के नेता थे, पर उन दोनों में जमीन-आसमान का फर्क था। नेहरू का कांग्रेस पार्टी में स्थान अपने

पिता मोतीलाल नेहरू की वजह से था, जो 1930 के दशक में कांग्रेस के महानतम नेताओं में से एक थे। जवाहरलाल नेहरू द्रुत गति से महात्मा गांधी के आंतरिक गुट में शामिल होने के लिए प्रयास कर रहे थे। यही गुट बाद में कांग्रेस का 'हाई कमान' कहलाने लगा, जो यह दरशाता था कि कांग्रेस में शक्ति केंद्र कहाँ था और (सत्ता का) क्या था।

कांग्रेस अध्यक्ष के रूप में बोस को यह अधिकार था कि आगे की लड़ाई किस प्रकार से लड़ी जाए; इस संबंध में एक स्वतंत्र दिशा तय कर सकेंगे तथा एक्शन प्लान बना सकते थे; परंतु यह एक बड़ा 'लेकिन था' कि यह सब या हाईकमान के अनुमोदन के बाद होता।

इसी सोच के बाद 17 दिसंबर, 1938 को एक योजना समिति का गठन किया गया था। इस समिति या योजना समिति का उद्देश्य था स्वतंत्रता मिलने के बाद भारत के पुनर्निर्माण के लिए एक ब्लू-प्रिंट या प्रारूप तैयार करना। पर उन दिनों के राजनीतिक विशेषज्ञों के अनुसार यह एक बहुत दूर की गोटी लगती थी। फिर भी, उन्होंने जवाहरलाल नेहरू, जो सुभाषचंद्र बोस से पहले दो साल तक कांग्रेस अध्यक्ष रह चुके थे, को इस समिति का मुखिया बनने के लिए आमंत्रित किया। इस समिति के अन्य सदस्य थे—वैज्ञानिक मेघनाद साहा तथा अर्थशास्त्री , इंजीनियर एवं आर्किटेक्ट मोक्षागुंडम, के.टी. शाह तथा विश्वेश्वरैया। यहाँ उल्लेखनीय है कि बोस ने अपने अध्यक्षीय भाषण में कहा था, "राज्य को योजना आयोग की सलाह पर, कृषि तथा औद्योगिक उन्नति के लिए व्यापक योजना बनानी पड़ेगी, जो धीरे-धीरे उत्पादन और वितरण के क्षेत्र में हमारी कृषि व्यवस्था एवं औद्योगिक प्रणाली का समाजीकरण करेगी।" नेहरू के चुनाव का अपना एक महत्त्व था। उनके ऊपर गांधीजी का वरदहस्त था। बोस का यह मानना था कि नेहरू को समिति में रखने से उन्हें गांधी गुट तथा हाईकमान का भी आशीर्वाद व समर्थन मिल जाएगा।

महात्मा गांधी के इर्द-गिर्द जो एक आंतरिक गुट था, उसने जनता के बीच नेताजी सुभाष की तमाम लोकप्रियता और देश के प्रति उनके बलिदान एवं स्वतंत्रता-संग्राम के प्रति समर्पण के मद्देनजर; अपना-अपना मत उनके पक्ष में दिया था परंतु उन्हें इस बात का तनिक भी भान नहीं था कि बोस का अपना एक स्वतंत्र नजरिया एवं सोच-विचार था और वे पार्टी के दिशा-निर्देश से अलग भी अपनी राय रख सकते थे। बोस का दृष्टिकोण स्वतंत्र था और वे उसका समर्थन पाने के लिए बदलनेवाले व्यक्ति नहीं थे। वे गांधी की प्रशंसा करते नहीं थकते थे, परंतु वे सीधे-साधे गांधीवादी मार्ग की आलोचना भी करते थे। जबकि गांधी का अर्थशास्त्र एक गाँव को इकाई मानकर उसके ही चारों ओर जुड़ी हुई अर्थव्यवस्था पर केंद्रित था; क्योंकि गांधी के अनुसार, यदि ग्राम के अंदर सब कुछ ठीक-ठाक रहेगा तो फिर वह बड़े पैमाने—जिला व देश—पर भी यानी सूक्ष्म

पैमाने पर भी ठीक उतरेगा। बोस की सोच ठीक इसके विपरीत थी और वे आर्थिक व्यवस्था में मूलभूत क्रांतिकारी परिवर्तन के पक्षधर थे। गांधीवादी दर्शन के अनुसार, यदि गाँववासी शांति और सामंजस्य से जीवन यापन कर रहे थे तो सब ठीक था। बोस के विचार से ग्राम-जनतंत्र का विचार, न केवल पुरानी धारणा थी, बल्कि वह पुरानी और अव्यावहारिक भी थी तथा उसमें अलग-अलग ग्रामीण समूहों, जैसे कि जमींदारों एवं खेतिहर मज़दूरों व किसानों के हितों की रक्षा के लिए और आपस में हमेशा से चले रहे झगड़ों तथा शोषण की समस्या का हल करने के लिए कोई भी व्यवस्था का प्रारूप या प्रावधान नहीं था। उनकी समझ में, गांधी ने स्वतंत्रता की अपनी लड़ाई में ग्रामीण सत्ता की संरचना के सुधार के लिए ज्यादा कोशिश पर कोई जोर नहीं दिया था।

गांधी के विचार थे कि हरिजनों (दलितों) का सशक्तीकरण हिंदू समुदाय के अंदर ही रहते हुए होना चाहिए; पर बोस की सोच अलग थी। उनका विश्वास था कि एक हिंदू किसान और मुसलमान किसान में आपस में बहुत कुछ एक है, सामान्य है, बजाय कि एक हिंदू जमींदार और एक हिंदू किसान में। एक शोषक वर्ग था तो दूसरा शोषित वर्ग था। उसके (किसान/खेतिहर मजदूर के) ऊपर से कभी भी कर्ज का जुआ (भार) उतरता ही नहीं था। साल-दर-साल, पीढ़ी-दर-पीढ़ी वह बेगार करता था और भूखा ही सपरिवार रात को सो जाता था (प्रेमचंद की कहानियों व उपन्यासों में तत्कालीन गाँव-गँवई का विशद वर्णन है)।

बोस के विचार ग्रामीण जीवन में आमूल-चूल क्रांतिकारी परिवर्तन के पक्ष में थे, ताकि ग्रामीण अर्थव्यवस्था में सुधार हो और उनकी आर्थिक प्रगति हो। इसके साथ ही यह भी जरूरी था कि किस प्रकार से उनके जीवन में खुशहाली आएगी। इससे उनका ध्यान सांप्रदायिक मसलों और तनावों से हट जाएगा और वे आपस में मिल-जुलकर रहने लगेंगे और जो मन-मुटाव के कारण थे, वे कमतर हो जाएँगे। युवा नेता को विश्वास था कि आजाद भारत में संघीय व्यवस्था होगी, जिसका संविधान ऐसा होगा कि उसमें नागरिक अधिकारों और स्वतंत्रता की घोषणा एवं प्रावधान भी होगा। बोस जातीय या सांप्रदायिक विभाजन में विश्वास नहीं करते थे, अतएव उनके विचार से संविधान में धर्म, जाति या वर्ग के आधार पर कोई विभाजन नहीं होगा। एक ऐसी संवैधानिक व्यवस्था या प्रावधान होगा, जिसके तहत चुनावों में एक संयुक्त मतदाता वर्ग या निर्वाचक वर्ग होगा। इस प्रकार का प्रावधान अंग्रेजों की 'बाँटो और राज करो' की नीति को ध्वस्त करता था, जिन्होंने मुसलमानों और हिंदुओं के लिए अलग-अलग निर्वाचन वर्ग की व्यवस्था उस क्षेत्र में समुदाय विशेष की आबादी के अनुपात में कर रखी थी।

ब्रिटेन के मिडिलबरी कॉलेज में एक अनुसंधानकर्ता ने ब्रिटेन के कई अभिलेखागारों में सुभाषचंद्र बोस के कई निजी पत्राचार को प्राप्त किया। अपना एक अनुसंधानीय

लेख तैयार करने के लिए। उसके अनुसार, बोस की महात्मा गांधी के प्रति कई प्रकार की सोच या आशंकाएँ थीं। विल वुडवर्थ (Will Wodverth) के मोनाग्राफ से पता चला 1938-39 का महात्मा गांधी और बोस का विवाद (The 1938-39 Clash of Mohandas Gandhi & Subhash Chandra Bose)। बोस को इस बात का अफसोस था और वे इस बात पर चिंता व्यक्त करते थे कि कांग्रेस पार्टी अपने लक्ष्य से भटक गई थी और उनके पाँव लड़खड़ा गए थे। यह तब से हुआ था, जब कांग्रेस सोशल सर्विस लीग में बदल दी गई थी।

बोस ने महात्मा गांधी की सीमाएँ भी बताई थीं—एक तो अहिंसा और दूसरे निहित स्वार्थी लोगों (अंग्रेजों) के कामकाज में कोई दखल न देना। ये पत्र एक कार्यकर्ता ए.आर. भट्ट द्वारा लिखे गए थे, जिन्होंने बोस को सन् 1931 में महाराष्ट्र सम्मेलन करने की व्यवस्था करवाने में मदद की थी। उन पत्रों में यह भी कहा गया था, कि स्वयं को हमें आम जनता का सहयोग और समर्थन लेना चाहिए। कांग्रेस के वामपंथ को तुरंत स्वयं को एक ऑल इंडिया पार्टी के रूप में संगठित करना होगा। उसकी अपनी सशस्त्र सैन्य आंदोलन की योजना होनी चाहिए। उस पार्टी की अपनी एक 'सैन्य बल योजना' होगी। ''यह पत्र अवश्य ही उस समय की अंग्रेजी शासन तंत्र की खुफिया एजेंसी सी.आई.डी. द्वारा इंटरसेप्ट या बीच रास्ते में ही रोक लिया गया था; क्योंकि वह पत्र ब्रिटिश लाइब्रेरी, लंदन के लोक एवं न्यायिक विभाग लेखागार, ब्रिटिश लाइब्रेरी में विल वुडवर्थ द्वारा खोज निकाले गए थे।

स्वयं को गांधी गुट ने सुभाषचंद्र बोस को एक वर्ष के लिए कांग्रेस के सर्वोच्च पद अध्यक्ष के रूप में चुन लिया था, फिर भी उन्होंने शीघ्र ही यह समझ लिया था कि बोस की विचारधारा और गांधीजी की विचारधारा में एक बड़ी असमानता थी। बोस गांधी की विचारधारा या दर्शन से अलग सोच रखते थे। उस (बोस- विरोधी गुट) का कहना था कि बोस गांधी को फँसा रहे थे। इसका एक तत्कालीन कारण था—अंग्रेजी सरकार द्वारा गवर्नमेंट ऑफ इंडिया एक्ट, 1935 में प्रांतीय चुनाव कराया जाना। ब्रिटिश सरकार इसे एक तार्किक निष्कर्ष तक ले जाना चाहती थी और प्रांतीय चुनाव को संपन्न कराकर एक संघीय सरकार की स्थापना करना चाहती थी। बोस इसके खिलाफ थे, क्योंकि वे समझते थे कि अंग्रेजों का क्या खेल था। भारतीयों के पास नाम मात्र को सत्ता होगी; क्योंकि जो भी निर्णय इस सरकार द्वारा लिये जाएँगे, उसका अनुमोदन तत्कालीन ब्रिटिश सरकार द्वारा किया जाना था; परंतु यह एक बहुत बड़ी बात थी। असली सत्ता तो वाइसराय के हाथों में थी, क्योंकि उन्हें वह शक्ति प्राप्त थी कि वह अपने वीटो पॉवर का उपयोग करके चुनी हुई सरकार के किसी भी फैसले को निरस्त कर दें।

बोस का दृष्टिकोण यह था कि यह ब्रिटिश शासन की एक ऐसी चाल थी, जिससे

वह भारत की आजादी की लड़ाई को मात दे दे या काफी हद तक कमजोर कर दे। परंतु कुछ नरम वर्गीय लोगों का सोचना था कि कुछ भी सही, सरकार चलाने में तो हिंदुस्तानियों का भी कुछ हाथ होगा—सारे प्रस्ताव तो ब्रिटिश सरकार खारिज नहीं कर सकती थी। किंतु फिर भी बोस के विचार से, आजादी का मलतब था—ब्रिटिश सरकार को बोरिया-बिस्तर समेत हिंदुस्तान से बाहर निकाल देना। गांधी भी इस विचारधारा के पक्ष में थे; पर किन्हीं कारणों से वे इसका इजहार खुल्लम-खुल्ला नहीं कर पा रहे थे। दरअसल, बोस यह भी नहीं चाहते थे कि प्रांतीय चुनाव हों, परंतु चूँकि यह उस प्रक्रिया के मध्य में था तो कांग्रेस के अंदर ही कुछ अशांति के लक्षण नजर आ रहे थे। कुछ सुगबुगाहट चलने लग गई थी।

कांग्रेस के हरिपुरा अधिवेशन के पहले ही संयुक्त प्रांत एवं बिहार के प्रधानमंत्रियों ने वाइसराय से कहा था कि जितने भी राजनीतिक बंदी जेल में कैद थे, उन्हें रिहा कर दिया जाए। परंतु वाइसराय ने उनकी अनुशंसा या माँग को ठुकरा दिया। कांग्रेस पार्टी के लिए यह बहुत अहम मुद्दा था। खैर, बाद में वाइसराय इस बात पर सहमत हो गए थे कि मुख्यमंत्रियों की सिफारिश पर, केस-दर-केस के आधार पर और फिर प्रांतीय गवर्नर की अनुशंसा पर धीरे-धीरे उन्हें मुक्त कर दिया जाए।

जहाँ तक कांग्रेस का सवाल था, वह औपचारिक तौर पर भारत में संघीय सरकार के ढाँचे के पक्ष में नहीं थी; परंतु इस बात की आशंका थी कि कांग्रेस का वह शक्तिशाली मंडली गुट बाद में अंग्रेज सरकार की इस योजना को मानने न लग जाए तथा डर इस बात का था कि कहीं इस प्रक्रिया से हमारे स्वतंत्रता-संग्राम का अंत न हो जाए। इस प्रकार की आशंका निराधार नहीं थी कि कांग्रेस की वही मंडली, जो पहले प्रांतीय चुनावों के पक्ष में नहीं थी, बाद में प्रांतीय चुनावों के लिए सहमत हो गई थी। पहले तो उन्होंने कहा था कि पार्टी चुनाव नहीं लड़ेगी, पर बाद में उन्होंने स्वयं ही अपना यह निश्चय पलट दिया था और कांग्रेस के उम्मीदवारों को चुनावों में भाग लेने की अनुमति दे दी थी।

सुभाषचंद्र बोस कांग्रेस हाई कमान के इस फैसले से इतने क्षुब्ध और नाखुश थे कि उन्होंने 9 जुलाई, 1938 को कांग्रेस पार्टी के अध्यक्ष के रूप में एक वक्तव्य जारी किया था। वे संघीय सरकार के पक्ष में नहीं थे और उन्होंने चेतावनी दी, "मुझे इस बात का विश्वास है कि कांग्रेस पर संघीय सरकार थोपने का कोई भी प्रयास अवश्य विफल होगा-ही-होगा। यदि वह दुर्भाग्यवश सफल भी हो गया तो फिर वह कांग्रेस को ही तोड़ देगा; क्योंकि वे तत्त्व, जो चैतन्य रूप से संघीय सरकार का विरोध कर रहे हैं, वे इसे कैसे चुपचाप स्वीकार कर लेंगे? व्यक्तिगत रूप से मैं सोचता हूँ कि कांग्रेस या उसके किसी हिस्से द्वारा यदि इस निर्णायक क्षण में किसी प्रकार की कोई कमजोरी व्यक्त की गई या दिखाई गई तो भारत के इतिहास में भारत के स्वतंत्रता संग्राम के प्रति यह प्रथम

श्रेणी का देशद्रोह (विश्वासघात) होगा।'' ऐसा प्रतीत होता है कि सुभाषचंद्र बोस को यह विश्वास हो गया था, जो निराधार नहीं था, कि कांग्रेस के कुछ लोग जो प्रभावशाली गुट के थे, 'संघीय सरकार' के ढाँचे के पक्ष में थे और उन लोगों ने आपस में यह भी फैसला कर लिया था कि संघीय सरकार बनने की दशा में कौन-कौन से लोग मंत्री बनेंगे और उसमें से कौन-कौन क्या पोर्टफोलियो सँभालेंगे।

सुभाषचंद्र बोस को यह समझ में आया कि इस निर्णायक मोड़ पर उन्हें हस्तक्षेप करना ही होगा और उन्हें कांग्रेस के अध्यक्ष पद के लिए अपनी दावेदारी प्रस्तुत करनी होगी। पुनः शायद इसी प्रकार से वे अंग्रेजों को अपनी योजना कार्यान्वित करने से रोकने में सफल हो सकते थे।

परंतु कांग्रेस पार्टी में एक अलिखित नियम या परंपरा थी कि कांग्रेस के अध्यक्ष पद पर एक व्यक्ति केवल एक वर्ष के लिए ही रह सकता था। इस तथ्य के मद्दे-नजर महात्मा गांधी और उनके गुट ने यह फैसला ले लिया था कि कांग्रेस का अध्यक्ष पद अगले वर्ष में कौन सुशोभित करेगा। यहाँ यह कहने की आवश्यकता नहीं है कि जब बोस ने अगले सत्र के लिए भी अपनी दावेदारी पेश की तो गांधी और उनका गुट बहुत क्षुब्ध हो गया था। उनकी समझ में यह आ गया था कि यह युवा नेता गांधीजी और उन सब मूल्यों को चुनौती दे रहा था, जिसके लिए गांधीजी जाने जाते थे; और इस प्रकार से बोस एक प्रतिरोधी बल का काम कर रहे थे। यदि बोस जीत जाते तो फिर गांधी की प्रतिष्ठा को बहुत बड़ा धक्का लगना था। गांधी गुट को इसी बात का भय था कि यदि गांधीजी को इस प्रकार से धक्का लगा तो वे लोग कहीं के न रहेंगे। इसलिए गांधी मंडली के सदस्यों का यह विचार था कि जैसा पहले से चला आ रहा था, गांधीजी ही किसी के नाम का सुझाव देते और उसे सर्वसम्मति से मान लिया जाता।

गांधीजी की जो मूल योजना थी, उसके अनुसार मौलाना अबुल कलाम आजाद को इस पद पर नामांकित करना था; परंतु यह देखते हुए कि कुछ भ्रम की स्थिति थी और चुनाव अवश्यंभावी था, उन्होंने (मौलाना ने) अपना नाम वापस ले लिया था। तत्पश्चात् श्री भोगराजू पट्टाभि सीतारमैया को कांग्रेस ने नामांकित किया था। यह भी अच्छी तरह स्पष्ट कर दिया गया था कि श्री सीतारमैया का नाम गांधीजी के सुझाव पर आगे किया गया था।

सुभाषचंद्र बोस एक मँझे हुए राजनीतिक खिलाड़ी बन गए थे और उन्हें भी यह साफ-साफ समझ में आ रहा था कि गांधी गुट उनको हाशिए पर ले जाना चाहता था। उन्होंने कांग्रेस के सदस्यों को यह समझाना चाहा कि यह चुनाव और उसका परिणाम अंग्रेजों का भारत में गवर्नमेंट ऑफ इंडिया एक्ट, 1935 के तहत संघीय राज्य की स्थापना के लिए होगा। इस प्रकार की संघीय व्यवस्था में राज्यों को बहुत सीमित शक्तियाँ प्राप्त

होंगी तथा उनके हर निर्णय पर वाइसराय की मुहर जरूरी होगी। इसमें वाइसराय को अपना वीटो पावर इस्तेमाल करने की पूरी छूट थी। अतएव दूसरे शब्दों में, सत्ता फिर भी अंग्रेजों के हाथ में ही रहनी थी। नरम दल के सदस्य भी संघीय व्यवस्था के खिलाफ तथा बोस और उनके अनुयायियों के साथ थे। उनका यह भी कहना था कि वे किसी भी ऐसी व्यवस्था के खिलाफ थे, जिसमें तकनीकी रूप से वे सत्ता में होंगे; पर वास्तव में असली सत्ता तो फिर भी गोरी सरकार के पास ही रहनी थी, परंतु कांग्रेस के अधिकतर सदस्य बोस की राय से सहमत थे। ऐसे हालात में गांधी गुट के सदस्यों को समझ नहीं आ रहा था कि वे क्या करें। उन्हें यह भी नहीं समझ में आ रहा था कि वे किस तरह से बोस की रणनीति का विरोध करें।

इस मुद्दे की ओर से लोगों का ध्यान हटाने के लिए गांधी ने नया मुद्दा उठाते हुए लोगों का सारा ध्यान भारतीय रजवाड़ों की तरफ कर दिया। उन्होंने रजवाड़ों पर अपनी प्रजा को सताने, दमन करने और शोषण करने का आरोप लगाया, जो सही भी था। उनका विचार था कि इससे लोगों का ध्यान चुनाव न होकर राजा और रजवाड़े हो जाएँगे।

अंततोगत्वा, चुनाव हुआ और सुभाषचंद्र बोस भारी बहुमत से जीत गए। उनके पक्ष में 1,580 वोट पड़े, जबकि सीतारमैया के पक्ष में केवल 1,375 वोट पड़े थे। उन्होंने अपने घर कलकत्ता से ही पार्टी सदस्यों का हृदय से आभार व्यक्त किया था, मंडली या गुट का पर्दाफाश हो गया था। इससे यह बात स्पष्ट हो गई थी कि यह मंडली या गुट इतना अभेद्य नहीं था, जितना कि समझा जा रहा था और गांधी ही केवल एक नेता नहीं रहे थे, हालाँकि वह अभी भी लोकप्रिय नेता थे।

परंतु महात्मा गांधी अपनी तमाम सादगी भरी जीवन-शैली और दीन-हीन आम आदमी को प्रतिबिंबित करती हुई वेशभूषा के साथ एक कुशल राजनीतिज्ञ भी थे। उन्होंने वर्धा में अपने आश्रम में अफसोस जताते हुए कहा, "मैंने ही डॉ. सीतारमैया को अपना नाम वापस न लेने की सलाह दी थी; जबकि मौलाना आजाद ने अपना नाम वापस ले लिया था। यह हार उनसे ज्यादा मेरी है। इससे यह साफ है कि वे लोग उन सिद्धांतों और नीतियों के प्रति इतने वफादार नहीं हैं, जितना कि मैं समझ रहा था। मैं इस पराजय में भी खुश हूँ।" यह वक्तव्य गांधी का मास्टर स्ट्रोक था। जनता के बीच गांधी अत्यधिक लोकप्रिय थे और इस वक्तव्य कि, उनकी नीतियों और सिद्धांतों की हार हुई थी से उनके लिए सहानुभूति की लहर चल पड़ी थी।

इसके बाद जो हुआ, उससे बहुत ही घटिया और सस्ती राजनीति की गंध आती थी। एक माह के अंदर कांग्रेस कार्यकारिणी समिति के सभी सदस्यों ने अपना इस्तीफा दे दिया था, केवल सुभाषचंद्र बोस और उनके बड़े भाई शरतचंद्र बोस को छोड़कर। ग्यारह सदस्य, जिन्होंने त्यागपत्र दिया था, उनमें गांधी के आंतरिक गुट के लोग, जैसे डॉ. राजेंद्र

प्रसाद और वल्लभभाई पटेल भी थे। जिन सदस्यों ने इस्तीफा दिया था, उन्होंने बोस से कहा कि वे अपनी टीम के सदस्य अपनी इच्छानुसार चुन लें।'' बोस ने सारे कांग्रेसियों से कहा, ''यदि हम अपने मतभेद दरकिनार करें और अपने सारे संसाधनों को एकत्रित करके तथा अपनी सारी ताकत को आजादी की लड़ाई में झोंक दें, तब हम अंग्रेजी सरकार पर ऐसा कड़ा प्रहार कर सकते हैं, कि जिसका वे प्रतिरोध नहीं कर सकते।'' उन्होंने आगे जोड़ा कि (द्वितीय विश्व युद्ध की शीघ्र संभावना की ओर इशारा करते हुए) ''ऐसे मौके बिरले ही मिलते हैं। हमें इन्हें नहीं खोना चाहिए तथा उन पर भीषण आक्रमण करके उन साम्राज्यवादियों को एक ओर धकेल देना चाहिए।''

7 मार्च, 1939 को जबलपुर (म.प्र.) के निकट त्रिपुरी में कांग्रेस का अधिवेशन शुरू हुआ था। अब कांग्रेस मंडली ने एक और चाल चली। उन्होंने संयुक्त प्रांत के प्रधानमंत्री गोविंद बल्लभ पंत से एक संकल्प लाने को कहा, जो इस प्रकार से था, ''कांग्रेस अपना विश्वास उस कार्यकारिणी समिति के प्रति व्यक्त करती है, जो पिछले वर्ष काम कर रही थी और इस बात पर दुःख व्यक्त करती है कि उसके विरोध में कामकाज करने की शैली पर कुछ लोगों ने उँगली उठाई थी। द्वितीय विश्व युद्ध के बादल हमारे सिर पर मँडरा रहे हैं। इससे आनेवाले साल में जो हालात पैदा होने वाले हैं, उसके मद्देनजर तथा इस तथ्य को ध्यान में रखते हुए कि ऐसे संकट के समय में महात्मा गांधी ही अकेले एक ऐसे व्यक्ति हैं, जो इस संकट की घड़ी में कांग्रेस का नेतृत्व कर सकते हैं और उसे विजय-पथ पर ले जा सकते हैं। कांग्रेस यह जरूरी समझती है कि वह अपना सारा विश्वास गांधीजी में व्यक्त करे तथा कार्यकारिणी समिति के सदस्य भी उनकी ही इच्छानुसार नियुक्त किए जाएँ। कांग्रेस के अध्यक्ष से ऐसी ही अपेक्षा की जाती है।''

यह विधेयक पारित हो गया था। बोस को अब साफ-साफ हाशिए पर कर दिया गया था और अब उनके पास कोई विकल्प नहीं था कि वे गांधी से प्रार्थना करें कि वे कार्यकारिणी या अध्यक्ष समिति के सदस्य नामांकित करें। परंतु गांधी भी बड़े मँझे हुए खिलाड़ी एवं राजनीतिज्ञ थे। सुभाषचंद्र बोस के बार-बार आग्रह करने तथा पत्र द्वारा प्रार्थना करने पर भी उन्होंने कार्यकारिणी समिति के सदस्यों का नामांकन नहीं किया। इसके बजाय उन्होंने कहा कि श्री बोस स्वयं ही कार्यकारिणी समिति के सदस्यों का नामांकन करें; जबकि वे यह भलीभाँति जानते थे कि अखिल भारतीय कांग्रेस समिति ने इस काम का भार उन्हें ही सौंपा था।

कांग्रेस की अगली बैठक जल्द ही होने वाली थी और गांधी के चमचे सुभाष को हाशिए पर डालने की भरपूर कोशिश कर रहे थे। वे लोग ऐसी स्थिति पैदा कर रहे थे कि बोस पार्टी का कामकाज चलाने में असमर्थ हो जाएँ। अतएव मजबूर बोस ने 29 अप्रैल की कलकत्ता बैठक में अध्यक्ष पद से इस्तीफा दे दिया। वे यह भी सोच रहे थे

कि अब पार्टी किसे अध्यक्ष चुनेगी। गांधी गुट तो जैसे इसी मौके के इंतजार में था। डॉ. राजेंद्र प्रसाद, जो गांधी-मंडली के एक प्रमुख सदस्य थे, को अध्यक्ष पद के लिए चुन लिया गया था। यह गुट बोस के ऊपर बिल्कुल विश्वास नहीं करता था और वह उनको पार्टी से दूर ही रखना चाहता था। कांग्रेस कार्यकारिणी समिति ने एक संकल्प पारित करके बोस को पार्टी के किसी भी निर्वाचित पद से अगले तीन वर्ष के लिए अलग रखने का फैसला ले लिया था। इस गुट को भय-मिश्रित आशंका थी कि कहीं बोस कांग्रेस की बंगाल में प्रांतीय समिति के अध्यक्ष न चुन लिये जाएँ। इससे उन्हें फिर राजनीतिक लाभ मिल जाएगा।

पार्टी ने बोस पर यह प्रतिबंध पार्टी में अनुशासन बनाए रखने के नाम पर लगाया था। बोस ने कांग्रेस के कुछ नेताओं के खिलाफ कई आलोचनात्मक शब्द प्रयोग किए थे। इस प्रकार से एक बहुत गंभीर संकट के समय पर, जब द्वितीय विश्व युद्ध के बादल क्षितिज पर मँडरा रहे थे, तब पार्टी में वे हाशिए पर ढकेल दिए गए थे। 1 सितंबर, 1939 को जर्मनी द्वारा पोलैंड पर आक्रमण के साथ द्वितीय विश्व युद्ध की शुरुआत हो गई थी। यही वह मौका था, जब कांग्रेस नेता और पार्टी अंग्रेजों पर भारत को आजादी दिलाने के लिए निरंतर दबाव डाल सकते थे और संभवत: उसमें कामयाब भी हो सकते थे; परंतु वहाँ तो उस समय उन्हें आंशिक सत्ता मिल जाने में ही अपार खुशी और सफलता का अहसास हो रहा था। यह इसी भाँति था, जैसे भूखे कुत्ते के सामने सूखी रोटी के दो टुकड़े डाल दिए जाएँ। उनको यह आभास नहीं था कि वे अपनी ही नाक कटवा रहे थे।

□

7

कलकत्ता से पलायन

कांग्रेस छोड़ने के चार दिन बाद ही सुभाषचंद्र बोस ने एक अलग राजनीतिक संगठन फॉरवर्ड ब्लॉक की स्थापना की घोषणा की थी। जैसे कि नाम से ही पता चलता है, यह कांग्रेस के अंदर ही प्रगतिशील विचारों वाले सदस्यों का एक भाग था। इस प्रकार से देखा जाए तो उस समय कांग्रेस एक तांत्रिक संगठन था और उसमें भिन्न-भिन्न विचारधाराओं वाले समूहों का सहर्ष स्वागत था। कांग्रेस एक भारतीय संयुक्त परिवार की तरह थी, जहाँ हर सदस्य की अपनी एक जगह होती थी पर किसी समस्या पर अंतिम निर्णय घर के मुखिया का ही होता था। इसी प्रकार, 'कांग्रेस सोशलिस्ट पार्टी' भी कांग्रेस के अंदर ही थी। धारणा यह थी कि कांग्रेस की विचारधारा को जितने विशाल इंद्रधनुषी क्षितिज पर फैला सकें, विस्तार कर सकें, उतना ही बेहतर होगा। (हालाँकि नेतृत्व एक छोटे से गुट तक ही सीमित था।) फॉरवर्ड ब्लॉक की घोषणा औपचारिक रूप से 3 मई, 1939 को कलकत्ता में की गई थी। बोस ने उस समय सदस्यों से एक शपथ लेने को कहा, "हम कभी ब्रिटिश शासकों के सामने नहीं झुकेंगे और दृढ़ संकल्प के साथ औपनिवेशिक शासकों का सामना करेंगे।" उन्होंने उस शपथ पर सदस्यों से खून से दस्तखत करने को कहा। अपनी नेतृत्व क्षमता पर बोस को विश्वास था कि वे फॉरवर्ड ब्लॉक के माध्यम से कांग्रेस में एक वैकल्पिक नेता के निर्माण में सहायक होंगे। इसके मद्देनजर उन्होंने फॉरवर्ड ब्लॉक की एक बैठक जून के अंत में (1939 में) कलकत्ता में की, जिसमें उन्होंने वामपंथी बलों (तत्त्वों) को एकत्र किया था। तत्पश्चात् उन्होंने पूरे भारत में यात्राएँ कीं, जनसभाएँ कीं, जिससे फॉरवर्ड ब्लॉक को लोकप्रिय बनाया जा सके।

उन्होंने इस अवधि में कई कॉन्फ्रेंस भी संयोजित की—एंटी-इंपीरियलिस्ट कॉन्फ्रेंस, नागपुर, अक्तूबर 1939; अखिल भारतीय विद्यार्थी सभा, दिल्ली जनवरी, 1940 तथा एंटी कॉम्प्रोमाइज कॉन्फ्रेंस, रामगढ़, मार्च 1940।

20-22 जून, 1940 के बीच उन्होंने फॉरवर्ड ब्लॉक का पहला अखिल भारतीय

सम्मेलन, नागपुर में आयोजित किया। सुभाषचंद्र बोस ने यह फैसला ले लिया था कि यह संगठन अब एक अलग राजनीतिक दल होगा। इसका सामाजिक झुकाव होगा।

ब्रिटिश सरकार के विरुद्ध अपना आंदोलन तेज करने के उद्देश्य से सुभाषचंद्र बोस ने 3 जुलाई, 1940 को हॉलवेल स्मारक तक मार्च (रैली) की घोषणा की थी। यह स्मारक अंग्रेजों द्वारा सन् 1756 की एक दु:खद घटना के लिए बनाया गया था। हुआ यूँ था कि सन् 1756 में ईस्ट इंडिया कंपनी के मुख्यालय फोर्ट विलियम्स, कलकत्ता को बंगाल के तत्कालीन नवाब सिराजुद्दौला ने उनके आदेशों की अवहेलना करने के लिए बरखास्त कर दिया था। सिराज ने अपनी फौजों को बंगाल की राजधानी मुर्शिदाबाद से मार्च करवाकर फोर्ट विलियम्स से ईस्ट इंडिया कंपनी के प्रतिनिधियों को कलकत्ता से बाहर खदेड़ दिया था। कहा यह जाता है कि उस रात को तमाम अंग्रेज बंदियों को एक छोटे से कमरे में रात भर बंद कर दिया गया था। एक कैदी जॉन जेफानिया हॉलवेल के अनुसार, उस रात दम घुटने के कारण 146 कैदियों में से 123 की मौत हो गई थी। परंतु लोगों का मानना है कि इस घटना को बहुत बढ़ा-चढ़ाकर पेश किया गया था। हॉलवेल के दावे से और अपनी हार का बदला लेने के लिए साल भर बाद अंग्रेज सेना ने सिराज की सेना पर हमला बोल दिया था और उसे हराकर बंगाल पर अपना आधिपत्य कायम कर लिया था। यहीं से अंग्रेजों की भारत विजय यात्रा की शुरुआत हुई थी। बोस ने घोषणा की कि हॉलवेल स्मारकसाम्राज्यवाद का प्रतीक था और उसे ढहा देना चाहिए।

सुभाषचंद्र बोस के इस आह्वान से ब्रिटिश सरकार के कान खड़े हो गए थे। वे चौकन्ने हो गए। वे बोस के प्रति पहले से ही बहुत सावधान रहते थे। अंग्रेजों को पता था कि बोस गांधी की तरह नहीं थे—गांधी और उनके गुट अवसर के अनुसार ब्रिटिश सरकार की बात मान लेते थे। परंतु बोस तो दूसरी ही मिट्टी के बने थे। उन्होंने आई.सी.एस. जैसी उच्चतम सेवा से इस्तीफा दे दिया था और अब काँटों भरे स्वतंत्रता-संग्राम का रास्ता अपनाया था। यह अपने आप में बहुत बड़ा त्याग था कि कोई शख्स अपनी ऐशो-आराम की जिंदगी छोड़कर अंग्रेजों द्वारा लात-घूँसे खाने, प्रताड़ित किए जाने और जेल जाने की राह जान-बूझकर पकड़े। इसके लिए अदम्य साहस और दृढ़ इच्छा-शक्ति की सख्त जरूरत थी। अतएव जब सुभाषचंद्र बोस ने कांग्रेस को छोड़ा था तो अंग्रेजी हुकूमत ने बहुत खुशियाँ मनाई थीं। उनका मानना था कि वे अब लँगड़ाते हुए चलेंगे। उनकी एक टाँग टूट जो गई थी या गांधी गुट द्वारा तोड़ दी गई थी पर बोस तो जैसे दम लेने के लिए भी रुकना नहीं चाहते थे। उनमें वही दम-खम था। उनका मनोबल पूर्व की ही भाँति था। वे और जोशो-खरोश से फॉरवर्ड ब्लॉक को आगे बढ़ाने में लगे हुए थे और इसके साथ ही वह फिर से राजनीतिक रूप से सक्रिय हो गए थे। अब वे अपना सारा ध्यान बंगाल पर केंद्रित कर रहे थे। शायद उनकी राजनीतिक शक्ति अभी सबसे

ज्यादा यहीं पर थी और वे साम्राज्यवादी ताकतों के लिए, ब्रिटिश सरकार के लिए पहले से भी ज्यादा सिरदर्द बनते जा रहे थे।

ब्रिटिश सरकार ने द्वितीय विश्व युद्ध के चलते, जो अब पूरी तरह सारे यूरोप और अन्य जगहों पर फैल चुका था, एक बहुत ही दकियानूसी डिफेंस ऑफ इंडिया एक्ट, 1939 को लागू करने का फैसला लिया। इसके तहत वाइसराय को खुली छूट थी कि वह ब्रिटिश भारत की कैसे रक्षा करे। सुभाषचंद्र बोस को इसी कानून के तहत बिना किसी आरोप के 2 जुलाई, 1940 को गिरफ्तार करके जेल में डाल दिया गया, जहाँ वे अनिश्चित काल तक रखे जा सकते थे; हालाँकि तब तक यह स्पष्ट नहीं था।

बोस इस बात को समझ गए थे कि उन्हें द्वितीय विश्व युद्ध की समाप्ति के पहले शायद ही रिहा किया जाए। वे इस भीषण युद्ध के दौरान उनको रिहा कर अपने लिए और समस्याएँ खड़ी नहीं करेंगे। फिर भी, वे जेल में बंद किए जाने से भारत की आजादी की लड़ाई के लिए पहले विदेशी सरकारों/शक्तियों का समर्थन और सहयोग चाहते थे, जिससे भारत को अंग्रेजी गुलामी से मुक्त कराया जा सके। चूँकि जापान उस वक्त एक उभरती हुई एशियाई ताकत थी, अत: उन्होंने पहले जापान से ही सहायता माँगना उचित समझा था। एशिया की ही एक शक्तिशाली ताकत होने के कारण उन्हें विश्वास था कि वह भारत की मदद के लिए आगे जरूर आएगा। जापानी विदेशी मामलों के उपमंत्री सन् 1938 में कलकत्ता आए थे और उस वक्त बोस गोपनीय रूप से उनसे कलकत्ता में ही किसी तीसरे व्यक्ति के घर पर मिले थे। इससे बोस को यह पता चल गया था कि जापान उनकी कोशिशों में उनकी मदद कर सकता था। इस आशय से उन्होंने फॉरवर्ड ब्लॉक के जनरल सेक्रेटरी लाला शंकर लाल को एक वर्ष के लिए जापान रवाना कर दिया था कि वे जापानी विदेश मंत्री और अन्य उच्च पदाधिकारियों से मिलकर भारत की आजादी की लड़ाई के लिए समर्थन जुटा सकें। शंकर लाल टोक्यो जापान के विदेश मंत्री के अलावा रूसी, जर्मन एवं इटालियन राजदूतों से भी मिले थे।

जब तक शंकर लाल जापान से भारत वापस आते, सुभाषचंद्र बोस को जेल में बंद कर दिया गया था। चूँकि जेल में बोस से केवल उनके परिवार के सदस्य ही मिल सकते थे, अन्य लोगों का उनसे मिलना प्रतिबंधित था। अतएव शंकर लाल को बोस के भतीजे के द्वारा एक संदेश कूट भाषा में भेजना पड़ा था। भतीजे ने एक बिजली कर्मचारी के रूप में जेल में प्रवेश कर उन तक यह संदेश पहुँचाया था—'सारे मित्र सकुशल और प्रसन्न हैं। वे आपसे मिलने को आतुर हैं और आपकी प्रतीक्षा कर रहे हैं। कोई कारण नही है कि आप जहाँ पर हैं, वहीं पड़े रहें; जबकि बाहर बहुत कुछ करने को है।' बोस इस कूट-संदेश से समझ गए कि शंकर लाल की यात्राओं और मुलाकात का क्या निष्कर्ष होता था। चूँकि जेल तोड़कर निकल जाने का विकल्प सही नहीं था, उन्होंने

जेल से मुक्ति पाने का एक अच्छा उपाय ढूँढ़ा। क्यों न भूख-हड़ताल पर चला जाए? उनका स्वास्थ्य पहले ही बहुत अच्छा नहीं था और अब तो तबीयत और अधिक खराब हो जाएगी। तबीयत ज्यादा बिगड़ने के कारण हो सकता है, अंग्रेज उन्हें समय से पहले ही जेल से रिहा करने पर मजबूर हो जाएँ।

उन्होंने गोरी सरकार को एक पत्र लिखा, "सरकार ने मुझे कठोरतापूर्वक एवं बलात् जेल में डाल रखा है। यह मेरी इच्छा है कि मैं जिंदा रहूँ या मर जाऊँ। मैं इस आशय से अनिश्चितकालीन भूख-हड़ताल पर जा रहा हूँ। एक व्यक्ति के प्राण त्याग देने से यदि उसके देशवासियों का भला होता है तो फिर मेरा मर जाना ही बेहतर है। आज मुझे मृत्यु को वरण करना ही होगा, जिससे भारत जी सके, आजादी की साँस ले सके और अपनी पुराने गौरव एवं महिमा को पुनः प्राप्त कर सके।" 29 नवंबर, 1940 को ब्रिटिश अधिकारियों को यह पत्र लिखने के बाद बोस भूख-हड़ताल पर बैठ गए। वे प्रतिदिन केवल थोड़ा सा पानी, नमक डालकर, लेते थे। उनकी नाजुक सेहत दिन-प्रतिदिन गिरती ही चली गई थी। सरकार घबरा गई और सोचने लगी कि यदि बोस की मृत्यु हो गई तो फिर हिंदुस्तानियों को नियंत्रण में रख पाना उनके बस की बात नहीं थी।

हिंदुस्तानी, विशेषकर बंगालवासी तो आक्रोश के मारे पागल हो जाते और मस्त हाथी की तरह सारे सूबे को तहस-नहस कर डालते। अतः 2 दिसंबर, 1940 को बोस को उनके गिरते हुए स्वास्थ्य को देखते हुए उन्हें जेल से रिहा करने का फैसला लिया गया। अंग्रेजों ने उन्हें बलपूर्वक कुछ खिलाने का प्रयास करने का भी सोचा, पर बोस ने जेलर और संबंधित अधिकारियों से स्पष्ट शब्दों में मना कर दिया था कि उन्हें बलपूर्वक कुछ भी खिलाने का प्रयास न किया जाए। अंततोगत्वा 5 दिसंबर, 1940 को डॉक्टरों की राय पर बोस को जेल से रिहा कर दिया गया था, क्योंकि उनको अब जेल में ज्यादा दिन रखना खतरे (मृत्यु के भय) से खाली नहीं था। यह फैसला लिया गया कि उनको एल्गिन रोड के अपने पुश्तैनी घर में ही नजरबंद रखा जाए। उन लोगों ने यह भी निर्णय लिया कि जैसे ही बोस की तबीयत में सुधार होगा, उन्हें फिर से जेल में डाल दिया जाएगा। इस फैसले के साथ बोस को स्ट्रेचर पर लिटाकर और फिर रोगी वाहन से उनके घर पहुँचा दिया गया था।

परंतु उस महान् नेता और योद्धा के अंदर तो एक नई योजना का जन्म हो रहा था, जिसका अंग्रेजों को कुछ भी आभास नहीं था। हालाँकि उनको कुछ-कुछ यह भनक मिली थी कि वे जापानी अधिकारियों के संपर्क में थे। बोस की सोच थी, अब समय आ गया है कि उन्हें भारत की आजादी के लिए विदेशी ताकतों का सहारा लेना चाहिए। क्यों न सोवियत संघ चला जाए और राष्ट्रपति जोसेफ स्टालिन की सहायता ली जाए। सोवियत संघ देश के विकास के लिए एक समाजवादी (सोशलिस्ट पैटर्न) मॉडल का

प्रयोग कर रहा है, जो कि उनकी नजर से पूँजीवादी मॉडल (USA) से, कहीं बेतहर था। बोस को विश्वास था कि वे एक बार किसी प्रकार सोवियत संघ पहुँच जाएँ तो रूसी लोग अवश्य उनकी सहायता करेंगे। संभवतः वे अफगानिस्तान होकर सड़क मार्ग से रूस पहुँच सकते थे। उस वक्त उन्हें अपने विश्वासपात्र सहायक मियाँ अकबर शाह की याद आई, जो (NWFP) में फॉरवर्ड ब्लॉक के मुखिया थे। उनको तुरंत ही उनके गाँव, जो जिला नौशेरा में था, तार भेजा गया, जल्दी कलकत्ता पहुँचो—बोस।

बिना कोई देरी किए मियाँ अकबर पेशावर से फ्रंटियर मेल पकड़कर तीन दिन की लगातार यात्रा के बाद कलकत्ता पहुँच गए थे। रास्ते में उन्हें दिल्ली में गाड़ी बदलनी पड़ी थी। कलकत्ता में एक होटल में कमरा लेने के बाद मियाँ अकबर अपने नेता सुभाषचंद्र बोस से मिलने चले गए। बोस अंदर घर में बिस्तर पर ही लेटे बिना शेव किए काफी कमजोर हालत में दिखे। अकबर शाह से खैरियत वगैरह पूछने के बाद बोस सीधे मुद्दे पर आ गए। वे बोले, ''युद्ध (द्वितीय विश्व युद्ध) जारी है और मैं उन देशों की मदद लेना चाहता हूँ, जो ब्रिटिश साम्राज्यवाद के खिलाफ हैं। उनमें से सोवियत संघ की सरकार एक है। मुझे तुम्हारी मदद चाहिए।'' शाह, जो अपने नेता की शक्तियों में अखंड विश्वास करते थे और उनकी राजनीति पर पकड़ भी थी, ने उनके प्रस्ताव का समर्थन किया। उन्होंने उत्तर दिया, ''यह कोई कठिन काम नहीं है। आप पेशावर तक ट्रेन से जाइए और वहाँ से फिर छद्म वेश में अफगानिस्तान की जनजातियों वाले क्षेत्र में से निकल जाइए।''

कलकत्ता और फिर हिंदुस्तान से निकलने की योजना को शीघ्रता से अंतिम रूप दिया गया। सुभाषचंद्र बोस अपनी दाढ़ी बढ़ा लेंगे और 'जियाउद्दीन' नाम के एक मुसलिम का रूप धारण कर एक बीमा एजेंट के रूप में यात्रा करेंगे।

सुभाषचंद्र बोस का एक प्रिय भतीजा शिशिर बोस था। नेताजी ने उसे बुलाकर अपने विश्वास में लिया और सारे कार्यक्रम को अति गोपनीय रखने को कहकर उसे अपनी योजना बताई तथा उसे भी योजना में शामिल किया। अकबर शाह और शिशिर मिलकर धर्मतल्ला स्ट्रीट पर स्थित एक दुकान वाचेल मोल्ला में गए। उस दुकान में इस प्रकार के वस्त्र एवं परिधान मिलते थे। शाह ने नेताजी को यह समझाया कि जब वे जनजातियों वाले क्षेत्र से गुजरें तो अपना चेहरा और कान आदि भी पगड़ी आदि से ढँक लें, पर यह बाद की बात थी।

यहाँ तक कि जब बोस भारत से पलायन की योजना बना रहे थे, तब भी वे राजनीतिक रूप से सक्रिय रह रहे थे और महात्मा गांधी एवं जयप्रकाश नारायण आदि नेताओं के साथ महत्त्वपूर्ण मुद्दों पर लगातार पत्राचार कर रहे थे।

16 जनवरी, 1941 को बोस ने अपने परिवारवालों से कहा कि वे एकांत में ध्यान

लगाने जा रहे थे और इन दिनों उनको बिल्कुल भी बाधा न पहुँचाई जाए। उनके शयनकक्ष में एक पार्टीशन लगा दिया गया था तथा उसमें खाना देने के लिए एक छोटी सी जगह छोड़ दी गई थी। किसी ने भी किसी प्रकार का संदेह नहीं किया, क्योंकि लोगों को भलीभाँति मालूम था कि बोस में अध्यात्म की ओर झुकाव और रुचि थी। दरअसल, जब वे मात्र सोलह वर्ष के थे और कॉलेज में पढ़ते थे, तभी घर से लगभग गायब हो गए थे। वे मथुरा-वृंदावन, हरिद्वार और वाराणसी की तीर्थ-यात्रा पर चले गए थे। कहीं से उन्होंने एक पोस्ट कार्ड भेजकर घरवालों को सूचित कर दिया था कि परेशान न हों। मैं तीर्थ यात्रा पर जा रहा हूँ। उन्होंने इस घटना का अपनी आत्मकथा 'An Indian Pilgrim An Unfinished Autobiography' (भारत की तीर्थ-यात्रा : एक अधूरी आत्मकथा) में जिक्र किया है। उन्होंने यह भी लिखा है कि उन्हें एक आध्यात्मिक गुरु की खोज थी। उन्होंने श्री रामकृष्ण परमहंस तथा स्वामी विवेकानंद का भी इस पुस्तक में उल्लेख किया है और लिखा है कि उन महापुरुषों की सीख है, "बिना त्याग के सत्य की प्राप्ति नहीं हो सकती है।"

16 या 17 जनवरी, 1941 को मध्य रात्रि के बाद बोस अपने घर की सीढ़ियों से दबे पाँव नीचे उतर आए थे। वहाँ घर की कार पार्किंग में एक मोटरगाड़ी उनका इंतजार कर रही थी। वे उस समय पठानों की वेशभूषा, दाढ़ी-मूँछें, भूरे रंग का बंद गले का लंबा कोट, चौड़े पाँयचे का पाजामा और काली फेज (Feze) पहने हुए थे। उनके दो भतीजे—शिशिर और अरविंद उनके साथ थे। वे लोग उन्हें कार द्वारा कलकत्ता से 240 कि.मी. दूर बिहार के एक स्थान गोमोह रेलवे स्टेशन पर ले गए थे, जहाँ पर उन्होंने हावड़ा-कालका मेल पकड़ी। बोस हावड़ा स्टेशन से गाड़ी पकड़ने का खतरा उठाना नहीं चाहते थे, क्योंकि हो सकता था कि इस छद्म वेश के धारण करने पर खुफिया पुलिस उनको संदेह के आधार पर पकड़ लेती। गोमोह एक साधारण-सा रेलवे स्टेशन था, जहाँ बहुत कम लोगों का आवागमन था। वे घुप्प अँधेरे में रात में ट्रेन पर चढ़ना चाहते थे।

बोस घर से नीचे उतरकर आए और कार का दरवाजा खोलकर उसकी पिछली सीट पर बैठ गए। उनका बिस्तरबंद आगे की सीट पर रख दिया गया। शिशिर बोस ने बँगले का गेट खोला और कार घर्र-घर्र करती हुई बाहर सड़क पर निकल गई। कार आवाज करती हुई घर से बाहर निकले, यह भी एक सोची-समझी चाल थी। वे किसी को यह नहीं सोचने देना चाहते थे कि वे गुपचुप तरीके से निकल गए थे। सी.आई.डी. के कुछ जासूस, जिनकी वहाँ ड्यूटी लगाई गई थी, उन पर नजर रखने के लिए बाहर की चारपाई पर खर्राटे भरते हुए आराम फरमा रहे थे। वह मध्य जनवरी की एक ठंडी रात थी और सिपाही लोग कार की घरघराहट सुनकर अपनी नींद से अँगड़ाई लेते हुए उठे और कार को बाहर जाते हुए देखा तथा फिर से लंबी तानकर सो गए। उन्होंने सोचा

कि यह जर्मनी की निर्मित गाड़ी 'वांडरर' कार नं. बी.एल.ए. 7169 शरत बोस की थी, संभवत: उन्हीं के घर, जो नजदीक ही वुडबर्न पार्क में था, को वापस जा रही थी।

वह कार उत्तरी कलकत्ता से बाहर निकलकर बैरकपुर ट्रंक रोड पर और फिर ग्रांड ट्रंक रोड, जो अब भी पूर्वी भारत को उत्तरी भारत से जोड़ती है, पर दौड़ने लग गई। रात भर कार चलाते हुए वे बिहार के शहर धनबाद के पास बुरारी पहुँच गए थे। वहाँ पर उनका एक और भतीजा कोयले की खदान में मैनेजर था। गोपनीयता बरतते हुए बोस अकेले ही अपने भतीजे के घर पहुँचे और उन्होंने उससे बताया कि वह एक बीमा एजेंट थे और उनसे बातचीत करना चाहते थे! भतीजा उस वक्त अपने काम पर जा रहा था, अत: उसने उनसे दोपहर के भोजन तक इंतजार करने को कहा। अभी भी बीमा एजेंट के रूप में ही उन्होंने भतीजे से पूछा कि क्या वे वहाँ शाम तक रुक सकते थे, क्योंकि शाम को उन्हें गाड़ी पकड़नी थी। भतीजे ने सहमति जताते हुए हामी भर दी। संभवत: बोस के भतीजे को पता था कि वह किसकी मेहमाननवाजी कर रहा था। फिर भी, सारी बात को गोपनीय रखने के लिए और नौकरों आदि के सामने उनका भेद न खुले, इसलिए यह सारा नाटक किया जा रहा था। उनके कुछ नौकर और रिश्तेदार भी पुलिस को अंदर की हर खबर देते रहते थे। अतएव सावधानी बरतना आवश्यक था।

18 जनवरी, 1941 को आधी रात के बाद बोस ने गोमोह स्टेशन पर कालका-हावड़ा मेल पकड़ी। उनके भतीजों—शिशिर और अरविंद बोस ने उन्हें स्टेशन के बाहर ही छोड़ दिया था और उन्होंने सुभाषचंद्र बोस को धीरे-धीरे भीड़ में विलीन होते हुए देखा। यह आखिरी बार था, जब शिशिर और अरविंद ने अपने चाचाची को देखा था।

सुभाषचंद्र बोस, जो अब एक अफगानी पठान की भाँति दिख रहे थे, ने दिल्ली में गाड़ी बदली—उन्होंने फ्रंटियर मेल (जो बंबई से आती थी) पकड़ी और तीन दिन के सफर के बाद 21 जनवरी, 1941 को पेशावर पहुँच गए थे। अब वे ट्रैवलिंग बीमा एजेंट, जो सिविल लाइंस, जबलपुर, म.प्र. में रहते थे, के रूप में पूरी तरह ढल गए थे।

पेशावर में अकबर शाह ने उन्हें स्टेशन पर उतार लिया और उन्हें शहर के मध्यम बजट वाले एक होटल ताजमहल में ठहरा दिया था। जियाउद्दीन उर्फ सुभाषचंद्र बोस को उन लोगों ने काबुली गेट एरिया में एक किराए के मकान में ठहरवा दिया था। यहाँ पर उन्हें भगतराम तलवार से मिलवाया गया। आगे के सफर में वे उनके मार्गदर्शक रहने वाले थे और वही उन्हें अफगानिस्तान के आदिवासी क्षेत्रों से ले जाने वाले थे। आबिद शाह उन्हें कार में ड्राइव करके पेशावर के बाहर ले गए।

22 जनवरी, 1941 को आबिद शाह अपनी सन् 1932 मॉडल की शेवरले कार में भगतराम तलवार के साथ निकले और फिर बोस को भी साथ ले लिया था। सुभाषचंद्र बोस को अब गूँगे-बहरे की एक्टिंग करके काबुल और अफगान क्षेत्र से बाहर निकलना

था, क्योंकि उन्हें पश्तो या अफगानी भाषा नहीं आती थी। बोस अब एक पुरानी अफगानी पोशाक पहने हुए थे। बोस एवं तलवार पेशावर के बाहरी छोर पर बने गाँव पिशकाम मैना में उतर गए और आबिद शाह वहाँ से वापस चले गए थे। भगतराम तलवार ने अफगान यात्रा के दौरान अपना नाम 'रहमत खान' रख लिया था। वे उसी क्षेत्र के रहनेवाले थे और स्थानीय रीति-रिवाजों एवं कानून-कायदों को अच्छी तरह जानते थे। वे सुभाषचंद्र बोस, यानी जियाउद्दीन, के चाचा के रूप में थे। उनका चेहरा मोहरा पठानों की तरह और कद-काठी भी लंबी-चौड़ी, शरीर का रंग अफगानों की भाँति गोरा था। वे दोनों लोग गाँव की सराय में रात भर के लिए ठहर गए थे। उस सराय में 25 अन्य मुसाफिर भी ठहरे हुए थे।

अगली सुबह यानी 23 जनवरी, जो सुभाषचंद्र बोस की जन्मतिथि भी थी, को उन्होंने अपनी लंबी पैदल यात्रा, दुर्गम पहाड़ों, खैबर दर्रे से होते हुए शुरू की। बोस इतनी ऊँचाइयों पर कभी नहीं रहे थे, अतएव उनकी साँस फूलने लगी। कुछ-कुछ जगहों पर उन्हें खच्चर का भी सहारा लेना पड़ा था। वे लोग धीरे-धीरे आगे बढ़ते रहे; पर चूँकि, दृढ़ इच्छा-शक्ति के थे, अपने इरादे, गंतव्य (रूस) के लिए उन्होंने भारत और अफगानिस्तान के बीच का बफर जोन (Buffer Zone) जनजाति भूभाग भी पार कर लिया था। कुछ पहाड़ी या दर्रे अभी भी बर्फ से ढँके हुए थे, क्योंकि यह जनवरी अर्थात् अतिशय शीत का महीना था। अंततोगत्वा जो रास्ता किसी कार द्वारा घंटों में तय किया जा सकता था, वह उन लोगों ने पैदल चलकर लगभग दो माह में तय किया था।

बोस यह खतरा नहीं उठा सकते थे, क्योंकि सारी बाहरी चौकियों पर पुलिस तैनात थी। उन लोगों ने जब सुबह भारत-अफगानिस्तान की सीमा डूरंड लाइन, जो उसको विभाजित करती थी, को पार कर लिया, तब वे जलालाबाद की मुख्य सड़क पर आ गए थे। उन्होंने सड़क पर जाते हुए एक ट्रक को हाथ से इशारा करके रुकवाकर उससे लिफ्ट माँगी और आगे बढ़ चले। दोपहर के बाद वे लाहौर गेट के जरिए काबुल शहर में दाखिल हो गए। यह सन् 1941 की 31 जनवरी थी और काबुल उन दिनों बसे एक बड़े गाँव की तरह था। उस समय वहाँ पर कुछ ही पक्के सीमेंट के घर थे। रात में वे दोनों एक सराय में ठहर गए थे।

इस बीच में कलकत्ता में जब पता चला कि सुभाषचंद्र बोस वहाँ से किसी प्रकार से निकल भागने में सफल हो गए थे तो वहाँ तो हड़कंप मच गया। सारा शासन तंत्र हिल गया था कि इतनी कड़ी सुरक्षा के बीच से वे कैसे निकल गए। यह भी एक पूर्व नियोजित योजना के अंतर्गत था, जिससे अंग्रेजों को भ्रमित कर दिया जाए। बोस ने अपने एक भतीजे और भतीजी को विश्वास में लिया था। बोस के कमरे में जो खाना भेजा जाता था, वह उनका एक भतीजा खा जाता था; परंतु 26 जनवरी को उनकी भतीजी ने पाया

कि सुभाषचंद्र बोस किसी भी तरह से दिखाई नहीं दे रहे थे। यह खबर 'आनंद बाजार पत्रिका' एवं 'हिंदुस्तान स्टैंडर्ड' अखबार, जो उनके प्रति सहानुभूति रखते थे, में लीक होकर छप गई। जाने से पहले सुभाषचंद्र बोस कुछ पोस्ट-डेटेड (बाद में आनेवाली तारीख) पत्र लिखकर रख गए थे, जो कि बाद में लेटर बॉक्स में डाल दिए गए थे, यह जताने के लिए कि वे अभी भी कहीं आसपास ही घूम रहे थे।

अंग्रेजों को जब यह पता चला कि वह व्यक्ति, जिस पर उन्होंने नजबंदी का पहरा बिठा रखा था, घर से गायब हो गया है तो उनकी समझ में नहीं आया कि वे क्या करें। उनको इस बात का कोई अनुमान नहीं था कि सुभाषचंद्र बोस कहाँ जा सकते थे। उन्होंने यह अटकल लगाई कि संभवत: वे पेनांग (मलेशिया), सिंगापुर एवं हांगकांग होते हुए जापान के लिए जहाज द्वारा निकल गए होंगे। यह अनुमान, उनकी एक खुफिया एजेंसी की रिपोर्ट पर आधारित था, जिसके अनुसार वे जापानी अधिकारियों के संपर्क में रह रहे थे। अंग्रेजों की समझ में यह नहीं आ रहा था कि सुभाष या तो बिल्कुल दूसरी ओर चले गए थे या चले जाने की प्रक्रिया में सीमा पार कर रहे थे। उन्हें, बोस के पेशावर या उससे भी आगे अफगानिस्तान पहुँच जाने का अनुमान भी नहीं था।

हालाँकि उन दिनों का काबुल एक टूटे-फूटे मकानों-दुकानोंवाला कस्बा था, फिर भी उसके बाजारों में काफी भीड़-भाड़ और चहल-पहल रहती थी। पूर्वी और पश्चिमी यूरोप तथा रूस से तमाम व्यापारी वहाँ मसाले आदि खरीदने आते थे। वहाँ पर एक बहुत बड़ा राजनीतिक खेल खेला जा रहा था। उस शहर में इटली, जर्मनी तथा सोवियत संघ के प्रतिनिधि भी थे; परंतु इससे बोस का काम कोई आसान तो नहीं हुआ था। सोवियत रूस उनको शरण देने को अनिच्छुक था। यह उनके लिए स्वाभाविक भी था। उस देश पर जर्मनी द्वारा आक्रमण की उस समय प्रबल संभावना थी। इसके चलते सोवियत संघ को ब्रिटेन के मित्र देश की तरह व्यवहार करना था। ऐसी परिस्थितियों में वे लंदन के एक शत्रु को अपने यहाँ शरण कैसे दे सकते थे? उनका यह भय सच निकला, क्योंकि 22 जून, 1941 को जर्मनी ने सोवियत संघ पर हमला बोल दिया था। हालात के इस तरह बदलने से और सोवियत संघ, जो उनकी पहली पसंद था, में शरण न मिलने से, थोड़े हतोत्साहित तो अवश्य हुए थे, पर पूर्णतया निराश भी नहीं हुए थे। कुछ दिनों इंतजार करने के बाद और कोई सफलता नहीं मिलने पर बोस काबुल स्थित जर्मनी के दूतावास में एक राजनयिक से मिलने पहुँच गए तथा उनसे मदद की गुहार लगाई। जर्मनी ने उनके प्रस्ताव पर विचार करने के लिए कुछ समय माँगा और उनसे प्रतीक्षा करने को कहा, ताकि इस बीच वे अपने विदेश मंत्रालय से इस पर सलाह-मशविरा कर सकें। उन्होंने बोस को धैर्य रखने तथा सतर्क रहने के लिए कहा ताकि वे जल्दबाजी में अफगानी सुरक्षा बलों के हत्थे न चढ़ जाएँ।

काबुल स्थित इटालियन दूतावास ज्यादा मददगार साबित हुआ। जर्मन ने स्वयं ही उन्हें इटालियन दूतावास में भेजा था, जो उन्हें बर्लिन में रिसीव करने के लिए तैयार थे। इटालियन लीगेशन (Legation) के चीफ के साथ एक मीटिंग 22 फरवरी, 1941 के लिए तय हो गई थी। वह मीटिंग बहुत सफल रही थी। इटालियन दूतावास ने उन्हें एक पासपोर्ट ओरलैंडो मैजोट्टा (Orlando Mazotta) के नाम से जारी कर दिया था। बोस अब यूरोप जाने के लिए तैयार थे। उस वक्त यूरोप जाने के दो रास्ते थे—एक तो ईरान, इराक एवं तुर्की होते हुए और दूसरा, जो सोवियत रूस के अंदर से होकर जाता था। इटालियनों और जर्मनों ने सोवियत रूस के अधिकारियों से बोस को यूरोप जाने के लिए रूस के अंदर से जाने के लिए एक ट्रांजिट वीजा देने के लिए कहा था और उसके लिए पैरवी भी की थी। फिर भी, सोवियत संघ उन्हें ट्रांजिट वीजा देने में आनाकानी कर रहा था, जबकि मॉस्को में जर्मन राजदूत ने स्वयं व्यक्तिगत रूप से उनसे इस मामले में दखल दिया था तथा सोवियत अधिकारियों से उनके लिए अनुशंसा की थी।

इधर बोस के लिए उस सराय में रहना मुश्किल हो रहा था, क्योंकि अफगानी पुलिस के कुछ लोगों को उन पर शक होने लगा था। अफगानी पुलिस के एक सिपाही बंदे को दो बार घूस देने पर भी मजबूर होना पड़ा था। एक बार तो रुपए-पैसे देने से काम चल गया, पर दूसरी बार बोस को अपनी प्रिय कलाई घड़ी, जो उनके पिता ने उन्हें उपहार स्वरूप कभी दी थी, देकर उसको रफा-दफा करना पड़ा था। भगतराम तलवार ने सोचा कि बोस के लिए अब सराय में टिके रहना खतरे से खाली नहीं था। उन्होंने काबुल में अपने एक व्यापारी मित्र उत्तम चंद मल्होत्रा से संपर्क किया और अपनी समस्या उन्हें बताई तथा उनसे मदद की गुजारिश की। उन्होंने बोस को अपने घर में शरण दी। जो काबुल में (भारतीय बस्ती) इंडियन क्वार्टर्स में था। यह सोचा गया कि एक भारतीय के साथ रहने में वे ज्यादा महफूज रहेंगे।

जिस समय काबुल में नेताजी सुभाषचंद्र बोस अपनी आगे की यात्रा की औपचारिकता पूरी होने का इंतजार कर रहे थे, उन्होंने अपने देश भारत की राजनीतिक दशा पर एक पुस्तिका लिखनी शुरू कर दी।

सुभाषचंद्र बोस ने काबुल छोड़ते समय उस पांडुलिपि को भगतराम के हवाले कर दिया था और साथ ही यह निर्देश दिया था कि वे कलकत्ता वापस जाकर पांडुलिपि शरत चंद्र बोस के सुपुर्द कर दें। उस पोस्ट-डेटेड पांडुलिपि में बाद की तिथि के अलावा somewhere in Europe, लिखा था। अपने अफगान प्रवास के अंतिम दो दिन उन्होंने इटली के एक राजनयिक के साथ उनके घर में बिताए थे। फिर वे समरकंद होते हुए ट्रेन द्वारा मॉस्को पहुँचे। 2 अप्रैल, 1941 को बोस मॉस्को से विमान द्वारा बर्लिन पहुँच गए थे। □

8

हिटलर के जर्मनी में

बर्लिन पहुँचने के एक दिन बाद ही 3 अप्रैल, 1941 को सुभाषचंद्र बोस, विलहेल्मस्ट्रास स्थित जर्मन विदेश मंत्रालय पहुँच गए। वहाँ उन्हें अर्नेस्ट वोरमैन, अंडर सेक्रेटरी ऑफ स्टेट (स्टेट मिनिस्टर) ने रिसीव किया। बोस बिना इधर-उधर की भूमिका बाँधे सीधे अपने मुद्दे पर आ गए थे। उन्होंने बताया कि वे भारत को ब्रिटेन की गुलामी से मुक्त कराना चाहते थे और इस काम में वे जर्मनी से मदद माँगने आए थे। उन्होंने अपने दुभाषिए के जरिए बताया कि वे भारत की एक अंतरिम सरकार स्थापित करना चाहते थे और उन्हें इसमें जर्मन मदद और मान्यता चाहिए। बोस ने अपनी योजना को बहुत विस्तार से समझाया, जिससे वोरमैन आश्चर्यचकित रह गए कि बोस कितनी सूक्ष्मता से अपनी योजना बनाकर आए थे; पर वे एकदम से कोई प्रतिक्रिया या आश्वासन नहीं दे पाए। उन्हें बखूबी पता था कि बोस जो चाहते थे, वह फ्यूरर के विचारों से बिल्कुल विपरीत था।

भारत के प्रति एडॉल्फ हिटलर के विचार कुछ अच्छे नहीं थे। वह भारतीयों को एक तुच्छ गौण जाति समझता था। वह भारत के स्वतंत्रता-संग्राम को एक 'विद्रोह' समझता था तथा अंग्रेजों की नस्ल को भारतीय नस्ल की तुलना में बहुत ही बेहतर समझता था, जो दुनिया पर राज्य करने के लिए बनी थी। अपनी आत्मकथा 'मेन कॉम्फ' में उसने लिखा है—''इस तथ्य के मद्देनजर कि मेरे अंदर जर्मन खून बह रहा है, मेरे विचार से मैं भारत को ब्रिटिश शासन में देखना चाहूँगा, बजाय किसी अन्य देश के।''

हिटलर के लिए एक स्तर पर द्वितीय विश्व युद्ध उपनिवेशों के लिए एक लड़ाई थी। प्रथम विश्व युद्ध में जर्मनी पराजय के बाद अपनी प्रतिष्ठा और उपनिवेश—दोनों ही खो बैठा था।

उसके ऊपर जो प्रतिबंध लगा दिए गए थे, उससे जर्मनवासियों की प्रतिष्ठा को बहुत धक्का पहुँचा था, जो अपने को बहुत महान् प्रजाति का समझते थे। जर्मन प्रतिष्ठा

को पुनः प्राप्त करने के लिए हिटलर का जर्मनी में उद्‌भव हुआ। हिटलर स्वयं एक साम्राज्यवादी था और ब्रिटेन से उसकी लड़ाई उपनिवेशों के पुनः वितरण को लेकर थी। हिटलर इस बात से काफी संतुष्ट था कि भारत ब्रिटेन की गुलामी में रहे; पर वह यह चाहता था कि पूर्वी यूरोप और रूस के लिए उसे खुली छूट मिल जाए। ''हमारे लिए जमीन और उनके 'ब्रिटेन के लिए' समुद्र।'' हिटलर का मूल मंत्र था। फ्यूरर की यह तीव्र इच्छा थी कि रूस को वह अपना बना ले, जैसे कि भारत ब्रिटेन का था।

अपने स्वास्थ्य-लाभ के लिए बोस ने यूरोप में लंबा समय व्यतीत किया था। उनको इस बात का अंदाजा था कि हिटलर क्या चाहता था। दरअसल, फरवरी 1933 में बर्लिन में उन्हें हिटलर की आत्मकथा 'मेन काम्फ' पढ़ने का अवसर मिला था। वे हिटलर से मुलाकात करके भारत के प्रति उसके विचार को बदलवाना चाहते थे, पर उन्हें इस कार्य में सफलता नहीं मिली। वे केवल बर्लिन के मेयर से ही मिल सके थे। सन् 1936 में जब हिटलर ने White Supremacy—अंग्रेजों के रंग की बड़ाई पर कसीदे काढ़े तो बोस को बहुत गुस्सा आया था और उन्होंने जेनेवा में एक प्रेस कॉन्फ्रेंस बुलाकर हिटलर की कड़ी आलोचना की थी। उन्होंने जर्मनी के खिलाफ ट्रेड-बायकॉट की हिमायत की थी।

फिर भी, बोस भारत को अंग्रेजों की गुलामी से मुक्ति दिलाने के लिए कटिबद्ध थे और वे किसी भी देश से मदद माँगने में गुरेज नहीं करते थे और अपनी इस योजना के तहत वे जर्मनी से सहायता माँग रहे थे। वे भारत को अंग्रेजों की पराधीनता से मुक्त कराने के लिए दृढ़-प्रतिज्ञ थे और इसलिए वे सबसे मदद पाने की कोशिश में लगे हुए थे। वास्तव में यही उनके जीवन का मार्गदर्शक सिद्धांत था। युद्ध में जर्मनी की शुरुआती सफलता से उनको प्रोत्साहन मिला था और वे उससे सहायता माँगने को आगे बढ़े थे।

वोरमैन ने बोस की प्रार्थना को एकदम से नहीं ठुकरा दिया था, न ही उन्होंने बोस को हिटलर की विश्व दृष्टि से अवगत कराया था, खासकर रूस के बारे में। इसके बजाय उन्होंने बोस को बताया कि वे बोस को भारतीय नेता की योजना के बारे में विस्तृत जानकारी देंगे। बोस ने भी उनसे कहा कि वे एक विस्तृत योजना के साथ लिखित रूप में उनके समक्ष पेश करेंगे। कुछ दिनों बाद 9 अप्रैल, 1941 को बोस ने एक विस्तृत प्रस्ताव उनके सामने रखा, जिसके अनुसार उन्होंने सुझाव दिया था कि एक्सिस पॉवर्स, फ्री इंडिया गवर्नमेंट-इन-इग्जाइल के साथ समझौता करेगा, जो इस बात का वादा करेगा कि द्वितीय विश्व युद्ध की समाप्ति के बाद जर्मनी भारत की स्वतंत्रता की गारंटी देगा। उन्होंने यह भी प्रस्ताव रखा कि 50,000 भारतीय सिपाहियों की एक फौज तैयार की जाए, जिसके लिए एक्सिस पॉवर्स युद्धबंदियों को, जो उनकी कैद में हैं, रिहा कर दे। उत्तरी अफ्रीका में बहुत सारे ब्रिटिश भारतीय सेना के लोग कैद हैं। उसमें एक यह भी प्रावधान था कि भारत को मुक्त कराने के बाद जर्मनी को शासन की बागडोर बोस के

नेतृत्ववाली भारत की अंतरिम सरकार को सौंप देगी।

बोस ने जो विश्वास और दृढ़ संकल्प दिखाया था, उससे जर्मन अधिकारी काफी प्रभावित हुए थे और इस कारण उन्होंने बोस को बर्लिन में प्रवेश की इजाजत दे दी थी; पर वे उनके प्रस्तावों से सहमत नहीं थे। भारत की स्वतंत्रता को युद्ध से जोड़ने से यह संदेश जाएगा कि यह युद्ध भारत की स्वतंत्रता के लिए लड़ा जा रहा था। जर्मनी की यह अनिच्छा कि उसे ये शर्तें मंजूर नहीं थीं, बोस को नहीं प्रेषित की गई। वोरमैन ने उनसे समय माँगा और उनसे बताया कि जर्मनी उनकी आवश्यकताओं को पूरा करने के लिए उनके साथ जरूरत से ज्यादा सहयोग कर रहा था।

अपने स्वभावानुसार बोस इन नई बाधाओं से हतोत्साहित नहीं हुए थे। उन्होंने इस बीच भारत की स्वतंत्रता के घोषणा-पत्र का मसौदा तैयार किया और उसे लेकर एक महीने बाद 13 मई को जर्मन विदेश मंत्रालय में उपस्थित हो गए थे। उस घोषणा में प्रावधान था कि भारत के नागरिक स्वतंत्र भारत का संविधान स्वयं तैयार करेंगे और जर्मनी इस अधिकार को स्वीकार करेगा तथा भारत की आजाद हिंद सरकार को भी तथा आवश्यकता पड़ने पर उसको संपूर्ण स्वतंत्रता दिलाने में हर संभव कोशिश करेगा। हालाँकि इन प्रस्तावों में ऐसा कुछ भी नहीं था कि जर्मनी उसे अस्वीकार कर दे। बोस को उम्मीद थी कि संभवत: ब्रिटेन अपने विरोधी की शक्ति को देखना पसंद करेगा।

जर्मन अधिकारीगण अब बोस को संदेह की दृष्टि से देखने लग गए थे। वे सोचते थे कि बोस की माँगें बढ़ती जा रही थीं। शुरू में वे उन्हें एक शरणार्थी के रूप में देख रहे, जिन्हें वह अपने फायदे के लिए इस्तेमाल कर सकते थे; पर यह व्यक्ति तो कुछ अलग किस्म का था। 24 मई को जर्मन विदेश मंत्रालय ने बोस से फिर संपर्क साधा। उन्होंने सुझाव दिया कि बर्लिन में एक स्वतंत्र भारत केंद्र स्थापित किया जा सकता था। इस उद्देश्य से 1 करोड़ रीक मार्क का एक ऋण दिया गया। इसमें 12,000 रीक मार्क बोस के निजी इस्तेमाल के लिए था। यह जानने के लिए कि बोस की क्या गतिविधियाँ थीं, उनके ऊपर नजर रखी जाने लगी तथा उनका फोन टेप किया जाने लगा। उनके डाक-पत्र भी बीच में खोलकर पढ़े जाने लगे थे। इससे पूर्व 5 मई को बोस इतालवी नेताओं से पुन: संबंध बनाने के लिए रोम, इटली गए थे। यह देश भी एक्सिस पावर्स के साथ था। बोस अपने यूरोपियन प्रवास के दिनों में सन् 1930 में इतालवी नेताओं से बराबर संपर्क बनाए हुए थे। वे इस बात से काफी आशान्वित थे कि इटालियन नेता उनकी मदद करेंगे, क्योंकि इटालियन नेताओं/राजदूत ने काबुल से बाहर निकलने में उनकी मदद की थी। रोम में बोस इटालियन विदेश मंत्री गैलीजो सियानो से मिले थे और उनसे भारत की स्वतंत्रता की घोषणा के मसौदे पर चर्चा की थी। सियानो, जो बेनिटो मुसोलिनी का दामाद था, बोस को ड्यूस से मिलाने ले गया था। इतालवी नेता सहायता करने को तैयार

था; परंतु तब तक इटली की शक्ति काफी क्षीण हो गई थी और उस समय उसके लिए जर्मनी की सहमति के बिना कोई बड़ा कदम उठाना संभव नहीं था। अतएव, मुसोलिनी ने बड़ी विनम्रता के साथ जर्मनी से सहायता माँगने को कहा।

22 जून, 1941 को जर्मनी ने रूस पर हमला बोल दिया, जिससे बोस को यह समझ में आ गया कि जर्मनी से इस समय मदद लेने से कोई फायदा नहीं होगा और उनका यहाँ दाव उलटा पड़ सकता था। भारत में सोवियत संघ के विकास मॉडल को बहुत आदर से देखा जाता था और अनेक भारतीय बुद्धिजीवी भी उसकी प्रशंसा करते थे। इसका अंतर्निहित अर्थ यह हुआ कि जर्मनी से मदद लेने से भारतीयों की भावनाओं को ठेस पहुँच सकती थी। ऐसे हालात में जर्मनी से भारत की आजादी के लिए मदद लेना संदेह की दृष्टि से देखा जा सकता था। विशेषकर तब, जब महात्मा गांधी और जवाहरलाल नेहरू नाजी जर्मनी के खिलाफ थे (हिटलर के यातना शिविरों और गैस चैंबरों में 60 लाख से अधिक यहूदियों की हत्या करवा दी गई थी)।

रूस पर जर्मन आक्रमण के खिलाफ बोस ने बहुत फुरती से अगस्त 1941 में जर्मन विदेश मंत्री, जोशिम वॉन रिपॉनट्रप को एक पत्र लिखकर कड़ी भर्त्सना की थी। बोस को आशंका थी कि जर्मनी का यह कृत्य (हमला) भारत की आजादी दिलाने में मददगार नहीं साबित होगा। बोस ने जर्मन विदेश मंत्री से मिलने का समय माँगा और दूसरी बार नवंबर, 1941 में वे विदेश मंत्री से मिले थे।

अप्रैल 1941 की मीटिंग में बोस ने प्रार्थना की थी कि जर्मनी रूस के बारे में यथास्थिति बनाए रखे, जब तक ब्रिटिश उत्तरी अफ्रीका से पूरी तरह निकल न जाएँ। इस मीटिंग के बाद बोस और रिबेनट्रॉप के बीच अच्छा तालमेल पैदा हो गया था, क्योंकि दोनों ही अंग्रेजों को नापसंद करते थे। रिबेनट्रॉप, जो लंदन में राजदूत रह चुके थे, ब्रिटिशों के बारे में कोई अच्छी राय नहीं रखते थे।

नवंबर की अपनी मीटिंग में बोस ने फिर से माँग दोहराई कि भारत की आजादी को वे (जर्मनी) मान्यता दें। उन्होंने यह भी कहा कि मेनकॉम्फ कांपू में भारतीयों के बारे में जो आपत्तिजनक टिप्पणी की गई है, उसे हटा दें। किंतु इस मीटिंग का कोई खास ठोस नतीजा नहीं निकला। हालाँकि जर्मन विदेश मंत्री ने बोस की माँगों पर विचार करने का आश्वासन दिया। यह साफ है कि रिबेनट्रॉप ने बोस को बताया कि जर्मन नीति का यह एक निर्देशक सिद्धांत था कि कोई ऐसा वायदा न करें, जिसे बाद में पूरा न किया जा सके। दूसरे शब्दों में, जर्मनी आजाद भारत के लिए अपनी तरफ से कोई आक्रमण या पहल नहीं करेगा।

बोस ने हिटलर के साथ भी एक मीटिंग के लिए अनुरोध किया था; परंतु कई महीने बाद का समय दिया गया था। रीख चांसलरी में 29 मई, 1942 को हिटलर के

साथ बोस की मीटिंग हुई। पर वह मीटिंग बेनतीजा रही। मीटिंग में रिबेनट्रॉप के अलावा अन्य जर्मनी मंत्री भी मौजूद थे। हिटलर उस समय अपने शक्ति के शिखर पर था। उसने मीटिंग शुरू होते ही विश्व राजनीति पर एक लंबा-चौड़ा भाषण देना शुरू कर दिया था, जिसे बोस को शिष्टाचारवश धैर्यपूर्वक सुनना पड़ा।

हिटलर भारत के प्रति बहुत अनुदार था। उसने कहा कि यदि जर्मनी ने भारत के ऊपर कब्जा कर लिया तो उसे समस्त भारत में अपना प्रभाव एवं प्रभुत्व कायम करने में केवल एक वर्ष लगेगा। यदि भारत को भारत का शासन करने का अधिकार मिल गया तो उसे 100 से 200 वर्ष लग जाएँगे अपना घर दुरुस्त करने में। भारतीय राजनीति के बारे में हिटलर को बता दिया गया था। उसने कहा कि नेहरू की एंटी-फासिस्ट, एंटी-नाजिस्ट नीति शीघ्र ही शून्य हो जाएगी तथा गांधी के अहिंसक व शांतिपूर्ण आंदोलन से कुछ हल नहीं निकलने वाला था। हिटलर ने अपनी साम्राज्यवादी विस्तार की नीति को छिपाया नहीं और उसने बोस को नाजी सेना के साथ भारत की बहुत लंबे समय के लिए काम करने को आमंत्रित किया।

मीटिंग के अंत में बोस स्वयं विचलित अनुभव कर रहे थे और अपने दुभाषिए एडम वॉन ट्रॉट के जरिए बताया कि वे हिटलर से कहें, "मैं राजनीति में सारी जिंदगी से हूँ और मुझे किसी की राय की जरूरत नहीं है।" बोस ने हिटलर से अपनी आत्मकथा 'मेन काम्फ' से भारत के बारे में जो आपत्तिजनक टिप्पणी की है, उसे भी हटाने के लिए कहा था। किंतु जर्मन नेता पर इन बातों का कोई असर नहीं हुआ। उसने केवल यह कहकर कि ये सब अतीत की बातें थीं, अपनी बात समाप्त कर दी थी।

जर्मनी के बारे में बोस को जो भी भ्रम था, वह अब टूट चुका था। दरअसल, वे जर्मनी में अनिश्चित काल से प्रतीक्षा कर अब बेचैन हो रहे थे। वे जर्मनी इस आशा में आए थे कि एक ब्रिटेन के विरुद्ध लड़ने में उन्हें वहाँ से मदद मिलेगी; पर उन्हें निराशा ही हाथ लगी थी। उन्हें प्रतीत हुआ कि बर्लिन में रहना अब व्यर्थ ही था। उन्हें यह भी समझ में आ गया था कि केवल एक कारण, जिससे हिटलर उनका समर्थन करता था कि भारत की आजादी को लेकर हालाँकि वह ब्रिटेन से एक समझौता कर सके कि ग्रेट ब्रिटेन द्वितीय विश्व युद्ध से यूरोप से अलग हो जाए और यूरोप में उसे एक बिल्कुल मुक्त हल मिल जाए।

बोस ने अब बर्लिन छोड़ने का निर्णय ले लिया था। हालाँकि हिटलर ने बोस से मिलकर अपनी उदारता का प्रदर्शन किया था। वह और उसके मंत्री भी बोस के साहस और नेतृत्व से बहुत ज्यादा प्रभावित हुए थे; परंतु हिटलर और उसके अनुयायियों के लिए यह बहुत बड़ी बात थी कि वे किसी ऐसे व्यक्ति से प्रभावित हों, जो उनके विचारों से मेल नहीं खाता हो।

हालाँकि बोस का बर्लिन मिशन एक प्रकार से फेल हो गया था, फिर भी उससे उन्हें कुछ लाभ भी हुआ था। जर्मनी में सन् 1941 में आने के बाद आजाद हिंद फौज की स्थापना की थी, जिसमें भारतीय युद्धबंदी और अन्य आप्रवासी भारतीय थे। 'जय हिंद' का नारा इसी की देन है। यही नारा भारतीय सेना में आज भी प्रचलित है। यह 'जय हिंदुस्तान की' का संक्षिप्त रूप है। यह अभिवादन नेताजी के सचिव आबिद हसन साफरानी द्वारा बनाया गया था। यह उनका युद्ध नाद था। बोस ने इसे छोटा करके 'जय हिंद' कर दिया था।

नेताजी के अनुमोदन से भारतीय सैन्य दल ने 'जन-गण-मन' को अपने राष्ट्रगान के रूप में अपनाया। 11 सितंबर, 1942 को पहली बार गाया था। यह इंडो-जर्मन सोसाइटी दिवस के रूप में मनाया गया था।

ब्रिटिश भारतीय सेना जाति व नस्लवाद के ऊपर आधारित थी, जैसे—जाट रेजीमेंट, सिख रेजीमेंट, मराठा रेजीमेंट आदि-आदि; परंतु बोस ने अपनी फौज को बिना जातीय भेदभाव के बनाया था। एक ही रेजीमेंट में सिख, ईसाई, जाट, मराठा, राजपूत, मुसलमान—सब लोगों को मिलाकर बनाया था, जिसमें से आपस में सब 'हिंदुस्तानी' हैं, इस भावना से काम करें और भारत की आजादी के लिए लड़ें।

भारतीय सैन्य दल का सबसे साहसिक कारनामा संभवत: ऑपरेशन बजादेरे (Operation Bajadere) था, जो सन् 1942 में किया गया था। इसमें लगभग 100 अच्छी तरह प्रशिक्षित सिपाही, जिन्हें जर्मन स्पेशल फोर्स—ब्रैंडेनबर्गर्स ने प्रशिक्षित किया था, वे बलूचिस्तान, जो पर्शिया के कब्जे में था, के कुछ हिस्सों में उतारे गए थे, जिससे कि वे शासन के खिलाफ विध्वंस मचा सकें और सरकार को अस्थिर कर सकें। किंतु इतिहास में यह दर्ज नहीं है कि यह ऑपरेशन सफल हो सका था या नहीं।

नेताजी सुभाष के बर्लिन प्रवास की कहानी अधूरी रह जाएगी, यदि उनके द्वारा स्थापित 'आजाद हिंद रेडियो' का जिक्र न किया जाए। बोस 10,000 स्वयंसेवकों की एक फौज खड़ी करना चाहते थे, जो जर्मन सेना के आगे-आगे, रूस, पर्शिया और अफगानिस्तान होते हुए ब्रिटिश-भारत पर हमला करेगी। बोस कई युद्धबंदी शिविरों में गए और उन्होंने ब्रिटिश भारतीय सेना के युद्धबंदियों के साथ वार्त्ता करके उन्हें भारतीय सैन्य में शामिल होने के लिए प्रेरित किया। कई जगहों पर उन्हें प्रोत्साहित करनेवाला उत्तर मिला, तो कई जगहों पर निराश ही होना पड़ा। सिपाहियों ने कहा कि उन्होंने ब्रिटिश सेना की सेवा करने की शपथ ली थी, अतएव वे जर्मनी के साथ नहीं जा सकते थे, विशेषकर इन खबरों के बाद कि नाजी सेनाएँ तरह-तरह के अत्याचार कर रही थीं। किंतु फिर भी, अंततोगत्वा 3,000 सिपाहियों की एक फौज खड़ी कर ली गई थी। नेताजी ने जर्मन लोगों को यह अच्छी तरह समझा दिया था कि यह फौज केवल हिंदुस्तान की आजादी के लिए

ही लड़ेगी। एक समय जब इस सेना को ग्रीस के मोर्चे पर लड़ने को भेजा जा रहा था, तब बोस ने कड़ा प्रतिवाद किया और जर्मनी को अपना फैसला निरस्त करना पड़ा था।

बोस ने पूरी गंभीरता से भारतीय सैन्य दल का गठन शुरू कर दिया था। उन दिनों बर्लिन में तीन अन्य सैन्य दल बहुत तेजी से बन रहे थे—कोसाक (Cossack) सैन्य दल, टर्किश सैन्य दल और जॉर्जियन सैन्य दल। यह सैन्य दल उन देशों के आप्रवासी निवासियों द्वारा बनाया गया था, जिनको सोवियत संघ निगल गया, हड़प कर गया था; पर इस सैन्य दल में उस ऊर्जा या संगठन का अभाव था, जो बोस के नेतृत्ववाले भारतीय सैन्य दल में था। इसका प्रतीक छलाँग लगाता टाइगर (बाघ) था, जो उसके इरादे को बिल्कुल सटीक दरशाता था। ये सैन्य दल के उत्साही सदस्य थे, जो बोस को आदरसूचक 'नेताजी' के नाम से संबोधित करने लगे थे, जो उनको अमर कर गया था। सिंगापुर के पतन के बाद नेताजी की बर्लिन छोड़ने की इच्छा और प्रबल हो गई थी और वे सुदूर एशिया जाने को तैयार हो गए थे। ऐसे समय में, जब जापानी सेना भारत पर दस्तक दे रही थी (नार्थ-ईस्ट में—बर्मा के रास्ते से), तब नेताजी उन लोगों से जुड़ने को बहुत इच्छुक थे। किंतु फिर भी बोस हिटलर से मिले बिना जर्मनी नहीं छोड़ना चाहते थे। यह मीटिंग मई, 1942 में ही संभव हो पाई थी। इस महत्त्वपूर्ण मीटिंग के बाद बोस ने जुलाई में रिबेनट्रॉप को लिखा कि वे अब तुरंत ही एशिया जाना चाहते थे। रिबेनट्रॉप को इसमें कोई आपत्ति नहीं थी; पर एक लंबी चर्चा इस बात को लेकर हुई कि युद्ध के दौरान कैसे बोस को यहाँ से सही-सलामत बाहर जाने दिया जाए। एक विकल्प यह था कि उन्हें किसी इटालियन विमान द्वारा, जो इटली से ही कहीं से उड़ान भरेगा, सुदूर देश में पहुँचा दिया जाए।

दरअसल, नवंबर 1942 में बोस विमान पकड़ने के लिए इटली तक गए। परंतु हिटलर के यह कहने पर कि बोस बहुत महत्त्वपूर्ण व्यक्ति थे और उनको इटालियन विमान ले जाना खतरे से खाली नहीं, क्योंकि मित्र राष्ट्र सेनाएँ उस प्लेन को कभी भी उड़ा सकती थीं। तब फिर उनको पनडुब्बी द्वारा ले जाने की योजना बनाई गई। शुरुआती योजना थी कि उनको फ्रांसीसी समुद्र तट तक ले जाया जाए। फ्रांस उस समय जर्मनी के कब्जे में था, जहाँ पर बोस एक जापानी पनडुब्बी में सवार होकर एशिया चले जाएँगे। जब सारी योजना को अंतिम रूप दिया जा रहा था, तब यह तय हुआ कि हिंद महासागर के एक तट पर मेडागास्कर ले जाया जाए, जहाँ जापानी सेना उनको अपनी सुरक्षा में ले लेगी। जर्मन नेताजी को अपनी पनडुब्बी में मेडागास्कर ले जाएँगे, जहाँ पर वे जापानी पनडुब्बी में आगे चले जाएँगे।

आजाद हिंद रेडियो की स्थापना 19 जनवरी, 1942 को सुभाषचंद्र बोस के द्वारा अपनी आजादी की लड़ाई के प्रचार हेतु की गई। पर बोस स्वयं साप्ताहिक प्रसारण

अपने फौजियों का मनोबल बढ़ाने हेतु करते थे। बुटेलिन भारतीय भाषाओं—हिंदी, उर्दू, बँगला, मराठी, तमिल, पंजाबी और पश्तो में विश्व-समाचार राष्ट्रीय परिदृश्य में प्रसारित करते थे तथा समय-समय पर वैश्विक घटनाओं पर अपने विचार प्रकट करते थे, जो ब्रिटिश परिदृश्य से अलग होता था। ब्रिटिश ब्रॉडकास्टिंग कॉर्पोरेशन को वे 'ब्लफ एवं ब्लस्टर कॉर्पोरेशन' कहते थे। उनका कहना था कि बी.बी.सी. ही भारतीय श्रोताओं के लिए अंतरराष्ट्रीय सूचनाओं एवं समाचारों के लिए एकमात्र स्रोत था और अचेतन या अवचेतन रूप से वह ब्रिटिश दुष्प्रचार से प्रभावित होता था।

28 फरवरी, 1942 को सिंगापुर (एक ब्रिटिश संरक्षित क्षेत्र) पर हमला करके जापान ने उसे अपने कब्जे में ले लिया। एक अति उत्साहित नेताजी ने आजाद हिंद रेडियो पर प्रसारण किया कि इसका मतलब था कि अब ब्रिटिश साम्राज्य का अंत नजदीक था और उनके असमानतावाले शासन का अंत भी अब अवश्यंभावी था। बोस ने घोषणा की कि भारतीय इतिहास में अब एक नए सूर्य का उदय होगा। भारत का उत्थान होगा और वह अब गुलामी की जंजीरों को तोड़ फेंकेगा, जिसने उसे सदियों से जकड़ रखा था।

नेताजी 20 जुलाई, 1942 को फिर से रेडियो पर आए, जब मिस्र (Egypt) को धुरी राष्ट्रों ने स्वतंत्र घोषित कर दिया था। मिस्र भी ब्रिटिश अधीन था और मिस्र व भारत, ब्रिटेन केदो फेफड़े थे तथा मिस्र के बिना वह केवल एक फेफड़े का रह गया था। यदि दूसरे फेफड़े (भारत) को भी निष्क्रिय कर दिया जाए तो ब्रिटिश साम्राज्य का अंत अवश्यंभावी था।

शुरुआत में जापानी इंपीरियल नेवी बोस को अपनी पनडुब्बी में ले जाने के लिए इच्छुक नहीं थी, क्योंकि उनके नियमों के अनुसार नागरिकों को उसमें ले जाने की अनुमति नहीं थी। पर जब उनको बताया गया कि बोस कोई मामूली व्यक्ति नहीं थे, वे आजाद हिंद फौज के कमांडर-इन-चीफ थे, तब फिर जापानी नौसेना ने उनको अपनी पनडुब्बी में जाने की अनुमति दे दी।

पनडुब्बी में सफर की तैयारी में नेताजी अपने सेक्रेटरी सफरानी के साथ ट्रेन में बर्लिन से कील (Kiel) गए। नेताजी की योजना अत्यंत गोपनीय रखी गई थी, यहाँ तक कि सफरानी को भी कुछ पता नहीं था कि वे लोग कहाँ जा रहे थे। नेताजी और सफरानी, दोनों ही बिल्कुल नई यू-180 पनडुब्बी में नीचे उतार दिए गए। 8 फरवरी, 1943 के दिन वहाँ कैप्टेन वर्नर मुझेमबर्ग ने उनका स्वागत किया था। जब नेताजी पनडुब्बी में नीचे जा रहे थे, तब उन्होंने अपनी पत्नी (संभवतः आखिरी बार) को बाय-बाय किया। बर्लिन में उन लोगों ने कुछ समय इकट्ठे व्यतीत किया था। वास्तव में उन दोनों की फिर कभी मुलाकात हुई ही नहीं थी। बोस अपनी पत्नी एमिली शेंकली से विएना में मिले थे, जब वे वहाँ पर स्वास्थ्य- लाभ कर रहे थे। उस वक्त वे अपने भारतीय संस्मरण भी

लिख रहे थे। एमिली, जो बोस से उम्र में 14 वर्ष छोटी थीं, उनसे डिक्टेशन लेती थीं एवं शॉर्ट-हैंड और टाइपिंग में बहुत दक्ष थीं।

कोई भी आदमी, जो कभी भी किसी पनडुब्बी में गया है, उसे पता होगा कि पनडुब्बी के अंदर कितना सँकरा स्थान होता है। उसमें अंदर इधर-उधर चलने की जगह नहीं होती है तथा प्राकृतिक रोशनी के अभाव में व्यक्ति की मन:स्थिति प्रभावित होती है। केवल एक प्रशिक्षित पनडुब्बी चालक ही वहाँ के हालात में स्थिर रह सकता था। परंतु नेताजी भारत की आजादी के लिए कोई भी कठिनाई झेल सकते थे। जब पनडुब्बी नार्वेजियन तट से नीचे समुद्र में उतरकर अटलांटिक सागर में जा रही थी, तब बोस अपनी नजरबंदी को अच्छे काम में लगा रहे थे। उन्होंने अपने सचिव सरफानी को भविष्य में अपने भाषणों का डिक्टेशन देने के काम में लगा दिया। इसमें उन्हें अपने विचारों को भी स्पष्ट करने में मदद मिली। ये नोट्स भविष्य में अपनी तैयारियों के लिए थे। बोस कभी भी पहले से लिखा हुआ भाषण नहीं बोलते थे। वे उसी समय धारा-प्रवाह बोलते थे। इसके अलावा, पनडुब्बी के अंदर का जीवन बहुत कठिन और कष्टदायी था—डीजल और अन्य पनडुब्बी चालकों के पसीने की मिली-जुली दुर्गंध, संतुलित आहार की कमी और ऐसा भोजन, जो भारतीय स्वादानुसार कतई नहीं था। एक बार मामला बहुत नजदीकी हो गया था, जब पनडुब्बी समुद्र की सतह पर साँस लेने के लिए आई। सतह पर आते ही वह एक ब्रिटिश टैंकर 'कोर्बीस' से टकराते-टकराते बची, जो उसी की तरफ आ रहा था। पनडुब्बी तेजी से हिली और पनडुब्बी में सवार सभी लोग घबरा गए। परंतु नेताजी को इस सबसे कोई फर्क नहीं पड़ा और वे डिक्टेशन देने में व्यस्त रहे, यहाँ तक कि उन्होंने सरफानी से अपनी नाराजगी जताई कि वे ठीक से नहीं लिख रहे थे। संदर्भ हेतु यहाँ यह बताना ठीक ही होगा कि जर्मन पनडुब्बी ने तारपीडो से ब्रिटिश टैंकर को डुबो दिया था। नेताजी पनडुब्बी के अंदर भी स्वयं को रेडियो न्यूज द्वारा द्वितीय विश्व युद्ध की प्रगति के बारे में तथा अंतरराष्ट्रीय पटल पर क्या चल रहा था, सबसे अपने आपको अप-टू-डेट रखते थे।

पश्चिम अफ्रीका के तट से तैरते हुए, अफ्रीका के टिप से गुजरते हुए वह पनडुब्बी हिंद महासागर में प्रवेश कर गई थी। 26 अप्रैल, 1943 को यू-बोट समुद्र में तैरने के ढाई महीने बाद जर्मन और जापानी पनडुब्बी ने एक-दूसरे को समुद्र में देखा। परंतु मौसम बहुत खराब था और समुद्र में तमाम हलचल थी। बोस और सफरानी को एक पनडुब्बी से दूसरे में ट्रांसफर करने में 24 घंटे से ज्यादा का समय लग गया था। एक रबर डिंगी में—एक रस्सी से बाँधी हुई डिंगी, जो बुरी तरह कभी दाएँ-बाएँ झुकती हुई—नेताजी भीगे-भीगे अपने सहायक सफरानी के साथ जापानी पनडुब्बी में किसी तरह सवार हो गए। वहाँ पर कैप्टेन मसाओ तेराओका तथा लेफ्टिनेंट कमांडर इजु जुइची ने उनका

स्वागत गिया। जापानी पनडुब्बी I-10 जर्मन पनडुब्बी से आकार में ज्यादा बड़ी थी। उसमें साँस लेना और चलना-फिरना कुछ बेहतर था। लगभग दस दिनों के बाद नेताजी अपने सेक्रेटरी के साथ सुमात्रा द्वीप-समूह के पास साबंग पर उतर गए।

यह एक बहुत अच्छी बात थी कि नेताजी ने दक्षिण-पूर्व एशिया में स्थानांतरित का फैसला उपयुक्त समय पर लिया था। जब नेताजी अपनी पनडुब्बी-यात्रा पर निकले थे, उसके कुछ समय बाद ही जर्मनी स्टेलिन ग्राड (रूस) का युद्ध हार गया था तथा 2 फरवरी, 1943 को जर्मन कमांडर ने सोवियत सेना के सामने समर्पण कर दिया था। यह एक बहुत निर्णायक युद्ध था, जिसने हवा का रुख जर्मनी के खिलाफ कर दिया था। सोवियत संघ की सेनाओं की विजय के बाद, हालाँकि उनके बहुत सिपाही शहीद हो गए थे, जर्मन सेनाओं के लिए अब भारत की ओर मार्च करना संभव नहीं था।

□

9

आई.एन.ए. और आजाद हिंद सरकार

सुभाषचंद्र बोस और आई.एन.ए. की गाथा एक अन्य 'बोस' के साथ शुरू होती है। रासबिहारी बोस, जो सुभाषचंद्र बोस के कोई संबंधी नहीं थे, एक महान् क्रांतिकारी थे और गदर पार्टी से जुड़े हुए थे। वह प्रसिद्धि में तब आए, जब गदर पार्टी के कुछ सदस्यों, जिनमें रासबिहारी बोस भी शामिल थे, ने लॉर्ड चार्ल्स हार्डिंग पर बम फेंका था। लॉर्ड हार्डिंग सन् 1910 के बीच भारत के वाइसराय थे। 23 दिसंबर, 1912 को जब भारत की राजधानी कलकत्ता से दिल्ली स्थानांतरित करने का जश्न मनाया जा रहा था, तब चाँदनी चौक से एक जुलूस निकल रहा था और लॉर्ड हार्डिंग हाथी पर सवार होकर गुजर रहे थे। उस वक्त गदर पार्टी के एक सदस्य ने उन पर एक बम फेंक दिया था, जिससे जनाब हार्डिंग को काफी चोटें आई थीं, पर वे बच गए थे। अब बहुत ही जोरों से उस शख्स की तलाश की जाने लगी, जिसने बम फेंका था। गदर पार्टी के कई लोगों को गिरफ्तार कर लिया गया था और उन्हें बाद में फाँसी पर लटका दिया गया था। पर रासबिहारी बोस किसी प्रकार से गिरफ्तारी से बच गए थे। वे बाद में छद्म नाम से एक जहाज पर सवार हो गए, जो जापान जा रहा था। वे जापान में कई वर्ष तक भूमिगत होकर रहते रहे, क्योंकि ब्रिटिश पुलिस को पता चल गया था कि वे जापान में थे। अंग्रेज सरकार ने जापान से उनके प्रत्यर्पण का भी प्रयास किया, पर वे अपनी कोशिशों में सफल नहीं हो सके थे। रासबिहारी बोस ने बाद में एक जापानी महिला से विवाह कर लिया तथा सन् 1923 में उन्होंने जापानी नागरिकता ग्रहण कर ली। वहाँ पर उन्होंने 'इंडियन करी' को उनकी किचन में प्रवेश कराया और कहा जाता है कि उन्होंने भारतीय करी का पेटेंट भी हासिल कर लिया था। कालांतर में वे जापानियों के उद्देश्य के लिए काम करने लगे तथा भारतीय मामलों के सलाहकार बन गए थे। जब जापानियों ने 11 जनवरी, 1942 को क्वालालंपुर और 15 फरवरी, 1942 को सिंगापुर पर कब्जा कर लिया, ताकि वे ब्रिटिश भारत पर हमला कर सकें,

तब उन्होंने रासबिहारी बोस से सलाह की कि कैसे इस काम को अंजाम दिया जाए।

रासबिहारी ने उनका इशारा समझ लिया और 28-30 मार्च, 1942 को टोक्यो में एक सम्मेलन का आयोजन किया, जिसमें भारतीय मामलों पर खुलकर चर्चा हुई। यह फैसला हुआ कि भारत की आजादी के लिए एक इंडियन इंडिपेंडेंस लीग (आई.आई.एल.) की स्थापना की जाए, जिससे कि भारत की आजादी के लिए प्रयासों को पूर्वी एशिया में एक संगठन का बल मिल सके। रासबिहारी बोस को इस लीग आई.आई.एल. का प्रमुख बना दिया गया था और यह फैसला लिया गया कि ब्रिटिश भारत के लिए सैनिक काररवाई करना ही उचित होगा। इसके लिए एक सैन्य बल का—भारतीय लोगों का—गठन किया जाए। सिंगापुर की विजय के बाद लगभग 12,000 भारतीय युद्धबंदी एक अन्य कैप्टन मोहन सिंह के नेतृत्व में सौंप दिए गए थे, जिससे कि आई.एन.ए. (भारतीय राष्ट्रीय सेना या आजाद हिंद फौज) का गठन किया जा सके। इसकी औपचारिक घोषणा उसी वर्ष अप्रैल में की गई। कैप्टन मोहन सिंह और जापानी सैन्य कमांडरों से वार्त्ता करने के लिए रासबिहारी बोस भी सिंगापुर आए कि किस प्रकार से ब्रिटिश भारत के खिलाफ सैन्य काररवाई की जाए।

बैंकॉक में जून 1942 के मध्य में हुए एक सम्मेलन में 'एक्शन प्लान' को अंतिम रूप दिया गया। इस मीटिंग में रासबिहारी बोस को लीग की काउंसिल ऑफ एक्शन सभा का अध्यक्ष नियुक्त किया गया; साथ ही मोहन सिंह की आई.एन.ए. को भी उनके ही अधीन ला दिया गया था। काउंसिल का मुख्यालय सिंगापुर में बनाया गया किंतु कुछ ही महीनों में रासबिहारी बोस और कैप्टन मोहन सिंह के बीच गंभीर मतभेद हो गए, जिस कारण से आई.एन.ए. उस वक्त बिखर-सी गई। नवंबर के 1942 में इसको भंग कर दिया गया। क्योंकि मोहन सिंह और उनके सहयोगी रासबिहारी बोस के लीडरशिप से नाखुश थे। एक प्रकार से उनमें विद्रोह हो गया था। सिपाहियों को ऐसा प्रतीत हो रहा था कि रासबिहारी बोस जापानियों के हितों पर ज्यादा ध्यान दे रहे थे। कैप्टन मोहन सिंह को जापानियों ने गिरफ्तार करके फिर से कैद में डाल दिया था। कुछ महीने बाद आई.एन.ए. को फिर से एक अन्य जगन्नाथराव कृष्णराव भोंसले के नेतृत्व में पुनर्जीवन प्रदान किया गया था। इस समय सिंगापुर के भारतीय महसूस कर रहे थे कि उन्हें सुभाषचंद्र बोस के नेतृत्व की नितांत आवश्यकता थी। उन्होंने जर्मनी में बोस के तमाम साहसिक कारनामों की गाथाएँ सुनी थीं। उनको लग रहा था कि यदि सुभाषचंद्र बोस उनकी कमान सँभाल लें तो उनको दिशा मिल जाएगी। जापानियों, जिन्हें रासबिहारी बोस पर बहुत भरोसा था, को भी लगा कि सुभाषचंद्र बोस बेहतर तरीके से भारत की आजादी के लिए संघर्ष कर सकते थे और आई.एन.ए. का नेतृत्व कर सकते थे।

मई 1943 में जब सुभाषचंद्र बोस पनडुब्बी द्वारा सुमात्रा के द्वीप पर पहुँचे थे तो

वहाँ उनका स्वागत कर्नल यामामोतो बिन ने किया था, जो कि हिकारी किकान ग्रुप—जो भारत से संपर्क के लिए बनाया गया था—के अध्यक्ष थे। उसके बाद शीघ्र ही नेताजी और यामामोतो, दोनों विमान द्वारा हवाई मार्ग से टोक्यो चले गए थे। रास्ते में वे लोग पेनांग, मनीला, सैगोन और ताईवान में रुके थे। दोनों लोग टोक्यो 16 मई को पहुँचे थे। नेताजी उस समय जापान में 'मातसुदा' छद्‌म नाम से रह रहे थे। अगले ही दिन से उन्होंने जापानी शासन के प्रमुख अधिकारियों से मीटिंग और बातचीत शुरू कर दी थी। उन्होंने सेना के चीफ ऑफ दि आर्मी स्टाफ, नेवी चीफ और नौ सेना के मंत्री तथा विदेश मंत्री से बातचीत की। जापानी प्रधानमंत्री के साथ बातचीत करने में थोड़ा समय लग गया था। इसके लिए उन्हें लगभग तीन हफ्ते का इंतजार करना पड़ा था।

जापानी प्रधानमंत्री हिदेकी तोजो उनसे 10 जून को मिले, पर सुभाषचंद्र बोस से पहली बार ही मिलने के बाद वे काफी प्रभावित हुए और 16 जून को उन्होंने डायट—जापानी संसद् में घोषणा की, "हम लोगों को बहुत दु:ख और क्षोभ है कि भारत अभी भी ब्रिटेन के निरंकुश व दमनकारी शासन में है और हमें उनकी आजादी की लड़ाई में पूरी सहानुभूति है। हम उनको उनके इस स्वतंत्रता संग्राम के लिए हरसंभव सहायता करने को तैयार हैं।"

दो दिन बाद टोक्यो रेडियो से यह घोषणा की गई कि भारतीय क्रांतिकारी नेता सुभाषचंद्र बोस जापान में हैं। उसी दिन 19 जून को उन्होंने एक प्रेस कॉन्फ्रेंस बुलाकर भारतीय मुक्ति संग्राम की एक विस्तृत योजना पेश की। उन्होंने कहा, "भारत में उस समय जो 'भारत छोड़ो आंदोलन' चल रहा था, उसको और ऊपर चढ़ाना चाहिए तथा सशस्त्र आंदोलन या क्रांति का भी अब समय आ गया था। केवल जब भारतीय जनता अग्नि के सामने शपथ लेगी, तभी वे स्वतंत्रता पाने के हकदार होंगे।" (Only when indian people have received baptisn by fire on a large scale would they be qualified to achieve freedom.) उन्होंने कहा था।

जापान में नेताजी के आगमन की खबर बिजली की तरह भारतीय समुदाय—सिंगापुर तथा अन्य दक्षिण-पूर्व एशिया—में फैल गई। लोग जोश से भर गए थे। जल्द ही नेताजी ने रेडियो पर उन लोगों को संबोधित किया। 27 जून, 1943 को नेताजी सुभाष रासबिहारी बोस के साथ सिंगापुर पहुँचे, जहाँ उनका बहुत ही गर्मजोशी से भारतीय समुदाय ने स्वागत किया था। अगले दो साल तक नेताजी का बेस सिंगापुर रहा था।

एक सप्ताह बाद ही 4 जुलाई, 1943 को एक जनसभा में रासबिहारी बोस ने इंडियन इंडिपेंडेंस लीग और आई.एन.ए. की बागडोर नेताजी को सौंप दी। बागडोर सौंपते समय रासबिहारी बोस ने कहा, "मैं आपके लिए मातृभूमि का एक बहुत महान् व्यक्तित्व लेकर आया हूँ। मैं अब पूर्वी-एशिया में इंडियन इंडिपेंडेंस लीग से अपना इस्तीफा दे

रहा हूँ। अब भारत की आजादी के लिए लड़ने में सुभाषचंद्र बोस आपके नेता होंगे।''

नेताजी ने घोषणा की कि अब वे एक अंतरिम सरकार की स्थापना करेंगे, जिसका काम होगा कि वे हिंदुस्तानियों को आजादी की सशस्त्र लड़ाई के लिए तैयार करें। यह उनकी पूर्व में की गई कोशिशों का परिणाम था। उन्होंने कहा, ''हमारे सामने एक बहुत गंभीर लड़ाई है। स्वतंत्रता के लिए इस अंतिम मार्च में तमाम खतरों का, भूख-प्यास का अकेले प्रस्तुत होकर और अंत में मृत्यु के लिए तैयार रहना होगा। आप जब इस कठिन परीक्षा को पास कर लेंगे, तभी आपको स्वतंत्रता मिलेगी।'' नेताजी के जोशीले भाषण ने दक्षिण-पूर्व एशिया के भारतीयों को जाग्रत् करके उनमें देश-प्रेम की भावना भर दी तथा उन्हें आजादी की लड़ाई के लिए चार्ज कर दिया। उनके आह्वान से सभी राष्ट्रवादियों का मनोबल कई गुना बढ़ गया था। स्वतंत्र भारत की अंतरिम सरकार का नाम 'अरजी हुकूमत आजाद ए हिंद' रखा गया था। इस सरकार की प्रशासनिक भाषा हिंदुस्तानी घोषित की गई। आजादी की लड़ाई को एक कानूनी जामा पहनाने के उद्देश्य से इसका एक सिविल कोड बनाया गया, डाक टिकट जारी किया गया तथा कुछ बाद में रंगून में इस आजाद हिंद सरकार का एक बैंक भी खोला गया।

5 जुलाई, 1943 को नेताजी ने आई.एन.ए. का एक नया नाम 'आजाद हिंद फौज' रखा तथा उसकी सेनाओं के मार्च पास्ट का निरीक्षण किया। उनके साथ जापान के तत्कालीन प्रधानमंत्री हिदेई तोजो भी खड़े थे, अपना समर्थन व साजो-सामान के साथ देने के लिए। आजाद हिंद फौज के सिपाहियों को संबोधित करते हुए नेताजी ने कहा, ''प्रत्येक देश, जिसने आजादी प्राप्त की है, उसकी एक लिबरेशन आर्मी (आजादी की फौज) थी, चाहे वह जॉर्ज वाशिंगटन का अमेरिका रहा हो या गुसेपी गैरीबाल्डी के नेतृत्व में इटली की फौजें।'' नेताजी ने आगे कहा, ''मेरे जाँबाज सिपाहियो—अब आपका युद्ध नाद होगा, 'दिल्ली चलो'।'' आजाद हिंद सरकार के लिए उन्होंने एक राष्ट्रगान भी चुना, जो रवींद्रनाथ टैगोर द्वारा लिखा हुआ 'जन गण मन' था। चूँकि मूल रूप से यह गान शुद्ध संस्कृत-युक्त बांग्ला था, इसलिए उसको उन्होंने हिंदुस्तानी भाषा में रूपांतरित किया। नेताजी सैन्य बलों को जोश दिलाने के लिए संगीत के महत्त्व को भली भाँति समझते थे, अतएव उन्होंने युद्ध-गीत 'शुभ सुख चैन' आर्मी के लिए बनाया था। उसको सैन्य धुन में संगीतबद्ध करवाया।

दूसरे महान् गीत 'वंदे मातरम्' को उन्होंने जान-बूझकर नहीं लिया, हालाँकि वह कई दशकों से भारतीय स्वतंत्रता संग्राम का राष्ट्रगीत था। 'वंदे मातरम्' बंकिमचंद्र चट्टोपाध्याय के उपन्यास (1882) 'आनंदमठ' से लिया गया था। चूँकि यह गीत मुसलिम के शासन के खिलाफ लड़ाई के लिए लिखा गया था, अतएव उन्हें लगा कि कहीं इससे वे मुसलमानों की भावनाओं को आहत न करें, जो इस आजादी की लड़ाई

के बराबर भागीदार थे। यह गीत सबसे पहले रवींद्रनाथ टैगोर ने भारतीय राष्ट्रीय कांग्रेस के अधिवेशन में सन् 1896 में गाया था।

अंतरिम सरकार का प्रमुख नियुक्त किए जाने के बाद बोस अपने मिशन को सफल बनाने के लिए जी-जान से जुट गए थे। जुलाई 1943 के अंत में वे पूर्वी एशिया और दक्षिण-पूर्व एशिया के विस्तृत दौरे पर निकल पड़े। जगह-जगह पर उन्होंने आप्रवासी भारतीयों के साथ सभाएँ कीं। नेताजी जहाँ भी गए, उनका बहुत गर्म-जोशी से स्वागत हुआ—रंगून से बैंकॉक, पेनांग, सैगॉन—सब जगह उनका स्वागत किया गया। आप्रवासी भारतीय समुदाय उतनी ही शिद्दत से ब्रिटिशों की गुलामी से मुक्ति चाहते थे, उनके शोषणकारी और दमनकारी शासन से छुटकारा चाहते थे, जितना कि देशी भारतीय। नेताजी के ओजस्वी भाषणों से और उनकी ईमानदारी एवं देशप्रेम की निष्ठा से प्रभावित होकर आप्रवासी भारतीय समुदाय ने सब जगह दिल खोलकर उनकी आजाद हिंद सरकार और आई.एन.ए. के लिए दान दिया। कोई ऐसा आदमी नहीं था, जिसने अपनी सामर्थ्य के अनुसार दान न दिया हो—उद्योगपति, व्यापारी और कामगार वर्ग—सबने यथाशक्ति दान दिया। एक अनुमान के अनुसार, सुभाषचंद्र बोस को लगभग 20 लाख डॉलर की धनराशि मिल गई थी। एक फौज को खड़ा करने के लिए और उसे बनाए रखने के लिए बोस को तमाम धन की आवश्यकता थी, जिसके लिए वे बार-बार जनता के पास जाते थे। इस मिशन में उन्हें अप्रत्याशित लोगों और असाधारण स्रोतों से मदद मिली। मिसाल के तौर पर, जब उन्हें रंगून में धन की जरूरत पड़ी तो उन्हें बड़ा आश्चर्य हुआ, जब एक गुजराती मुसलिम व्यापारी—अब्दुल हबीब यूसुफ मरफानी ने भारत की आजादी की खातिर अपनी सारी जमा-पूँजी लगभग 1 करोड़ रुपए उन्हें दान में दे दिए।

अपेक्षित धन उपलब्ध हो जाने पर बोस अपनी आजाद हिंद फौज को संगठित करने में जुट गए थे। उनका तात्कालिक लक्ष्य लगभग 50,000 सिपाहियों की एक फौज खड़ी करना था। इसमें से अधिकतर ब्रिटिश भारतीय युद्धबंदी थे और कुछ नागरिक स्वंयसेवक भी शामिल हो गए थे। एक क्रांतिकारी कदम उठाते हुए, जो दुनिया की किसी भी सेना में उस वक्त नहीं था, उन्होंने महिलाओं की एक ब्रिगेड भी स्थापित की। उसका नाम उन्होंने 'रानी झाँसी रेजीमेंट' (1857 के स्वातंत्र्य समर लड़नेवाली क्रांतिकारी नेता) रखा जिसका नेतृत्व उन्होंने, डॉ. लक्ष्मी स्वामीनाथन को सौंपा।

इस नवोदित सेना के लिए अस्त्र-शस्त्र, गोला-बारूद हासिल करना एक बहुत कठिनतम काम साबित हो रहा था। इसके लिए नेताजी को जापानी सहायता का सहारा लेना पड़ रहा था। हालाँकि जापानी नेताजी सुभाषचंद्र बोस की सहायता करना चाहते थे, किंतु वे स्वयं भी कई जगह लड़ाइयाँ लड़ रहे थे और उनके सैन्य संसाधन कम होते जा रहे थे। जापानियों ने बताया कि वे केवल 30,000 सिपाहियों के लिए शस्त्रादि का

इंतजाम कर सकते थे।

नेताजी इन सब बातों से हतोत्साहित नहीं हुए; परंतु इसके पहले कि उनकी फौज लड़ने जा सके, वे आजाद हिंद सरकार की अंतरिम शासन व्यवस्था को चालू करना चाहते थे। 21 अक्तूबर, 1943 को औपचारिक रूप से अंतरिम सरकार की स्थापना की घोषणा की गई। नेताजी उस सरकार के मुख्य कार्यकारी अधिकारी बने तथा आजाद हिंद फौज के भी सुप्रीम कमांडर। इस अंतरिम सरकार में पाँच मंत्री थे, जिसमें आनंद मोहन सहाय थे, जो 1923 में एक विद्यार्थी के रूप में सुदूर-पूर्व एशिया में आकर बस गए थे और इंडियन इंडिपेंडेंस लीग के एक सक्रिय कार्यकर्ता बन गए थे। सन् 1927 में अपनी भारत यात्रा के दौरान वे भारतीय राष्ट्रवादी नेता चित्तरंजन दास से मिले थे तथा उनकी भतीजी से विवाह भी कर लिया था। उसी दौरान वे नेताजी सुभाषचंद्र बोस से भी मिले थे, जो बर्मा की मांडले जेल से स्वास्थ्य कारणों से रिहा कर दिए गए थे। सहाय को बोस ने अंतरिम सरकार में विदेश मामलों का भार सौंपा था, क्योंकि वे इस क्षेत्र में पिछले कई सालों से रह रहे थे। हालाँकि औपचारिक तौर पर विदेशी मामलों का दायित्व बोस के पास स्वयं था। रियूटर्स न्यूज एजेंसी में कुआलालंपुर मलेशिया संवाददाता सुबियर अप्पादुरई अय्यर को प्रचार एवं प्रसार मंत्री नियुक्त किया गया। अंतरिम सरकार की सबसे पहली घोषणा थी—ग्रेट ब्रिटेन और अमेरिका के खिलाफ युद्ध की घोषणा। कुछ मंत्री नेताजी की अमेरिका के खिलाफ लड़ाई की घोषणा के पक्ष में नहीं थे, पर नेताजी इस पर अड़े रहे। कुछ ही दिनों बाद धुरी राष्ट्रों और अन्य कई देशों, जैसे—जापान, फिलीपींस, बर्मा, थाइलैंड, जर्मनी, क्रोशिया और इटली आदि ने उनकी अंतरिम सरकार को मान्यता प्रदान कर दी थी।

कुछ दिनों बाद नेताजी कॉन्फ्रेंस ऑफ ईस्ट एशियन कंट्रीज में हिस्सा लेने टोक्यो गए। हालाँकि भारत पूर्वी एशिया का हिस्सा नहीं था, किंतु नेताजी को एक पर्यवेक्षक के रूप में आमंत्रित किया गया था तथा उन्हें वहाँ भाषण देने की अनुमति भी दी गई थी। उन्होंने अपने जोरदार भाषण में कहा कि वक्त आ गया है, जब एक नए एशिया का, जो उपनिवेशवाद और साम्राज्यवाद से मुक्त हो, निर्माण करना है। यहाँ तक कि नेताजी ने जापानी प्रधानमंत्री तोजो से सम्मेलन के पूर्व ही प्रार्थना की थी कि अंडमान व निकोबार द्वीप समूहों, जिस पर उन्होंने सन् 1942 में कब्जा कर लिया था, को आजाद हिंद सरकार के प्रशासनिक नियंत्रण में दे दिया जाए। सम्मेलन में तोजो ने घोषणा की कि वे उक्त दोनों द्वीपों को आजाद हिंद फौज के प्रशासनिक नियंत्रण में सौंप देंगे। यह हस्तांतरण दिसंबर 1943 में हुआ। नेताजी ने इन दोनों द्वीपों का नाम 'स्वराज' और 'शहीद' रख दिया था और उन्होंने ले. कर्नल ए.डी. लोगनाथन को उसका चीफ कमिश्नर बनाया। ऐसा कहा जाता है कि आजाद हिंद सरकार का नाममात्र का ही उन पर नियंत्रण था। ऐसी भी खबरें

थीं कि जापानियों ने द्वीपों की नागरिक आबादी पर तरह-तरह के अत्याचार किए थे। नेताजी उस द्वीप-समूह पर केवल एक बार ही जा सके थे। उस वक्त जापानियों ने उन्हें अशांत क्षेत्रों से दूर रखा था और उन्हें इस बात का कोई भी अंदाजा नहीं लग सका था।

शीघ्र ही नेताजी को अपना सारा ध्यान भारत की मुख्य भूमि पर उसके उत्तर-पूर्व इलाके पर हमला करके अंग्रेजों को अचंभे में डाल देना था। इस आशय से उन्होंने आजाद हिंद सरकार का मुख्यालय स्थानांतरित शिफ्ट कर दिया था। बर्मा पर जापान ने पहले ही कब्जा कर लिया था। आजाद हिंद फौज की फर्स्ट डिवीजन को भी उन्होंने उसी माह (जनवरी 1944) रंगून में स्थानांतरित कर दिया था। रंगून में जापानी बर्मा क्षेत्र की सेना के चीफ ले. जनरल रेन्या मुतागुची भी इस हमले के लिए उत्तर-पूर्व में बहुत उत्साहित थे।

जापानियों और आई.एन.ए. के बीच यह समझौता हो गया था कि भारत पर हमले की शुरुआत मणिपुर में इंफाल पर हमला बोलकर हो। इसका मतलब यह हुआ कि अराकांस पर्वत-शृंखला को पैदल पार किया जाए, जो रास्ता चिट्टगोंग (अब बँगलादेश) से होकर जाता था; जबकि ब्रिटिश सेनाएँ अराकांस की पहाड़ियों को बचाने का प्रयास करेंगी, जिससे जापानी फौजें पूर्वी-बंगाल में दाखिल न हो सकें। जापानी सेना की एक अन्य डिवीजन आई.एन.ए. की फौजों के साथ घुसपैठ करके नागालैंड में कोहिमा तथा मणिपुर में इंफाल पहुँचने की कोशिश करेगी। यह सब काम सन् 1944 में मॉनसून (वर्षा) आने के पहले करना था। मॉनसून आने के बाद नदी-नाले एवं छोटी-छोटी सहायक नदियाँ—सब बाढ़ के पानी से लबालब भर जाएँगी तथा आवागमन (परिवहन) बहुत कठिन हो जाएगा। इसका मतलब यह है कि ब्रिटिश भारत की फौजों को शेष भारत से अतिरिक्त सैन्य बल तथा अस्त्र-शस्त्र, सैन्य सामग्री, रसद-पानी की आपूर्ति में तमाम बाधाएँ आएँगी। जब मॉनसून बीच में थोड़ा सा हलका पड़ेगा, तब जापानी सेनाएँ असम और बंगाल में प्रवेश करने का प्रयास करेंगी।

इस सारी सैन्य काररवाई का नाम 'ऑपरेशन यू-गो' रखा गया तथा इसे 7 जनवरी, 1944 को शुरू किया गया था, पर प्रभावी रूप से यह मार्च 1944 में ही ठीक से शुरू हो पाया था। सुभाषचंद्र बोस ने स्वयं ही अपनी पैदल सेना का युद्ध के लिए तैयारी का निरीक्षण किया था और अपने ओजस्वी भाषणों द्वारा उनमें देश-भक्ति की भावना जगाई तथा जोश दिलाया।

योजना के अनुसार, आई.एन.ए. की पहली टुकड़ी या सुभाष ब्रिगेड या फर्स्ट गुरिल्ला ब्रिगेड को अराकांस की पहाड़ियों पर भेजा गया। इसका काम जापानी इंपीरियल आर्मी की 33वीं डिवीजन को, जब वह आगे बढ़ रही हो, तब बाईं ओर से 'कवर' करना था। दूसरी गुरिल्ला रेजीमेंट का काम जापानी सेना की 15वीं डिवीजन के साथ 'अटैच' कर दिया गया था। स्पेशल सर्विसेज ग्रुप या बहादुर ग्रुप का काम जापानी सेनाओं के

आगे जाकर अकाउंटिंग करना या रास्ते ढूँढ़ना तथा उस जगह की रेकी करना था। उनका काम था—ब्रिटिश सेनाओं की फ्रंटलाइन में घुसपैठ कर उन्हें भारी मात्रा में नुकसान पहुँचाना तथा ब्रिटिश भारतीय सेना के (हिंदुस्तानी) सिपाहियों में देश-प्रेम की भावना जगाकर उन्हें आजाद हिंद फौज में शामिल करना।

जापानी सेनाओं और आई.एन.ए. के इस अचानक हमले या संयुक्त काररवाई ने ब्रिटिश सेनाओं को अचंभे में डाल दिया था 6 अप्रैल की सुबह नेताजी की फौज ने कोहिमा पर कब्जा कर लिया था। इसके पहले 22 मार्च, 1944 को आई.एन.ए. के बहादुर ग्रुप ने कर्नल शौकत मलिक के नेतृत्व ब्रिटिश सेना की सुरक्षा पंक्ति को भेदकर भारतीय जमीन पर मणिपुर के मोइरंग पर अपने पाँव रख लिये थे। नेताजी ने घोषणा की, "अब हम मणिपुर के प्राचीन किले मोइरंग पहुँच गए हैं। हम दिल्ली तक मार्च करने के लिए प्रतिबद्ध और कटिबद्ध हैं तथा हमारा अंतिम लक्ष्य दिल्ली के लाल किले पर आजाद भारत का तिरंगा झंडा फहराना है। भारत की पवित्र भूमि से शत्रुओं को खदेड़ देना हमारे लिए बहुत आवश्यक है और हम इसके लिए प्रतिबद्ध हैं। भारत की आजादी अब बहुत नजदीक है।" नेताजी आई.एन.ए. की सफलता पर बहुत ज्यादा उत्साहित और उल्लसित थे। उनके आह्वान पर जापानी प्रधानमंत्री तोजो ने घोषणा की कि नए अधिकृत क्षेत्रों पर आजाद हिंद सरकार का शासन होगा। नेताजी ने भी त्वरित घोषणा की कि उनके वित्त मंत्री ले. कर्नल ए.सी. चटर्जी को इन नए कब्जाए क्षेत्रों का गवर्नर नियुक्त किया जाता है।

परंतु हवा का रुख जल्द ही पलट गया। एक तो जापानियों के पास वायुसेना की बैकिंग सपोर्ट नहीं थी। इसके विपरीत, अंग्रेजों ने रॉयल एयर फोर्स का इस्तेमाल करके उन कठिन पहाड़ी इलाकों में शत्रु-सेना (INA+जापानी सेना) पर बमबारी करना शुरू कर दिया था, जिससे उनकी सुरक्षा पंक्ति तितर-बितर हो गई थी, क्योंकि आई.एन.ए. और जापानी सेनाओं को बहुत दुर्गम पहाड़ी रास्तों, खाई-खंदकों व जंगलों को पार कर आना था, अतएव वे अपना तोपखाना/टैंक आदि लेकर नहीं आए थे, वही तोपखाना, जो मुख्य एंटी-टैंक शस्त्र होता है। उनको ऐसा विश्वास था कि अंग्रेज भी इतने कठिन व दुर्गम पहाड़ी क्षेत्रों में अपने टैंक और तोपखाना लेकर नहीं पहुँच पाएँगे। परंतु उनकी यह धारणा गलत साबित हो गई थी, विशेषकर इंफाल में, जो घाटी में था। ब्रिटिश सेना को उनके एयर-ट्रांसपोर्ट, एयर क्राफ्ट से भी बहुत फायदा हुआ। उन्होंने पैराशूट द्वारा रसद सामग्री, अस्त्र-शस्त्र तथा सिपाहियों की आपूर्ति की थी। जापानियों के पास ऐसा कोई बैकअप प्लान नहीं था, न ही आवश्यक सैन्य एवं रसद सामग्री पहुँचाने की व्यवस्था थी। आई.एन.ए. और जापानी सैन्य बलों की सप्लाई लाइन बहुत विस्तृत क्षेत्र में बिखरी हुई थी। उनका भरोसा चंगेज खाँ—मंगोल आक्रमणकारी की सेनाओं की भोजन व्यवस्था

पर आधारित था। वह अपनी फौजों के साथ तमाम जानवरों को भी हाँककर ले आता था, जो जगह-जगह पर उनके भोजन का स्रोत होते थे। जापानी भी तमाम जानवर अपने साथ ऊपरी बर्मा से हाँककर चले थे; पर रास्ते में चारे के अभाव के कारण वे मर-खप गए थे और उनका इस्तेमाल सैन्य बलों के लिए नहीं हो सका था। जापानी फौज ब्रिटिश सेना के राशन पर भी भरोसा नहीं कर पाई थी—उनसे वे रसद-पानी नहीं छीन पाए थे। इससे जापानी फौजों एवं आई.एन.ए. के सिपाहियों को मुश्किलों और भूख-प्यास का सामना करना पड़ा था।

ब्रिटिशों द्वारा वायुसेना के इस्तेमाल से जापानी और आई.एन.ए. की ब्रिगेड्स का आगे बढ़ना थम-सा गया था। इससे अंग्रेजी फौजों को इंफाल में प्रवेश करने का समय मिल गया था। ब्रिटिशों ने बमबारी करके जापानी सप्लाई लाइन को बाधित कर रोक दिया था। इससे जापानियों और आई.एन.ए. को बहुत मुश्किलों का सामना करना पड़ा। बहुत जल्दी जापानियों और आई.एन.ए. के सेनानियों को 'आक्रामक' से 'रक्षात्मक' रुख अपनाना पड़ा। तीन महीने तक इंफाल और वहाँ से 150 कि.मी. दूर कोहिमा में कब्जा बनाए रखने के बाद जापानी और आई.एन.ए. की फौजों को पीछे हटने के लिए मजबूर होना पड़ा। वह जुलाई 1944 का पहला सप्ताह था।

जापानी एवं आई.एन.ए. फौजों का अपनी पोजीशन से पीछे हटना बहुत ही विनाशकारी साबित हुआ था। मॉनसूनी बरसात शुरू हो गई थी और तमाम रास्तों का पक्की सड़कों से संपर्क टूट गया था। सेनाओं को घने जंगलों के बीच से कीचड़-पानी एवं दलदल वाली जगहों से धीरे-धीरे वापस होना पड़ा।

दरअसल, कई जगह इतनी बारिश हुई थी कि उसमें उनके अस्त्र-शस्त्र और तमाम सैन्य के साजो-सामान बह गए थे। कहीं से भी खाना या रसद की आपूर्ति नहीं हो रही थी और जवान भूख-प्यास से बेहाल आगे बढ़ रहे थे। बीमारियाँ फैल गईं—दस्त, पेचिश, हैजा, मलेरिया, बेरी-बेरी और जंगल के घाव। कई सिपाही भूख-प्यास और बीमारी से मारे गए थे। उनमें से कई लोगों को पहाड़ों पर यूँ ही बिना कफन-दफन किए छोड़ देना पड़ा था। कितने जवान और अधिकारी वहाँ इस प्रकार से मर गए थे, इसका कोई ठीक-ठीक अनुमान तो नहीं है, पर फिर भी एक अनुमान के अनुसार कम-से-कम 40,000 भारतीय और जापानी सेनानी वहाँ जंगलों व पहाड़ों में बिना दवा-इलाज या भोजन-पानी के अभाव में शहीद हो गए थे।

नेताजी, जो उस वक्त रंगून (म्याँमार) में थे। ऐसी दुःख भरी व विनाशकारी वापसी की बात सुनकर अचंभित रह गए थे। संचार-संसाधनों की कमी के कारण उनके पास पूरे समाचार सही तरीके से (संपूर्ण) या सही समय पर नहीं पहुँच रहे थे। परंतु आशावादी नेताजी ने उस वक्त भी घोषणा की, "शहीदों की संख्या में बढ़ोतरी, रसद सामग्री व

हथियारों आदि की आपूर्ति न होना और असमय दुर्भिक्ष, ऐसे कारण नहीं थे कि हमें आगे बढ़ना, फॉरवर्ड-मार्च छोड़ना चाहिए। यह हमारी क्रांतिकारी सेना की सपोर्ट या आत्मा है।''

मणिपुर में जापानी सेनाओं और आई.एन.ए. की पराजय द्वितीय विश्व युद्ध के लिए एक निर्णायक मोड़ लेकर आई। अंग्रेज इतिहासकारों का मानना है कि मित्र राष्ट्रों की इंफाल और दीमापुर में विजय द्वितीय विश्व युद्ध में बहुत बड़ी उपलब्धियाँ (विजय) थीं। इसका तात्पर्य यह था कि जापानी सेनाएँ अब फिर से अपना मस्तक ऊँचा नहीं कर सकेंगी। विश्लेषकों का कहना है कि यदि आई.एन.ए. और जापानी सेनाएँ वह आक्रमण एक-दो साल पहले करतीं, तो वे द्वितीय विश्व युद्ध के पहले चरण में ही सफल हो सकती थीं। ब्रिटिश सेनाएँ उस समय 'बैक-फुट' पर थीं और उस वक्त यदि भारत के पूर्वी क्षेत्र पर हमला किया जाता तो वे ब्रिटिश सेनाओं को वहीं पर घेरकर हार का मजा चखा देतीं।

परंतु दुर्भाग्यवश नेताजी उस समय जर्मनी में थे और उस समय तब तक वे आई.एन.ए. नहीं बना सके थे। जहाँ तक जापानियों का सवाल था, उसी समय उन्होंने अंग्रेजों को हराकर सिंगापुर पर कब्जा किया था और यदि वे उस वक्त ब्रिटिश भारत पर हमला करते तो उन्हें 'Army of Occupotion' या कब्जा करनेवाली फौज के रूप में देखा जाता।

जिस समय तक नेताजी पनडुब्बी द्वारा दक्षिण-पूर्व एशिया में पहुँचे, तब तक शायद बहुत देर हो चुकी थी। अंतिम और जो सबसे मुख्य बिंदु है, वह यह कि ब्रिटिश सेना ने पंजाब रेजीमेंट और गोरखा ब्रिगेड को स्कॉटिश सिपाहियों के साथ मिलाकर (सब भारतीय थे) आई.एन.ए. को पराजित किया था, यानी हिंदुस्तानियों का इस्तेमाल भारतीय क्रांतिकारी आई.एन.ए. के खिलाफ किया था। कोई अंग्रेज सेना नहीं थी (केवल स्कॉटिश सेना को छोड़कर)।

यह उनकी एक बहुत पुरानी चाल थी। दरअसल, उन्होंने भारतीय साम्राज्य को ब्रिटिश हितों के लिए हिंदुस्तानी सिपाहियों की मदद से ही इतने समय तक बनाए रखा था, यहाँ तक कि सन् 1857 के स्वतंत्रता संग्राम में भी उन्होंने भारतीय सिपाहियों का प्रयोग भारतीयों के खिलाफ किया था। इंफाल में आई.एन.ए. और जापानियों को पराजय का सामना करना पड़ा है, इसका समाचार मलेशिया में प्रवासी भारतीयों के पास बहुत धीरे-धीरे करके ही पहुँच पाया था। इससे वहाँ पर रह रहे भारतीयों की आशाओं पर तुषारापात हो गया था। उन्हें यह पूरी आशा थी कि आई.एन.ए. को वहाँ अवश्य ही विजय प्राप्त होगी। उनका मनोबल काफी गिर गया था तथा इस आशंका और भय से कि कहीं ब्रिटिश उन पर बदले की कारवाई न करें, उन्होंने अपनी निष्ठा पुनः अंग्रेजों की ओर कर दी थी। इधर अंग्रेजों की रॉयल एयर फोर्स ने अपनी वायुशक्ति का प्रदर्शन

करने के लिए पेनांग, कुआलालंपुर और सिंगापुर पर हवाई हमले करने शुरू कर दिए थे।

नेताजी अभी भी इस तथ्य के प्रति विश्वस्त थे कि अंततोगत्वा धुरी राष्ट्रों की विजय होगी। यह सब नवंबर 1944 तक चलता रहा था। उनका विश्वास तब तक बना रहा, जब तक कि ब्रिटिश फौजें, जिसमें सिख और गोरखा रेजीमेंट शमिल थीं, रंगून के समीप नहीं पहुँच गईं। जापानियों की रीढ़ की हड्डी टूट गई थी। अतएव वे भी बर्मा से वापस चले जाना चाहते थे और अब अपनी सेनाओं का पुनर्गठन करके अपनी मातृभूमि की रक्षा करना चाहते थे।

जापानी वायुसेना और आर्टिलरी को विश्व युद्ध की वजह से काफी क्षति पहुँची थी तथा उनके सैन्यबल व अस्त्र-शस्त्र में काफी कमी आ गई थी। वास्तव में अंग्रेज भी पसोपेश में थे कि बर्मा पर पूर्ण कब्जा किया जाए या आंशिक तौर पर। पर अमेरिका का विचार था कि वह बर्मा के अंदर से चीन पहुँच जाए और उसने ब्रिटेन पर दबाव बढ़ाना शुरू कर दिया था। ब्रिटेन अमेरिका के दबाव में आ गया था।

सितंबर 1944 में नेताजी की समझ में यह आ गया कि अब असाधारण प्रयासों की जरूरत थी। उन्होंने सोचा कि अब समय आ गया है कि आत्मघाती दस्ते तैयार किए जाएँ। यह अवसर था भारतीय क्रांतिकारी जतिन दास की पुण्य तिथि का—जतिन दास की 63 दिनों की भूख हड़ताल के बाद लाहौर जेल में मृत्यु हो गई थी। नेताजी ने कहा, ''स्वतंत्रता की देवी अभी संतुष्ट नहीं हुई है। आपको उसे संतुष्ट करने का रहस्य बताऊँगा। उसको फौज के लिए केवल सिपाही या लड़ाकू सिपाहियों की जरूरत नहीं थी, बल्कि आज उसे ऐसे क्रांतिकारी स्त्री-पुरुष चाहिए, जो आत्मघाती समूह की आवश्यकता हैं। ऐसे क्रांतिकारियों की, जो दुश्मनों को अपने रक्त से सराबोर कर दें, चाहे उसके लिए उन्हें अपना ही रक्त बहाना पड़े। वह रक्त, जो उनके शरीर से बहेगा।''

परंतु सुभाषचंद्र बोस एक यथार्थवादी और व्यावहारिक व्यक्ति भी थे। आई.एन.ए. के शीर्ष अधिकारियों के साथ जनवरी, 1945 में एक मीटिंग में बर्मा के फ्रंट पर अमेरिका से, जो नई-नई युद्ध सामग्री आई थी, वह जापानी युद्ध सामग्री से कहीं बेहतर थी। इस विषय पर चर्चा हुई, साथ ही—यह बात भी उठी कि बहुत सारे सिपाही आई.एन.ए. छोड़कर जा रहे थे। इस पर नेताजी ने कहा, ''हमारी फौज एक स्वैच्छिक संगठन है। हमने इसे रुपए-पैसे या अन्य पुरस्कार के लिए नहीं ज्वॉइन किया है, परंतु मातृभूमि के लिए अपने प्राण न्योछावर करने के लिए यदि कोई भी शख्स गरीबी, कठिनाइयों और मृत्यु से डरता है तो फिर उसे मोर्चे पर उसकी इच्छा के विरुद्ध नहीं भेजा जाएगा।''

बोस रंगून में ही बने रहे, उनकी उस शहर को छोड़ने की इच्छा नहीं थी। उनका सोचना था कि वे एक बार फिर भारत की पूर्वी सीमाओं पर मणिपुर के रास्ते से हमला बोल सकते थे, परंतु ऐसा नहीं होना था। ब्रिटिश फौजें बढ़ते-बढ़ते बर्मा के अंदर पहुँच

गई थीं और जापानी पीछे हटने लगे थे। अंततः बोस को भी फिर बेमन से रंगून छोड़ना ही पड़ा था।

नेताजी ने रंगून 24 अप्रैल, 1945 को छोड़ा। जब वे बैंकॉक जा रहे थे, तब उन्होंने अपने विश्वासपात्र से जापानियों के लिए संदेश भेजा था, "आपका महान् काम शत्रु के खिलाफ लड़ने में, इंफाल के मैदानों में अरकान के जंगलों और ऑयल फील्ड्स में स्वतंत्रता संग्राम में हमेशा याद किया जाएगा। भारत की आनेवाली पीढ़ियाँ, जो कि गुलाम की तरह नहीं, बल्कि एक आजाद नागरिक की तरह पैदा होंगी, क्योंकि आपने उनके लिए इतने बलिदान किए थे। वे सब आपका तहेदिल से शुक्रिया अदा करेंगे।"

नेताजी ज्यादातर पैदल ही मार्च कर रहे थे, जबकि सिपाही एक कार में थे; पर कुछ दूर जाने के बाद उन्हें लगा कि रानी झाँसी रेजीमेंट की महिलाओं ने भी पैदल मार्च करना शुरू कर दिया था। इस मार्च में नेताजी बार-बार अपने सिपाहियों के बारे में, घायलों की सुरक्षा, कमजोर और बीमार लोगों के बारे में पूछते रहे थे। वे ऐसे लोगों को ट्रकों में सवार करवा रहे थे, हालाँकि उनकी संख्या भी कम ही थी। इस प्रकार पैदल मार्च करते हुए नेताजी और उनके सेनानी 14 मई, 1945 को बैंकॉक पहुँच गए थे। वहाँ से वे विमान द्वारा सिंगापुर पहुँच गए थे, जहाँ वे अगस्त के मध्य तक रहे थे। फिर वे वहाँ से सैगॉन पहुँच गए थे, जो शायद उनकी आखिरी यात्रा थी।

पर हम जानते हैं कि यह सच नहीं था।

□

10
नेहरू और माउंटबेटन

भारत की स्वतंत्रता की तिथि 15 अगस्त, 1947—जापानियों द्वारा द्वितीय विश्व युद्ध में समर्पण के लगभग दो साल बाद आई। यह कोई संयोग नहीं था कि भारत को स्वतंत्रता इस दिन प्रदान की गई थी। लॉर्ड माउंटबेटन, भारत के आखिरी वाइसराय, के लिए यह विजय और जश्न मनाने का दिन था। सन् 1945 में लॉर्ड माउंटबेटन, दक्षिण-पूर्व एशिया के मित्र राष्ट्रों की सेनाओं के सुप्रीम कमांडर थे तथा जापान के समर्पण करने के फैसले से वे अति उत्साहित व उल्लसित थे।

परंतु इसका भारत की स्वतंत्रता के साथ क्या संबंध था? अवश्य ही भारत की स्वतंत्रता भारत, जो ब्रिटिश साम्राज्य के मुकुट में एक रत्न था, के लिए कोई उत्सव मनाने का मौका नहीं था, पर यहाँ पर इसकी एक छोटी-सी कहानी है।

सन् 1945 के अंत में जब द्वितीय विश्व युद्ध में मित्र राष्ट्रों की जीत हो गई थी, ग्रेट ब्रिटेन के अंदर जो तमाम शक्तियाँ थीं (मंत्री, प्रधानमंत्री आदि) वे यह समझ गई थीं कि साम्राज्यवाद के दिन अब लद गए थे। लॉर्ड आर्कीबाल्ड पर्सिवल वैवेल जो जुलाई 1941 से जून 1943 (दो वर्ष) तक ब्रिटिश भारतीय के कमांडर-इन-चीफ थे और बाद में फरवरी 1947 तक भारत के वाइसराय थे, ने टिप्पणी की थी, ''भारत में हमारी वर्तमान स्थिति उस सेना के समान थी, जो अत्यधिक संख्या (सैन्य बल) के सामने मजबूर थी, कि अब वह अपने स्थान पर वापसी कर जाए।'' लॉर्ड माउंटबेटन को सन् 1947 में इस सोच के साथ भारत भेजा गया कि वे भारत से ब्रिटिश सेनाओं की वापसी इस प्रकार से सुनिश्चित करेंगे कि उनके उत्तराधिकारी भारत में ब्रिटिश हितों की पूर्णतया रक्षा करेंगे। इसका तात्पर्य यह हुआ कि उत्तराधिकारी भारतीय सरकार ऐसी सरकार हो, जो आनेवाली ब्रिटिश सरकार की नीतियों को जारी रखे। इसके पीछे भी एक तर्क था। हालाँकि अंग्रेज भारत छोड़कर जा रहे थे, किंतु वे अपनी साम्राज्यवादी संपत्ति, अन्य जगह छोड़ नहीं रहे थे, जैसे कि मलाया (टिन, रबड़, तेल आदि), यह उनका सबसे लाभप्रद क्षेत्र था।

ब्रिटिश साम्राज्यवाद का भ्रम भी बनाए रखना चाहते थे। यह तभी संभव हो सकता था, जब वे भारत का शासन उसी प्रकार चलवाते, जैसे कि जब वे यहाँ पर स्थापित थे। वे चाहते थे कि स्वतंत्र भारत उनके राष्ट्र मंडल का एक हिस्सा बना रहे। इससे वर्तमान भारत में साम्राज्यवाद का मिथक बरकरार रहेगा।

अंग्रेज भारत में सांप्रदायिकता का बीज बहुत दिनों से बो रहे थे। उनकी इसी 'फूट डालो और राज करो' नीति के चलते सन् 1947 में हिंदुस्तान का बँटवारा भारत और पाकिस्तान का बँटवारा, जिसमें पश्चिमी पाकिस्तान की सीमा खतरनाक तरीके से अफगानिस्तान के साथ लगी हुई थी (पूर्वी पाकिस्तान, बंगाली मुसलिम प्रधान्य की सीमा भारत के पश्चिम बंगाल के साथ लग रही थी)। अफगानिस्तान की सीमा से सोवियत संघ की सेनाएँ कभी भी आ सकती थीं, परंतु मिंटो-मॉर्ले सुधार समिति की सन् 1909 की रिपोर्ट के अनुसार, कम्युनल एवार्ड के अनुसार भिन्न-भिन्न धार्मिक समुदायों के लिए अलग-अलग मतदान क्षेत्रों की व्यवस्था की गई थी। इसके बाद सांप्रदायिकता की घड़ी की सुई को वापस घुमाना संभव नहीं था। जनता की धारणाओं के खिलाफ वापसी करते हुए अंग्रेजों की यह इच्छा कदापि नहीं थी कि वे भारत को दो हिस्सों में विभाजित करके जाएँ, जिससे कि उत्तर-पश्चिम सीमा से उस पर कम्युनिस्ट सोवियत संघ का प्रभाव नहीं पड़ सके; पर अब घड़ी को पीछे नहीं ले जाया जा सकता था। अंग्रेजों को भी शीत युद्ध के बादल नजर आने लग गए थे और उन्हें प्रतीत हुआ कि सोवियत संघ की विस्तारवाद की नीति को विराम देना जरूरी था। फिर भी, उन्होंने सांप्रदायिक का जो बीज बो दिया था, उससे विद्वेष को बढ़ावा मिला और भारत में से ही एक स्वतंत्र मुसलिम राष्ट्र पाकिस्तान के निर्माण के लिए आवाज बुलंद होने लगी थी। परंतु अंग्रेजों को इसमें भी कुछ फायदा दिखने लगा था। भारत को तोड़ने एक ऐसी संरचना, जिसको उन्होंने ही बनाया था, के वे भ्रम में थे। पर यह एक अलग कहानी है।

भारत को आजादी देने का दुष्कर व कठिन काम तथा भारत से हटने का काम क्लीमेंट एटली के नेतृत्ववाली लेबर पार्टी के जिम्मे आ गया था, जो द्वितीय विश्व युद्ध की समाप्ति के पश्चात् समाजवाद ग्रेट ब्रिटेन में हुए आम चुनावों के बाद सत्ता में आई थी। लेबर पार्टी का दर्शन फेबियन समाजवाद था, जो कि एक समाजवादी अर्थव्यवस्था के लिए प्रतिबद्ध थी। साथ ही, उनकी प्रतिबद्धता ब्रिटिश 'इंपीरियलिज्म', जो एक प्रगतिशील तथा आधुनिकतावादी बल की तरह देखा जाता था, के प्रति भी थी। ब्रिटेन में लेबर सरकार के लिए कांग्रेस पार्टी और उसके जवाहरलाल नेहरू जैसे वामपंथी नेता, जो उनकी पार्टी के दर्शन और विचारों से मेल खाते थे, उनके सबसे नजदीक थे। इसके अलावा, उनके लिए यह भी उपयोगी था कि नेहरू जैसे नेता ब्रिटिश पब्लिक स्कूल (एटन) के पढ़े हुए थे और उनसे सौदा करना उनके लिए बहुत ही आसान था।

इसके अलावा, यह तथ्य कि लॉर्ड माउंटबेटन और नेहरू व्यक्तिगत रूप से एक-दूसरे के बहुत नजदीक थे, अंग्रेजों के लिए बहुत उपयोगी साबित हुआ था। दरअसल नेहरू लॉर्ड माउंटबेटन से अधिक लेडी एडविना के ज्यादा करीब थे और जैसा कि सर्वविदित है, उनका प्रेम प्रसंग भी था। इस तथ्य से कोई इनकार नहीं करता है और न ही इस पर कोई विवाद है। 14 नवंबर, 2008 को 'द हिंदू' समाचार-पत्र में छपे अपने एक लेख में लिखा था, वयोवृद्ध भारतीय राजनयिक और पूर्व विदेश मंत्री के. नटवर सिंह ने एक बार विजयलक्ष्मी पंडित से पूछा था कि क्या उन दोनों के बीच कोई अफेयर था? "बेशक!" उन्होंने इसकी पुष्टि करते हुए कहा था। यदि कोई विवाद था तो वह केवल इस बात पर कि क्या यह शारीरिक संबंध था या केवल विशुद्ध प्रेम संबंध? पर यह एक विस्तृत मसला है और कुछ भी नहीं।

जुलाई 2007 में CNN-IBN चैनल पर एक कार्यक्रम 'डेविल्स एडवोकेट' (शैतान का वकील) में प्रसिद्ध भारतीय पत्रकार करण थापर के साथ साक्षात्कार में लेडी पामेला हिक्स, लॉर्ड माउंटबेटन की छोटी बेटी, ने इस बात को स्वीकार किया कि उनके पिता लॉर्ड माउंटबेटन ने लेडी एडविना के नेहरू पर प्रभाव का इस्तेमाल राज्य के पेचीदा मामलों को हल करने के लिए किया था। लेडी हिक्स ने कहा था, "मेरे पिता एक शुष्क वार्त्तालाप में संभवत: अपना दृष्टिकोण बताने या समझाने में असमर्थ थे; परंतु मेरी माँ पंडितजी को उनकी बातों को समझाने में समर्थ थीं, क्योंकि वे उनको दिमाग से ज्यादा दिल से अपील करती थीं, फिर वे वास्तव में वैसा ही व्यवहार करते, जैसा चाहा गया होता था।"

इस प्रकार, एडविना उन दोनों पुरुषों के बीच एक सेतु का काम करती थीं। लेडी एडविना कश्मीर के मुद्दे पर कि क्या कश्मीर का मसला संयुक्त राष्ट्र में उठाना चाहिए था या नहीं? उनके अनुसार, उनके संबंध आध्यात्मिक थे। उन्होंने ये सब बातें अपनी पुस्तक 'India Remembered : A Personal Account of the Mount-batten During the Transfer of Power' [भारत की यादें : सत्ता परिवर्तन के दौरान माउंटबेटन का एक व्यक्तिगत विवरण] में कही हैं तथा करण थापर के साथ साक्षात्कार में भी यही दोहराया था।

कालांतर में तीनों व्यक्ति इतने घनिष्ठ मित्र बन गए थे कि जब माउंटबेटन ने भारत छोड़ा तो जवाहलाल नेहरू ने प्रोटोकॉल तोड़ते हुए वह काम किया, जिसके बारे में सोचा भी नहीं जा सकता था। के. नटवर सिंह ने 'द हिंदू' में लिखे लेख में उद्घाटित किया था कि पं. नेहरू ने 21 मई, 1948 को ग्रेट ब्रिटेन के किंग जॉर्ज षष्ठम को एक पत्र लिखा था, जो कि एक प्रभुता-संपन्न स्वतंत्र देश के प्रधानमंत्री की आचार संहिता के अनुसार नहीं था, "जवाहरलाल अपना सविनय निवेदन—हिज मैजेस्टी को समर्पित

करते हैं। लॉर्ड माउंटबेटन ने भारत को स्वतंत्रता प्रदान करने में जो त्वरित और शांतिपूर्ण सहयोग किया है तथा स्वतंत्र भारत के प्रथम गवर्नर जनरल के नाते उनकी मंत्रियों को सलाह-मशविरा, उनकी बुद्धिमत्ता, सहानुभूति और समझदारी के लिए उल्लेखनीय है। मैं पूरी ईमानदारी के साथ हिज मैजेस्टी को यह सुझाव देने की धृष्टता कर रहा हूँ कि हिज मैजेस्टी रिटायरिंग गवर्नर जनरल और उनकी लेडी पर उनकी इन सेवाओं के अनुकूल कोई (कोई सम्मान चिह्न/टाइटल) सुनिश्चित करें।'' लॉर्ड माउंटबेटन ने अगले 10 महीने तक भारत के गवर्नर जनरल के रूप में जून 1948 तक अपनी सेवाएँ प्रदान की थीं। इससे भी संतोष न मिलने पर नेहरू ने वी.के. कृष्णा मेनन ब्रिटेन में भारत के प्रथम उच्चायुक्त के जरिए सम्राट के निजी सचिव के माध्यम से इसका फॉलोअप किया। 29 जुलाई, 1948 को सम्राट् के निजी सचिव ने भारत के प्रथम प्रधानमंत्री को लिखा—''हिज मैजेस्टी की राय में लॉर्ड माउंटबेटन को अब तक पर्याप्त सम्मान प्रदान कर दिया गया है और इससे अधिक सम्मान देने का कोई कारण नहीं है।'' ऐसा कहा जाता है कि नेहरू लेडी एडविना की मोहक अदाओं से इतना घायल हो गए थे कि वे उन्हें एक पत्र रोजाना लिखते थे, जो एयर इंडिया के विमान द्वारा उन्हें लंदन पहुँचाया जाता था, जो उसी विमान द्वारा वापसी में उनका उत्तर भी लेकर आता था।

यहाँ इन सब बातों का जिक्र करने का मतलब यह है कि लॉर्ड माउंटबेटन को न केवल अपनी पत्नी और नेहरू के बीच के इस 'संबंध' के बारे में पूरी जानकारी थी (उन्होंने उसे फलने-फूलने की भी छूट दे रखी थी), बल्कि उसे स्वीकार भी किया था और इस संबंध को उन्होंने राज्य के मामलों, विशेषकर भारत के विभाजन के लिए नेहरू को प्रभावित करने के लिए भी इस्तेमाल किया था तथा नेताजी सुभाषचंद्र बोस के भविष्य को भी, जिससे ब्रिटिश हितों की रक्षा हो सके।

पाकिस्तान बनाने की अवधारणा पहली बार सन् 1933 में सामने आई थी। 1940 में मुसलिम लीग ने इसके पक्ष में एक विधेयक पास करके इसे औपचारिक रूप दिया।

नेहरू लॉर्ड माउंटबेटन और एडविना से पहली बार सन् 1946 में सिंगापुर में मिले थे। भारत को अब आजादी मिलने वाली ही थी और इस कारण से आप्रवासी भारतीयों में बहुत हर्षोल्लास था। नेहरू को हर जगह एक महान् नेता समझा जाता था और वे लोग अपने शहर में उनकी मौजूदगी से अपने को गौरवान्वित अनुभव कर रहे थे। उनको वहाँ पर लोग और ज्यादा चाहते थे, क्योंकि अभी ज्यादा दिन नहीं हुए थे, जब उन्होंने बैरिस्टर का चोगा पहनकर आजाद हिंद फौज के युद्धबंदियों, जिन्हें देशद्रोह का अपराधी ठहराया गया था, की लाल किले (दिल्ली) में पैरवी की थी। उस समय संभवत: नेहरू ने बर्मा और सिंगापुर में आप्रवासी भारतीयों के बीच एक कांस्टीट्यूएंसी बनाने का प्रयास किया था। ब्रिटिश गवर्नर, जो बर्मा क्षेत्र को नियंत्रित करते थे, ने उनको वहाँ जाने की अनुमति

नहीं दी थी, फिर भी माउंटबेटन को इसमें, यानी नेहरू के आगमन में कुछ लाभ दिखा कि नेहरू को कांग्रेस पार्टी के एक प्रतिनिधि के रूप में उन्हें वहाँ जाने की अनुमति प्रदान की जाए। उनको यह समझ में आ रहा था कि अब वह दिन दूर नहीं था, जब भारत को आजादी मिल जाएगी। अतएव इस बात में दम था कि कांग्रेस के शीर्ष नेता के साथ मेल-जोल बढ़ाया जाए। यह भी साफ जाहिर था कि (स्वतंत्र) भारत में उनकी अपनी एक भूमिका होगी और उसके लिए उन्होंने अभी से कुछ काम करना शुरू कर दिया था। माउंटबेटन ने नेहरू का एक हीरो जैसा स्वागत किया और उनके साथ खुली जीप में जगह-जगह घूमे। भीड़ करतल-ध्वनि से और जय हिंद, के नारे लगा-लगाकर उनका हार्दिक अभिनंदन कर रही थी।

अति उल्लसित भारतीय समुदाय ने नेहरू से कहा कि वे आई.एन.ए. स्मारक स्थल पर एक फूल-माला चढ़ाएँ। आई.एन.ए. स्मारक स्थल समुद्र-तट पर नेताजी के प्रयासों से आई.एन.ए. के एक एंग्लो-इंडियन सदस्य कर्नल सिरिल जॉन स्ट्रेसी द्वारा बनवाया गया था। सिंगापुर पर पुन: अधिकार करने के बाद माउंटबेटन ने इस स्मारक को गिराने के आदेश जारी कर दिए थे। इस सबके बावजूद हजारों भारतीय उस स्थान पर रोज जाकर फूल चढ़ाकर नमन करते थे। नेहरू परेड के बाद उस स्थान पर तो गए, पर उन्होंने ऐसा नहीं किया। क्यों?

अमृतलाल शेठ, जो एक मशहूर गुजराती राष्ट्रवादी और समाचार-पत्र 'जन्मभूमि' के संपादक थे, वह भी सिंगापुर उसी समय आए हुए थे, जब नेहरू सिंगापुर की यात्रा पर थे। भारत वापस आने पर उन्होंने शरतचंद्र बोस को सूचित किया तथा नेहरू को बताया था कि सुभाषचंद्र बोस उस तथाकथित विमान दुर्घटना में नहीं मारे गए थे और उनके पास इस बारे में प्रमाणित सूचना थी। उन्होंने नेहरू को यह भी बताया था, ढकी-छुपी भाषा में, कि यदि नेहरू आई.एन.ए. के सेनानियों को भारतीय सेना में ले लेते हैं तो फिर यह खतरा रहेगा कि वे भारत को एक थाल में सजाकर बोस को सौंप देंगे, यदि वे भारत या अन्य किसी जगह पर पुन: प्रकट होते हैं। तब संभवत: यही विचार महत्त्वाकांक्षी नेहरू के दिमाग में तैर रहा होगा, क्योंकि वे महात्मा गांधी की धोती-लँगोटी पकड़ कर कांग्रेस की सीढ़ियाँ चढ़कर उस मुकाम पर पहुँचे थे, जहाँ वे आज थे।

सिंगापुर के जालान बेसर स्टेडियम में लगभग 1,00,000 लोगों की जनसभा को संबोधित किया था। वहाँ पर भीड़ बराबर 'खून, खून, खून' के नारे लगा रही थी। यह बोस का दिया हुआ नारा था कि हमारी मातृभूमि को हमारे खून की जरूरत थी। नेहरू ने भीड़ से कहा कि वे इस प्रकार के नारे लगाने से बचें और अब कुछ रचनात्मक कार्य करें।

माउंटबेटन की अंदरूनी इच्छा थी कि वे बोस को देखते ही गोली मार दें। दरअसल, ब्रिटिश सरकार के तत्कालीन (युद्ध काल के) प्रधानमंत्री विंस्टन चर्चिल ने इस बात

पर कि बोस को गोली मार दी जाए, जोर दिया था। ये निर्देश ब्रिटिश स्पेशल ऑपरेशंस एक्जीक्यूटिव (SOE) को मार्च 1941 में दिए गए थे तथा इस आदेश को कभी निरस्त नहीं किया गया था। 13,000 लोगों का एक मजबूत गुप्त समूह था, जिसका काम शत्रु के खुफिया तंत्र को नष्ट करना तथा अपने चुने गुए लक्ष्यों (शिकार) पर पैनी निगाह रखते हुए आवश्यकता पड़ने पर उसकी हत्या करना था। SOE का निकनेम बेकस्ट्रीट इर्रिगुलर्स (Baker Street Irregulars) था। इसका मुख्यालय लंदन में था तथा दिल्ली व काहिरा (मिस्र) में इसके कार्यालय थे। दिल्ली कार्यालय बाद में सीलोन (श्रीलंका) स्थानांतरित कर दिया गया था और सिंगापुर में भी एक मिशन बन गया था। SOE ने सन् 1941 में भारत से एक तार को डिकोड किया था कि बोस कलकत्ता से अफगानिस्तान होते हुए जर्मनी पहुँचेंगे। वे ईरान, इराक एवं तुर्की होते हुए जर्मनी पहुँचने वाले थे। जब विंस्टन चर्चिल को सूचना मिली, तभी उन्होंने आदेश जारी कर दिया था कि रास्ते में ही इंस्ताबुल में बोस की हत्या कर दी जाए। परंतु बोस ने बर्लिन पहुँचने के लिए एक दूसरा रास्ता चुना था और वे बर्लिन पहुँच गए थे। ईरान में SOE के अधिकारियों ने विदेश मंत्रालय से पूछा कि क्या उनकी हत्या करने का आदेश अभी बरकरार था? विदेश कार्यालय ने इस बात की पुष्टि की कि हाँ, यह आदेश अभी लागू है।

सन् 1946 तक महात्मा गांधी उस समय कांग्रेस के शीर्षस्थ नेता थे, पर वे पार्टी में सबसे महत्त्वपूर्ण नेता नहीं रह गए थे। नेहरू और सरदार वल्लभभाई पटेल ने उन्हें और उनके विचारों एवं दृष्टिकोण को किनारे कर दिया था। शीघ्र ही नेहरू ने पटेल को भी दरकिनार कर दिया था और लॉर्ड माउंटबेटन के साथ मिलकर उन्होंने लाखों-करोड़ों हिंदुस्तानियों के भाग्य का फैसला कर लिया था, जब वे गुलामी की बेड़ियों से मुक्त होकर आजाद होने वाले थे।

फरवरी 1947 में ब्रिटेन की एटली सरकार ने घोषणा की कि जून 1948 तक भारत को आजाद कर दिया जाए। उन्होंने लॉर्ड माउंटबेटन, जो शाही परिवार के साथ भी जुड़े हुए थे और चर्चिल के विश्वासपात्र थे, को भारत का वाइसराय बनाकर भेज दिया। उन्होंने जल्द ही अपनी निष्ठा एटली की ओर कर दी थी। इससे विंस्टन चर्चिल इतने क्षुब्ध और रुष्ट हो गए कि सन् 1948 के बाद उन्होंने माउंटबेटन से बातचीत ही बंद कर दी थी। भारत में आने के बाद माउंटबेटन नेहरू के साथ काफी नजदीकी रूप से मिलकर काम करने लगे थे। वे नेहरू के साथ सन् 1946 में नेहरू की सिंगापुर यात्रा के बाद से ही उनके साथ अच्छे रिश्ते बनाने का प्रयास कर रहे थे। यह समीकरण दोनों लोगों को अच्छी तरह सूट करता था। माउंटबेटन का नेहरू के जरिए कांग्रेस पार्टी पर नियंत्रण था और नेहरू को भारत के अंतिम वाइसराय के साथ अपनी नजदीकियों से स्वयं को कांग्रेस का सबसे बड़ा नेता स्थापित करने में मदद मिल रही थी।

3 जून, 1947 को लॉर्ड माउंटबेटन ने एक प्रेस कॉन्फ्रेंस बुलाई और उसमें कुछ ऐतिहासिक घोषणाएँ कीं—"प्रथमतया, भारत 15 अगस्त, 1947 को एक स्वतंत्र देश बन जाएगा। दूसरी बात यह कि पंजाब और बंगाल विधानसभाओं के हिंदू, सिख एवं मुसलिम मिलेंगे तथा वे लोग भारत के संभावित विभाजन के लिए मतदान करेंगे। यदि किसी भी समुदाय के लोग साधारण बहुमत से विभाजन के लिए वोट करते हैं, तब इन प्रांतों (बंगाल एवं पंजाब) का विभाजन कर दिया जाएगा। उत्तर-पश्चिमी सीमांत प्रांत (NWFP) और असम में सिलहट जिले का फैसला जनमत संग्रह द्वारा होगा।" माउंटबेटन ने यह भी घोषणा की कि यदि ये विधानसभाएँ विभाजन के लिए मतदान करती हैं, तब फिर एक सीमा आयोग बैठाया जाएगा, जो भारत और पाकिस्तान के बीच विभाजन रेखा सुनिश्चित करेगा।

माउंटबेटन ने ये घोषणाएँ इस उम्मीद से की थीं कि कांग्रेस पार्टी उनके विभाजन के फैसले का अनुमोदन करेगी; परंतु महात्मा गांधी इसके पहले कई बार कह चुके थे कि यदि कांग्रेस विभाजन को स्वीकार करना चाहती है तो यह मेरे मृत शरीर के ऊपर से होगा। न ही मैं कांग्रेस को इस फैसले को स्वीकार करने दूँगा।

गांधीजी ने नेहरू आदि के दबाव में आकर अनमने ढंग से उसे स्वीकार तो कर लिया, परंतु जब विभाजन की औपचारिक रूप से घोषणा हुई तो वह मौन व्रत पर चले गए।

कुछ दिनों बाद 15 जुलाई, 1947 को ऑल इंडिया कांग्रेस समिति की मीटिंग में भारत के विभाजन की योजना का अनुमोदन कर दिया गया था। मतदान करवाया गया, जिसमें 157 लोग पक्ष में और केवल 29 लोग विभाजन के खिलाफ थे। उसी दिन ऑल इंडिया रेडियो पर माउंटबेटन ने इस योजना विभाजन—की घोषणा भी कर दी थी। जवाहरलाल नेहरू ने 'माउंटबेटन योजना' (विभाजन) को स्वीकार कर लिया था और उसी दिन उन्होंने भी आकाशवाणी पर प्रसारण किया, "कई पीढ़ियों से हम एक स्वतंत्र और संयुक्त (एकीकृत) भारत का सपना देखते आए हैं और उसके लिए कड़ा संघर्ष भी किया। हमारी जमीन से कुछ हिस्सा कटकर—यदि कुछ लोग ऐसा चाहते हैं—अलग चला जाए तो यह हमारे लिए बहुत पीड़ादायक है और समझ से बाहर है। फिर भी, मैं इस बात से सहमत हूँ कि हमारा वर्तमान निर्णय एक बड़े परिदृश्य पर एक सही फैसला है।" कांग्रेस पार्टी के अनुमोदन के बाद ब्रिटिश पार्लियामेंट ने जुलाई 1947 में भारत स्वतंत्रता अधिनियम,1947 पारित कर दिया था। यह एक्ट बिना किसी बाधा के पास हो गया था। विभाजन के मसले पर बंगाल से बहुत दिलचस्प दृष्टिकोण सामने आया था। वहाँ की विभाजन सभा ने 126:90 से एक संयुक्त बंगाल के लिए ही मतदान किया था, अर्थात् 126 विधायक (बहुसंख्यक) बंगाल के विभाजन के खिलाफ

थे। परंतु जब हिंदुओं और मुसलमानों के प्रतिनिधि बाद में अलग-अलग मिले तो पाया गया कि हिंदू तो विभाजन के पक्ष में थे, पर मुसलिम इसके खिलाफ थे। वास्तव में, बहुसंख्यक निर्णय यह था कि संयुक्त बंगाल भारत संघ से अलग एक स्वतंत्र क्षेत्र हो। दरअसल जनसभाओं में वाद-विवाद में मुसलिम लीग के लीडर हुसैन शहीद सुहरावर्दी और शरतचंद्र बोस इसी नजरिए के चैंपियन थे, फिर भी 3 जून, 1947 के एक प्रस्ताव में माउंटबेटन ने यह स्पष्टीकरण दिया कि बंगाल का भारत संघ से अलग कोई अस्तित्व नहीं हो सकता था। अतएव एक स्वतंत्र बंगाल के प्रस्ताव के खारिज हो जाने से कई नेताओं में अत्यंत निराशा हुई थी।

अंततोगत्वा, माउंटबेटन ने बेपरवाह होकर भारत के विभाजन के फैसले को लागू करने का मन बना लिया था, जो कि 35 करोड़ भारतीयों के भाग्य को प्रभावित करने वाला था। उन्हें उन लाखों-करोड़ों लोगों की कोई परवाह नहीं थी, जिनका भाग्य उनके (माउंटबेटन के) हाथों में था। उन्हें तो बस, अपना उल्लू सीधा करना था और भारत के दो टुकड़े करके उसके दो गुटों को सदैव के लिए लड़ने-मरने के लिए छोड़ देना था। ऐसा ही उन्होंने इजराइल आयरलैंड आदि में किया था। ऐसा प्रतीत हो रहा था कि 15 अगस्त, 1947 की तिथि की डेड-लाइन को बनाए रखने के लिए उन्हें सब काम जल्दी-जल्दी में करना था। सन् 1947 की जुलाई के शुरुआती दिनों में ब्रिटिश सरकार ने सिरिल रेडक्लिफ, एक कानूनविद्, को भारत भेजा, इस लक्ष्य के साथ कि वे अगले पाँच हफ्तों में भारत और होनेवाले नए देश के बीच की विभाजन रेखा को बनाकर उसे पक्का कर दें। रेडक्लिफ इसके पहले कभी भी भारत नहीं आए थे और उन्हें भारत के भूगोल एवं इतिहास या संस्कृति आदि के बारे में कुछ भी पता नहीं था। उन्हें भारत में लॉर्ड वैवेल के समय में बनाए गए कुछ रफ (rough) नक्शे दिए गए थे। दो सीमा आयोग (बॉर्डर कमीशन) बनाए गए—एक पंजाब के लिए, दूसरा बंगाल के लिए। रेडक्लिफ दोनों आयोगों के चेयरमैन थे। आयोग के चार सदस्य थे—दो हिंदू और दो मुसलमान। उस वक्त के तनावपूर्ण वातावरण में रेडक्लिफ को ही कोई फैसला लेना था। आयोग के सारे सदस्य रेडक्लिफ की तरह विधिक विशेषज्ञ (Jurist) थे और उनको किसी को यह नहीं पता था कि किसी विशेषज्ञ मानचित्रकार की तरह किस प्रकार से नक्शों की मार्किंग करें या निशान बनाएँ। विशेषज्ञ की राय लेने के लिए बहुत कम समय था। रेडक्लिफ ने बहुत ही भद्दा काम किया था। 14,50,000 वर्ग कि.मी. का क्षेत्र, जिससे 8.8 करोड़ लोगों के भाग्य का निर्णय होना था, एक मोटी पेंसिल से सीमाओं का सीमांकन कर दिया गया था—भौगोलिक स्थितियों या इस बात की परवाह किए बिना कि समुदाय विशेष के लोग कहाँ रहते थे।

रेडक्लिफ नक्शों की मार्किंग करने के बाद इंग्लैंड वापस चले गए।

भारत और पाकिस्तान की सीमाओं की औपचारिक घोषणा भारत की आजादी के दो दिन बाद 17 अगस्त, 1947 को हुई थी। आजादी के दिन बंगाल और पंजाब के लोगों को यह नहीं पता था कि कौन भारत में था और कौन पाकिस्तान में। मिसाल के तौर पर, मालदा और मुर्शिदाबाद, जो मुसलिम बाहुल्य क्षेत्र थे, उनमें लोगों ने पाकिस्तान के झंडे फहरा दिए थे। परंतु दो दिन बाद पता चला कि वे तो भारत का हिस्सा थे। इसी प्रकार से पूर्वी बंगाल में खुलना, जहाँ हिंदुओं की थोड़ी सी बहुलता थी, वह पाकिस्तान के हिस्से में रखा गया था।

विभाजन के बाद जो तबाही मची, उसका क्या बयान किया जाए? कम-से-कम 2 से 5 लाख लोग इधर-उधर जाने में, हिंसा में मारे गए। एक अनुमान के अनुसार, कम-से-कम 1.4 करोड़ लोग अपने घरों से विस्थापित हो गए थे। उनमें से अधिकतर लोग अपना धन-दौलत, कपड़े-लत्ते, घर-बार, कारोबार—सबकुछ गँवा बैठे थे और लाखों लोग सैकड़ों मील चल-चलकर सीमा के इस पार से उस पार पहुँच गए थे। यह एक अप्रत्याशित विनाशकारी लीला थी, जो हजारों-लाखों लोगों की मौत और विध्वंस को पीछे छोड़ गई थी।

क्या विभाजन से बचा जा सकता था? इसका उत्तर 'हाँ' है। अंग्रेज भारत छोड़ने की जल्दी में थे। पहली बात तो यह थी कि अंग्रेज नेताजी सुभाषचंद्र बोस के प्रति आई.एन.ए. की निष्ठा को देखकर चकित थे और उन्हें ब्रिटिश भारतीय सेना पर अब ज्यादा भरोसा नहीं रह गया था कि वह भारत की रक्षा अंग्रेजों के हितों के लिए करेगी। छह साल की लंबी लड़ाई के बाद ब्रिटिश सेनाएँ अब थक चुकी थीं और उस समय वे भारत की रक्षा करने के लिए इच्छुक नहीं थीं। ऐसी परिस्थितियों में कांग्रेस को धैर्य रखकर इंतजार करना चाहिए था, जिससे भारत के विभाजन को टाला जा सकता था और इतनी मार-काट, हिंसा, बलात्कार, लूट-पाट, आगजनी की घटनाएँ न होतीं। (खुशवंत सिंह की 'ए ट्रेन टू पाकिस्तान' पढ़िए)।

आजादी तो अब मिलने वाली ही थी। ब्रिटिश शासन की अब यह विवशता थी, पर जाते-जाते वे एक शाश्वत लड़ाई के बीज बोते गए। एक पत्रकार जयंत रॉय चौधरी ने अपने एक ऐतिहासिक ब्लॉग में बहुत दिलचस्प वाकया लिखा है। आई.एन.ए. की लोकप्रियता ने ब्रिटिश शासन की, द्वितीय विश्व युद्ध के अंत के बाद भी, जड़ें हिलाकर रख दी थीं। आई.एन.ए. के कर्नल प्रेम कुमार सहगल (जिन्होंने आई.एन.ए. की ही डॉ. लक्ष्मी स्वामीनाथन से विवाह कर लिया था) को जब अंग्रेज गिरफ्तार करके बर्मा की एक जेल से ट्रक द्वारा ले जा रहे थे, तब उन्हें दो ब्रिटिश नॉन-कमीशंड, एक पंजाबी मुसलिम नायक (कॉर्पो की रैंक का) तथा फ्रंटियर फोर्स रेजीमेंट के चार सिपाहियों के पहरे में ले जाया जा रहा था। ट्रक में जो मुसलिम नायक था, उसने सहगल से कहा कि

यदि वह आदेश दें तो वे लोग दोनों ब्रिटिश अधिकारियों को गोली मार दें, जिससे फिर वे सब लोग भाग सकते थे। सहगल यह जानते हुए कि द्वितीय विश्व युद्ध अब खत्म हो गया था (भारत को स्वतंत्रता मिलने वाली ही थी) उन्होंने नायक से कहा कि वे ऐसा कुछ नहीं करेंगे। जेल में सहगल को 20 सिपाही घेराबंदी करके ले जा रहे थे। वे सब मद्रास रेजीमेंट के थे और उन्होंने कर्नल सहगल से कहा कि वे सब उनको देखने के लिए आए थे और पूरी मद्रास रेजीमेंट उनकी कमांड पर थी और उनके आदेश का पालन करने को तत्पर थी। साथ-ही-साथ एक अन्य दिलचस्प वाकया हुआ। गोरखा सिपाही, जो शाहनवाज खान की रक्षा में थे, जिनका लाल किले में ट्रायल चल रहा था, उन्होंने अपने सीनियर कमांडिंग ऑफिसर्स से डिस्चार्ज माँग लिया, जिससे वे आई.एन.ए. में शामिल हो सकें। राय चौधरी ने लिखा है कि सर हेनरी जोसेफ ट्वाइनैम, जो मध्य प्रांत के गवर्नर थे, उन्होंने बहुत आशंकित होते हुए वाइसराय लॉर्ड वैवेल को पत्र लिखा—"10 नवंबर, 1945 को, जब ब्रिटिश सेना की एयरबोर्न डिवीजन बिलासपुर से हटा ली जाए, तब हमारे पास कोई ब्रिटिश सेना नहीं होगी।" भारतीय सिपाहियों के जल्दी-जल्दी विद्रोह के कारण वे उनमें ज्यादा भरोसा नहीं कर सकते हैं। उन्होंने जिक्र किया था कि जबलपुर में एक स्पीकर ने प्रश्न किया कि वहाँ जो लोग मौजूद थे, उनमें से कितने लोग आई.एन.ए. ज्वॉइन कर सकते थे? तब सभी लोगों ने अपने-अपने हाथ खड़े कर दिए थे।

24 नवंबर, 1945 को फील्ड मार्शल सर क्लॉड जॉन आयर ऑकिनलेक, जो ब्रिटिश भारतीय सेना के कमांडर थे, ने ब्रिटिश सरकार को यह चेतावनी दी कि भारतीय फौज में कभी भी पूरी तौर पर विद्रोह हो सकता था। उन्होंने लिखा था—"समूचे भारत में बहुत सारे बिना लाइसेंस के अस्त्र-शस्त्र आ गए हैं और आई.एन.ए. के बहुत सारे पूर्व के सिपाही उनको इस्तेमाल करने को तैयार बैठे थे।" उन्होंने आगे यह भी लिखा था कि ब्रिटिश भारतीय सेना के जो लोग सेना से हटा दिए गए थे, वे भी उस विद्रोह में शामिल हो सकते थे। फील्ड मार्शल ने यह भी कहा कि यू.पी. संयुक्त प्रांत, बिहार और बंगाल में इस तरह के विद्रोह की भी संभावना अधिक थी; परंतु पंजाब, मध्य प्रांत और बंबई प्रांत में भी इस प्रकार का विद्रोह हो सकता था।

जयंत रॉय चौधरी ने लेफ्टीनेंट जनरल श्रीनिवास कुमार सिन्हा को उद्धृत करते हुए कहा है (ले. जनरल सिन्हा भारतीय सेना से रिटायर होने के बाद असम और जम्मू व कश्मीर में गवर्नर भी थे), वे एक युवा के रूप में सेना मुख्यालय में नियुक्त किए गए थे। उस वक्त सिन्हा की नजरों में एक 'अति गोपनीय' नोट आया, जिसमें लिखा था—'Top Secret-Not gor Indian Eyes' (भारतीय नजरों के लिए नहीं)। यह नोट मेजर जनरल जॉन टेरेंस निकोलस ओ' ब्रायन द्वारा तैयार किया गया था। इस नोट में उन्होंने लिखा था कि ब्रिटिश संयुक्त प्रांत में इमरजेंसी कमीशंड ऑफिसर्स, जिनकी संख्या

12,000 थी, वे सबसे ज्यादा संदेह के घेरे में थे। रेगुलर इंडियन कमीशंड ऑफिसर्स, जिनकी संख्या केवल 400 थी, उन पर भी पूरी तरह विश्वास नहीं किया जा सकता था।

यह नोट ऑकिनलेक को भेजा गया था, जिन्होंने ब्रिटिश सरकार को लिखा कि 'अधिकतर भारतीय सैन्य अधिकारी राष्ट्रवादी थे' और यदि परिस्थितियाँ बिगड़ जाती हैं तो भारत की सुरक्षा करने के लिए उन पर भरोसा नहीं किया जा सकता था। अतएव उन्होंने ब्रिटिश सरकार से कहा कि वे ब्रिटिश सेना के और सैनिकों को भेजें, परंतु युद्ध के बाद ब्रिटेन के पास सैनिकों की बहुत कमी हो गई थी और इतनी जल्दी और सैन्य बल तैयार करना बहुत मुश्किल था। सिन्हा के मुताबिक, ब्रिटिश सरकार इतनी नर्वस हो गई थी कि उसने भारत से अंग्रेजों को (43,000 अंग्रेजों को) सही-सलामत निकालने की योजना बनाई थी, यहाँ तक कि हर शहर से पोर्ट सिटी तक पहुँचने के लिए नक्शे भी बना लिये गए थे। इन सब बातों से यही पता चलता है कि ब्रिटिशों ने सोचा कि वे यहाँ से भगा दिए जाएँगे।

16 मई, 1946 को क्लीमेंट एटली द्वारा भेजे गए कैबिनेट मिशन को विशेषकर यह ब्रीफ दिया गया था कि भारत का विभाजन न हो। मिशन का प्रस्ताव यह था कि एक भारतीय संघ बनाया जाए, जिसमें राज्यों के तीन समूह हों। पहले आम चुनाव के बाद वे इस बात के लिए आजाद होंगे कि वे अपने समूह से अलग होकर दूसरे समूह में जा सकते थे; परंतु वे भारतीय संघ से अलग नहीं हो सकते थे। इस योजना से भारत की एकता भी अखंड रहती। केंद्र केवल रक्षा, विदेश मंत्रालय, संचार के विषय ही रखेगा, बाकी सब विषय राज्यों के पास रहेंगे। प्रत्येक ग्रुप को यह अधिकार होगा कि वे अपनी विषय-सूची में से कोई अन्य भी विषय केंद्र को दे सकते थे, यदि वे ऐसा फैसला करें।

समूह 'ए' में वर्तमान भारत के संयुक्त प्रांत, मध्य प्रांत, बंबई, मद्रास, बिहार और उड़ीसा थे। समूह 'बी' में पंजाब, सिंध, बलूचिस्तान और उत्तर-पश्चिम सीमांत प्रांत थे, जो कि अब वर्तमान पाकिस्तान में हैं। समूह 'सी' में केवल असम और बंगाल थे।

मुसलिम लीग और कांग्रेस दोनों ही इस प्रस्ताव के खिलाफ थे; परंतु जब दबाव डाला गया तो मुसलिम लीग के नेता मुहम्मद अली जिन्ना इस प्रस्ताव पर विचार करने को तैयार थे; पर कांग्रेस पार्टी पूरी तौर पर इस प्रस्ताव के खिलाफ थी। इस प्रस्ताव में कांग्रेस पार्टी और मुसलिम लीग को 'कॉन्फिडरेशन' (संघीय राज्य) की संरचना के लिए साथ-साथ काम करना था। किंतु कांग्रेस ने इस प्रस्ताव को खारिज कर दिया था, यह कहते हुए कि यदि राज्य चाहें तो वे उस समूह विशेष से तुरंत ही अलग हो सकते थे। कांग्रेस को असम और बंगाल को एक ही समूह में लाने पर भी ऐतराज था।

अंततः इस प्रस्ताव का परिणाम क्या होता, यदि यह स्वीकार कर लिया जाता। संभवतः देश के दो टुकड़े किए बिना भारत को स्वतंत्रता मिल जाती और विभाजन के

बाद हुए लोगों के विस्थापन एवं नर-संहार को रोका जा सकता था।

ऐसी परिस्थिति में यह एक बड़ा सवाल है कि नेहरू और पटेल ने क्यों ब्रिटिशों के साथ ऐसा समझौता करने का फैसला किया? भारत को आजादी, पर विभाजन के मूल्य पर, जो अपने साथ अप्रत्याशित तबाही भी लाई थी। (यह बहार कैसी आई, जो खिंजा भी साथ लाई)। यहाँ पर जो तर्क दिया जाता है कि उन लोगों (नेहरू और पटेल) को भय था कि अपने-अपने उच्च पदों से अधिक प्रतिनिधित्व वाली आम राय के चलते अपदस्थ कर दिए जाते। वे दोनों ही उम्र-दराज लोग थे। नेहरू 57 वर्ष के थे और पटेल 72 वर्ष के हो रहे थे। वे लोग अपनी मेहनत का फल चखना चाहते थे, सत्ता का सुख भोगना चाहते थे।

परंतु सच कुछ और ही है, जो नेहरू ने कई साल बाद एक ब्रिटिश पत्रकार को बता दिया था—

"सत्य तो यह है कि हम सब लोग अब उम्रदराज हो रहे हैं और संघर्ष करते-करते भी थक गए हैं। हममें से कुछ लोग अब फिर से जेल जाने को तैयार नहीं हैं। यदि हम लोग एक संयुक्त भारत के लिए संघर्ष करते हैं तो यह साफ है कि हमें फिर से जेल जाने को तैयार रहना पड़ता। अत: विभाजन ही एक विकल्प था और वह हमने स्वीकार कर लिया था।"

यहाँ पर हमें दिग्भ्रमित करने की एक सोची-समझी कोशिश की गई है, क्योंकि उस विनाशकारी युद्ध के बाद लाखों जान-माल के नुकसान के बाद अंग्रेजों के पास इतनी ताकत नहीं रह गई थी कि वे नेहरू, पटेल या अन्य किसी को जेल में डाल सकते।

नेहरू ने माउंटबेटन के साथ समझौता कर लिया, भारत के दो टुकड़े हो गए और वह स्वतंत्र भारत के पहले प्रधानमंत्री बन गए थे।

माउंटबेटन को ग्रेट ब्रिटेन की सरकार ने भारत के इस पेचीदे मसले को हल करने के लिए और अंग्रेजों को वहाँ से निकालने के लिए सम्मानित किया।

परंतु जब यह सब हो रहा था, तब सुभाषचंद्र बोस अकारण ही सोवियत संघ की साइबेरिया जेल में कैद रहे थे। अगर वे यहाँ भारत में होते तो शायद सारी स्थिति बदल जाती। यह जानना बहुत आसान है कि वे विभाजन के लिए तैयार होने तक हिंदू और मुसलमानों को एक सूत्र में बाँधकर रखते। वह एक मौके का इंतजार करते, जिससे समय रहते वे अंग्रेज सरकार को धक्के मारकर भारत से बाहर निकाल सकते।

□

11
बंगाल का विभाजन

अगस्त 1946 में कलकत्ता में हिंदुओं व मुसलमानों के बीच मार-काट मची और नर-संहार हुआ। उसकी इतिहास में कहीं मिसाल नहीं मिलती। बंगाल की राजधानी कलकत्ता (अब कोलकता) में चार दिनों तक चली भीषण हिंसा में मुसलमानों और हिंदुओं ने एक-दूसरे को गाजर-मूली की तरह काटा। इतिहासकारों की मानें तो यही सांप्रदायिक हिंसा भारत के विभाजन का कारण बनी, क्योंकि बंगाल सुभाषचंद्र बोस का गृह राज्य था, तो यहाँ पर हमें यह देखना होगा कि सुभाषचंद्र बोस के कलकत्ता से रहस्यमय तरीके से गायब हो जाने के एक साल बाद उस राज्य की राजनीति और अन्य विकास कैसा रहा था?

मुसलिम लीग के शीर्ष नेता मुहम्मद अली जिन्ना के कहने पर 16 अगस्त, 1946 को कलकत्ता में सीधी काररवाई दिवस मनाया गया था। इसकी वजह थी—ब्रिटेन से भेजे गए कैबिनेट मिशन योजना का फेल हो जाना। कैबिनेट मिशन योजना के अंतर्गत भारत की आजादी के बाद उसके एक संघ के निर्माण का प्रस्ताव था। तत्पश्चात् मुसलिम लीग के नेताओं ने एक अलग इसलामिक राष्ट्र पाकिस्तान बनाने के लिए आवाज उठाना शुरू कर दिया था। मुसलिम लीग उस वक्त बंगाल में सत्ता में थी। बंगाल ही केवल एक ऐसा प्रांत था, जहाँ पर वे सरकार (मंत्रालय) चला रहे थे। हुसैन शहीद सुहरावर्दी बंगाल प्रांत के मुख्यमंत्री थे और वे वहाँ के मुसलिम लीग के चीफ भी थे। वे वहाँ पर 'सीधी काररवाई दिवस' को एक महान् सफल दिवस मनाने के लिए प्रतिबद्ध थे।

उन्होंने बिना किसी कारण के कलकत्ता में 13 अगस्त, 1946 से तीन दिनों की छुट्टी की घोषणा कर दी थी। इसके पीछे के कारण अभी भी स्पष्ट नहीं हैं; पर निश्चित दिन पर मुसलमानों और हिंदुओं के बीच हिंसा की आग भड़क उठी थी। ये दंगे 19 अगस्त, 1946 तक यानी छह दिनों तक चलते रहे थे। इस हिंसा और आगजनी में 5,000 से 10,000 लोग मारे गए थे और लगभग 15,000 लोग घायल हुए थे। दंगों में इतनी ज्यादा

निर्ममता और वहशीपन का प्रदर्शन हुआ था, जिसका बयान नहीं किया जा सकता है।

कलकत्ता का अंग्रेज पुलिस कमिश्नर मूक-दर्शक बना बैठा रहा; न ही उसने पुलिस बल को दंगे नियंत्रित करने के लिए लगाया था। जब कलकत्ता का सांप्रदायिक दंगा पूरे उबाल पर था, उसने एक तटस्थ रुख अपना लिया था—मुझे क्या लेना-देना, आपस में मरने-मारने दो। हमें तो छोड़कर चले ही जाना है। (We have war to speak now) यह उनका अदरूनी मामला था।

सेना को भी पर्याप्त संख्या में और समय से न लगाने का आरोप लगाया गया था। इस आरोप के खिलाफ बंगाल के तत्कालीन अंग्रेज गवर्नर सर फ्रेडरिक बरोज का कहना था कि जैसे ही उन्हें पर्याप्त संख्या में सेना के 45,000 सिपाही मिल गए थे, तभी उन्होंने दंगों का नियंत्रण करने के लिए फौज को लगा दिया था। यह 19 अगस्त, 1946 की बात थी, पर तब तक भारी संख्या में नरसंहार हो चुका था।

सुहरावर्दी का भी इस दुःखद घटना (जिसमें दोनों तरफ के जान-माल का भारी मात्रा में नुकसान हुआ था) के बाद कोई महिमामंडन नहीं हुआ था। जब दंगा और दंगाई अपनी चरम-सीमा पर थे तो सुहरावर्दी अपने कुछ सहयोगियों के साथ पुलिस कंट्रोल रूम में बैठकर उसका जायजा लेता रहता था। इससे लोगों को संदेह भी हुआ कि कहीं वह पुलिस काररवाई को प्रभावित तो नहीं कर रहा था। सन् 1938-46 तक के कैबिनेट पेपर्स, जो अब जनता के लिए हैं, उनके मुताबिक सुहरावर्दी, पुलिस स्टेशन इसलिए गया था कि उसे पता चले कि पुलिस क्या काररवाई कर रही थी। कलकत्ता मैदान में 1,00,000 मुसलिम लीग के लोगों की रैली में उसने कहा था, "मैंने पुलिस से कहा है कि वे थोड़ा रुककर और धीरे-धीरे काररवाई करें।" वह भाषण उर्दू में था, पर उसने कलकत्ता की जनता को भड़का दिया था, जिसमें अधिकतर लोग उर्दू समझ लेते थे, गाँव की जनता की तुलना में। सुहरावर्दी स्वयं उर्दू अच्छी तरह समझ-बोल लेता था, पर बंगाली बस टूटी-फूटी ही जानता था परंतु इससे उसकी लोकप्रियता में कोई कमी नहीं आई थी, विशेषकर मुसलमानों में, मुसलिम बाहुल्य जिलों व गाँवों में। हिंदुओं के बीच वह कभी भी लोकप्रिय नहीं था और मारवाड़ी लोग तो एक प्रकार से उससे घृणा ही करते थे। यही मारवाड़ी समुदाय, कलकत्ता के सारे कारोबार, व्यापार और वाणिज्य पर नियंत्रण करता था। उसका कहना था कि सुहरावर्दी सांप्रदायिक था और उसके अपराधियों से संबंध थे। बहुत ज्यादा संदेह इस बात का था कि 1943 के बंगाल के अकाल में, स्थिति भयावह करने में सुहरावर्दी का बहुत बड़ा हाथ था। ज्ञातव्य हो कि बंगाल के अकाल में भूख के कारण लगभग 30 लाख लोगों की असमय मृत्यु हो गई थी। काला बाजारियों और आपराधिक तत्त्वों द्वारा अनाज को दबा लेने के कारण ही यह अकाल पड़ा था और उन्हें सुहरावर्दी ने बढ़ावा दिया था।

उस वक्त बंगाल में मुसलिम 54 प्रतिशत थे। हिंदू 42 प्रतिशत और शेष 6 प्रतिशत

में बौद्ध, ईसाई और अन्य जातियाँ थीं; परंतु कलकत्ता में उस वक्त बंगाल का आर्थिक पावरहाउस था, जहाँ हिंदू 43 प्रतिशत, मुसलिम 23 प्रतिशत और शेष में सिख-ईसाई तथा अन्य थे।

बंगाल की सारी अर्थव्यवस्था कलकत्ता पर निर्भर थी, जहाँ पर बंदरगाह था और जूट मिलें थीं। बंगाल का दूसरा मुख्य शहर ढाका था, पर वह कलकत्ता के मुकाबले कुछ खास नहीं था; जबकि जूट पूर्वी बंगाल में होता था, कच्चा जूट पूर्वी बंगाल के खेतों में पैदा होता था। अतएव कोई भी पार्टी, जो बंगाल पर शासन करना चाहती थी, उसे कलकत्ता पर नियंत्रण करना जरूरी था। कलकत्ता के दंगे और मार-काट वहाँ पर अपना नियंत्रण जमाने के लिए ही था और उसके संसाधन पर भी।

इस लड़ाई के बीज अंग्रेजों ने बीसवीं सदी के प्रारंभ में ही बो दिए थे, जब उन्होंने बंगाल का विभाजन करने के लिए एक योजना बनाई थी।

जब सन् 1905 में वाइसराय लॉर्ड कर्जन ने बंगाल के दो टुकड़े कर दिए थे, तब इसका बंगालवासियों ने बहुत प्रतिवाद किया, तमाम विरोध और प्रदर्शन हुए थे। हालाँकि लॉर्ड कर्जन ने कहा था कि बंगाल बहुत बड़ा प्रांत था। अतः प्रशासनिक कारणों से इसके दो भाग किए गए थे; परंतु इस तर्क में वहाँ कोई विश्वास नहीं करता था कि किस प्रकार से दो प्रांतों के निर्माण से शासन करना आसान हो जाएगा। कर्जन ने कहा था कि बंगाल प्रांत 1,89,000 वर्ग मील (लगभग 3 लाख वर्ग किलोमीटर) में फैला हुआ था और उसकी आबादी उस वक्त 7.80 करोड़ थी।

बंगाली, और उसमें भी खासकर हिंदू लोग, भारत में ब्रिटिश शासन के विशेष लाभार्थी थे। उन लोगों ने शिक्षा, सरकारी नौकरियों तथा व्यापार द्वारा अपना कब्जा जमा लिया था। वे लोग इससे काफी खिन्न या परेशान थे। उनका सोचना था कि इस विभाजन द्वारा वे बंगालियों को धर्म के आधार पर विभाजित करना चाहते थे, खासकर हिंदू बंगाली उस समय भारत में अंग्रेजी शासन के खिलाफ हो गए और आजादी के स्वर मुखर होने लगे थे। यह एक गलत धारणा नहीं थी, क्योंकि पूर्वी बंगाल को असम के साथ जोड़ दिया गया था, जिससे वह मुसलिम बाहुल्य प्रांत बन गया था। दूसरी ओर, पश्चिम बंगाल, जिसकी राजधानी पहले की तरह कलकत्ता थी, वह एक हिंदू-बहुल प्रांत बन गया था। फिर भी, बंगाली इस नए प्रांत में अपना वर्चस्व खो बैठने वाले थे, क्योंकि उसमें बिहार और उड़ीसा प्रदेशों को भी जोड़ दिया गया था।

जबकि पूर्वी बंगाल में उस समय 1.8 करोड़ मुसलमान और 1.2 करोड़ हिंदू थे, पश्चिम बंगाल में 1.7 करोड़ बँगला-भाषी थे और हिंदी व उड़िया बोलनेवाले कुल मिलाकर 3.7 करोड़ लोग थे। इस प्रकार से हिंदू बंगाली पश्चिम बंगाल में अपना प्रभुत्व खो बैठे थे।

इस फैसले का हर जगह बहुत विरोध हुआ। तमाम जन-आंदोलन हुए, विदेशी सामान और कपड़ों का बहिष्कार किया गया था और सरकार गलत मुद्दे पर पकड़ी गई। बंगाल के तमाम जाने-माने एवं गण्यमान्य व्यक्ति, नेता एवं बुद्धिजीवियों ने इस आंदोलन का समर्थन किया था। वे सब लोग इस बात से बहुत क्षुब्ध थे कि बंगाल को मजहब के आधार पर विभाजित करने का प्रयास किया गया था।

16 अक्तूबर, 1905 को जब बंगाल का विभाजन होना था, उस दिन बंगाल में शोक दिवस मनाया गया था और सैकड़ों जनसभाएँ हुई थीं, जिसमें इस बात पर जोर दिया गया था कि ब्रिटिश सरकार किस प्रकार से 'बाँटो और राज करो' नीति का एक उत्कृष्ट उदाहरण था।

बँगला कवि रवींद्रनाथ टैगोर ने 'बँगलार, माटी, बँगलार जल' (बंगाल की मिट्टी, बंगाल का पानी) नाम का एक नारा दिया, जो उन लोगों में बहुत लोकप्रिय हुआ, जो बँटवारे को रद्द करवाना चाहते थे। यह आंदोलन हिंदू-मध्य वर्ग के समर्थन से, जो वहाँ जनमत को प्रभावित करता था, काफी तेजी पकड़ गया था। बंगाल के विभाजन का मुद्दा और जन-आंदोलन ने शीघ्र ही एक ब्रिटिश विरोधी आंदोलन का रूप ले लिया था।

कांग्रेस पार्टी ने भी इस आंदोलन और विरोध का जोरदार समर्थन किया था। इस प्रकार इसने एक राष्ट्र-व्यापी आंदोलन का रूप ले लिया था। पहली बार विरोधी दलों, जो पहले केवल एक अर्जी देकर रह जाते थे, ने भी एक बड़े जन-आंदोलन का रूप ले लिया था।

प्रशासनिक कार्यों की सुविधा, जिस कारण से बंगाल का विभाजन किया गया था, में भी कोई आसानी नहीं हुई थी। इन सब कारणों ने ब्रिटिश सरकार को इस निर्णय पर पुनर्विचार करने को विवश कर दिया।

इस आंदोलन ने एक विस्तृत रूप धारण कर लिया था और जगह-जगह कुछ 'आतंकवादी' ग्रुप भी बन गए थे। अंग्रेजी प्रशासन ने इस विद्रोह, जन-आंदोलन को कुचलने की तमाम कोशिशें कीं तथा 'वंदे मातरम' गीत गाने पर प्रतिबंध भी लगा दिया था; पर इन सबने आग में घी का काम किया तथा आंदोलन ने उग्र रूप धारण कर लिया था। छात्रों तथा प्रेस पर प्रतिबंध या दबाव से वे लोग भी घोर विरोधी बन गए थे, परंतु अंततोगत्वा जिस चीज ने ब्रिटिश प्रशासन पर दबाव बनाया कि उन्होंने अपने इस विभाजन वाले फैसले को फिर उलटा कर दिया था, वह यह था कि बंगाल में इंग्लैंड में बने उत्पादों का सार्वजनिक बहिष्कार कर दिया गया था, जिसमें कपड़े और अन्य सामान शामिल थे। बंगालियों ने स्थानीय सामानों का इस्तेमाल शुरू कर दिया था। इस पर उन्होंने दोबारा नहीं सोचा।

जनता का क्षोभ और आक्रोश इतना बढ़ गया था कि वे बंगाल को पुनः एकीकृत

करने के लिए कटिबद्ध थे। उन्होंने हर चीज के लिए स्वदेशी उत्पादों का प्रयोग शुरू कर दिया था। सन् 1908 तक अंग्रेज व्यापारी घबरा गए कि क्या करें। भारत को निर्यात में बड़ी गिरावट आ गई थी।

बंगाल विभाजन का समर्थन केवल पूर्वी बंगाल के मुसलमान कर रहे थे। मुसलमान नेताओं की राय थी कि पूर्वी बंगाल, जो अभी तक एक पिछड़ा इलाका रहा था और पश्चिम बंगाल को कच्चा माल—जूट, सन, पान आदि की आपूर्ति करता था, अब विकास के रास्ते पर चल सकेगा। अब यहाँ पर उद्योग लगाए जा सकेंगे तथा पर्याप्त मात्रा में शैक्षिक संस्थान खोले जा सकेंगे।

इस आंदोलन के समर्थन में दिसंबर 1906 में ढाका में मुसलिम लीग की स्थापना की गई। लगभग 3,000 प्रतिनिधियों ने उस सम्मेलन में भाग लिया था। ढाका के नवाब सलीमुल्ला खाँ ने अपने महल अहसान मंजिल में इस सम्मेलन का आयोजन किया था। वही इस पार्टी को बनाने के लिए प्रमुख व्यक्ति था। हालाँकि कुछ प्रतिनिधि उत्तर भारत से आए थे, जहाँ पर एक मुसलिम एकता की भावना जाग्रत् हो रही थी। मुसलिम लीग का बनना, इस बात का भी संकेत दे रहा था कि पश्चिम बंगाल मुसलिम चैतन्यता और पहचान का एक बड़ा केंद्र बनने जा रहा था।

सन् 1909 में बंगाल-विभाजन के बुरे प्रभाव को नियंत्रित करने के लिए और देश में राजनीतिक चेतना के बढ़ने पर नियंत्रण रखने के लिए सरकार ने मिंटो-मॉर्लो (Minto-Morley-reforms) की घोषणा की। इसके अंतर्गत संघीय और प्रातीय दोनों स्तरों पर विधान परिषदों में भारतीयों का प्रतिनिधित्व रहना था। वाइसराय की एक्जीक्यूटिव कौंसिल में भी एक भारतीय सदस्य को रखा गया; किंतु इतिहास में पहली बार एक अलग मुसलिम मतदाता (electorate) बनाया गया, जहाँ पर मुसलिम आबादी अपने लिए मुसलिम कौंसलर चुन सकती थी। इस पहल ने भारत में अलगाववादी आंदोलन की नींव रखी (या बीज बोए) और जैसा कि हमने पहले देखा था, इससे बंगाल की राजनीति में एक बहुत बड़ा बदलाव आया।

अंततोगत्वा सन् 1911 में बंगाल के विभाजन को रद्द कर दिया गया, परंतु इसके साथ ही भारत की राजधानी को कलकत्ता से दिल्ली स्थानांतरित कर दिया गया था। यह पहल बंगालियों के महत्त्व को कम करने केलिए की गई थी।

अगस्त 1946 में कलकत्ता में हुए खूनी दंगों के बाद ऐसी ही वारदातें अक्तूबर 1946 में नोआखाली में हुईं, जिसमें लाखों लोगों का नर संहार हुआ था। जो भी इन दंगों के फैलाने के लिए जिम्मेदार रहा हो, परंतु चिट्टगोंग डिवीजन के नोआखाली में जो मुसलिम बाहुल्य का एक ग्रामीण इलाका था, में यह खबर पहुँची कि कलकत्ता में मुसलमानों को निशाना बनाया गया था। इससे धीरे-धीरे हिंदुओं के प्रति दुर्भावना बढ़ती

चली गई। कवियों और भाटों ने अपनी-अपनी हिंदू-विरोधी रचनाओं से इन हिंदू-विरोधी भावनाओं को और भड़का दिया था।

10 अक्तूबर, 1946, विजयादशमी के बाद जब पूर्णमासी को, जिस रात को जागरी लक्ष्मी-पूजा होती है, उस रात को नोआखाली में आतंकवाद और नर-संहार का ऐसा खूनी खेल हुआ, जैसा कभी नहीं हुआ था। यह एक स्थानीय जमींदार से शुरू हुआ था। उसके सारे घरवालों को मार दिया गया था और घर में आग लगा दी गई थी। हिंसा और आगजनी अगले कई हफ्तों तक चली और यह हिंसा 5,180 वर्ग किलोमीटर तक फैल गई थी। इस तरह के पूर्व नियोजित दंगों में गाँवों में हजारों हिंदू मारे गए थे तथा सैकड़ों औरतों का बलात्कार हुआ था। तमाम हिंदुओं का जबरदस्ती इसलाम में धर्म-परिवर्तन कर दिया गया तथा कई औरतों व लड़कियों का बलपूर्वक मुसलमानों के साथ विवाह कर दिया गया था। दंगों में कितने लोग मारे गए थे, इसका कोई अनुमान नहीं मिलता है; पर यह तथ्य तो सर्व-विदित है कि केवल हिंदुओं को निशाना बनाया गया था। सबसे भयानक घटना में एक स्थानीय जमींदार राजेंद्र लाल चौधरी के घर पर दिन-दहाड़े ही हमला बोल दिया गया था और उसके परिवार के तेईस सदस्यों की हत्या कर दी गई थी। इन हमलों का मकसद था, हिंदू आबादी में दहशत फैलाना और उन्हें इस बात के लिए मजबूर करना कि वे अपना घर-बार, दुकान, मकान—सब छोड़कर भाग जाएँ। लगभग 1.5 लाख लोगों की अपनी चल-अचल संपत्ति को नुकसान पहुँचा था। पुलिस निष्प्रभावी थी। मूकदर्शक बनकर नर-संहार और आगजनी की वारदातों को अंजाम दिया जा रहा था। ब्रिटिश सरकार ने दंगों को नियंत्रित करने के बजाय प्रेस का ही गला घोंट दिया उस पर सख्त पाबंदी लगाकर। इसके फलस्वरूप बाहरवालों को कुछ सही-सही खबरें नहीं मिल पा रही थीं। या तो वे बहुत ही बढ़ा-चढ़ाकर बताई जा रही थीं या फिर काफी हटकर खबरें आ रही थीं। दरअसल, उस क्षेत्र में हिंदू-मुसलमानों का अनुपात 4:10 (यानी 4 हिंदुओं पर 10 मुसलमान) था। जाहिर था कि मुसलमान उन पर भारी पड़ रहे थे। वैसे भी, हिंदू भीरु प्रकृति के होते हैं और उनके घर पर आमतौर पर कोई अस्त्र-शस्त्र नहीं होता है। संभवतः आबादी के अनुपात में संतुलन न होने से दंगे इतना उग्र रूप धारण कर जाते हैं।

7 नवंबर, 1946 को जब गांधीजी ने इन दंगों और नर-संहार के बारे में सुना तो वे फिर नोआखाली जाने के लिए तत्पर हो गए कि वहाँ जाकर वे कुछ शांति बहाल करने के प्रयास करेंगे। वे वहाँ पर 2 मार्च, 1947 तक यानी लगभग चार माह रहे। सुहरावर्दी चाहते थे कि मुसलमानों के लिए अलग मतदान क्षेत्र हो, जैसा अंग्रेजों ने किया था। यदि अलग-अलग मतदान क्षेत्र होते हैं तो फिर इसका अर्थ होगा कि उसी प्रकार का वोटिंग पैटर्न होगा, जैसा सन् 1901 में हुआ था। वही अलगाववादी भावनाएँ पैदा होंगी।

कांग्रेस को यही प्रतीत हो रहा था। और यह सच भी था कि सुहरावर्दी पूरे बंगाल को भारत से अलग करना चाहता था। (कम-से- कम पूर्वी बंगाल तो अलग हो ही जाता, जैसा अब बँगलादेश के बनने के बाद हुआ) परंतु कुछ बंगाली नेता इसका समर्थन भी कर रहे थे, क्योंकि वे उसमें बंगाली एकता देख रहे थे कि इससे संयुक्त बंगाल की योजनाओं को बल मिलेगा।

बंगाल में हुए भीषण दंगों ने कांग्रेस और बंगाली समाज के शीर्ष पुरुषों जैसे कि श्यामा प्रसाद मुखर्जी आदि, को इस बात का पक्का भरोसा करवा दिया कि बंगाल का विभाजन ही इन हालात में एकमात्र विकल्प था। इस संदर्भ में यह पूछा जा सकता है कि यदि उस समय वहाँ पर सुभाषचंद्र बोस होते तो फिर कलकत्ता के खूनी दंगों पर उनकी क्या प्रतिक्रिया होती? नोआखाली में हुए दंगों के लिए (जिसमें हिंदुओं का नरसंहार हुआ था) वे कैसी प्रतिक्रिया करते? यह बहुत दूर की सोच नहीं है कि यदि उस वक्त वहाँ नेताजी होते तो संभवत: वे कलकत्तावासियों के क्रोध को शांत करने में सफल होते और दंगे इतना उग्र रूप न धारण करते, यहाँ तक कि सुहरावर्दी जैसे लोकप्रिय नेता को भी सुभाषचंद्र बोस के दृष्टिकोण और विचारों का अवश्य सम्मान करना पड़ता। बोस और सुहरावर्दी दोनों ने ही अपना राजनीतिक कैरियर देशबंधु चित्तरंजन दास के नेतृत्व में शुरू किया था, जब सन् 1924 में कलकत्ता नगर निगम के चुनावों में चित्तरंजन दास कलकत्ता के मेयर, सुहरावर्दी डिप्टी मेयर और सुभाषचंद्र बोस कलकत्ता नगर निगम के चीफ इक्जीक्यूटिव ऑफिसर (CEO) चुने गए थे।

27 अप्रैल, 1947 को जब बंगाल में कलकत्ता और नोआखाली में खूनी दंगे हो चुके थे और दोनों समुदायों में एक अविश्वास की दरार पैदा हो गई थी, तब सुहरावर्दी ने बंगाल के लिए नई योजना सुझाई थी—एक संयुक्त और स्वतंत्र बंगाल की रचना का प्रस्ताव। यह बंगाल भारत और पाकिस्तान दोनों से अलग होता। यह नया बंगाल किसी भी देश का हिस्सा नहीं होता, यानी स्वतंत्र देश होता। दो दिन बाद 29 अप्रैल को कलकत्ता में एक अन्य मुसलिम नेता अबुल हाशिम ने भी इसी प्रकार का प्रस्ताव रखा। कुछ दिनों बाद नेताजी के बड़े भाई शरतचंद्र बोस ने कहा कि संप्रभु समाजवादी बंगाल गणतंत्र का निर्माण होना चाहिए। इसके लिए उनकी कुछ अन्य बंगाली नेताओं, जैसे—किरण शंकर रॉय, जो स्वतंत्रता के बाद बंगाल के गृह मंत्री बने थे, का समर्थन प्राप्त था।

20 मई, 1947 को बंगाली नेताओं ने एक संयुक्त और स्वतंत्र बंगाल के लिए एक औपचारिक प्रस्ताव की घोषणा की; परंतु यह प्रस्ताव न तो कांग्रेस पार्टी और न ही मुसलिम लीग को पसंद आया। शरतचंद्र बोस और सुहरावर्दी (बंगाल के तत्कालीन मुख्यमंत्री) में भी मतभेद पैदा हो गए थे जबकि शरत बोस चाहते थे कि मतदान के लिए एक साझा मतदान-क्षेत्र हो।

जिन्ना को भी लगा कि बिना कलकत्ता के बंगाल कुछ भी नहीं है। उनको यह भी आशा थी कि एक स्वतंत्र बंगाल के नवोदित राष्ट्र पाकिस्तान से अच्छे रिश्ते होंगे; पर जिन्ना के बहुत ही करीबी अनुयायी मौलाना अकरम खान और सर ख्वाजा नजीमुद्दीन इस प्रस्ताव के खिलाफ थे।

सुहरावर्दी की सोच कुछ अलग थी। उसे पता था कि मुसलिम बहुमत के साथ वे कलकत्ता मिलाकर पूरे बंगाल पर नियंत्रण रख सकते थे। यह योजना लागू कर दी जानी थी। तब शरतचंद्र बोस ने भी इस योजना को अपनी हरी झंडी दिखा दी थी, क्योंकि कांग्रेस से उनका मोह भंग हो गया था। उन्हें ऐसा प्रतीत होता था कि वे हिंदुओं के हितों का ज्यादा ध्यान रख रहे थे; परंतु गांधी तो हमेशा मुसलमानों के पक्ष में रहे थे। इसके अलावा, उन्हें यह भलीभाँति पता था कि यदि बंगाल का विभाजन कर दिया गया तो उसकी अर्थव्यवस्था बिल्कुल चौपट हो जाएगी।

उनका मानना था कि विभाजित बंगाल उतनी तरक्की नहीं कर पाएगा। उसका एक रहना उसकी प्रगति के लिए जरूरी था। यह भय आधारहीन नहीं था, क्योंकि भारत की आजादी एवं विभाजन (पूर्वी बंगाल पूर्वी पाकिस्तान बन गया था) के बाद बंगाल, जो औद्योगिकीकरण और व्यापार में कभी शिखर पर था, वह धीरे-धीरे अवनति के पथ पर चल पड़ा था। कुछ हद तक इसके लिए वामपंथी शासन भी जिम्मेदार था। हड़तालों और बंद की वजह से तमाम उद्योग वहाँ से अन्य जगहों पर स्थानांतरित हो गए थे।

लगभग 15 दिन बाद 3 जून, 1947 को एक एकीकृत बंगाल की स्वीकृति का प्रस्ताव पास हो गया; परंतु लगभग उसी समय भारत के वाइसरॉय लॉर्ड माउंटबेटन ने घोषणा की कि 15 अगस्त, 1947 को भारत आजाद हो जाएगा। इस प्रकार से संयुक्त व स्वतंत्र बंगाल की योजना ध्वस्त हो गई। बंगाल अंततोगत्वा दो हिस्सों में बँट ही गया। पूर्वी बंगाल (मुसलिम बाहुल्य क्षेत्र) पाकिस्तान की झोली में डाल दिया गया।

बंगाल का पहला विभाजन सन् 1905 में हुआ था, जिसका हिंदुओं ने घोर विरोध और प्रतिवाद किया था; पर मुसलमानों ने इसका समर्थन किया था। परंतु सन् 1947 में दोबारा विभाजन हिंदुओं के इस भय और आशंका के कारण हुआ था कि वे मुसलमानों द्वारा टिड्डी दल की तरह घेर लिये जाएँगे और उनका स्वतंत्र अस्तित्व ही खत्म हो जाएगा।

यहाँ पर लाख टके का सवाल यह उठता है कि क्या सुभाषचंद्र बोस अपने बड़े भाई द्वारा प्रस्तावित एक स्वतंत्र बंगाल की परिकल्पना या अवधारणा को मान लेते? ऐसा नहीं प्रतीत होता है कि वे इस प्रस्ताव को आसानी से, कठिनाई से भी शायद ही, मान लेते। एक संप्रभुता-संपन्न समाजवादी स्वतंत्र भारत ही उनकी परिकल्पना और दृष्टि थी न कि एक स्वतंत्र बंगाल, जो भारत से अलग हो। इस कारण से एक स्वतंत्र

बंगाल की अवधारणा उनको अपील नहीं करती थी। फिर भी ज्येष्ठ भ्राता शरतचंद्र बोस की अवधारणा थी—एक संघीय भारत के अंतर्गत एक ऐसा बंगाल, जिसका अपना संविधान हो, शायद उनके अनुज द्वारा ठुकराया न जाता, यदि किन्हीं परिस्थितियों के कारण संप्रभुता-संपन्न, समाजवादी एवं स्वतंत्र भारत का बनना संभव नहीं था।

किंतु सबकुछ कहने व करने के बाद यहाँ यह उल्लेख करना उचित होगा कि सुभाषचंद्र बोस के पास ऐसे राजनीतिक गुण थे कि वे बंगाल के विभाजन को रुकवा सकते थे। ऐसे विचार उन्होंने बंगाल प्रांत में हुए चुनाव के दौरान व्यक्त किए थे।

जब मार्च 1946 में बंगाल के चुनाव हुए थे, तभी मुसलिम लीग ने इसे करीब-करीब अलग बंगाल के लिए एक जनमत-संग्रह का रूप दिया था।

इस आधार पर मुसलिम लीग को 250 सदस्यों की विधानसभा में 115 सीटें मिली थीं। अतएव अभी भी अधिकतर लोग बंगाल-विभाजन के पक्ष में नहीं थे। कांग्रेस को 87 सीटें मिली थीं और यूरोपियन, जिनका अलग मतदान क्षेत्र था, उन्हें 25 सीटें मिली थीं। यहाँ तक कि सुहरावर्दी को इस बात का पक्का पता नहीं था कि उसकी पार्टी के भी कुछ लोग उसका साथ देंगे या नहीं, जैसे कि अकरम और नजीमुद्दीन। वे असेंबली में उनके खिलाफ वोट कर सकते थे। अतएव सुहरावर्दी कांग्रेस के कुछ लोगों से पिछले दरवाजे से गुपचुप रूप में किरण शंकर रॉय और अन्य सदस्यों द्वारा बात करने लगे थे कि वे उनके साथ एक गठबंधन बना लें और फिर सरकार बना ली जाए। किरन शंकर तत्कालीन कांग्रेस अध्यक्ष मौलाना अबुल कलाम आजाद के साथ सलाह-मशविरा करने गए। मौलाना आजाद, जो बंगाल से थे, उन्होंने इस गठबंधन के लिए हरी झंडी दे दी थी, पर इस शर्त के साथ कि मुसलिम लीग का केवल एक ही मंत्री, कांग्रेस के मंत्रियों की संख्या से व्यक्त होगा। तथापि इस योजना को लागू नहीं किया जा सकता था किंतु, क्योंकि सुहारावर्दी की शर्त यह थी कि कांग्रेस किसी मुसलिम सदस्य को मंत्री नहीं बनाएगी। एक यह भी माँग थी कि गृहमंत्री कांग्रेस का ही होगा। अंततोगत्वा सुहरावर्दी ने यूरोपियंस की मदद से मंत्रिमंडल का गठन कर लिया, परंतु उसमें एक भी गैर-मुसलिम सदस्य नहीं था। कोई भी हिंदू मंत्री नहीं था। इसकी कड़ी आलोचना के मद्देनजर सुहरावर्दी ने अपनी कैबिनेट में अखिल भारतीय अनुसूचित जातियों के फोरम के बंगाल-प्रमुख जोगेंद्र मंडल को अपने मंत्रिमंडल में ले लिया। इन सब कृत्यों से हिंदुओं एवं मुसलमानों के बीच तनाव और बढ़ गया और उन्हें लगा कि सुहरावर्दी के कामों में हिंदू-विरोधी पुट था।

सन् 1938 तक कांग्रेस पार्टी कोई ऐसे कदम नहीं उठा सकी कि मुसलिम लीग की मुसलमानों में बढ़ती हुई लोकप्रियता को रोका जा सके और उसके जरिए बंगाल के विभाजन को भी। सुभाषचंद्र बोस ने उस समय एक नई पार्टी 'कांग्रेस-कृषक प्रजा

पार्टी' (के.पी.पी.) की स्थापना का प्रस्ताव रखा था। हालाँकि इस पार्टी के अधिकतर सदस्य मुसलिम थे, परंतु फिर भी यह पार्टी किसानों का प्रतिनिधित्व करती थी और इस प्रकार से यह सांप्रदायिक नहीं थी।

ऐसा हुआ कि सन् 1937 में ही भारतीय प्रांतीय चुनावों में कांग्रेस को बंगाल में बहुमत मिला था, परंतु यह पूर्ण बहुमत नहीं था। पर कांग्रेस की उस वक्त नीति ऐसी थी कि वह वहीं पर सरकार बनाती थी, जहाँ उसे बहुमत मिलता था। इस प्रकार से जब शरतचंद्र बोस को सरकार बनाने के लिए कहा गया तो उन्होंने इस प्रस्ताव को ठुकरा दिया था।

सुभाषचंद्र बोस ने इस चुनाव में हिस्सा नहीं लिया था, परंतु जो पार्टी नंबर 2 पर आई भी, वह थी—KPP यानी 'कृषक प्रजा पार्टी'। बंगाल में उस वक्त इस पार्टी का नेता अबुल कसेम फजलुल हक था। उसने इस प्रस्ताव को स्वीकार कर लिया तथा पार्टी सदन में मुसलिम लीग के साथ सरकार बनाई थी, कांग्रेस ने सरकार ज्वॉइन नहीं की थी, परंतु दोनों पार्टियों में वैचारिक मतभेद थे; जबकि के.पी.पी. किसानों के हित में काम करती थी और स्थायी बंदोबस्त कानून 1793 की भी विरोधी थी, यानी वह जमींदारी प्रथा को समाप्त करवाने के पक्ष में थी, जबकि सुहरावर्दी की मुसलिम लीग बंगाल और संयुक्त प्रांत (अवध+आगरा) के हितों का प्रतिनिधित्व करती थी। इस प्रकार से कृषक प्रजा पार्टी और मुसलिम लीग में वैचारिक मतभेद थे। इसके अलावा, मुसलिम लीग सांप्रदायिक आधार पर थी, परंतु के.पी.पी. छोटे किसानों के हितों की रक्षा के लिए बनाई गई थी। इसी कारण से वह (के.पी.पी.) लोकप्रिय बन गई थी। इस प्रकार से इन दोनों पार्टियों में वैचारिक मतभेद थे।

एक व्यक्ति, जिसने इस वैचारिक मतभेद को भाँप लिया था, वह सुभाषचंद्र बोस था। वे 1938 में सक्रिय राजनीति में आए थे और चुनावों के द्वारा भारतीय राष्ट्रीय कांग्रेस के अध्यक्ष बन गए थे। बोस ने महात्मा गांधी से वार्त्तालाप किया कि बंगाल में के.पी.पी. कांग्रेस के साथ मिलकर सरकार बनाए और वर्तमान के.पी.पी. एवं मुसलिम लीग की गठबंधन सरकार को गिरा दे। इसमें फजलुल हक मोहरा बनता। गांधीजी ने पहले तो अपनी सहमति जता दी, पर बाद में फिर पलट गए। दिसंबर 1938 में उन्होंने बोस को वर्धा से पत्र लिखा कि वे मौलाना अबुल कलाम आजाद तथा उद्योगपति घनश्याम दास बिड़ला और नलिनी रंजन सरकार से बातचीत करने के बाद इस निष्कर्ष पर पहुँचे थे कि वर्तमान बंगाल सरकार को गिरा देने से कोई विशेष लाभ नहीं होने वाला था। कुछ दिन बाद ही क्षुब्ध बोस ने गांधीजी को एक पत्र लिखा—"आपका पत्र पढ़कर मुझे बहुत धक्का पहुँचा। मुझे याद पड़ता है कि मैंने आपसे बंगाल की स्थिति के बारे में कई बार बातचीत की थी। कुछ दिन पहले ही जब मैं वर्धा गया था, आपसे इस विषय पर

विस्तार से चर्चा हुई थी। समाचार-पत्रों के अनुसार, मेरे जाने के बाद आपसे घनश्याम दास बिड़ला, मौलाना अबुल कलाम आजाद और नलिनी रंजन सरकार मिले थे, यह साफ जाहिर है कि आपने उनसे मिलकर बातचीत करने के बाद अपनी राय बदल ली है। इससे यह पता चलता है कि आप उन तीन भद्र पुरुषों के मत को ज्यादा महत्त्व देते हैं, बजाय उन लोगों के, जो बंगाल में कांग्रेस का संचालन करने के लिए जिम्मेदार हैं। नलिनी रंजन सरकार, जो बंगाल के एक उद्योगपति हैं, वे बिड़ला के शिष्य हैं और सन् 1937 में फजलुल हक की गठबंधन सरकार में वित्त मंत्री थे।''

कांग्रेस का कृषक प्रजा पार्टी (के.पी.पी.) के साथ मिलकर बंगाल में सरकार न बनाना एक प्रकार से ऐतिहासिक भूल थी, क्योंकि मुसलिम लीग ने इस मौके का, जो कांग्रेस ने उनकी थाली में परोस दिया था, भरपूर फायदा उठाया। शीघ्र ही फजलुल हक मुसलिम लीग के कुचक्र में फँस गए। जिन्ना ने उन्हें के.पी.पी. से अलग कराकर मुसलिम लीग में शामिल कर लिया, क्योंकि जिन्ना को लगा कि हक लीग के लिए एक बहुत ही महत्त्वपूर्ण व्यक्ति साबित हो सकते थे।

सन् 1940 में जिन्ना ने लाहौर में उनसे ही 'लाहौर रिजॉल्यूशन' (अब पाकिस्तान बनाने का रिजोल्यूशन) पास करवाया था। इसमें भारतीय मुसलमानों के लिए एक अलग देश—पाकिस्तान—बनाने का प्रस्ताव लाया गया था। इसके पहले मुसलमानों ने भी कभी यह नहीं सोचा था कि वे बंगाल को भी नए देश पाकिस्तान के दायरे में ला सकते थे। (लेकिन हक की वजह से यह संभावना पैदा हो गई थी।) मुसलिम लीग की स्थिति बंगाल में बहुत मजबूत हो गई थी और सांप्रदायिक दंगे भी बहुत बढ़ गए थे।

शीघ्र ही फजलुल हक, जो एक किसान नेता थे, की समझ में आ गया कि मुसलिम लीग उनका बेजा इस्तेमाल कर रही है। अतएव उन्होंने अपने को लीग से अलग कर लिया था। वे शरतचंद्र बोस, श्यामा प्रसाद मुखर्जी आदि बंगाल के बड़े नेताओं से मिले, बातचीत की तथा नई सरकार बनाने की पेशकश की। लीग के मंत्रियों को जब इसकी भनक पड़ी तो उन्होंने मंत्रिमंडल से इस्तीफा दे दिया ताकि वे फजलुल हक को मजबूत कर सकें। परंतु हक ने भी मंत्रिमंडल से इस्तीफा दे दिया। उस कैबिनेट को बरखास्त कर दिया गया। फिर उन्होंने श्यामा प्रसाद मुखर्जी के साथ नया मंत्रिमंडल बनाया, जिसमें सुभाषचंद्र बोस के फॉरवर्ड ब्लॉक से भी दो मंत्री थे। (सुभाषचंद्र बोस तो स्वयं उस वक्त जर्मनी में थे।) श्यामा प्रसाद मुखर्जी को उन्होंने अपना वित्त मंत्री बनाया।

फजलुल हक और श्यामा प्रसाद मुखर्जी ने मिलकर बंगाल के जिलों का दौरा किया तथा हिंदुओं से मस्जिदों और मुसलमानों से मंदिरों की सुरक्षा करने का आह्वान किया, जिससे दोनों समुदायों में शांति एवं भाईचारा फिर से बहाल किया जा सके। परंतु शीघ्र ही परिस्थितियाँ बदलने लग गईं। कांग्रेस ने अंग्रेजी शासन के खिलाफ 'भारत

छोड़ो आंदोलन' की घोषणा की शुरुआत कर दी और बाद में जब विश्व युद्ध बढ़ता गया तो जापानी आक्रमण का भय और आशंका भी बढ़ने लगी थी। लोकप्रिय सरकार अब शक्तिहीन हो गई थी, क्योंकि सारी शक्तियाँ अब गवर्नर के पास आ गई थीं।

'भारत छोड़ो' आंदोलन बंगाल में पूरा जोर पकड़ गया था, जैसे कि मिदनापुर में, जहाँ पर पुलिस को आंदोलनकारियों को काबू करने के लिए काफी बल का प्रयोग करना पड़ा था। आंदोलन को कुचलने के लिए उन्होंने बड़ी बर्बरता की और जुल्म ढाए तथा महिलाओं का बलात्कार भी किया। ब्रिटिश सरकार इतनी संवेदनहीन हो गई थी कि जब फजलुल हक ने इस पर जाँच बैठाने को कहा, तब ब्रिटिश गवर्नर ने उन्हें उत्तर दिया कि वे इस तरह की बातें करने और आश्वासन देने से बाज आएँ। सुहरावर्दी ने भी अंग्रेजों की खुशामद करते हुए फजलुल हक की आलोचना की और कहा कि वे हिंदुओं के हितैषी बन गए थे। हक की लोकप्रियता भी इस सबकी वजह से घट गई थी। परिस्थितियाँ उनके नियंत्रण से बाहर हो गई थीं।

जापान ने भी अंग्रेजों के खिलाफ अपनी लड़ाई तेज कर दी थी। उसने कलकत्ता और बंगाल के अन्य हिस्सों पर बमबारी भी शुरू कर दी थी।

मुसलिम लीग के सुहरावर्दी ने भी अंग्रेजों के कान भरने शुरू कर दिए थे कि बंगाल की वर्तमान हक सरकार को बरखास्त कर देना चाहिए, क्योंकि उसमें दो मंत्री फ़ॉरवर्ड ब्लॉक के थे, जिसके संस्थापक क्रांतिकारी नेता सुभाषचंद्र बोस थे (जो अब जर्मनी में थे) और जो धुरी राष्ट्रों (जर्मनी, इटली एवं जापान आदि) के साथ सहयोग कर रहे थे। श्यामा प्रसाद मुखर्जी, वित्त मंत्री ने भी इस कारण से त्यागपत्र दे दिया कि उनकी सारी शक्तियाँ छिन गई थीं। अपने इस्तीफे में उन्होंने लिखा कि ब्रिटिश अपने अधिकारियों की राय पर ज्यादा भरोसा कर रहे थे, बजाय कि जनता के चुने हुए प्रतिनिधियों पर। श्यामा प्रसाद मुखर्जी ने बंगाल के गवर्नर जॉन आर्थर हर्बर्ट पर भी यह आरोप लगाया कि वे मुसलिम लीग का समर्थन कर रहे थे। कुछ महीने बाद ही हर्बर्ट ने तीन-पाँच करके हक को भी निकलवा दिया। यह कहने की जरूरत नहीं है कि फिर से एक बार मुसलिम लीग की सरकार सत्तारूढ़ हो गई थी, और तभी बंगाल में मनुष्य-जनित भीषण अकाल पड़ा था, जिसमें लाखों लोग बेमौत मारे गए थे।

सुभाषचंद्र बोस के सिंगापुर में पहुँचने की खबर से ब्रिटिश में (भारत में) हड़कंप मच गया था और उन्हें आशंका थी कि कहीं वे जापानियों की मदद से बंगाल पर हमला न बोल दें। ऐसी परिस्थितियों में वे यह नहीं चाहते थे कि वहाँ फजलुल हक जैसा एक स्वतंत्र विचारों वाला नेता प्रधानमंत्री हो। वे एक ऐसा मुसलमान नेता वहाँ चाहते थे, जो अंग्रेजों की कठपुतली हो। उनको ख्वाजा नजीमुद्दीन में एक ऐसा शख्स मिल भी गया। ़त मुसलिम नेता के कार्यकाल में, जिसमें कुछ मंत्री हिंदू थे, खास बात यह हुई कि उस

वक्त बंगाल दुर्भिक्ष का सामना कर रहा था, जो मनुष्यों द्वारा गढ़ा गया था। इसको चर्चिल का छद्म युद्ध कहते हैं। भारी मात्रा में गठबंधन सेनाओं के लिए राशन-पानी खरीदा गया था, जो अन्य किसी जगह को निर्यात करा दिया गया था। इससे स्थानीय आबादी के लिए बहुत कम अन्न बचा था। मुनाफाखोर, व्यापारियों ने भी मौके का फायदा उठाने के लिए तमाम अनाज माल गोदामों में चोरी-छुपे दबा लिया था और उसे कालाबाजारी करके खूब ऊँचे दामों में बेच रहे थे। आम जनता भूखों मर रही थी।

इस बीच जापानी आक्रमण के डर से अंग्रेज सेना ने तमाम नावें और जहाज आदि नष्ट कर दिए थे, जिससे सामान को—अन्न को—इधर-उधर पहुँचाना और मुश्किल हो रहा था। उसी समय तमाम जमीनें बिना फसल बोए खाली छोड़ दी गई थीं कि यदि जापानी आ जाएँ तो उन्हें अनाज आदि न मिल पाए। वह दुर्भिक्ष बंगाल के लिए अत्यधिक विनाशकारी साबित हुआ और जैसा कि पहले बताया गया था, दसियों लाख लोग इस अकाल में मारे गए थे। अंग्रेजों का शासन, जो बंगाल में सन् 1757 में शुरू हुआ था, उसके 23 वर्ष बाद 1770 में भी बंगाल में अकाल पड़ा था। उससे लगभग एक-तिहाई आबादी बंगाल की खत्म हो गई थी। अब जब अंग्रेजी राज भारत से समाप्त होने वाला था, तब फिर से बंगाल महाअकाल से ग्रस्त था। लाखों लोग अकाल मृत्यु की गोद में समा गए थे।

□

12

गुमनामी बाबा का रहस्य

सन् 1970 के दशक के अंत और '80 के प्रारंभ में एक अफवाह उड़ी कि एक साधु फैजाबाद, उत्तर प्रदेश में आकर रहने लगे हैं। लोगों को लगा कि वह बाबा अन्य कोई नहीं, संभवतः सुभाषचंद्र बोस थे। हालाँकि यह अफवाह फैजाबाद और उसके आस-पास की जगहों में फैली थी, परंतु पता नहीं कैसे यह खबर बोस की भतीजी ललिता तक कलकत्ता पहुँच गई। ललिता सुरेशचंद्र बोस की बेटी थीं और उन्होंने सोचा कि क्यों न फैजाबाद चलकर स्वयं ही इस मामले की तहकीकात की जाए। वह फैजाबाद आकर बाबा से मिलीं भी। जो कुछ उन्होंने देखा, उससे वह भी चकित और भ्रमित रह गईं। उनके हाव-भाव, बातचीत करने का तरीका और हाथ की लिखावट बिल्कुल वैसी ही थी, जैसे उनके चाचा सुभाषचंद्र बोस की थी। उनको भी यही अनुभव हुआ और प्रतीत हुआ कि जो साधु बाबा 'भगवान जी' के नाम से वहाँ जाने जाते थे, वे उनके चाचा हो सकते थे। पर उन्हें भी कुछ संदेह था। उनके भतीजे अमित, जो उन दिनों अमेरिका में रहते थे, उन्होंने बताया कि ललिताजी की अब मृत्यु हो चुकी है। वे अपने चाचाजी से लगभग 40 साल बाद मिल रही थीं। इस बीच उम्र की वजह से चेहरा-मोहरा थोड़ा बदल गया था। वह थके-से लगते थे, पर उनके चेहरे पर एक आध्यात्मिक आभा थी, जैसे कि पवित्र साधु-महात्माओं के चेहरे के चारों ओर होती है। भगवान सीधे-सीधे अपनी पहचान किसी को नहीं बताते थे।

यहाँ यह उल्लेख करना जरूरी है कि ललिता बोस सुभाषचंद्र बोस को बहुत निकटता से जानती थीं। उनके पिता सुरेशचंद्र बोस और उनका परिवार एल्गिन रोड, कलकत्ता के उसी मकान में रहते थे, जिसमें सुभाषचंद्र बोस और उनके पिता का परिवार रहता था। इससे ललिता को उनसे मिलने-जुलने और बातचीत करने का कई बार अवसर मिलता था। अन्य भाई-बहनों के अलावा वे लोग अलग-अलग घरों में जाकर रहने लगे थे।

सन् 1986 में जब 'भगवान जी' दिवंगत हो गए, उसके कुछ माह बाद ललिता बोस ने इलाहाबाद हाई कोर्ट की लखनऊ बेंच में एक याचिका दाखिल की कि उस साधु बाबा (पवित्र आदमी) की सही पहचान का पता लगाया जाए। उस याचिका को फाइल करने में उनके साथ ऑल इंडिया सोशलिस्ट पार्टी के उपाध्यक्ष डॉ. एम.ए. हलीम और अखिल भारतीय सुभाष मुक्ति वाहिनी के उपाध्यक्ष विश्वबांधव तिवारी थे। कोर्ट ने अपना अंतिम फैसला सन् 2013 में यानी लगभग 27 साल बाद दिया; पर यह अंतरिम आदेश याचिका दायर करने के कुछ समय बाद ही दिया गया था। इसके बारे में हम इसी अध्याय में बाद में वार्त्ता करेंगे।

जो भी सूचना हमें मिल पाई है, उसके आधार पर यहाँ कहा जा सकता है कि 'भगवान् जी' या गुमनामी बाबा उत्तर प्रदेश के शहर फैजाबाद में सन् 1974 में आकर बस गए थे। यह ठीक-ठीक नहीं पता चल पाया कि वे किन परिस्थितियों में और कहाँ से आकर वहाँ बस गए थे। तथापि ऐसा कहा जाता है कि गुमनामी बाबा बस्ती होते हुए फैजाबाद में आ पहुँचे थे, जो अयोध्या से 70 किलोमीटर दूर तथा नेपाल की सीमा पर स्थित था। अयोध्या-विकास के उनके दिनों के कई वर्जन मिलते हैं। उनका पहला पड़ाव गुरुद्वारा ब्रह्मकुंड साहेब था, जो कि बहुत पुराना था और अपने जमाने में सिख धर्म के तीन गुरु वहाँ पर आ चुके थे। गुरुद्वारा सरयू नदी के तट पर था। वहाँ से नदी के कैचमेंट एरिया का बृहद् दृश्य देखने को मिलता था। बाबा एक निश्चित स्थान पर बैठकर रोज ध्यान लगाया करते थे। वह ध्यान लगाने के बारे में बहुत सतर्क रहते थे। उन्होंने लखनौटी माता क्षेत्र में एक मकान के कुछ हिस्से को किराए पर लिया था और उसमें वे कई वर्ष तक रहे थे। यह एक बहुत टूटा-फूटा भवन था और उसमें बिजली आदि नहीं थी और जिन लोगों से यह लेखक मिला था, उन्होंने बताया कि बाबा वहीं रहते थे, पर वहाँ के लोग बाबा को 'परदावाले' बाबा कहते थे, क्योंकि बाबा कभी किसी के सामने नहीं आते थे और हमेशा एक परदे के पीछे से ही किसी से बातचीत करते थे।

ऐसा प्रतीत होता है, जैसे कि बाबा ज्यादा प्रचार-प्रसार पसंद नहीं करते थे। फैजाबाद की एक निवासी रीटा बनर्जी के अनुसार—बाबा ने उनके श्वसुर डॉ. टी.सी. बनर्जी को बताया था कि वे एक संन्यासी थे और उन्हें इस बात की मनाही थी कि वे किसी से भी अपने बारे में बातचीत करें या कुछ बताएँ। डॉ. बनर्जी फैजाबाद में एक प्रतिष्ठित एवं लोकप्रिय होम्योपैथिक डॉक्टर थे। वे बाबा का भी कभी-कभी इलाज करते थे और एक प्रकार से उनके निजी डॉक्टर बन गए थे।

रीटा बनर्जी ने यह सब तथा और भी बहुत कुछ 'टाइम्स ऑफ इंडिया' के संवाददाता अरुणाभ सिन्हा को एक साक्षात्कार के दौरान जून 2015 के उत्तरार्द्ध में बताया था। बाबाजी का लोगों पर वशीकरण जैसा प्रभाव पड़ता था। वे अपनी तीक्ष्ण

दृष्टि से ऐसे देखते थे कि सामनेवाला आदमी उनकी आँखों से आँखें मिलाकर देख नहीं सकता था। उनको बंगाली व्यंजन पसंद थे, जैसे—शुक्तो घंटो, और कीमा आदि। किंतु बाबाजी केवल हिंदी में बातचीत करते थे। यह साफ था कि वह अपनी सही पहचान को छिपाकर रखना चाहते थे। नवंबर 1983 में गुमनामी बाबा घर बदलकर राम भवन में आ गए थे। राम भवन फैजाबाद अयोध्या के एक व्यस्तम मार्ग पर था और फैजाबाद के सर्किट हाउस के काफी नजदीक था।

बाबाजी वहाँ पर अपनी देखभाल करनेवाली महिला सरस्वती देवी शुक्ला को भी साथ ले आए थे, जिन्हें वे 'जगदंबा' कहकर पुकारते थे। सरस्वती देवी उनके साथ तब से थीं, जब से बाबा गुरुद्वारा ब्रह्मकुंड साहिब में रह रहे थे। वास्तव में, सरस्वती देवी की ही वजह से बनर्जी परिवार बाबा के संपर्क में आ सका था। हुआ यूँ कि बाबा एक बार बीमार पड़ गए थे। तब सरस्वती देवी डॉक्टर की खोज में डॉ. बनर्जी के पास पहुँच गई थीं। डॉ. बनर्जी का परिवार बाबा के काफी नजदीक आ गया था और वही लोग थे, जो उनसे कभी भी मिल सकते थे। रीटा बनर्जी ने अरुणाभ सिन्हा को बताया कि बाबा उन्हें प्यार से 'फुलवा रानी' कहते थे तथा उनके भाई प्रियव्रत को 'बच्चा' कहकर पुकारते थे। सन् 1983 में डॉ. बनर्जी की मृत्यु के बाद डॉ. प्रियव्रत बाबा के निजी फिजीशियन डॉक्टर बन गए थे और उनका इलाज करते थे। एक वीडियो फिल्म के साक्षात्कार के दौरान 'मिशन नेताजी' के लिए कुछ युवा भारतीयों का समूह, जो नेताजी के गुम हो जाने के रहस्य का पता लगाने की कोशिश कर रहा था, उनसे बातचीत के समय डॉ. प्रियव्रत ने उस दिन की घटना का स्मरण किया, जब डॉ. बनर्जी बाबा से पहली बार मिलने गए थे। उन्होंने बताया कि डॉ. बनर्जी उनसे मिलने सुबह 11-12 बजे के बीच गए थे और जब वे उनसे मिलकर आए तो उस वक्त शाम के 4 बज रहे थे, यानी वे उनके पास लगभग चार घंटे रहे। उनसे मिलकर लौटने के बाद डॉ. बनर्जी उत्साह से बोले, "आज मैं सुभाषचंद्र बोस से मिलकर आ रहा हूँ।" उनके बेटे ने उनसे पूछा कि आपको कैसे पता? उनके पिता डॉ. बनर्जी ने जवाब दिया कि वे सुभाषचंद्र बोस से पहले भी मिल चुके हैं; परंतु बाबा ने इस बात का निषेध किया था कि वे उनकी पहचान किसी को न बताएँ तथा इस मुलाकात के बारे में भी किसी को कुछ न बताएँ। अत: बाबा राम भवन में कैसे शिफ्ट होकर आए, जो उनका अंतिम निवास था और जहाँ तीन साल बाद उनकी मृत्यु हो गई थी। 'राम भवन' के वर्तमान मालिक ठाकुर शक्ति सिंह ने अरुणाभ सिन्हा को बताया कि उनके पिता श्री गुरुबसंत सिंह एक रिटायर्ड सिटी मजिस्ट्रेट थे। डॉ. रघुनाथ प्रसाद मिश्र, जो जिला अस्पताल, फैजाबाद में एक सर्जन थे, वे उनके पिता के पास आए थे और उनसे कहा कि वे अपने घर का पिछला हिस्सा, जिसमें पीछे से आने-जाने का रास्ता था, किराए पर दे दें। डॉ. मिश्र ने उनसे कहा कि वे अपने दादा जी के लिए

कोई घर देख रहे थे। वे एक शांतिपूर्ण वातावरण में रहना चाहते थे; और आध्यात्मिक अभ्यास, ध्यान, प्राणायाम आदि करना चाहते थे, पर घर पर ऐसा हो नहीं पा रहा था।

शक्ति सिंह ने बताया कि बाबा गिने-चुने आगंतुकों से ही मिलते थे और वह भी शाम की साधना के बाद—लगभग शाम 8 बजे के बाद ऐसा संभव हो पाता था। आध्यात्मिक अभ्यास, ध्यान आदि कई बार लंबा खिंच जाता था। दरअसल, बाबा अपनी साधना दिन में दो बार करते थे, एक बार सुबह और एक बार शाम को। वे लोग, जो बाबा से मिलते थे—कहते थे कि बाबा के पास कुछ विशेष शक्तियाँ हैं। यह साफ जाहिर है कि जो लोग बाबा से मिलकर आते थे, वे कहते थे कि उनकी मानसिक शक्तियों (Mental Strength) से वे अभिभूत हो जाते थे। वे संन्यासी अपने आप को उन लोगों से, जो उनसे कुछ पूछने या बताने आते थे, एक रंगीन परदे के पीछे से ही बात करते थे, जिससे उनका चेहरा कभी भी कोई देख न सके। यहाँ तक कि शक्ति सिंह, जो उसी मकान में रहते थे या जिनके मकान में बाबाजी रहते थे, वे भी बाबा या भगवान जी को कभी आमने-सामने से देख नहीं पाए थे।

जल्द ही उस रहस्यमय संन्यासी के वहाँ (फैजाबाद में) रहने की खबर दूर-दूर तक फैल गई। खबर सुनकर शक्ति सिंह के जाननेवाले एक पुलिस अधिकारी की उत्सुकता जागी और उसने उनके रहस्य को जानने के लिए खोजबीन शुरू की कि आखिर वह रहस्यमय संन्यासी या बाबा भगवान के नाम से जाने जानेवाले व्यक्ति वास्तव में कौन थे। एक दिन सुबह उस पुलिस अधिकारी ने अपने कुछ सिपाहियों के साथ राम भवन के अहाते में प्रवेश किया। पर जैसे ही वह अपने दस्ते के साथ घर के प्रागंण में घुसा, अचानक कुछ ऐसी घटना हुई कि वे सब अफसर और सिपाही वहाँ से उलटे पाँव वापस लौट गए। उनको जैसे किसी अज्ञात शक्ति ने दबोच लिया हो। वे आगे बढ़ नहीं पाए थे। बाद में बाबा ने शक्ति सिंह से पूछा कि क्या हुआ, तुम्हारे मित्र तो मुझसे बिना मिले ही चले गए? और फिर वे बड़ी जोर से हँसने लगे थे।

सामान्य परिस्थितियों में बाबा भारी और साफ-सुथरी भाषा में बोलते थे। बहुत से लोग यह सोचते थे कि संभवत: बाबा पहले सेना में जनरल वगैरह रहे होंगे।

गुरुद्वारा ब्रह्मकुंड साहिब के ज्ञानी गुरुजीत सिंह, जिन्होंने बाबा को गुरुद्वारे में देखा था, को याद पड़ता है कि उस संन्यासी के चेहरे पर एक चमक और आभा थी। उनके चेहरे पर जो आध्यात्मिक चमक थी, उसकी किरणों की चमक से सामनेवाला व्यक्ति लगभग अंधा-सा हो जाता था और उसका वर्णन नहीं किया जा सकता है। ऐसा उन्होंने अरुणाभ सिन्हा को बताया था। ज्ञानीजी एक दिलचस्प घटना को याद करते हुए बताते हैं कि गुरुद्वारे के प्रांगण में जो बच्चे रहते थे, उन्हें सुबह दूध पीने के लिए नहीं मिलता था। बाबा को जब इसके बारे में पता चला तो उन्होंने ज्ञानीजी को बुलाकर कहा कि ये

रुपए लो और एक दुधारू भैंस खरीद लो। 'नेताजी मिशन' वीडियो के लिए 'टाइम्स ऑफ इंडिया' के संवाददाताओं सैकत राय और शुभ्रो नियोगी को डॉ. प्रियव्रत ने बताया कि बाबाजी ने भविष्यवाणी की थी कि सोवियत संघ शीघ्र ही टूट जाएगा और कम्युनिज्म की मृत्यु उसके जन्म-स्थान में ही हो जाएगी। कलकत्ता के सुरजीत दासगुप्ता बाबा के कुछ शिष्यों के साथ बाबा से मिले थे और फिर उसके बाद कई बार उनसे मिले थे। दासगुप्ता, जिन्हें निर्देश दिए गए थे कि वे बाबा के चेहरे की ओर कभी भी न देखें, उन्हें एक बार बड़ी तीव्र इच्छा हुई कि वे बाबा के चेहरे की एक झलक देख लें। जो कुछ वे देख पाए, वह सुभाषचंद्र बोस की एक हू-ब-हू तसवीर या चेहरा था। बस, केवल इसमें उनके बाल काफी कम हो गए थे और उनके चेहरे पर अब लंबी दाढ़ी थी। रवींद्र नाथ टैगोर की तरह उनकी आँखें बहुत शक्तिशाली थीं और दासगुप्ता को ऐसा लगा कि जैसे वह एक बहुत उच्च स्तर पर पहुँच गए थे और एक महात्मा पुरुष बन गए थे।

16 सितंबर, 1985 को गुमनामी बाबा दिवंगत हो गए। यदि वे सुभाषचंद्र बोस थे, जिसकी अब काफी संभावना लग रही है, तब महाप्रयाण के समय उनकी उम्र 88 वर्ष की रही होगी। अपने अंतिम एक-दो वर्षों में वे बहुत गंभीर संधिवात की वजह से व्हील चेयर पर आ गए थे। बाबा का अंतिम संस्कार रात्रि के समय गोपनीय रूप से कर दिया गया था। उनको रात के समय ही एक मिनी बस में सरयू किनारे गुप्तार घाट ले जाया गया था। एक किंवदंती के अनुसार इस घाट पर भगवान् राम कभी नदी की सतह पर पैदल चले थे। बाबा की अंतिम यात्रा के समय उनके साथ तेरह व्यक्तियों का एक समूह था। उसमें सरस्वती देवी शुक्ला, पंडा राम किशोर, (जिनके संपर्क में बाबा फैजाबाद आने से पहले से ही थे), बाबा के अन्य अनुयायी डॉ. प्रियव्रत बनर्जी तथा वीरेंद्र राय, गोपाल कृष्ण श्रीवास्तव एवं डॉ. रघुनाथ प्रसाद मिश्र। भावुक राम किशोर ने कहा, "हम लोग यहाँ पर केवल तेरह ही लोग हैं जबकि यहाँ तेरह लाख लोग होने चाहिए थे।" संभवत: ज्यादा लोग उनके अंतिम संस्कार में आते, यदि दाह-संस्कार इतनी शीघ्रता से न आयोजित किया जाता और उसे इतना गोपनीय न रखा जाता। उनके पार्थिव शरीर का दाह-संस्कार नियमित जगह से थोड़ा हटकर किया गया, क्योंकि उत्तर प्रदेश में (भारत में केवल बनारस को छोड़कर) रात में दाह-संस्कार नहीं किया जाता है, किंतु बंगाल में रात में भी दाह संस्कार होता है, तो क्या वह दाह-संस्कार किसी बंगाली पुरुष का था और क्या वह वास्तव में सुभाषचंद्र बोस थे?

जहाँ पर बाबा का अंतिम संस्कार हुआ था, वहाँ पर बाबा के सम्मान में एक शिला रख दी गई थी, परंतु कुछ समय बाद स्थानीय निवासियों को लगा कि वहाँ पर उनका एक स्मारक बनना चाहिए। अतएव आज वहाँ पर उनकी स्मृति में संगमरमर का स्मारक बना दिया गया है, जहाँ पर तमाम लोग अब उनको श्रद्धा-सुमन भेंट करने आते

हैं। यह भी एक तथ्य है कि उनके बारे में अब उनकी मृत्यु के बाद तमाम क्षेत्रीय लोगों को पता चला, बजाय कि जब वे जीवित थे।

उनकी मृत्यु के काफी समय बाद इस प्रकार की किंवदंतियाँ प्रचलित हुईं कि बाबा उत्तर प्रदेश के अन्य हिस्सों में भी देखे गए थे। एक किंवदंती के अनुसार, सीतापुर जिले में स्थित नैमिषारण्य भी रह चुके थे। नैमिषारण्य एक प्राचीन पौराणिक स्थल है, जहाँ तमाम ऋषि-मुनियों का सम्मेलन हजारों साल पहले हुआ था—धर्म-सभा के रूप में। रामायण और सत्यनारायण कथा में भी इसका जिक्र आता है। वहाँ पर बाबा आध्यात्मिक क्रियाएँ एवं योग, साधना, ध्यान आदि क्रिया करते थे। इसके अनुसार नैमिषारण्य में आकर रहने के पहले बाबा बस्ती, उ.प्र. में भी रहे थे और फैजाबाद जाने के पूर्व वे संभवत: फिर एक बार बस्ती में भी रहे थे। तब वहाँ के स्थानीय लोगों ने ये अटकलें लगानी शुरू कर दी थीं कि बाबा और कोई नहीं, नेताजी सुभाषचंद्र बोस थे।

मुखर्जी आयोग के सामने तीन गवाहों ने बयान दिया था कि वे नेताजी से बस्ती में मिल चुके थे। अपूर्व चंद्र घोष, जो सुभाषचंद्र बोस को कलकत्ता के दिनों से जानते थे, ने आयोग को बताया था कि वे बाबा (नेताजी) से बस्ती में सन् 1965 में मिले थे और उसके बाद उनसे दो बार और मिल चुके थे। उन्होंने (बाबा ने) उनसे पूछा था कि क्या उनके कलकत्ता के एल्गिन रोड वाले घर में अभी भी बहादुर (दरबान) था और क्या उसके कमरे में एक कैलेंडर था, जिसमें माँ काली का चित्र था। एक दूसरे गवाह दुर्गा प्रसाद पांडेय ने बताया कि बस्ती में सन् 1967 में वह रात में बाबा (नेताजी) से कई बार मिले थे, लगभग हर रात को।

एक अन्य गवाह श्रीकांत शर्मा ने आयोग को बताया था कि वे बाबा से सन् 1963 में नैमिषारण्य में मिले। श्रीकांत शर्मा और पांडेय दोनों सन् 1940 में कलकत्ता में सुभाषचंद्र बोस से उनके गायब हो जाने के पहले मिले थे।

इन सब गवाहों ने आयोग के सामने जोर देकर कहा था कि बाबा वास्तव में नेताजी ही थे; परंतु उनके पास कोई फोटो या साक्ष्य नहीं था, जिससे वह अपनी बात को सिद्ध कर पाते, जिससे आयोग किसी निष्कर्ष पर पहुँचता। 5 सितंबर, 2015 में टाइम्स ऑफ इंडिया में छपी एक स्टोरी 'नेताजी, द सेंट ?' के अनुसार, सुभाषचंद्र बोस के एक अनुयायी ने बताया कि गुमनामी बाबा से वे भाग्यवश अचानक ही मिल गए थे। अतुल सेन उत्तर प्रदेश में सन् 1962 में कई जगहों का भ्रमण कर रहे थे। जब उन्होंने सुना कि नैमिषारण्य के एक प्राचीन शिव मंदिर में एक बंगाली साधु निवास कर रहे थे, सेन जिज्ञासावश उस मंदिर में बाबा से मिलने पहुँच गए। उनके साथ उठने-बैठने और बातचीत करने पर उन्हें यह दृढ़ विश्वास हो गया था कि बाबा अन्य कोई नहीं, नेताजी सुभाषचंद्र बोस ही थे।

यह नहीं पता चल पाया कि अयोध्या निवासी कब से यह मानने लग गए कि बाबा अन्य कोई नहीं, बल्कि छद्‍म-वेश में नेताजी सुभाषचंद्र बोस ही थे। सबसे पहले जिस व्यक्ति ने उन्हें नेताजी समझा, वे थे डॉ. बनर्जी, जो उनकी चिकित्सा करते थे। बाद में धीरे-धीरे यह बात पूरे शहर में फुसफुसाहट के माध्यम सें फैलती चली गई।

परंतु हर व्यक्ति यह नहीं विश्वास करता था कि बाबा ही नेताजी थे, किंतु फिर भी वे सब उनका बहुत सम्मान करते और उन्हें आदर की दृष्टि से देखते थे; क्योंकि उनमें विलक्षण आध्यात्मिक शक्तियाँ थीं। समाचार-पत्रों के अनुसार, मुखर्जी आयोग के समक्ष डॉ. रघुनाथ प्रसाद मिश्र ने कहा, ''मैंने बाबा भगवान को कभी नेताजी की दृष्टि से नहीं देखा था; पर वे एक महान् व्यक्तित्व के धनी थे। उन्होंने प्रकृति से दृश्य और अदृश्य शक्तियों के ऊपर दक्षता प्राप्त कर ली थी। वह बहुत बुद्धिमान थे और तमाम शक्तियाँ उनके पास थीं।'' फिर भी बहुत सारे स्थानीय निवासी यह अनुभव करते हैं कि डॉ. मिश्र संपूर्ण सत्य नहीं बता रहे थे, जैसाकि हम आगे देखेंगे।

बाबाजी की मृत्यु के बाद नेताजी की कथाएँ कई कारणों से प्रचलित होने लग गई थीं। फैजाबाद से प्रकाशित होनेवाले एक समाचार-पत्र 'नए लोग' ने बड़े विस्तार से इस पर चर्चा की कि क्या बाबा नेताजी थे। अंग्रेजी अखबार 'नॉर्दर्न इंडिया पत्रिका', जो उत्तर प्रदेश में कई जगहों से प्रकाशित होती थी और कलकत्ता से प्रकाशित होनेवाली 'अमृत बाजार पत्रिका' ने भी इस स्टोरी को अपने-अपने अखबारों में प्रकाशित किया।

राम भवन में पाए गए कागज-पत्रों और किताबों से यह विदित होता है कि बाबा कोई सामान्य संन्यासी नहीं थे। उनके किताबों के संग्रह में अलेक्जेंडर सोल्जेनित्सिन की 'गुलाग आर्कीपेलैगो (Gulag Archipelego), ब्रिगेडियर जे.पी. दलवी की 'हिमालयन ब्लंडर', जिसमें, सन् 1962 में चीन द्वारा उत्तर-पूर्व में हमला और उसमें भारत को मिली करारी हार के कारणों का जिक्र था तथा सुरेशचंद्र बोस तथा जस्टिस राधा विनोद पाल के जापानी युद्धबंदियों के ट्रायल में डिसेंट नोट थे। अन्य किताबों में शेक्सपीयर का संपूर्ण साहित्य और चार्ल्स डिकेंस की किताबें, जिसमें 'ए टेल ऑफ टू सिटीज' लेविस कैरोल की 'एलिस इन वंडरलैंड', पी.जी. वुडहाउस के उपन्यास, उमर खैयाम की 'रुबाइयत', सीताराम गोयल की नेहरू की जानलेवा दोस्ती (Nehru's Fatal Friendship), मौलाना आजाद की 'इंडिया विन्स फ्रीडम' (भारत ने आजादी जीती) तथा समकालीन राजनीति पर लिखी गई कुलदीप नैयर की कई किताबें, के.एल. सहगल के गानों के लांग प्लेइंग रिकॉर्ड्स (L.P. Records), बिस्मिल्ला खाँ की शहनाई तथा पं. रविशंकर के सितार वादन के रिकॉर्ड्स भी बाबा के संग्रह में राम भवन से पाए गए थे। यह सूची पूरी नहीं है; पर वहाँ पर एक जर्मन दूरबीन (Binoculars), एक कोरोना टाइपराइटर, रोलेक्स की कलाई घड़ी, कई नक्शे और अखबारों की कतरनें तथा एक लेख, जिसमें ताइहोकू

विमान दुर्घटना की मनगढ़ंत कहानी शृंखला थी।

इन सब चीजों के बारे में जनता को तब पता चला, जब इलाहाबाद हाई कोर्ट की लखनऊ बेंच ने 10 फरवरी, 1986 एक अंतरिम आदेश द्वारा कोर्ट अधिकारियों को उनके घर से प्राप्त सामान की एक सूची बनाकर पेश करने को कहा। फैजाबाद बार एसोसिएशन के अध्यक्ष एस.एन. सिंह इस खोजबीन के दौरान यह जानकर हैरान रह गए कि उस सामान में आई.एन.ए. के बारे में बहुत सारी सामग्री थी, फ्रेम किया हुआ एक पारिवारिक चित्र, जिसमें सुभाषचंद्र बोस के माता-पिता का एक फोटो, बाबा द्वारा रोजाना फूल-मालाओं से सजाया जाता था तथा उन समितियों की रिपोर्ट, जो सुभाषचंद्र बोस के रहस्यमय तरीके से गायब हो जाने के बारे में थी।

पत्रकार वी.एन. अरोड़ा का कहना है कि बाबा का इस पारिवारिक फोटो पर फूल-माला अर्पण करना, यह दरशाता है कि बाबा अन्य कोई नहीं, नेताजी सुभाषचंद्र बोस ही हो सकते थे। पत्रकार वी.एन. अरोड़ा ने कुछ अन्य लोगों के साथ मिलकर जिला मजिस्ट्रेट के पास याचिका दाखिल की थी कि बाबा के घर का ताला तोड़कर उनके सामान की जाँच-पड़ताल की जाए और उनकी एक सूची बनाई जाए। बाबा की मृत्यु के बाद उनके कमरे को सील कर दिया गया था। अरोड़ा ने इस लेखक को बताया कि बाबा के कमरे में वह सब सामान मिला, जो नेताजी के पास हो सकता था। इसके अलावा, जो साधु उस कमरे में रह रहे थे, वह एक बहुत उच्च कोटि के आध्यात्मिक पुरुष थे और वह कोई धोखेबाज नहीं हो सकते थे।

समर गुहा, लीला राय और पवित्र मोहन राय के पत्र भी बाबा के सामान में पाए गए थे। समर गुहा प्रजा सोशलिस्ट पार्टी के संसद् सदस्य थे। उन्होंने लोकसभा में कई बार नेताजी के गुम हो जाने का या लापता रहने का मुद्दा भी उठाया था। दरअसल, उन्होंने इस विषय पर एक किताब भी लिखी थी। 22 जनवरी, 1979 को इमरजेंसी के बाद, जब जनता पार्टी की सरकार केंद्र में सत्ता में थी। तब गुहा ने एक फोटो निकलवाई, जो उनके अनुसार एक साल पहले किसी मंदिर में ली गई और नेताजी की थी। उन्होंने बताया कि नेताजी घोर तपस्या में थे (ध्यान), अपनी दिव्य मातृभूमि के मिशन आजादी के लिए, जो उनकी अपूर्व इच्छा थी। गुहा ने कहा, "यह मेरी नैतिक जिम्मेदारी है कि मैं लोगों को बताऊँ कि नेताजी सुभाषचंद्र बोस अभी जीवित हैं।" इसके बाद बाबा ने गुहा से इन सब चीजों का खुलासा करने के लिए अपनी नाराजगी जताई।

गुमनामी बाबा इस बात के लिए बहुत सतर्क रहते थे कि उनकी वास्तविक पहचान किसी को पता नहीं चले। असल में उन्होंने यह भी कहा था कि नेताजी सोवियत संघ में कई वर्षों तक जेल में रहे थे। अपने निकट सहयोगियों को उन्होंने संभवतः शपथ दिलवा दी थी कि वे उनकी सही पहचान को गुप्त ही रखेंगे, जैसे डॉ. रघुनाथ प्रसाद

मिश्र। वी.एन. अरोड़ा बताते हैं कि जो फोटो गुहा द्वारा स्टेट्समैन और अन्य अखबारों में छपवाई गई थी, उसकी मूल फोटो उन्होंने बाबाजी के कमरे में देखी थी। उसके साथ अखबार की एक कतरन भी थी। उनके कमरे में अन्य कई अखबार पाए गए, जिनमें बाबाजी ने कुछ टिप्पणी कर रखी थी।

समर गुहा की सन् 1991 में मृत्यु हो गई। सुभाषचंद्र बोस की एक अन्य निकट सहयोगी लीला राय थीं, जो बोस द्वारा फॉरवर्ड ब्लॉक बनाए जाने पर तुरंत ही उसमें चली गई थीं। वे अन्य कांग्रेसियों की तरह नहीं थीं, जो सुभाषचंद्र बोस के प्रति निष्ठावान् थे, जो फॉरवर्ड ब्लॉक में कतिपय कारणों से नहीं गए और कांग्रेस में ही बने रहे। पवित्र मोहन राय आई.एन.ए. के खुफिया विभाग में थे। वे नेताजी द्वारा एक जापानी पनडुब्बी में भारत भेज दिए गए थे। उनको कलकत्ता के निकट बेहला में एक रेडियो ट्रांसमिशन स्टेशन, जिससे नेताजी के संदेशों को प्रसारित किया जाए, सेटअप करने को भेजा गया था। वे बाद में अंग्रेज पुलिस द्वारा पकड़ लिये गए थे और उन पर मुकदमा चलाकर उन्हें मृत्युदंड दे दिया गया था। अपील पर बाद में उनकी सजा आजीवन कारावास में बदल दी गई थी।

वी.एन. अरोड़ा के अनुसार, बाबा का पार्थिव शरीर दो दिन तक रखा रहा। उसके बाद ही दाह-संस्कार (रात्रि में) हुआ था। डॉ. मिश्र ने बताया था कि उन्होंने नेताजी के निकट संबंधियों को सूचित कर दिया था और वे उनके आने का इंतजार कर रहे थे। किंतु यह नहीं ज्ञात कि उन्होंने किस रिश्तेदार से संपर्क किया था और किस प्रकार से। इससे बाबाजी के अन्य जाननेवाले चकित रह गए थे। अंत में, उन्होंने दो दिन बाद उनका अंतिम संस्कार गुप्तार घाट, सरयू तट पर करवा दिया था। कई लोगों को इसके बारे में सूचित नहीं किया गया था। डॉ. मिश्र ने दाह-संस्कार के बाद बाबा के कमरे पर ताला जड़ दिया था, जिससे उनके कई चाहनेवाले क्षुब्ध हो गए थे। अन्य अनुयायियों ने भी फिर अपना एक ताला उसी ताले के ऊपर जड़ दिया, जिससे तमाम भ्रम पैदा हो गए थे। अब तक सब जगह यह खबर फैल गई थी कि बाबा अन्य कोई नहीं, बल्कि नेताजी ही थे। इससे जनता में बहुत जिज्ञासा हो गई थी। तब कुछ चिंतित नागरिकों और वी.एन. अरोड़ा ने जिला अधिकारियों पर दबाव डाला कि ताले तोड़े जाएँ। "हम कुछ ज्यादा चिंतित नागरिकों को बाबा के कमरे में आधा घंटे के लिए जाने की अनुमति मिली थी; पर हम लोग आठ घंटे बाद ही वापस आ पाए, क्योंकि बाबा के कमरे में सामानों की संख्या बहुत ज्यादा थी। हम लोग आश्चर्यचकित रह गए थे। यह बहुत ही अद्भुत कार्य था।"

मुखर्जी आयोग ने गुमनामी बाबा नेताजी ही थे, इस बात का रहस्य जानने के लिए सबसे गंभीर कोशिशें की थीं। आयोग ने आदेश दिया था कि गुमनामी बाबा की लिखावट अंग्रेजी और बँगला दोनों में ही नेताजी सुभाषचंद्र बोस की लिखावट से मिलाई जाए।

पर जो रिपोर्टें आईं, वे परस्पर विरोधी थीं। पूर्व इक्जामिनर ऑफ क्वेशचंड डॉक्यूमेंट्स श्री बी.लाल ने तो इस बात की पुष्टि की कि दोनों ही—बाबा की लिखावट और नेताजी की लिखावट—एक-सी ही थीं, परंतु ऑफिस ऑफ इक्जामिनर्स ऑफ क्वेश्चंड पेपर्स के ही श्री अमर सिंह और श्री एम.एल. शर्मा ने एक संयुक्त रिपोर्ट में बताया कि नेताजी और बाबा की लिखावट आपस में मिलती नहीं थी। पश्चिम बंगाल सरकार की फॉरेंसिक विज्ञान प्रयोगशाला के डॉ. एस.के. मंडल की भी यही रिपोर्ट थी कि दोनों की हस्तलिपि में कोई मेल नहीं था।

बाबाजी के घर से जो नौ दाँत मिले थे, उनको भी डी.एन.ए. जाँच करने के लिए मुखर्जी आयोग द्वारा सेंट्रल फॉरेंसिक लैब, कलकत्ता में भेजा गया। वहाँ से भी जवाब नकारात्मक मिला था। बाबा का डी.एन.ए. नेताजी के डी.एन.ए. से मेल नहीं खाता था। वहाँ के विशेषज्ञ डॉ. वी.के. कश्यप ने बस यही बताया कि दाँत किसी बुजुर्ग पुरुष के थे; लेकिन उन्होंने यह भी कहा कि दाँत का डी.एन.ए. नेताजी के संबंधियों के रक्त के डी.एन.ए. से मैच नहीं करता है। इस आधार पर मुखर्जी आयोग ने यह निष्कर्ष निकाला कि बाबाजी नेताजी नहीं थे। हालाँकि रिपोर्ट में यह सीधे तौर पर नहीं कहा गया था। इसके अलावा, एक बात यह भी थी कि जो दाँत उन्हें भेजे गए थे, वे एक खाली माचिस की डिबिया में रखे हुए थे और डी.एन.ए. टेस्ट भी दस साल बाद करवाया गया था। यह भी संभव हो सकता है कि वे दाँत किसी ऐसे आदमी द्वारा बदल दिए गए हों, जिससे उसका कुछ हित सिद्ध होता हो और जिसे चिकित्सा विज्ञान का ज्ञान रहा हो।

इस कहानी में एक अजीब मोड़ तब आया, जब मुखर्जी के एक साक्षात्कार का वीडियो टेप सामने आया। एक डॉक्यूमेंटरी फिल्म 'ब्लैक बॉक्स ऑफ हिस्ट्री' (Black Box of History) के निर्माता अम्लान कुसुम घोष ने जस्टिस मनोज कुमार मुखर्जी का साक्षात्कार लिया था। मुखर्जी साहब ने साक्षात्कार के दौरान कहा था कि उन्हें विश्वास था कि गुमनामी बाबा और कोई नहीं, नेताजी ही थे। जस्टिस (रिटायर्ड) मुखर्जी ने यह भी कहा था, ''मुझे इसमें कोई संदेह नहीं है'', परंतु साक्षात्कार समाप्त होने के बाद भी वह वीडियो कैमरा अभी चलता जा रहा था। ''प्लीज मेरी इस बात को आप कोट उद्धृत न करना।'' जो वीडियो में रिकॉर्ड हो गया था, जिसका डॉ. मुखर्जी को कोई ज्ञान नहीं था।

30 जनवरी, 2013 को ललिता बोस और अन्य लोगों द्वारा दाखिल की गई याचिका के बीस साल बाद (ललिता बोस की इस बीच मृत्यु हो गई थी), इलाहाबाद हाई कोर्ट की लखनऊ बेंच ने इस मामले में अपना फैसला सुनाया। कोर्ट ने राज्य सरकार को यह आदेश दिया कि गुमनामी बाबा की पहचान जानने के लिए राज्य सरकार एक पैनल बनाए, जिसमें उसका मुखिया हाई कोर्ट का कोई रिटायर्ड जज हो। जस्टिस देवी प्रसाद सिंह और जस्टिस वीरेंद्र कुमार दीक्षित की एक बेंच ने राज्य शासन को एक आदेश दिया,

''राज्य सरकार को निर्देश दिया जाता है कि वह गुमनामी बाबा की असली पहचान पता करने के लिए एक समिति गठित करे, जिसमें विशेषज्ञ हों, उच्च अधिकारी हों तथा एक रिटायर्ड हाई कोर्ट जज हों, उसके अध्यक्ष द्वारा इस विषय में जल्दी ही तीन महीने के अंदर फैसला लिया जाए।''

हाई कोर्ट ने यह भी आदेश दिया कि ''राज्य शासन इस बात पर भी विचार करे कि फैजाबाद में ही एक संग्रहालय बनाया जाए, जिसमें बाबाजी के कमरे में पाई गई वस्तुएँ, एक योग्य विशेषज्ञ की देखरेख में रखी जाएँ।''

हालाँकि इस निर्देश को दिए हुए ढाई साल बीत गए हैं और इस किताब के प्रकाशित होने के बाद भी उत्तर प्रदेश सरकार ने कोई संग्रहालय नहीं स्थापित किया है, पर अभी तक उनकी पहचान करने के लिए राज्य कोई पैनल नहीं बना पाया है। जुलाई 2015 के मध्य में राज्य शासन ने आदेश दिया कि राम कथा संग्रहालय में बाबा भगवान जी के यहाँ से पाए गए सारे सामान, किताबें, अखबार आदि को एक अलग विभाग में रखा जाए तथा इस काम के लिए उसने पूरक बजट में 1.5 करोड़ का प्रावधान भी किया, जिसे गुमनामी बाबा को समर्पित किया जाए।

केवल गुमनामी बाबा ऐसे व्यक्ति नहीं थे, जिनको नेताजी माना जाने लगा था। एक अन्य साधु, जिनका नाम 'शौलमरी बाबा' था, की ख्याति बहुत दूर तक फैल गई कि वे नेताजी ही थे, जो साधु वेश में रह रहे थे। ऐसी कथा है कि सन् 1959 के आसपास एक साधु, जिन्हें उनके शिष्य 'शरदानंदजी' कहते थे, पता नहीं कहाँ से आकर उन्होंने प. बंगाल के जिले कूच बिहार की फलास्कटा जगह में एक आश्रम स्थापित किया था। शुरुआत में उस साधु या उनके आश्रम को किसी ने भी गंभीरता से नहीं लिया, पर अचानक देखते-ही-देखते आश्रम नाटकीय रूप से सौ एकड़ जमीन में फैल गया। आश्रम निवासियों की संख्या भी बढ़कर लगभग 1,000 आदमियों की हो गई थी। इस समय पर ये अफवाहें तेजी से और दूर-दूर तक फैलने लगीं कि यह साधु अन्य कोई नहीं, नेताजी सुभाषचंद्र बोस ही थे। सन् 1961 तक ये अफवाहें जंगल की आग की तरह दूर-दूर तक फैल गईं, जबकि उस वक्त टेलीफोन को छोड़कर न तो टी.वी. था, न इंटरनेट या अन्य कोई संचार साधन।

इन अफवाहों की सत्यता जानने के लिए नेताजी के बंगाल वॉलंटियर कोर के एक सहयोगी मेजर सत्य गुप्त फरवरी, 1962 में उस आश्रम में गए। वे लौटकर कलकत्ता आए और एक प्रेस कॉन्फ्रेंस बुलाई, जिसमें उन्होंने यह घोषित किया कि उस आश्रम में जो साधु थे, वे नेताजी नहीं थे। इसकी रपट 13 फरवरी, 1962 को अखबारों में भी छपी। इस रिपोर्ट के बाद कई महत्त्वपूर्ण व्यक्ति उन साधु से मिलने आश्रम गए तथा बताया कि वे नेताजी ही थे, परंतु कुछ अन्य लोगों ने बताया कि नेताजी और उस साधु

में कोई समानता नहीं थी। आगंतुकों में सुरेश बोस (भाई) का लड़का प्रदीप बोस भी था। उसका भी कहना था कि नेताजी और उस साधु में कोई समानता नहीं थी। पर वह साधु अवश्य ही बहुत विद्वान् थे तथा पूरी संस्था का बहुत ही सूक्ष्मता से, सैन्य संगठन की तरह संचालन किया जा रहा था (प्रदीप बोस अब नहीं रहे, पर ऐसा उन्होंने अपने परिवारवालों को बताया था)। इन सब बातों से किसी को भी नेताजी का स्मरण हो सकता है, क्योंकि नेताजी अपने महान् नेतृत्व और संगठनात्मक गुणों के लिए जाने जाते थे, किंतु फिर भी उस साधु का मामला काफी ऊँचाई तक गया था और संसद् में भी इसकी आवाज गूँजी थी। यह वहाँ भी चर्चा का विषय था।

वह तथाकथित साधु उस आश्रम में सात वर्ष तक रहे थे और उसके बाद वह देहरादून में राजपुर रोड पर एक आश्रम बनाकर रहने लगे थे। वहाँ पर सन् 1977 में उनकी मृत्यु हो गई थी तथा हरिद्वार में उनका दाह-संस्कार कर दिया गया था। यहाँ पर यह बात ध्यान देने की है कि नेताजी के कुछ अनुयायियों का मानना था कि वह नेताजी ही थे और वे उनके अंतिम संस्कार में शामिल हुए थे। उनमें उत्तम चंद मल्होत्रा भी थे, जिनके काबुल स्थित घर में नेताजी जर्मनी जाते वक्त कुछ दिन रुके थे।

मुखर्जी आयोग ने उन साधु के नेताजी होने की संभावना की भी जाँच की थी। आयोग को इस संबंध में गवाहों की विरोधाभासी रिपोर्टें मिली थीं, परंतु आयोग ने उनके 'नेताजी' होने की संभावना को निर्मूल बताया था। जिन गवाहों ने कई बार आयोग के समक्ष अपने बयान दिए थे, उन्होंने ही आयोग को बताया था कि वह साधु नेताजी नहीं थे। आयोग ने यह भी नोट किया था कि हालाँकि वह साधु बांग्ला बोलते थे, परंतु उनकी बोली बंगाल के सिलहट की तरफ की थी, न कि कलकत्ता के तरफ की, जहाँ पर उनका जन्म हुआ था और वे पले-बढ़े थे। बाद में वे कटक में भी रहे थे। हालाँकि आयोग के सामने कई गवाहों ने अपने बयानों में बताया कि उस साधु ने स्वयं कई बार कहा था कि वे नेताजी नहीं थे; परंतु फिर भी, इस बात को उन्होंने कभी पुरजोर ढंग से नहीं कहा था, जिससे लोगों को, जनता को पता चल जाए कि वे नेताजी नहीं थे। इस प्रकार अफवाहें हवा में तैरती रहीं। दरअसल, ऐसा प्रतीत होता है कि कुछ बहुत असरदार लोग उन साधु को निर्देशित कर रहे थे कि वे कैसा व्यवहार करें, जिससे उनको कुछ फायदा हो। एक पहले से सोची हुई रणनीति थी, जिसके तहत वह सब हो रहा था। यही वजह रही होगी कि उस आश्रम एवं साधु का प्रचार-प्रसार बहुत था और कुछ ही दिनों में आश्रम के अनुयायियों की संख्या इतनी बढ़ गई थी कि आश्रम किसी सैनिक छावनी की तरह चलाया जा रहा था। हालाँकि इस बात का कोई ठोस सबूत नहीं मिलता, पर इस संभावना को खारिज नहीं किया जा सकता कि वह आश्रम भारत सरकार की किसी खुफिया एजेंसी, जैसे इंटेलीजेंस ब्यूरो (आई.बी.) द्वारा चलाया जा रहा था। उस समय

जवाहरलाल नेहरू भारत के प्रधानमंत्री थे और उन पर बार-बार इस बात को लेकर हमला हो रहा था कि वह नेताजी सुभाषचंद्र बोस के गायब हो जाने की कोई सक्रिय व सार्थक खोजबीन नहीं कर रहे थे तथा इस मामले को गोपनीय या ढँका-मुँदा रहने देना चाहते थे। यह सर्वविदित है कि नेताजी एक धार्मिक और आध्यात्मिक रुझानवाले व्यक्ति थे। यदि एक साधु को नेताजी की तरह सेटअप कर दिया जाए तो लोगों का ध्यान असली नेताजी कैसे थे, कहाँ थे से हट जाएगा। शायद जो लोग उस समय सत्ता में थे, उनको इस बात का पता हो कि नेताजी चुपचाप भारत लौट आए थे और वे जनता और नेताओं दोनों की ही निगाहों से बचकर गुमनामी में रह रहे थे। खैर, जो भी तथ्य हों, शौलमरी बाबा सन् 1966 में देहरादून आ गए थे और ध्यान देने की बात यह है कि उससे कुछ पहले जवाहरलाल नेहरू की भी मृत्यु हो गई थी।

□

13
रूपांतरण

अयोध्या में मध्य-रात्रि को कड़ाके की ठंड में जब तापमान बर्फ जमाने के नजदीक रहा होगा, गुमनामी बाबा कमरे के अंदर सो रहे थे और पंडा राम किशोर बाहर अपने को गरम रखने के लिए एक अँगीठी लिये थे। अचानक उन्हें लगा कि कहीं बाबा को ठंड तो नहीं लग रही होगी? वे एकाएक कमरे के अंदर गए और बाबा से पूछा, "बाबा, क्या आपको अँगीठी चाहिए?"

"यह शरीर साइबेरिया की ठंड झेल चुका है (यह शरीर साइबेरिया में रह चुका है)। तुम अँगीठी अपने पास रखो। मुझे इसकी जरूरत नहीं है।"

बाबा ने जवाब दिया। किसी को कुछ पता नहीं, कब सुभाषचंद्र बोस ने गुमनामी का रूप ले लिया और कब वे साइबेरियाई जेल से रिहा हुए थे।

इस अध्याय में जो कुछ लिखा हुआ है, वह आधी-अधूरी सूचनाओं पर तथा अपूर्ण साक्ष्यों पर आधारित है। तमाम तथ्यों को बुद्धिमत्ता से एक कड़ी में जोड़ने के प्रयास से यह अनुमान लगाना संभव नहीं होगा कि नेताजी जब सोवियत संघ पहुँचे, कब उनके साथ क्या-क्या घटित हुआ। उस वक्त सोवियत संघ की उस जेल को 'लोहे का पर्दा' (Iron Curtain) के नाम से जाना जाता था, क्योंकि वहाँ से वही खबरें और सूचनाएँ बाहर निकल पाती थीं, जो वहाँ का सरकारी तंत्र चाहता था। तब फिर जब उस नकली विमान दुर्घटना के बाद मंचूरिया में उन्हें सोवियत सेना के हवाले कर दिया गया, तो उनके साथ क्या-क्या हुआ, उन पर क्या बीती, उसका सही-सही कुछ पता नहीं चल पाया है।

ऐसा प्रतीत होता है कि सुभाषचंद्र बोस पूर्वी साइबेरिया में दो अलग-अलग बंदी शिविरों में रहे थे। संभवत: पहले वे याकुत्स्क के अतिशय शीतवाले बंदी शिविर में रहे थे।

सामान्य परिस्थितियों में तो नेताजी ठंड, भूख और कठिन श्रम से वहीं पर मर-खप गए होते और उनकी लाश भी कुख्यात, 'अस्थियों की सड़क' (Road of Bones) में दबा दी गई होती; परंतु किसी वजह से उनको याकुत्स्क से मध्य एशिया में मंगोलिया

के उत्तर में स्टेप्स के बड़े लंबे-चौड़े मैदानी इलाके की किसी जेल में शिफ्ट कर दिया गया था। यह जेल लेक बैकाल (झील), जो दुनिया की सबसे गहरी झील है तथा अब UNESCO द्वारा घोषित विश्व धरोहर है, के निकट थी।

यह तथ्य कि बोस याकुत्स्क (Yakutsk) में थे, वह पूर्व राजनयिक तथा बाद में संसद् सदस्य रहे सत्य नारायण सिन्हा की खोसला आयोग के सामने दी गई गवाही से पता चलता है। उन्होंने बताया था कि पूर्व एन.के.वी.डी. एजेंट कुजलोव (Kuzlov) ने बोस को याकुत्स्क जेल के सेल नं. 45 में देखा था तथा यह तथ्य कि वे लेक बैकाल के निकट भी एक जेल में कैद थे, वह गुमनामी बाबा ने स्वयं ही बातों-बातों में कभी अपने निकटस्थ सहयोगियों के सामने कूट भाषा में उजागर कर दिया था।

बोस को क्यों साइबेरिया से लेक बैकाल के पास शिफ्ट किया गया, इसके बारे में केवल अटकलें लगाई जा सकती हैं। अभी तक 'पब्लिक डोमेन' में इस बारे में जनता के लिए कोई पक्का सबूत नहीं है। हो सकता है कि भविष्य में जब कभी के.जी.बी. या अन्य किसी सोवियत एजेंसी द्वारा अभिलेखागार से कोई सूचना जनता के लिए उपलब्ध कराई जाएगी, तभी इस रहस्य पर से परदा उठ पाएगा; परंतु यह भी संभव है कि कोई भी सूचना न मिल पाए, क्योंकि गुलागो में दसियों लाख कैदी थे और उनके बारे में स्टालिन की तत्कालीन सरकार ने हिसाब रखा होगा। इसके बारे में केवल एक अनुमान ही लगाया जा सकता है, परंतु एक विश्लेषक एंटन वेरेशचेजिन 'एशिया एंड इंडिया रिपोर्ट' में 10 अक्तूबर, 2013 को प्रकाशित एक लेख में कहा था, ''जोसेफ स्टालिन के जवाहरलाल नेहरू के साथ बड़े तनावपूर्ण संबंध थे तथा वे जवाहरलाल नेहरू को प्रभावित करने के लिए कोई भी मौका नहीं छोड़ते थे। सुभाषचंद्र बोस को अपने नियंत्रण में रखना एक अच्छा तुरुप का पत्ता साबित हो सकता था। भारत के प्रधानमंत्री के खिलाफ प्रयोग करने के लिए यह काफी हद तक संभव है कि स्टालिन के पास यह सूचना पहुँचाई गई हो कि बोस याकुत्स्क की घोर ठंडक को बरदाश्त नहीं कर सकेंगे और वे संभवतः ज्यादा दिनों तक जीवित न बच पाएँ।''

अतएव संभवतः स्टालिन के आदेशानुसार उन्हें अन्य जगह शिफ्ट किया गया था। एक अन्य वर्णन के मुताबिक, नेताजी दक्षिण-पश्चिम साइबेरिया के ओम्स्क नामक स्थान पर कैद थे। अगली दंतकथा शायद इस बात की व्याख्या कर सके कि उन्हें क्यों शिफ्ट किया गया था।

ज्योतिरानंद महाराज मॉस्को में पिछले दो दशक से रामकृष्ण मिशन से जुड़े थे। उन्होंने दो साल पहले बताया कि तत्कालीन मॉस्को में भारतीय राजदूत, विजय लक्ष्मी पंडित को जब यह पता चला कि नेताजी सुभाषचंद्र बोस रूस की किसी जेल में बंद हैं, तब उन्होंने उनसे मिलने के प्रयास किए। हालाँकि उन्हें जेल में जाने की अनुमति

तो मिल गई, परंतु उनको नेताजी की कोठरी में जाने की इजाजत नहीं दी गई, जिसमें वे रहते थे। ज्योतिरानंद महाराज के अनुसार, जेल में अपनी मुलाकात के दौरान श्रीमती पंडित एक बहुत ही दुर्बल काया, बीमार और थके हुए कैदी, जो कि देखने में नेताजी की ही तरह लग रहे थे, से मिलीं। ऐसा लगता था कि उस आदमी को शारीरिक यातनाएँ दी गई थीं और वह मानसिक रूप से अस्थिर थे। अब आगे ऐसा प्रतीत होता है कि श्रीमती विजयलक्ष्मी पंडित उनसे मिलने के बाद तुरंत ही भारत लौटकर आईं और वहाँ उच्च अधिकारियों और संभवत: पं. नेहरू से भी सलाह-मशविरा किया होगा; पर उसका कोई नतीजा नहीं निकला। महाराज ने अपनी सूचना के स्रोत का खुलासा नहीं किया। शायद भारतीय दूतावास, मॉस्को में अभी भी इस बारे में कुछ रिकॉड्र्स मौजूद हों।

भू-राजनीतिक वास्तविकता पर ध्यान दें तो उनके आकलन से ऐसा प्रतीत होता है कि नेताजी को संभवत: डेढ़ से दो वर्षों तक किसी आंतरिक सुरक्षा जेल में या फिर किसी सुरक्षित घर में रखा गया था, तत्पश्चात् उन्हें साइबेरिया के किसी गुलाग में भेजा गया था। इस तथ्य के मद्देनजर उन्होंने सोवियत संघ के सुरक्षा बलों के समक्ष अगस्त 1945 में (दूसरे पक्ष में) समर्पण किया था, संभवत: अगस्त 1947 में जब भारत को आजादी मिली थी, तब उन्हें किसी बंदी शिविर में शिफ्ट किया गया होगा। जब भारत एक नया आजाद देश बन रहा था, तब नेताजी को अंधे व गहरे कुएँ में धकेल दिया गया था। यह कैसी विडंबना है कि जो व्यक्ति अपनी आई.सी.एस. की नौकरी, घर-परिवार छोड़कर अपने देश की आजादी के लिए, उसे ब्रिटिश-सरकार की गुलामी और अन्याय से मुक्ति दिलाने के लिए अपना सर्वस्व त्यागकर, जान की बाजी लगाकर कोशिश कर रहा था, उसे कुछ अज्ञात कारणों से सोवियत संघ के अतिशय शीतवाले साइबेरिया के बंदी शिविर में सड़ने के लिए भेज दिया था। और तत्कालीन नेहरू सरकार वह सब खामोशी से देखती रही।

यह समझ से बाहर है कि बोस को एक बंदी शिविर से दूसरे बंदी शिविर में किस कारण से शिफ्ट किया गया था? क्या उनके क्रिया-कलापों से स्टालिन नाराज और बौखला गया था? क्या स्टालिन ने ब्रिटिश खुफिया विभाग की रिपोर्टों पर विश्वास कर लिया था जिसमें बताया गया था कि सुभाषचंद्र बोस MI6 के एजेंट थे? उन दिनों के कम्युनिस्ट तानाशाही शासन में जरा सा भी, छोटा-मोटा अपराध करने पर भी, उन्हें साइबेरिया के बंदी शिविरों में भेज दिया जाता था, जहाँ पर वे ठंड और भूख व कड़ी मेहनत तथा जुल्म से मर-खप जाते थे। कुछ एक लोगों को देश निकाला दे दिया जाता था। समकालीन दिनों में नॉर्थ कोरिया का तानाशाह (कम्युनिस्ट) अपने मंत्रियों, जो उनकी राय से इत्तेफाक नहीं रखते थे पर भ्रष्टाचार के गलत-सही आरोप लगाकर गोलियों से मरवा दिया जाता था, जब बोस जर्मनी में थे तो उनके ऊपर हमेशा यह खतरा मँडरा रहा था कि कहीं उन पर कुछ आरोप लगाकर कंसट्रेशन कैंप में न भेज दिया जाए, जहाँ गैस

चेंबर में डालकर उनकी हत्या कर दी जाती। वास्तव में जर्मनी में अपने कुछ हितैषी मित्रों की वजह से वे बचे रह पाए थे। किंतु संभवतः उनके ऐसे मित्र नहीं बन पाए थे, जो उनके लिए क्रेमलिन में लॉबी करा सकते या भारत की मदद के लिए सिफारिश कर सकते। नेताजी की किस्मत अब साथ नहीं दे रही थी।

हालाँकि नेताजी को स्टालिन से मिलने का मौका नहीं मिल पाया था, किंतु सोवियत संघ के कुछ अन्य उच्च स्तरीय लोगों को वह यह समझा पाए थे कि वे भारत को अंग्रेजों की गुलामी से मुक्ति दिलाने के लिए वहाँ पर भी आई.एन.ए. की तरह एक फौज तैयार करना चाहते थे। वे अफगानिस्तान के रास्ते ब्रिटिश भारत की उत्तर-पश्चिम सीमा पर हमला करना चाहते थे।

यह एक संभावना लगती है, खासकर ब्रिटिश खुफिया एजेंसी के मेजर ह्यू टॉये (Hugh Toye) की एक रिपोर्ट, जिसमें लिखा था—अफगानिस्तान के एक प्रांत खोस्त (Khost) ने रूसी दूतावास को सूचित किया है कि इस वक्त मॉस्को में कई भारतीय शरणार्थी थे, जिनमें नेताजी सुभाषचंद्र बोस भी थे और वे वहाँ पर भारतीयों और रूसी लोगों की आई.एन.ए. की भाँति ही एक फौज संगठित करना चाहते थे, जिससे वे भारत की आजादी के लिए लड़ सकें। पर ऐसा कोई कारण नहीं था, जिससे बोस को इसमें खींचा जाए। तेहरान से मिली एक रिपोर्ट के अनुसार, रशियन वाइस-कॉन्सुल-जनरल मोराडॉफ ने उसे मार्च 1946 में बताया था कि बोस रूस में भी आई.एन.ए. जैसी फौज खड़ी करना चाहते थे, जो भारत की आजादी के लिए लड़ेगी।

नेताजी पर शोध कार्य करनेवाले पूरबी राय ने अपना लेख 'Tracing the Footprints of Bose' समाचार-पत्र, पॉयनियर, में 24 सितंबर, 2005 को छपवाया, इसमें उद्धृत किया है।

यदि ये रिपोर्ट सही है, तब उसका तात्पर्य यह हुआ कि सोवियत संघ में नेताजी का कार्य रुक जाता, जब ब्रिटेन ने 15 अगस्त, 1947 को भारत को आजादी दी थी। अतएव अब भारत को आजाद करने के लिए उस पर हमला करने की कोई जरूरत नहीं थी। विदेशी शासन से मुक्ति पाने के लिए जो नेताजी की रणनीति थी, कि अफगानिस्तान को पार करके भारत की उत्तर-पश्चिमी सीमा पर हमला करेंगे, जिसमें उन्हें पाकिस्तान भी पार करना पड़ता। सोवियत संघ किसी भी तरह से उनकी उतनी मदद नहीं करता, जितनी जापान ने की थी।

हालाँकि द्वितीय विश्व युद्ध के बाद शीत युद्ध (सोवियत संघ व अमेरिका के बीच) की संभावना नजर आ रही थी, यह संदेहात्मक था कि स्टालिन भारत की स्वतंत्रता के लिए नेताजी का खुलकर समर्थन करेगा और इस तरह से अपने मित्र देश ब्रिटेन के खिलाफ नहीं जाना चाहता था।

जैसा कि पहले जिक्र किया गया है, जब भारत स्वतंत्र हो गया था और जापानी युद्धबंदियों का भी मसला सुलझा लिया गया था, तब सोवियत अधिकारियों द्वारा नेताजी को साइबेरिया भेजा गया था। पूरबी राय, जिन्होंने नेताजी के सोवियत संघ में होने के बारे में काफी विस्तृत खोजबीन की थी, उन्होंने 'पॉयनियर' में एक लेख में लिखा था—बंबई में वी.जी. सायादिएंट्स नाम का एक सोवियत जासूस रहता था, जो सोवियत पत्रिकाएँ, साहित्य और रिकॉर्ड्स बेचता था। वह राजनेताओं के संपर्क में भी रहता था। पूरबी राय के अनुसार, नेहरू ने अगस्त, 1946 में उसी के हाथों स्टालिन को एक पत्र भिजवाया था। उस पत्र को उस सोवियत जासूस को इस प्रार्थना के साथ दिया गया था कि इसे व्यक्तिगत रूप से दिया जाए किंतु यह पता नहीं कि उस पत्र में क्या लिखा था। इस बीच फरवरी 1947 में भारत की स्वतंत्रता की घोषणा हो गई थी। ऐसा प्रतीत होता है कि नेहरू ने भारत को आजाद कराने के लिए स्टालिन की मदद माँगी थी।

बिना किसी खतरे के यह माना जा सकता है कि बोस साइबेरिया में सन् 1949 या 50 के बाद नहीं रहे होंगे। लेक बैकाल के समीप बनी जेल में बोस का जीवन कुछ आसान रहा होगा। साइबेरिया के बंदी शिविर में छोटे-मोटे अपराधी—अधिकांश तो राजनीतिक बंदी थे—जो छोटे अपराधों के लिए बंदी बनाए गए थे, दरअसल उन लोगों ने कोई अपराध ही नहीं किया होता था जैसे कि जेब-तराशी, छीना-झपटी, उठाईगिरी या मोहल्ले में मार-पीट। उनका अपराध तो केवल इस प्रकार का था, जैसे ऑफिस में तीन बार से अधिक देरी से पहुँचना; या सरकारी अफसरों के बारे में हँसी-मजाक करना आदि, नेताओं के खिलाफ तो कोई चूँ तक नहीं कर सकता था। [यह कम्युनिस्ट तानाशाही थी, जहाँ पर सब लोगों से समान व्यवहार किया जाना चाहिए।] जहाँ तक राजनीतिक कैदियों का सवाल था, वे अधिकतर वे लोग थे, जो स्टालिन द्वारा अपने देश पर जबरदस्ती कब्जा करने के खिलाफ थे और उसके विरोध में कभी-कभार आवाजें उठाते थे। इन देशों में थे—यूक्रेन, बेलारूस, एस्टोनिया, लिथुआनिया तथा लातविया। उसमें से अधिकतर लोगों पर कोई मुकदमा चलाया गया था, पर फिर भी वे हिरासत में या जेल में रखे गए थे, केवल समरी ट्रायल के आधार पर निराधार आरोप लगाकर। इनमें प्रोफेसर, शिक्षक, गायक, कवि, कलाकार और अन्य प्रतिभाशाली व्यक्ति तथा पढ़े-लिखे बुद्धिजीवी आदि थे। इन लोगों को तमाम कठिनाइयों में लगाया जाता था और बिना ठीक-ठीक मौसम (ठंड) के अनुकूल कपड़ों के प्राकृतिक ठंड, हवा, जल (वर्षा) आदि से प्रभावित होते थे, जिससे वे बीमार पड़ जाते थे और अंत में कुछ लोगों की मृत्यु भी हो जाती थी।

कई बंदियों की बाउंड्री ठीक से नहीं बनाई गई थी, अत: कई बंदी भाग जा सकते थे और आजादी पा सकते थे; परंतु यह बहुत ही कठिन काम था, क्योंकि वहाँ से भागने

के बाद उन्हें बर्फ के तूफान से जूझना पड़ता था और भूख-प्यास के मारे वे रास्ते में ही बीमार होकर मर-खप जाते थे। ये बंदी शिविर जंगलों के बीच में बने होते थे, जिससे तमाम लोग रास्ता भटक जाते थे और जंगलों में भूखे रहते थे। बाद में बंदी शिविरों के अधिकारियों ने खोजी कुत्ते पाल लिये जिन्हें वे भागनेवाले कैदियों के पीछे छोड़ देते थे। बाद में, जिसमें पुरस्कार की योजना भी बनाई गई। आसपास रहनेवाले लोग यदि ऐसे भागे हुए कैदियों के बारे में या उनका अता-पता बता देते थे तो उन्हें पुरस्कृत किया जाता था।

सन् 1953 की शुरुआत में ऐसे बंदी शिविरों में लगभग 24 लाख लोग कैद थे, जिसमें 4,65,000 राजनीतिक कैदी थे। वे लोग 450 श्रमिक शिविरों में कैद थे। स्टालिन की मृत्यु के बाद तमाम कैदियों को रिहा कर दिया गया था और गुलामों की संख्या भी कम कर दी गई थी—शुरू में धीरे-धीरे और बाद में जरा तेजी से। जब ख्रुश्चेव के शासनकाल में स्टालिन की निंदा की जाने लगी थी, तब ऐसे बंदियों को और शीघ्रता से मुक्त कर दिया गया था। उस मुक्ति-काल में बोस भी संभवतः मुक्त करा दिए गए होंगे।

द्वितीय विश्व युद्ध के बाद मंचूरिया में पूर्व क्वानतुंग आर्मी के जापानी सैनिकों एवं अधिकारियों को लगभग 5,00,000 युद्धबंदी बना लिये गए थे, जिसमें कई लोगों को बंदी शिविरों भी भेज दिया गया था, जहाँ उनसे कड़ी मेहनत करवाई जाती थी। भीषण जाड़े, कठोर मेहनत एवं खाने-पीने की कमी से लगभग 60,000 कैदियों की मृत्यु भी हो गई थी।

केवल सन् 1948 के करीब जापानी युद्धबंदियों को रिहा करना शुरू किया गया था। जापानी युद्धबंदियों को रिहा करने की शुरू हुई प्रक्रिया 1950 तक चली। इस प्रक्रिया में सभी जापानियों को नहीं रिहा किया गया था। युद्ध-अपराधों के कारण अभी भी दसियों साल तक वे जेल में सड़ते रहे थे। पता नहीं कितनी यातना उन्हें भुगतनी पड़ी और उसमें से कितने लोग जिंदा बच पाए? बोस ने मंचूरिया में सोवियत सेना को समर्पण कर दिया था। यह ज्ञात नहीं कि उन्हें भी जापानियों के साथ साइबेरिया भेज दिया गया था या नहीं? इस बारे में हमारे पास कोई पुख्ता जानकारी नहीं है।

सन्1956 में एक पोलिश बंदी स्लावोमीर राविक्ज (Slawomir Rawicz) जो इर्कुत्स्क (उत्तर-पूर्व साइबेरिया) में कैद था, उसके संस्मरण 'The Long Walk' के हमारे पास बहुत अच्छी रिव्यूज समीक्षा में आए थे। उस पुस्तक की 5 लाख प्रतियाँ बिक गई थीं। इर्कुत्स्क साइबेरिया का सर्वाधिक ठंडा इलाका था। वह वहाँ शिविर नं. 303 में कैद था। वह वहाँ से कैसे बर्फ की आँधी के दौरान भागने में सफल हुआ और किस प्रकार से 6,000 किलोमीटर की यात्रा तय कर अपने छह साथियों के साथ भारत पहुँचा था। राविक्ज को भारत पहुँचने में दस माह लग गए थे। भगोड़ों में तीन पोलिश सैनिक, एक पोलिश लड़की, एक लातवियाई जमींदार, एक लिथुआनियाई आर्किटेक्ट

(वास्तुकार) और एक अमेरिकन मेट्रो इंजीनियर थे। इस सफर में वे गोबी मरुस्थल, चीन, तिब्बत एवं हिमालय पर्वत को पार करके आए थे। दो भगोड़े गोबी मरुस्थल और दो हिमालय पर्वत में, यानी चार लोग रास्ते में ही मर गए थे। शेष तीन बहुत ही दुर्बल अवस्था में भारत पहुँचे थे और वे एक गोरखा पैट्रोलिंग पार्टी द्वारा हिमालय में पाए गए थे। यह महान् पलायन सन् 1941 में हुआ था। परंतु इन संस्मरणों को कुछ लोगों ने फर्जी बताया, इस तरह का सफर कभी हुआ ही नहीं, क्योंकि सन् 1942 में ईरान में राविक्ज को सीधे ही रिहा किया गया था। अतएव उसने तो यह यात्रा की ही नहीं थी। पर अन्य कुछ लोग ऐसे भी थे, जिनका कहना था कि यह लंबा सफर तो सच था, पर यह यात्रा राविक्ज की बजाय किसी अन्य ने की थी। रूपर्ट मेयन (Rupert Mayne), जो भारत में ब्रिटिश खुफिया विभाग के एक अधिकारी थे, का कहना है कि कलकत्ता में 1942 में उनके ऑफिस में (Day-Brief) किए गए थे। वे तीनों बहुत ही क्षीण काय, भूखे-प्यासे तथा थके-माँदे थे। पर उन लोगों ने अपने सफर की लगभग वही कहानी सुनाई, जो उस पुस्तक (Long Walk) में बयान की गई थी। परंतु जब कई साल बाद उनसे ये सवाल पूछे गए, तब फिर उन्हें कुछ भी याद नहीं था। बोस को इस बात की समझ तभी आ गई थी, जब वे साइबेरिया भेजे जा रहे थे। यह मानकर चलना कि तब नेताजी रूस में आंतरिक सुरक्षा की कैद में थे, तब उन्होंने भारत में अपने अन्य संपर्क सूत्रों से, सहयोगियों से संपर्क साधने का प्रयास अवश्य ही किया होगा। यह उनके लिए अव्यावहारिक रहा होगा ।

"यदि गुमनामी बाबा ही वास्तव में सुभाषचंद्र बोस थे, तब यह तथ्य साफ है कि उन्होंने भारत में प्रवेश करने से पहले अपने सहयोगियों से संपर्क जरूर किया होगा तथा शुभेच्छकों से भी। भारत में प्रवेश करना और फिर वहाँ पर रहना-बसना बिना अन्य लोगों की मदद के संभव नहीं हो सकता था।" अमित मित्रा, पश्चिम बंगाल के वित्त मंत्री एवं सुभाषचंद्र बोस के पौत्र का कहना है।

अब हम फैजाबाद, उत्तर प्रदेश वापस आते हैं। बाबा के महानिर्वाण के बाद वी.एन. अरोड़ा बाबा के कमरे में गए थे। उनको याद पड़ता है कि वहाँ पर उन्होंने एक नक्शा देखा था, जिसमें वह मार्ग चिह्नित किया हुआ था, जो उन्होंने साइबेरिया से भारत आने के लिए अपनाया होगा। वर्तमान में वह नक्शा फैजाबाद के कोषागार में सुरक्षित रखा हुआ है। मैप में उस क्षेत्र के को-ऑर्डिनेट्स (Co-ordinates) दिए हुए हैं, जिनसे वे गुजरे होंगे, जिसका अधिकांश भाग चीन में से गुजरता था। ऐसा श्री वी.एन. अरोड़ा को स्मरण आता है। परंतु नक्शे में इस बात का कोई जिक्र नहीं है कि—गुमनामी बाबा किस रास्ते से हिंदुस्तान आए थे, सड़क मार्ग से किसी वाहन के जरिए या पैदल अथवा दोनों तरह से। अरोड़ा आगे कहते हैं, "गुमनामी बाबा के कमरे में हाथ से लिखे हुए कई

कागज/नोट्स बरामद हुए थे, जिनका अभी तक किसी को पता नहीं है। हो सकता है, जब एक बार ये कागजात सार्वजनिक हो जाएँ, तब हम लोगों को उनकी देश-वापसी के बारे में तथा जीवन के अन्य पहलुओं के बारे में जानने को मिल सके! हो सकता है कि वे अपने जीवन की कथा लिखकर छोड़ गए हों। पर जब तक इनकी खोज नहीं हो पाती है, तब तक हमें कुछ भी नहीं पता चल पाएगा।''

नंदलाल चक्रवर्ती, राजनीति विज्ञान के पूर्व प्रोफेसर , जिन्हें अचानक ही नक्शे की कॉपी मिल गई थी, ने कलकत्ता के 'टाइम्स ऑफ इंडिया' को बताया था कि उसमें उन जगहों और उन पर्वत-शृंखलाओं का उल्लेख है, जिनकी उन्होंने यात्रा की थी और जिस मार्ग से बोस भारत पहुँचे होंगे, उन जगहों को गोल घेरों से चिह्नित किया गया है। पर्वतों और नदियों को भी, बाएँ हाथ को अफगानिस्तान है, सबसे ऊपर बाएँ तजाकिस्तान था। यह रेखा कंशगर, यारखंड, मध्य में सबसे ऊपर, फिर दाएँ हाथ को चीन का कियूचेन। उसमें स्टालिनाबाद का भी उल्लेख किया गया है। इसका तात्पर्य यह हुआ कि सन् 1961 के पूर्व वे वहाँ गए होंगे। सन् 1931-61 के बीच दुशानबे का नाम स्टालिनाबाद रखा गया था। दुशानबे (Dushanbe) तजाकिस्तान की राजधानी है। यह तथ्य कि बोस ने स्टालिनाबाद का उल्लेख किया है, इससे पता चलता है कि बोस सन् 1961 के पूर्व वहाँ गए थे। चक्रवर्ती का कहना है कि फैजाबाद के ही अशोक टंडन, जो एक पत्रकार थे बाबा से कई बार मिल चुके थे, जिन्होंने नक्शे की एक कॉपी बनवाकर अपने पास रखी है, उनका कहना है कि ''बाबा एक कुशल भूगोल-शास्त्री भी रहे होंगे।''

बाबाजी के नैमिषारण्य सीतापुर, उ.प्र. में देखे जाने से पहले सन् 1962 में वे पश्चिमी उत्तर प्रदेश के इटावा में देखे गए थे। हालाँकि वर्ष (1962) के बारे में मतभेद हैं। इटावा शहर दिल्ली-कानपुर रेलमार्ग पर स्थित है। एक प्रचलित कथा के अनुसार इटावा के राजा ने उनको संरक्षण प्रदान किया था।

''मैं यह कल्पना कर सकता हूँ कि नेहरूजी की मृत्यु के कुछ समय पश्चात् वे दृष्टिगोचर हुए थे।'' अरोड़ा का ऐसा मानना है। उनकी इस धारणा का आधार वे सब अखबारों (पॉयनियर) के संग्रह थे, जो उन्होंने गट्ठर बनाकर अपने कमरे में रखे हुए थे। हमने पाया कि उनके कमरे में ''पॉयनियर (Pioneer) की प्रतियाँ थीं, जिनकी तारीख वर्ष 1964 के आखिरी महीनों की थी।''

जैसा कि आपको याद होगा, नेताजी तीर्थ-स्थलों की यात्रा के लिए अपने घर से बिना बताए साल भर के लिए गायब हो गए थे, अत: हम यह साधारण रूप से मानकर चल सकते हैं कि नेताजी ने भारत आने के बाद आध्यात्मिकता की शरण ली हो, यहाँ तक कि साइबेरिया में भी अपने जीवन के कठिनतम दौर से गुजरते हुए उन्होंने अध्यात्म (और योग) का सहारा लिया था। यह काल्पनिक बात नहीं है। भारत-वापसी की अपनी

लंबी यात्रा में बोस बीच-बीच में हिमालय के पहाड़ों में आध्यात्मिक अभ्यास/यौगिक क्रियाएँ करते रहे हों। यह तथ्य इस बात से भी साफ हो जाता है कि उन्हें रूस में सन् 1959 में जेल से रिहा किया गया था और वे 1962 में भारत पहुँचे थे—लगभग तीन वर्ष बाद। हो सकता है कि हिमालय पर्वतों में जो उन्होंने आध्यात्मिक क्रियाएँ की हों, उन्हीं ने उनको गुमनामी बाबा में परिवर्तित कर दिया हो। वी.एन. अरोड़ा याद करते हुए कहते हैं कि बाबाजी की किताबों के संग्रह में ब्रिगेडियर जे.पी. दलवी की पुस्तक 'हिमालयन ब्लंडर' भी थी। नेताजी ने उसमें जगह-जगह हाशिए पर कुछ टिप्पणियाँ कर रखी थीं। एक टिप्पणी में उन्होंने लिखा था—''अरे बेवकूफ, मैं वहाँ पर था। यह ऐसे नहीं हुआ था।'' अरोड़ा ने आगे बताया कि उन्हें पक्का याद नहीं कि किस संदर्भ में उन्होंने ऐसी टिप्पणी की थी और किसको उन्होंने 'बेवकूफ' कहा था। यह विवादास्पद पुस्तक, जो सन् 1962 के भारत-चीन युद्ध के बारे में थी, बाजार में आने के तुरंत बाद ही प्रतिबंधित कर दी गई थी, पर कुछ समय बाद यह प्रतिबंध उठा लिया गया था।

जब गुमनामी बाबा की कहानियाँ प्रसारित होने लगीं, तब कई लोगों ने यही कहा कि वे नेताजी सुभाषचंद्र बोस हो ही नहीं सकते थे, क्योंकि जो भी हो, नेताजी एक अत्यंत क्रियाशील व्यक्ति थे और वे कभी इस प्रकार छुपकर रह ही नहीं सकते थे। गुमनामी बाबा की जो शांत-आध्यात्मिक जीवन-शैली थी, वह नेताजी के पूर्व कृतित्व एवं व्यक्तित्व से बिल्कुल मेल नहीं खाती थी, जो मौन, अकेले और बिना प्रचार के रहना चाहता था। इसकी वर्तमान इतिहास में यदि कोई मिसाल मिलती है तो वह श्री अरविंद की है, जिनका असली नाम था अरबिंदो घोष। घोष ने इंग्लैंड से पढ़ाई करके लौटने के बाद अपने कैरियर की शुरुआत बड़ौदा सिविल सर्विस से की थी, जहाँ उन्होंने बड़ौदा महाराजा-सयाजीराव गायकवाड़ के प्रशासन का काम सँभाला था। वैसे अरविंद घोष ने आई.सी.एस. की परीक्षा भी पास कर ली थी, पर घुड़सवारी का टेस्ट पास न कर पाने के कारण अंग्रेजों की नौकरी करने से वे बच गए थे। कहा जाता है कि वे जान-बूझकर घुड़सवारी के टेस्ट में देर से पहुँचे थे, जिससे वे अयोग्य घोषित कर दिए जाएँ। कुछ वर्ष बड़ौदा में बिताने के बाद वे बंगाल लौट आए, जहाँ वे क्रांतिकारियों के संपर्क में आए। सन् 1909 के अलीपुर बमकांड में उन पर दोषारोपण करके उन्हें बंदी बना लिया गया था और जेल में एकल सेल में रखा गया था। वहाँ पर वे अध्यात्म की ओर मुड़े तथा आध्यात्मिक एवं यौगिक क्रियाओं में अपने को व्यस्त रखने लगे। यहाँ पर उन्होंने अंतरात्मा की आवाज सुनी। अंत में उन्हें छोड़ दिया गया था। बाद में उनके कुछ लेखों के बारे में उनके खिलाफ फिर गिरफ्तारी का वारंट जारी किया गया। अरविंद किसी प्रकार से बंगाल से भागकर फ्रांसीसी शासनवाले पांडिचेरी (अब पुदुचेरी, दक्षिण भारत) में पहुँच गए। यहाँ पर ब्रिटिश सरकार उनको गिरफ्तार नहीं कर सकती थी। पुदुचेरी में

वे आध्यात्मिक अभ्यास करते रहे तथा यहीं पर अरबिंदो घोष का रूपांतरण आध्यात्मिक गुरु श्री अरविंद में हुआ।

यदि अरबिंदो घोष आध्यात्मिक गुरु श्री अरविंद में रूपांतरित हो सकते थे, तो फिर ऐसी कोई वजह नहीं थी कि सुभाषचंद्र बोस 'नेताजी' अध्यात्म की ओर 'गुमनामी बाबा' बन गए हों। पर एक बात अवश्य है, जब श्री अरविंद ने श्री माँ की सहायता से पुदुचेरी में इतना बड़ा आश्रम बना लिया। उनके लाखों भक्त अभी भी दुनिया भर से वहाँ उनके आश्रम में दर्शनार्थ आते रहते हैं। सुभाषचंद्र बोस संभवतः दुनिया की निगाहों में नहीं आना चाहते थे और इसीलिए उन्होंने एकांतवास चुना था। उनका रहस्य अभी तक सुलझ नहीं पाया है।

गुमनामी बाबा को हालाँकि आध्यात्मिकता का वरदान मिल गया था, तब शायद उनकी सांसारिक इच्छाएँ भी थीं। इसलिए यह कोई अचरज की बात नहीं है कि वी.एन. अरोड़ा के अनुसार उनके कमरे से 555 ब्रांड सिगरेट के डिब्बे तथा स्कॉच व्हिस्की की कुछ बोतलें भी मिली थीं। 'मिशन नेताजी' वीडियो के शूट के लिए दिए गए साक्षात्कार में भी इस बात की पुष्टि हुई है कि बाबा धूम्रपान करते थे। रीटा बनर्जी ने बताया था। परंतु अरोड़ा ने यह भी जल्दी से जोड़ा कि उन्होंने कभी भी हमारे सामने सिगरेट आदि नहीं पी थी, जैसा कि पहले एक अध्याय में कहा गया है। बनर्जी परिवार बाबा को बहुत निकट से जानता था और वे लोग उनके यहाँ आ-जा सकते थे। एक मांसाहारी एवं धूम्रपान करने पर बाबा को शायद भारत में कई जगह शर्म का सामना करना पड़ सकता था, पर शैव (शिव के भक्त) या वे लोग, जो शक्ति की पूजा करते हैं (तांत्रिक भी) को छोड़कर वैष्णव लोग शाकाहारी एवं मदिरा से परहेज करनेवाले होते हैं।

कुछ मामलों में गुमनामी बाबा विरोधाभासी प्रकृति के थे। अयोध्या में प्रारंभ में तो वह एक खँडहर जैसे पुराने घर, जिसमें बिजली तक नहीं थी, में रहते थे, पर जैसा कि पंडा राम किशोर ने बताया था, वे हमेशा जैविक फल-सब्जी खाने पर जोर देते थे। उनके लिए पूड़ियाँ भी शुद्ध देसी घी में बनी होनी चाहिए थीं और वह घी दोबारा तलने के काम में नहीं आना चाहिए था। उसे फिंकवा दिया जाता था। पंडा राम किशोर अयोध्या में काफी धनी-मानी पुरोहितों में से एक थे। तीर्थ पुरोहित वे पंडित होते थे, जो पीढ़ियों से पूजा-पाठ से कमाते आ रहे थे और उनके पास बही-खाते में उस कुल के सब सदस्यों का विवरण रहता था कि कब कौन अयोध्या आया और उनसे या उनके पुरखों से पूजा-पाठ करवाया था। वे परिवार विशेष के इतिहास का स्रोत होते थे। पंडा राम किशोर गुमनामी बाबा का बहुत आदर-सम्मान करते थे और बाबा (बोस) भी उन्हें स्नेह से 'नंद बाबा' कहकर पुकारते थे।

अपने आपको तमाम कोशिशों द्वारा जनता की निगाहों से दूर रखने का कारण जब

उनके नजदीकी लोग पूछते थे, तब बाबा यही कहकर टाल देते थे कि अभी समय नहीं आया। फिर भी, कभी-कभी वे कुछ लोगों के सामने बोल देते थे कि वे सुभाषचंद्र बोस के अलावा अन्य कोई नहीं थे। एक बार बनर्जी परिवार के सदस्यों से उन्होंने कहा था, "मेरी ओर ध्यान से देखो। देखो, कहीं मैं सुभाषचंद्र बोस तो नहीं हूँ?"

□

14

क्या नेताजी को उनकी अपनी सरकार ने भुला दिया?

जैसे कि यह तथ्य स्पष्ट हो गया कि जिस विमान दुर्घटना में नेताजी की मृत्यु हो गई थी, वह विमान दुर्घटना फर्जी (नकली) थी, अतः उनकी मृत्यु का कोई सवाल नहीं था। तभी भारत सरकार ने तत्परता से उनकी खोजबीन शुरू कर दी थी कि वे कहाँ पर थे और क्या कर रहे थे। साथ-ही-साथ उच्च सरकारी अधिकारियों को यह हिदायत दी गई कि जनता को यही समझाने की कोशिश करें कि नेताजी सुभाषचंद्र बोस की 18 अगस्त, 1945 को ताइहोकू (ताइवान) में एक विमान दुर्घटना में मृत्यु हो गई है।

साधारण जन और उच्च पदस्थ लोग इस सरकारी प्रचार पर विश्वास करने लगे थे। पर भारत सरकार और भारत, जो अब तक स्वतंत्र हो चुका था, उनको यह अच्छी तरह पता था कि जो सूचना वे जनता में फैला रहे थे, वह गलत थी। अतएव यह बात भी साफ है कि सरकार का बोस को खोजने का उद्देश्य कोई उनकी भलाई करने का नहीं था, बल्कि उनकी मंशा थी कि किस प्रकार से उस महान देशभक्त को मात दी जाए।

प्रारंभ में नेताजी कहाँ और कैसे थे शासन को, यह पता करने के लिए सरकारी तंत्र को बोस के परिवार के लोगों की जासूसी करने में लगा दिया गया था और उनके रिश्तेदारों की भी, जिससे बोस की गतिविधियों के बारे में उसे कुछ जानकारी मिल सके। यह इस विश्वास में किया जा रहा था कि वे अपने परिवार एवं संबंधियों से अवश्य कभी-न-कभी संपर्क करेंगे। यह जासूसी सन् 1968 तक, यानी आजादी के 21 साल बाद तक चलती रही थी। इसी से पता चलता है कि तत्कालीन (नेहरू) सरकार नेताजी के बारे में जानने को कितनी उत्सुक थी।

इस बात का हमेशा संदेह था कि भारत सरकार जनता को गुमराह करने की कोशिश करने में लगी हुई थी। हमें अब यह भी निश्चित तौर पर पता है कि इस कार्य को भारतीय खुफिया एजेंसी इंटेलिजेंस ब्यूरो (I.B.) , ब्रिटेन की खुफिया एजेंसी MI5

के साथ मिलकर कर रही थी। यह तथ्य तब सामने आया, जब ब्रिटेन ने अपने तमाम रिकॉर्ड्स अवर्गीकृत कराए। यह सहयोग भारत को आजादी मिलने (सन् 1947) से चला आ रहा है। वह एक ऐसा समय था, जबकि भारत सरकार एक स्वतंत्र दिशा ले सकती थी। 'दि टाइम्स ऑफ इंडिया' के 12 अप्रैल, 2015 के संस्करण में एक स्टोरी प्रकाशित की गई थी—Documents Reveal Nehru Government Shared Information on Netaji with MI5। (दस्तावेजों से खुलासा होता है कि नेहरू सरकार ने नेताजी के बारे में एम आई 5 से सूचना साझा की थी) इस रिपोर्ट में दर्ज है कि नेहरू सरकार ने आई.बी. द्वारा बोस के सगे-संबंधियों की जासूसी करवाई, परंतु साथ में उन्होंने बोस के बारे में कई सूचनाएँ साझा की थीं। सरकार ने गुप्त सुचनाएँ भी MI5 को दी थीं। एक इंटेलिजेंस ब्यूरो के अधिकारी एस. बालाकृष्णन शेट्टी ने एक पत्र जो इंटरसेप्ट किया था, उसके बारे में भी MI5 से टिप्पणी माँगी थी। यह पत्र एक मिस्टर ए.सी.एन. नांबियर, जो जर्मनी में नेताजी के डिप्टी थे, उन्होंने नेताजी के भतीजे अमिय नाथ बोस को लिखा था। नांबियार ज्यूरिख (स्विट्जरलैंड) में रहता था। बालकृष्ण शेट्टी ने MI5 के दिल्ली प्रतिनिधि के.एम. बॉर्न (K.M. Bourne) को लिखा था कि ''नांबियार का पत्र खुफिया विभाग के जासूसों द्वारा इंटरसेप्ट (बीच रास्ते में रोकना) किया गया, जो वह उन्हें भेज रहे थे। हम आपकी टिप्पणी (Comment) के लिए आभारी होंगे।''

के.एम. बॉर्न ने इस पत्र को MI5 के लंदन में स्थित अपने डायरेक्टर जनरल के पास इस गुजारिश के साथ भेजा कि इस पर वे अपनी टिप्पणी से अवगत कराएँ। हो सकता है, यह पत्र बोस की पत्नी और बच्ची के बारे में रहा हो, पर इसका संदर्भ स्पष्ट नहीं है।

'द टाइम्स ऑफ इंडिया' के उसी संस्करण में रॉ (RAW) के विशेष सचिव श्री वी. बालाचंद्रन ने लिखा था—''यहाँ तक कि सन् 1947 के बाद भी आई.बी. की स्थिति वैसी थी, जैसे किसी जूनियर पार्टनर की होती है और यह उसके समान ही थी, जो 1947 के पहले था।'' उन्होंने आगे यह भी बताया कि यह साझेदारी 1975 तक 28 वर्षों तक चलती रही थी। सन् 1947 में सत्तांतरण (Transfer of Power) के बाद MI5 ने भारत (दिल्ली) में अपना एक सिक्योरिटी लाइजन ऑफिसर (SLO) नियुक्त किया हुआ था। अवर्गीकृत किए हुए दस्तावेजों के अनुसार यह समझौता MI5 के डिप्टी डायरेक्टर गे लिडेल (Guy Liddel) द्वारा किया गया।

कुछ समय बाद आई.बी. MI5 के सहारे ही चलता रहा था और अजीब बात यह है कि आई.बी. ब्रिटेन की इंटेलीजेंस प्राथमिकताओं को ज्यादा महत्त्व देती थी। भोला नाथ मल्लिक, जो 1948 से1968 तक आई.बी. के चीफ थे। वे भारतीय इंटेलिजेंस (खुफिया तंत्र) के जार (Czar) समझे जाते थे। पर ऐसा प्रतीत होता है जैसे वे केवल नाम मात्र को जार थे। अवर्गीकृत दस्तावेज यह खुलासा करते हैं कि उन्होंने ब्रिटिश MI5

के SLO वाल्टर बिल को इस बात के लिए प्रोत्साहित किया कि वे खुफिया एजेंसी के हेडक्वार्टर्स में आकर उसका काम देखें कि कैसे कम्युनिस्टों को भारत में अपना जाल फैलाने से रोका जाए। वॉल्टर बिल ने सन् 1957 में अपने चीफ रॉजर हॉली को लंदन में लिखा कि उन्हें कभी ऐसा लगा ही नहीं कि वे ऐसी संस्था के साथ काम कर रहे थे, जैसे कि उनकी अपनी ही हो।

जब सन् 1971 में आई.बी. को MI5 से डिलिन्क करने का काम शुरू हुआ तो तत्कालीन आई.बी. डायरेक्टर एस.पी. वर्मा को लगा जैसे वे बेसहारा हो गए हों। उन्होंने MI5 के चीफ को लिखा कि वे कैसे ब्रिटिश SLO के बगैर काम कर पाएँगे।

बालाचंद्रन ने 'दि टाइम्स ऑफ इंडिया' में इस ओर इशारा किया कि MI5 के इतिहासकार क्रिस्टोफर एंड्रयू ने जो निष्कर्ष निकाला है, नेहरू को या तो यह नहीं पता था कि आई.बी. और MI5 के कितने निकट संबंध थे अथवा इस तथ्य को उन्होंने नजरअंदाज कर दिया था।

यह एक प्रकार से नेहरू को आसानी से अपराध-मुक्त कर देना है। अधिक संभावना इस बात की है कि नेहरू सरकार खरगोश लेकर भाग रही थी और शिकारी कुत्ते से शिकार को खोज रही थी। एक तरफ तो वह नेताजी के बचने—आई.बी. द्वारा सोवियत संघ, जहाँ पर संभवत: नेताजी थे, उन पर नजर रख रही थी और दूसरी तरफ वह सोवियत संघ से दोस्ताना संबंध भी बनाना चाहती थी। वह कम्युनिस्टों से भय खाती थी और उन पर आई.बी. की हमेशा पैनी नजर रहती थी।

2 मई, सन् 1970 को 'डी.एन.ए.' समाचार-पत्र को दिए गए एक साक्षात्कार में क्रिस्टोफर एंड्रयू ने खुलासा किया था कि आई.बी. ने MI5 से संपर्क किया था कि उसने भारत में कम्युनिस्ट पार्टी को मॉस्को द्वारा दी गई सब्सिडी के बारे में कुछ कागज एकत्रित किए हैं और चाहती है कि MI5 के विशेषज्ञ उसका विश्लेषण करें।

अनुज धर, जो नेताजी के रहस्य को उजागर करने के लिए जी-जान से लगे हुए हैं, उनका मानना है कि आई.बी. चीफ भोला नाथ मल्लिक ने खोसला आयोग के सामने झूठ बोला था तथा शाहनवाज खान समिति के सम्मुख भी गलत बयान दिया था और झूठे तथ्य रखे थे। टी.वी. चैनल जी न्यूज (Zee News) के साथ एक साक्षात्कार में 10 अगस्त, 2012 को अनुज धर ने बताया था कि पूर्व आई.बी. चीफ भोलानाथ मल्लिक ने आयोग के समक्ष नेताजी की विमान दुर्घटना में (अनुमानित) मृत्यु के बारे में ब्रिटिश युग की एक जापानी रिपोर्ट की डॉक्टरी करके काट-छाँट कर पेश किया था—उस जापानी रिपोर्ट में से उन्होंने अंतिम पैराग्राफ हटा दिया था। धर ने यह भी आरोप लगाए कि 'शपथ' लेने के बाद भी मल्लिक ने खोसला आयोग के सामने जो तथ्य रखे थे, यदि उनकी उन तथ्यों के साथ तुलना की जाए, जो उन्हें एक आर.टी.आई. के जवाब में मिले थे तो

फिर मल्लिक साक्ष्य के आरोपी होंगे। किंतु सन् 1984 में मल्लिक की मृत्यु हो गई थी।

आई.बी. की ब्रिटिश खुफिया एजेंसी MI5 के साथ साझेदारी तभी खत्म हुई, जब उसके हुक्मरानों को इंदिरा गांधी ने आदेश दिए थे कि यह साझेदारी खत्म कर दी जाए। 'द टाइम्स ऑफ इंडिया' को बालाचंद्रन ने बताया था कि वे उस मीटिंग में उपस्थित थे, जिसमें इंदिरा गांधी ने आई.बी. के उच्च अधिकारियों को यह आदेश दिया था। सन् 1970 के बाद और खासकर 1971 (दिसंबर) में भारत-पाक युद्ध के बाद, जब भारत सोवियत संघ के ज्यादा नजदीक आ गया था और उनके साथ एक मित्रता के समझौता पर भी हस्ताक्षर हो गए थे, उसी समय भारत एवं ब्रिटेन की खुफिया विभाग की यह साझेदारी खत्म कर दी गई थी, क्योंकि IB-MI5 की साझेदारी मुख्यत: कम्युनिस्टों के खिलाफ थी और अब इस समझौते के साथ ही यह बिल्कुल गैर-जरूरी हो गया था।

आई.बी. को केवल नेताजी के सगे-संबंधियों की जासूसी करने को कहा गया था; परंतु नेहरू ने व्यक्तिगत रूप से उनकी गतिविधियों पर नजर रखने को कहा था और उनके बारे में उन्हें सूचित करते रहना था। एक अन्य आर.टी.आई. के उत्तर के फलस्वरूप हमें पता चलता है कि नेहरू ने 25 नवंबर, 1957 को तत्कालीन विदेश सचिव सुबिमल दत्त को पत्र लिखा था कि वे उनके भतीजे अमिय नाथ बोस की जापान-यात्रा के बारे में बताएँ। नेहरू ने लिखा था—"मैं यह जानना चाहूँगा कि उन्होंने (अमिय बोस ने) टोक्यो में क्या-क्या किया था? क्या वह भारत के दूतावास में भी गए थे?" अमिय नाथ बोस शरतचंद्र बोस के सबसे बड़े पुत्र थे। सन् 1967 में वे (अमिय बोस) लोकसभा के सदस्य बने थे; पर 1957 में वे केवल एक बैरिस्टर थे। अतएव नेहरू सन् 1957 में जापान यात्रा के दौरान उनकी गतिविधियों के बारे में क्यों जानना चाहते थे। यह साफ नहीं है, जब तक कि वे नेताजी के जीवित रहने के बारे में और फिर कहीं से वे इस दुनिया में प्रकट न हो जाएँ इसके बारे में संभ्रमित न रहे हों?

शरत बोस की बेटी चित्रा बोस ने अप्रैल 2015 में 'दि टाइम्स ऑफ इंडिया' को बताया कि, "विमान दुर्घटना के कुछ दिनों बाद नेहरू उनके कलकत्ता वाले घर पर आए। पंडितजी ने हमारे पिता को आँसू-भरी आँखों से चौकोर डायलवाली घड़ी जिसका स्ट्रैप (पट्टा) थोड़ा जला हुआ था, दिखाते हुए कहा, जिस वक्त विमान दुर्घटना हुई थी, सुभाष इस घड़ी को पहने हुए थे। शरत बोस ने उत्तर देते हुए कहा, 'जवाहर, मुझे विमान दुर्घटना की कहानी पर विश्वास नहीं है। सुभाष इस प्रकार की घड़ी कभी नहीं पहनते थे। वह एक गोल डायल की घड़ी, जो उनकी माँ ने उन्हें दी थी, वही पहनते थे।"

'इंडिया टुडे' पत्रिका के 20 अप्रैल, 2015 के अंक में पत्रकार संदीप उन्नीयन ने लिखा—"भारत सरकार ने 20 साल तक वर्ष 1948 से 68 तक बोस परिवार के ऊपर बड़ी कड़ी निगरानी रखी थी। उनके गुप्तचर बोस के घर पर आने-जानेवाले सारे पत्रों

को इंटरसेप्ट करते थे, पढ़ते थे तथा उनका रिकॉर्ड रखते थे, बिल्कुल उसी तरह से जैसे कि वे लोग कोई बहुत बड़े खतरनाक आतंकवादी हों।'' इन सबके पीछे वही एक व्यक्ति था, तत्कालीन आई.बी. चीफ भोला नाथ मल्लिक। वे यह सारे पत्र एम.एल. हूजा जो बाद में सन् 1968 में इंटेलिजेंस ब्यूरो के प्रमुख बने और रामेश्वर नाथ काव, जो रॉ (RAW) की स्थापना के बाद उसके पहले सचिव बने थे, के साथ साझा करते थे। बोस परिवार से संबंधित खुफियागीरी 'बहुत गोपनीय' या 'अति गोपनीय' चिह्नित होती थी।

इसकी एक अच्छी मिसाल कि नेताजी के बारे में कोई भी सूचना आम जनता तक न पहुँच पाए और उस पर एक परदा पड़ा रहे, यह है। हैवी इंजीनियरिंग कॉर्पोरेशन (HEC), राँची (झारखंड) के एक मेकैनिकल इंजीनियर अर्धेंदु सरकार को सन् 1962 में यूक्रेन (यह उस वक्त सोवियत संघ का एक संघीय राज्य था, जो अब एक आजाद देश है) में स्थित गोरलोव्का मशीन बिल्डिंग प्लांट में डेपूटेशन पर भेजा गया था। वहाँ पर वह एक जर्मन, जिनका नाम जेरोविन था और जो वहाँ पर कार्यरत थे, से मिले थे। जेरोविन ने सरकार को बताया कि वह नेताजी से वर्ष 1947-48 में एक बंदी शिविर (साइबेरिया) में मिला था और उनसे जर्मन में कुछ बातें भी हुई थीं। जेरोविन को वहाँ मतारोपण (Indoctrination) के लिए भेजा गया था। एक अति-उत्साहित सरकार को जब पहला मौका मिला तो वह शीघ्र ही मॉस्को गए तथा वहाँ भारतीय दूतावास में वहाँ के अफसरों से मिले। उन्होंने सोचा था कि नेताजी के बारे में जानकर उन लोगों को भी खुशी होगी। पर उनकी वह धारणा गलत साबित हुई। उनको इसके लिए डाँटा गया और उन्हें अपना मुँह बंद रखने की हिदायत दी गई थी।

आप इस देश में क्यों आए हैं ? क्या आपको अपना काम-काज छोड़कर राजनीति में अपना दखल देने को कहा गया है ? आप इस सूचना को किसी अन्य से साझा न करें। केवल अपने काम से कम रखिए। अर्धेंदु सरकार को कहा गया था। उसके बाद जल्द ही सरकार को भारत वापस भेज दिया गया था। सरकार इस घटना से ऊपर से नीचे तक हिल गए थे। उन्होंने यह वाकया, केवल सन् 2000 में मुखर्जी आयोग के सामने बताया था।

परंतु सरकार हमेशा इस बात पर जोर देती रही थी कि नेताजी वास्तव में उस विमान दुर्घटना में मारे गए थे और इसे साबित करने के लिए उसने तमाम मूर्खतापूर्ण कोशिशें भी की थीं। न केवल सरकार ने (दो पूर्व धारणावाले) जाँच आयोग बैठाए—शाहनवाज खान वाले (ex-आई.एन.ए.) और जस्टिस मुखर्जी आयोग, बल्कि वह सन् 1990 तक इसी प्रकार की बयानबाजी करती रही—बहुत जोर-शोर से। गुमनामी बाबा के बारे में अफवाहें फैलने के बाद कि वे सुभाषचंद्र बोस थे, सरकारी खुफिया तंत्र ने गुमनामी बाबा से मिलने आनेवाले पर कड़ी निगरानी रखनी शुरू कर दी थी, यहाँ तक कि वे जिज्ञासु आगंतुकों को इस बात के लिए समझाने लगे कि वे बाबा से मिलने न जाएँ। फैजाबाद

के वी.एन. अरोड़ा, जिनका पहले भी इस अध्याय में ज़िक्र किया गया है, ने जिज्ञासावश सन् 1980 में बाबा से मिलने का निश्चय किया था। उन्हें कहा गया कि वे अगले दिन शाम 4 बजे बाबा से मिलने आ सकते थे। अगले ही दिन दोपहर बाद खुफिया विभाग का एक अफसर उनके पास आकर बैठ गया और देर रात तक उनसे बातचीत करता रहा, ताकि वे नेताजी से मिलने न जा पाएँ। वह अधिकारी उनसे बार-बार यही जानना चाहता था कि वे बाबा से क्यों मिलना चाहते थे? "उनको कैसे पता चला कि मैं बाबा से मिलने जा रहा था?" इससे साफ जाहिर है कि वे बाबाजी के यहाँ आने-जानेवाले हर व्यक्ति पर नजर रखे हुए थे। गुमनामी बाबा ने यह भी बताया था कि उन दिनों वह अयोध्या में एक जीर्ण-शीर्ण पुराने मकान में रहते थे, जिसमें बिजली भी नहीं थी।

जब सन् 1991 में पी.वी. नरसिम्हा राव की सरकार सत्ता में आई तो उसने भी नेताजी की पत्नी एमिली शेंकेल (Emilee Schenkl) तथा नेताजी के अन्य सगे-संबंधियों को यह अच्छी तरह समझाने की कोशिश की कि नेताजी वास्तव में उस विमान दुर्घटना में अगस्त 1945 में ताइवान (तब ताइहोकू) में मारे गए थे तथा उनकी अस्थियाँ टोक्यो के रेनकोजी मंदिर में रखी हुई थीं। भारत सरकार किस प्रकार से आतुर थी कि नेताजी को मरा हुआ मान लिया जाए, वह तत्कालीन गृह सचिव के. पद्मनाभैया के पत्र से पता चलता है। उन्होंने टिप्पणी की थी—

"अतएव यह अति आवश्यक होगा कि नेताजी के परिवार के सदस्यों को विश्वास में लिया जाए और उनको यह भरोसा दिलाया जाए के जापान के रेनकोजी मंदिर, टोक्यो में जो अस्थियाँ सुरक्षित रखी हैं, वे नेताजी की ही थीं।" उन्होंने आगे जोड़ा—"तब हम फॉरवर्ड ब्लॉक (या अन्य दलों) की विरोधी आवाजों का आसानी से सामना कर सकेंगे। नेताजी की पत्नी और बेटी इस समय आग्सबर्ग (Augsburg), जर्मनी में हैं। मेरा ऐसा विचार है कि हम उनके एक और भतीजे डॉ. शिशिर बोस के जरिए पहुँच सकते हैं। श्री अमिय नाथ बोस, जो सबसे ज्यादा मुखर हैं, वह तो उक्त विमान दुर्घटना की स्टोरी में बिल्कुल यकीन नहीं करते (और उसे सिरे से खारिज कर देते हैं)। उन्हें यदि समुचित स्तर पर अधिकारियों द्वारा यह समझाया जा सके कि विमान दुर्घटना की कथा सत्य है तो हो सकता है कि उनका परिवार भी अपना विरोध छोड़ दे। जहाँ तक उनके लिए एक उचित स्मारक बनाने का प्रश्न है तो यह मसला हम बाद में देख सकते हैं, ताकि स्मारक में उनकी अस्थियाँ जापान से लाकर रखी जा सकें।"

जब इस लेखक ने के. पद्मनाभैया से पूछा कि आप किस आधार पर नेताजी की अस्थियों के बारे में इतने आशावादी हैं? तब उन्होंने कहा, "यह घटना दो दशक से भी ज्यादा पुरानी है और अब मुझे घटनाओं का सही-सही क्रम याद नहीं, हमारे सामने कुछ सामग्री (कागजात) पेश की गई थी जिनके आधार पर मेरा नोट लिखा गया था। वे क्या

चीजें थीं, मुझे अब याद नहीं हैं।'' सेवानिवृत्त गृह सचिव ने कहा था।

भारत सरकार की यह सिद्ध करने की व्यग्रता कि नेताजी उस तथाकथित विमान दुर्घटना में मारे गए थे कि उन्हें आशंका थी कि जब कभी भी सोवियत संघ अपने गोपनीय रिकॉर्ड्स सार्वजनिक करेगा, तब यह 'सत्य' बाहर आ जाएगा कि नेताजी विमान दुर्घटना में नहीं मारे गए थे। वह एक गढ़ी हुई कहानी थी ताकि उनके द्वारा सोवियत संघ से सहायता माँगने जाने के बारे में उस वक्त न पता चल सके, क्योंकि ब्रिटिश सरकार और MI5 उनके पीछे हाथ धोकर पड़ी थी।

जैसा कि सर्वविदित है, सोवियत संघ ग्लॉसनॉस्त (Glosnost) या खुलापन की नीति के तहत टूटकर बिखर गया था। इस परिदृश्य में आशा की जा रही थी कि उनके कई गोपनीय रिकॉर्ड्स जनता के सामने सार्वजनिक कर दिए जाएँगे। भारतीय सत्ता के गलियारों में जो खलबली मची थी, वह इस बात से साफ है; मॉस्को स्थित ओरिएंटल इंस्टीट्यूट द्वारा प्रकाशित पत्रिका 'एशिया एंड अफ्रीका टुडे' ने 1993 में घोषणा की कि वह सुभाषचंद्र बोस से संबंधित कुछ सामग्री, जो सूचना सोवियत खुफिया एजेंसी के के.जी.बी. अभिलेखागार से निकाली गई है, वह आगामी अंक में प्रकाशित करेगी। संभवत: कोई अन्य नहीं, बल्कि तत्कालीन प्रधानमंत्री पी.वी. नरसिम्हा राव के दबाव में रूस में भारतीय राजदूत रोनेन सेन को कहा गया कि वह ओरिएंटल इंस्टीट्यूट पर कूटनीतिक दबाव डालें कि वे उक्त सामग्री न छापें। भारतीय दूतावास के एक कौंसिलर अजय मल्होत्रा पत्रिका के उप-मुख्य संपादक वी.के. तूर्दजेव के पास दौड़ाए गए कि इस बोस संबंधी साम्रगी लेख को प्रकाशित करने से बचें।

रूस में नया खुलापन आने से (या अब कम पाबंदी होने से) कलकत्ता की एशियाटिक सोसाइटी ने, जिसका मॉस्को के ओरिएंटल इंस्टीट्यूट से अनुबंध था, के शोधकर्ता मॉस्को भारत-सोवियत संघ संबंधों पर और हो सके तो नेताजी पर कुछ सामग्री एकत्रित कर सकें, सोचा। अपने शोध और खोजबीन के दौरान इस टीम को यह समझ में आ गया कि जब तक सोवियत खुफिया एजेंसी के.जी.बी. अपने रिकॉर्डों का खुलासा नहीं कर पाती, उनके लिए नेताजी के बारे में मौलिक सामग्री निकाल पाना लगभग नामुमकिन था। अतएव उस टीम के वापस आने पर एशियाटिक सोसाइटी ने विदेश मंत्रालय से संपर्क साधा। विदेश मंत्रालय में पूर्वी यूरोप के संयुक्त सचिव आर.एल. नारायण ने 12 जनवरी, 1996 को मॉस्को में भारत के राजदूत को लिखा कि वे रूसी सरकार को एक demarche डिमार्शे एक प्रभावशाली पत्र लिखें कि वे नेताजी से संबंधित दस्तावेजों को उपलब्ध करवाएँ। (उनके द्वारा पहले लिखे एक पत्र का उत्तर नकारात्मक आया था कि रूसी रिकॉर्ड में उनके बारे में कोई सामग्री उपलब्ध नहीं थी। इसके पहले इस प्रकार की प्रार्थना जनवरी 1992 में की गई थी, जब उनकी अर्थव्यवस्था और देश की

नीतियों में कुछ खुलापन आना शुरू हुआ था।) दरअसल, नारायण ने अपने नोट में लिखा था—''जनवरी 1992 में हमें रूसी विदेश मंत्रालय से एक 'डिसक्लेमर' (Disclamer) मिला था, जिसमें लिखा था कि रिपब्लिकन आर्काइव्स के मुताबिक, सुभाषचंद्र बोस का सोवियत संघ में सन् 1945 या उसके बाद रहने का कोई रिकॉर्ड नहीं मिला था।'' उसी नोट में नारायण ने सुझाया था कि संभवत: रूसी डिसक्लेमर स्टालिन शासनकाल के बाद यानी सन् 1953 के बाद का था। नारायण ने आगे लिखा था कि यह आशा करना कि भारतीय स्कॉलर्स (शोधकर्ताओं) को अधिकारी लोग के.जी.बी. के अभिलेखागार में जाने और फिर रिकॉर्ड्स खँगालने की अनुमति देंगे, मूर्खता थी। अतएव भारत सरकार सोवियत सरकार से यह प्रार्थना कर सकती थी कि रूसी अधिकारी स्वयं ही इस तरह के के.जी.बी. के रिकॉर्ड्स को खँगालें और यदि उन्हें नेताजी के सोवियत संघ में रहने के बारे में कोई भी जानकारी मिलती है तो उसे भारत सरकार को उपलब्ध कराएँ।

जब यह फाइल तत्कालीन विदेशी मंत्री प्रणव मुखर्जी के पास गई तो उन्होंने 14 जनवरी को तत्काल एक मीटिंग बुलाई। सोवियत संघ की सरकार को de marche भेजने का विचार फिर छोड़ देना पड़ा। 7 मार्च को उसी संयुक्त सचिव ने विदेश सचिव को लिखा। इस बार उन्होंने लिखा कि सोवियत सरकार को एक औपचारिक प्रार्थना भेजी गई तो उसे गलत समझा जा सकता था। अतएव एशियाटिक सोसाइटी को सलाह दी जाए कि वे स्वयं ही ओरिएंटल इंस्टीट्यूट, मॉस्को से इस मामले के बारे में बार-बार पूछते रहें।

चुनाव जब नजदीक आते हैं तो राजनीतिज्ञ मदद के लिए तत्पर रहते हैं। इस प्रकार से वही प्रधानमंत्री नरसिम्हा राव, जिनकी सरकार सुभाषचंद्र बोस की खोज-खबर के लिए इनकार कर रही थी, ने 25 मार्च, 1996 को अपने संयुक्त सचिव से इस मामले को देखने के लिए कहा। संयुक्त सचिव ने विदेश सचिव को पत्र लिखा—''प्रधानमंत्री चाहते हैं कि मॉस्को में हमारे राजदूत उच्च स्तर पर तथा गोपनीय तरीके से रूसी अधिकारियों से, यदि संभव हो तो, क्या ऐसी कोई सूचना (सुभाषचंद्र बोस के बारे में) जो रूस के पास है तथा रूस की ओर इस प्रकार की सूचना इसे विदेश सचिव देख लें।'' इस तरह की जाँच हुई या नहीं या उसका क्या नतीजा रहा, उसका कुछ पता नहीं।

कांग्रेस के सत्ता से हटने के बाद भी नेताजी के बारे में इस प्रकार से विभ्रम बना रहा था। सन् 1999 में अटल बिहारी वाजपेयी के नेतृत्व में एन.डी.ए. (NDA- National Democratic Alliance) सरकार ने नेताजी के गायब हो जाने के बारे में पता लगाने के लिए जस्टिस मुखर्जी आयोग का गठन किया था। इस आयोग का गठन कलकत्ता हाई कोर्ट के मुख्य न्यायाधीश प्रभा शंकर मिश्र के एक फैसले के बाद किया गया था। परंतु एन.डी.ए. की सरकार आयोग से सहयोग करने में इच्छुक नहीं थी। उन्हें कोई जल्दी नहीं थी। जब आयोग ने सरकार से नेताजी से संबंधित फाइलें माँगीं तो सरकार ने फाइलें

देने से साफ इनकार कर दिया। तत्कालीन गृह सचिव कमल पांडे ने एक शपथ-पत्र दाखिल किया और बाद में लिखा—''मैंने अच्छी तरह सारे दस्तावेज देख लिये हैं और मैं पूर्ण रूप से संतुष्ट हूँ कि इन इस्तावेज का खुलासा तमाम जनता की भावनाओं को आहत करेगा और हो सकता है, इसकी बड़े क्षेत्र में प्रतिक्रियाएँ हों; क्योंकि ये दस्तावेज नेताजी की छवि को धूमिल करेंगे। इन दस्तावेजों का खुलासा करने से मित्र देशों के साथ राजनयिक संबंध भी, बुरी तरह प्रभावित हो सकते हैं। इन परिस्थितियों में मैं इन दस्तावेजों को आयोग के समक्ष रखने में या उसके अंदर की सामग्री का खुलासा करने में या इस पर आधारित कोई साक्ष्य देने से इनकार करता हूँ तथा साक्ष्य अभिनयन की धारा 123 एवं 124 के अंतर्गत छूट माँगना चाहता हूँ। इसका विशेषाधिकार मुझे दिया जाए।'' कमल पांडे ने आगे लिखा था—''इन दस्तावेज का खुलासा संविधान के अनुच्छेद 4(2) का भी उल्लंघन होगा, क्योंकि ये दस्तावेज उस श्रेणी में आते हैं, जिनको गोपनीय रखना सरकार का कर्तव्य है और यह भी सुनिश्चित करना है कि लोक-सेवक ठीक से काम-काज कर सकें। इन दस्तावेजों में अधिकारियों और मंत्रियों की टिप्पणियाँ भी हैं।''

मोदी सरकार आने के बाद भी सरकार उन दस्तावेजों का खुलासा करने या जनता के समक्ष रखने को सहमत नहीं थी। जब तृणमूल कांग्रेस (TMC) के राज्यसभा सदस्य सुखेंद्र शेखर रॉय ने राज्यसभा में 17 दिसंबर, 2014 को गृहमंत्री राजनाथ सिंह से यह सवाल पूछा कि 'शासन कब उन फाइलों/ दस्तावेजों को आम जनता के लिए उपलब्ध कराएगा?' तब वर्तमान गृह राज्य मंत्री हरिभाई चौधरी ने उत्तर दिया, ''प्रधानमंत्री कार्यालय (PMO) में 58 और विदेश मंत्रालय (MEA) में 29 फाइलें हैं। सरकार के लिए इन दस्तावेजों को सार्वजनिक करना अभी संभव नहीं था; क्योंकि इनमें संवेदनशील सामग्री थी, जिनके सार्वजनिक करने से कुछ मित्र देशों से हमारे संबंधों में दरार पैदा हो सकती थी।''

एक आर.टी.आई. के उत्तर में पी.एम.ओ. ने फिर से वही उत्तर दिया, ''ये फाइलें सार्वजनिक नहीं की जा सकती थीं, क्योंकि इनके खुलासे से कई विदेशी राष्ट्रों से हमारे संबंध हमारे हित के प्रतिकूल प्रभावित हो सकते थे।''

एक स्वतंत्र पत्रकार चूडामणि नागेंद्र द्वारा आर.टी.आई. के अंतर्गत पूछे गए प्रश्न कि क्या भारत सरकार के पास कोई ऐसा रिकॉर्ड है, जिसमें बोस (नेताजी) को एक युद्ध अपराधी (War Criminal) घोषित करने संबंधी कागजात हैं तथा क्या भारत सरकार ने इस लिस्ट से नेताजी का नाम हटाने के लिए कोई प्रयत्न किए हैं? इसका उत्तर उन्हें 'शून्य' (Blank) मिला। गृह मंत्रालय, जिससे प्रश्न पूछा गया था, ने कोई बहुत पुराने (obsolete) नियम का हवाला देते हुए कहा कि जनहित में यह सूचना नहीं बताई जा सकती थी। यह घटना तब की है, जब तक नरेंद्र मोदी नेताजी के परिवारवालों

से मिलने नहीं गए थे। उनसे मिलने के बाद मोदी ने यह घोषणा कर दी थी कि सरकार इन दस्तावेजों को अब सार्वजनिक कर देगी जनता के लिए। (प्राप्त सूचना के अनुसार, अब ये फाइलें अवर्गीकृत करके जनता के लिए उपलब्ध करा दी गई हैं।) फिर भी कई लोग, जिनमें नेताजी का परिवार भी शामिल है, यह सोचते हैं कि उन फाइलों को इतने सालों बाद उजागर करने में कोई हर्ज नहीं है, न कोई नुकसान की संभावना है, यहाँ तक कि यदि यह तथ्य सामने आता है कि स्टालिन ने या ब्रिटिश खुफिया एजेंसियों ने उन्हें पकड़कर उनकी हत्या कर दी हो या यदि यह पता चलता हो कि जापानियों ने उन्हें चुपचाप सोवियत संघ के हवाले कर दिया हो। इन सबसे उन देशों के साथ हमारे संबंध बिगड़ने की संभावना बहुत कम है या नहीं है। स्टालिन के किसी ऐसे काम के लिए हमारे संबंध पुतिन के साथ बिगड़ने की संभावना बहुत कम है अथवा ब्रिटेन और जर्मनी के राष्ट्राध्यक्षों के साथ भी संबंध खराब होने की संभावना भी नगण्य है। दरअसल, भारतवासियों और नेताजी के चाहनेवालों का मानना है कि सरकार/शासन इन फाइलों को इसलिए उजागर कर रही है कि इन फाइलों में कुछ ऐसा है, जो जवाहरलाल नेहरू तथा इंदिरा गांधी की छवि को धूमिल कर सकता है। वास्तव में देखा जाए तो पूर्व गृह सचिव कमल पांडे का शपथ-पत्र इस बात की तरफ ही इशारा करता है कि उसमें मंत्रियों और अधिकारियों द्वारा टिप्पणियाँ हैं। दूसरे शब्दों में, तत्कालीन गृह सचिव को आशंका थी कि इन दस्तावेजों को देखने के बाद जनता को यह जानकर धक्का पहुँचेगा कि नेहरू और उनके चाटुकारों की नेताजी के बारे में क्या राय थी तथा उनके निकटतम लोगों में नेहरू की छवि खराब होने की प्रबल संभावना थी। इन फाइलों के खुलने से जनता को यह भी ज्ञात होना था कि नेहरू शासन ने किस प्रकार से नेताजी के परिवारवालों की जासूसी करवाई थी और गुप्तचर विभाग के लोगों द्वारा किस कदर उनकी छवि को धूमिल करने का प्रयास किया गया। जिसकी कोई मिसाल आसानी से नहीं मिलेगी। उदाहरण के तौर पर, इंटेलीजेंस रिपोर्टों के अनुसार नेताजी ने एमिली शेंकेल से कभी विवाह नहीं किया था, बल्कि वे उनकी लिव-इन पार्टनर की तरह रह रही थीं। इसके अलावा, नेताजी का बंगाल की ही एक महिला राजनीतिज्ञ से शारीरिक संबंध था और किसी बर्मीज महिला से भी बाद में संबंध थे। किंतु ये सभी कोरी गप्प हैं और सुनी-सुनाई बातों पर आधारित हैं, जिसका कोई साक्ष्य नहीं है। ये सब खबरें नेताजी का चरित्र-हनन करने के लिए गढ़ी जा रही थीं। उनका मकसद नेहरू और अन्य कांग्रेसी नेताओं की तुलना में उन्हें चरित्रहीन और महत्त्वहीन दिखाना था।

इसीलिए नेताजी के परिवारवाले, उनके चाहनेवाले तमाम लोग और अन्य लोग यह चाहते हैं कि चूँकि वर्तमान प्रधानमंत्री नरेंद्र मोदी, जिनका इसमें कोई व्यक्तिगत या राजनीतिक हित नहीं है, वे अपना वचन निभाएँ और नेताजी से संबंधित केंद्र सरकार के

पास जितनी फाइलें दस्तावेज हैं, उन्हें आम जन के अवलोकन के लिए खोल देना चाहिए।

इस दिशा में एक छोटा सा कदम तब उठाया गया, जब वर्गीकृत फाइलों से यह सूचना लीक करके आई कि नेताजी के परिवार की बीस वर्षों तक जासूसी करवाई गई। तत्पश्चात् कैबिनेट सचिव की अध्यक्षता में एक अंतर-मंत्रालय कमेटी गठित की गई, जिसमें यह निर्णय लिया गया कि संबंधित मंत्रालय नेताजी से संबंधित सभी फाइलों का पुनरावलोकन करे और समीक्षा करे कि क्या उनके तथ्य ऑफिशियल सीक्रेट्स एक्ट के तहत थे। समिति यह निर्णय करेगी कि क्या इन फाइलों को अवर्गीकृत करके आम जनता के लिए खोला जा सकता है। उन्हें अपनी रिपोर्ट 23 जनवरी, 2016 तक पेश करनी थी। यहाँ पर यह उल्लेख किया जा सकता है कि नियमानुसार गोपनीय/अति गोपनीय दस्तावेजों पर से 30 साल के बाद परदा हटाया जा सकता है। इसका अर्थ यह हुआ कि वे सारी फाइलें, जो सन् 1985 के पहले की हैं, उन्हें अवर्गीकृत किया जा सकता था।

लाख टके का सवाल—क्या समिति इन फाइलों को अवर्गीकृत करने की अनुशंसा करेगी? पर एक चेतावनी भी कि फाइलों के खुलने से यह तो पता चल जाएगा कि भारत में एक के बाद एक जो अलग-अलग पार्टियों की सरकारें आईं, उन्होंने क्यों नहीं फाइलों का खुलासा होने दिया? हालाँकि इस पर उनका कुछ अता-पता चल पाएगा, इसमें संदेह है।

एक पूर्व उच्च अधिकारी, जो चालीस वर्ष आई.बी. एवं रॉ (RAW) दोनों में ही काम कर चुके थे, का कहना है कि उन फाइलों में बस केवल क्रॉस संदर्भ (cross references) मिल जाएँगे कि दूसरे देशों, जैसे कि जापान, ब्रिटेन और सोवियत संघ की फाइलों में क्या कुछ है।

प्रकाशक नोट : ज्ञातव्य है कि केंद्र की मोदी सरकार ने अब नेताजी से संबंधित फाइलें जनता के लिए खोल दी हैं।

□□□